더
글라스
캐슬

더 글라스 캐슬

The Glass Castle

저넷 월스 지음 — 최세희 옮김

북하우스

흥미로운 사람들은 모두 나름의 사연이 있다는 믿음을 내게 준

존에게 이 책을 바칩니다.

어둠이 길을 내고 빛이 집이 되니,
진실이 이것이로구나,
천국은 이제껏 존재한 적도,
앞으로 존재할 리도 없으리라는 것이.

- 딜런 토머스, "생일에 부치는 시"

일러두기

* 본문의 각주는 모두 옮긴이주이다.

차례

나의 어머니 메리 웰스와 아버지 렉스 웰스.
1956년 결혼식 날.

1.
거리의 여인

그때 나는 택시에 타고 있었다. 그날 밤 모임에 지나치게 화려하게 입은 건 아닌지 생각하며 차창을 바라본 순간, 엄마가 덤프스터* 속을 파헤치고 있는 게 눈에 들어왔다. 막 해가 진 무렵이었다. 사납게 몰아치는 3월의 바람이 맨홀 구멍에서 피어오르는 김을 휘저었고, 사람들은 옷깃을 세우고 인도를 따라 걸음을 재촉했다. 차는 파티 장소까지 두 블록 남은 곳에서 꿈쩍도 못 하고 있었다.

엄마는 5미터도 안 되는 거리에서, 꽃샘추위를 막으려고 목에 누더기를 둘둘 감아 묶고서 쓰레기를 헤집고 있었고, 그러는 동안 엄마의 흑백 테리어 잡종 개는 그녀 발치에서 놀고 있었다. 엄마의 일거수일투족이 눈에 익었다. 고개를 기울이는 것도, 덤프스터에서 끄집어낸 쓸 만한 물건을 이리저리 살펴보며 아랫입술을 쭉 내밀고 있는 것도, 자기가 좋아하는 걸 발견하자 아이처럼 기뻐하며 두 눈이 휘둥그레지는 것도. 엄마의 긴 머리는 잿빛 줄이 죽죽 그어진데다 엉키고 떡이 져 있었고 두 눈은 눈구멍 속으로 푹 꺼지다시피 했지만, 내 눈엔 내가 어렸을 적 절벽에서 스완 다이브를 하고 사막에서 그림을 그리고

* 대형 쓰레기 수납기.

셰익스피어를 낭독하던 시절의 엄마로 보였다. 엄마의 광대는 여전히 높고 강건해 보였지만 피부는 겨울과 여름 내내 바깥 환경에 노출된 탓에 바싹 탄데다 불그스름했다. 그런 엄마가 지나가는 사람들의 눈에는 뉴욕에서 수천 명에 달하는 노숙자 중 하나로 보였을 것이다.

몇 달 만에 본 엄마가 고개를 들었을 때, 엄마가 날 보고 큰 소리로 내 이름을 부를까 봐, 같은 파티에 가던 사람이 나와 엄마가 같이 있는 걸 볼까 봐, 그래서 엄마가 자기를 소개하는 것으로 내 비밀이 들통날까 봐 나는 황망해서 어쩔 줄을 몰랐다.

나는 의자에서 슬슬 미끄러져 몸을 낮추고선 기사에게 차를 돌려 파크애버뉴로 가달라고 부탁했다.

택시가 건물 앞에 섰고, 도어맨이 날 위해 문을 열어주었으며, 엘리베이터맨이 내가 사는 층까지 태워주었다. 남편은 여느 때와 마찬가지로 야근 중이었기 때문에 아파트는 윤이 나는 마룻바닥에 부딪는 내 구두 굽 소리를 빼면 고요했다. 그때까지도 내 마음은 엄마를 본 흥분이 가시지 않은 상태였다. 예기치 못하게 엄마를 우연히 발견한 일, 행복하게 덤프스터를 헤집고 있던 엄마의 모습. 마음을 가라앉힐 수 있을까 싶어서 비발디를 틀었다.

나는 방을 둘러보았다. 벼룩시장에서 산 1900년경 제작된 청동제 화병과 책등을 낡은 가죽으로 씌운 고서들이 있었다. 내가 직접 액자에 넣은 조지아 시대의 지도, 페르시아 카펫, 그리고 하루가 끝날 즈음 즐겨 몸을 파묻는 푹신한 가죽 안락의자도. 나는 나 자신을 위한 보금자리를 만들려고 애썼고, 이 아파트를 내가 되고 싶었던 사람이라면 기꺼이 살 만한 공간으로 바꾸고자 했다. 그러나 엄마 아빠가 어딘가 보도에 쭈그려 앉아 배수구 뚜껑을 쳐다보고 있는 건 아닐까 걱정하는 한 이 방에 있어도 전혀 즐겁지가 않았다. 나는 그들 때문에 속이 타면서 또 한편으론 당혹스러웠다. 내 부모는 추위를 면할 곳과 먹을 걸 찾느라 정신없는데 진주를 걸치고 파크애버뉴에 살고 있는 나 자신이 부끄러웠다.

그렇지만 내가 뭘 어쩔 수 있을까? 이제껏 그들을 도우려는 노력은 수도 없이 했지만, 아빠는 아무것도 필요 없다며 고집을 부렸고 엄마는 향수 분무기나 헬스클럽 회원권 따위를 사달라는 엉뚱한 부탁을 했다. 그러면서 둘 다 자기들은 자기들이 원하는 방식대로 살고 있다고 했다.

혹여 엄마가 볼까 봐 택시에서 몸을 확 숙였을 때, 그런 내가 얼마나 싫었는지. 나의 골동품도, 옷도, 아파트도 마찬가지로 싫었다. 그래도 뭐든 해야 했기에 엄마 친구에게 전화를 걸어 메시지를 남겼다. 그게 엄마와 내가 계속 연락을 하고 사는 방식이었다. 그러면 엄마는 언제나 며칠은 지나서야 내게 전화를 걸었고, 마치 바로 전날 점심이라도 같이한 것처럼 한결같이 발랄하고 스스럼없는 목소리로 말하는 것이었다. 나는 엄마를 만나고 싶으니 내 아파트에 들러달라고 말했지만 엄마는 식당에서 만나기를 고집했다. 엄마는 외식을 좋아했고, 그래서 우리는 엄마가 제일 좋아하는 중국 식당에서 만나기로 했다.

내가 도착했을 때 엄마는 자리에 앉아 메뉴를 유심히 살펴보고 있었다. 엄마는 나름 한껏 멋을 부린 차림이었다. 옅은 땟자국이 그나마 몇 개 없는, 터무니없이 큰 회색 스웨터에 검정색 남성용 가죽 신발을 신은 모습으로. 얼굴은 씻었지만 목과 관자놀이는 여전히 검댕이 묻어 거무스름했다. 날 보더니 엄마는 신이 나서 손을 흔들어댔다.

"우리 애기 왔네!"

엄마가 큰 소리로 말했다. 나는 엄마의 뺨에 입을 맞추었다. 엄마는 테이블에 놓여 있던 간장, 오리고기 소스, 머스터드 소스가 든 플라스틱 통들을 죄다 가방 안에 쓸어 넣은 뒤였고, 이제 나무사발에 든 건조면까지 집어넣었다.

"나중에 요기하려고."

엄마의 설명은 그랬다. 우리는 주문했다. 엄마는 시푸드 딜라이트를 택했다.

"엄마가 해산물을 얼마나 좋아하는지 알지?"

엄마는 그 말을 하고선 피카소 이야기를 시작했다. 피카소 회고전을 봤는데 그가 터무니없이 과대평가 받았다는 생각을 굳히게 되었단다. 엄마가 보는 한, 모든 입체파 작품들은 눈속임이었다. 피카소는 장미빛 시대 이후 이렇다 할 걸작을 내놓지 못했다.

"엄마가 걱정돼." 나는 말했다. "내가 도울 수 있는 게 있으면 말해줘."

엄마의 미소가 사라졌다.

"내가 왜 네 도움이 필요할 거라고 생각하니?"

"난 돈이 많진 않아." 나는 말했다. "그래도 얼마간 있어. 필요한 게 뭔지 말해줘."

엄마는 잠시 생각에 잠겼다가 말했다.

"제모 성형은 할 수 있겠네."

"농담하지 말고."

"농담하는 거 아니야. 여자는 예쁘면 기분이 좋아지는 법이야."

"왜 이래, 엄마."

나는 두 어깨에 잔뜩 힘이 들어가는 게 느껴졌다. 이런 대화를 할 때면 어쩔 수 없이 그랬다.

"엄마의 인생을 바꾸는 데 도움이 될 만한 것에 대해 이야기하고 있는 거야. 사는 게 지금보다 더 나아질 수 있는 방법 말이야."

"내 인생을 바꾸는 데 도움을 주고 싶다고?" 엄마가 물었다. "난 잘 살고 있어. 너야말로 도움이 필요한 거 같은데. 가치관이 뒤죽박죽이니."

"엄마, 며칠 전에 이스트빌리지에서 엄마가 쓰레기 뒤지는 걸 봤어."

"흠, 이 나라 사람들은 사치가 극에 달했어. 난 재활용 차원에서 그러는 거야."

엄마는 시푸드 딜라이트를 한 입 먹었다.

"엄마한테 왜 인사 안 했어?"

"너무 부끄러웠어, 엄마. 그래서 숨었어."

엄마가 젓가락을 내게 겨누더니 말했다.

"그거 봐. 바로 그게 내가 말하려던 거야. 넌 정말 툭하면 당황해 어쩔 줄 몰라 한다니까. 그런 게 네 아빠와 나야. 받아들여."

"엄마 아빠에 대해 사람들한테 뭐라고 말하라고?"

"그냥 사실을 말해." 엄마가 말했다. "그것만큼 간단한 게 어디 있다고 그래?"

2.
사막

나는 불타오르고 있었다.

이것이 내 최초의 기억이다. 나는 세 살이었고, 우리 가족은 애리조나 남부의, 내가 이름조차 알지 못했던 한 소도시의 트레일러 파크에서 살고 있었다. 나는 스토브 앞에 놓인 의자 위에 서 있었고, 할머니가 사준 분홍색 드레스를 입고 있었다. 분홍색은 내가 가장 좋아했던 색이었다. 그 드레스는 스커트가 튀튀처럼 튀어나와 있어서 내가 발레리나 같아 보인다는 생각을 하며 거울 앞에서 빙글빙글 도는 게 좋았다. 그러나 그때의 나는 그 옷을 입고 핫도그를 조리하는 중이었고, 핫도그가 끓는 물 속에서 위아래로 움직이는 걸 지켜보고 있었다. 늦은 아침 해가 트레일러의 작은 간이 부엌 창문 틈새로 들어오고 있었다.

건넌방에서 엄마가 그림을 그리면서 노래를 흥얼거리는 소리가 들렸다. 그때 키웠던 검정색 잡종 개인 주주는 날 지켜보고 있었다. 나는 포크로 핫도그 하나를 찍어 들고 몸을 수그려 주주에게 주었다. 주주는 비엔나소시지가 뜨거워서 핥기만 했고, 나는 일어서서 다시 핫도그가 담긴 물을 휘젓기 시작했다. 그때 오른쪽에서 열이 확 오르는 것이 느껴졌다. 무슨 일인가 고개를 돌린 후에야 비로소 내 드레스에 불이 붙었음을 알았다. 두려움에 얼어붙은 채, 나는 노랗고 허연 불꽃이 내 분홍색 스커트 자락을 따라 들쭉날쭉 날름거리는 갈색 테를 두르며 배 쪽으로 기어오르는 것을 보았다. 불꽃은 삽시간에 위로 올라내 얼굴에 와 닿았다.

나는 비명을 질렀다. 불이 내 머리와 눈썹을 그슬리면서 탄 냄새가 났고 딱딱 소리가 들렸다. 주주는 짖어대고 있었다. 나는 또 한 번 비명을 질렀다.

엄마가 부엌으로 뛰어들어왔다.

"엄마, 도와줘!"

나는 깍깍댔다. 여전히 의자에 선 채 핫도그를 휘저을 때 썼던 포크로 불길을 때렸다.

엄마는 밖으로 뛰어나가더니 군용 담요를 들고 돌아왔다. 감촉이 따가워서 싫어했던 그 담요를 내게 휙 덮어씌워 불을 끄려 했다. 아빠는 차를 몰고 외출한 터였고, 엄마가 나와 남동생 브라이언을 붙잡고선 황급히 우리 바로 옆 트레일러로 갔다. 거기 사는 여자는 빨랫줄에 빨래를 널고 있었다. 입에 빨래집게를 물고 있던 그 여자에게 엄마는 일부러 꾸며낸 것 같은 차분한 목소리로 정황을 설명하고선 병원까지 차로 데려다달라고 부탁했다. 그 여자는 빨래집게며 빨래들을 흙바닥에 떨어뜨리더니 일언반구도 하지 않고 자기 차가 있는 곳으로 달려갔다.

병원에 가자 간호사들이 나를 들것에 눕혔다. 번쩍이는 가위로 나의 멋진 분홍색 드레스의 남은 부분을 잘라내면서 그들은 크고 근심스러운 목소리로 속삭이며 얘기했다. 그러더니 날 들어 올려 얼음조각들이 쌓여 있는 커다란 금속 침대에 납작 누이고는 내 몸 위에 얼음들을 좀 더 늘어놓았다. 은빛 머리에 검은색 안경테를 쓴 의사가 엄마를 안내해 밖으로 나갔다. 그들이 병실을 나간 후 그가 엄마에게 매우 심각한 상태라고 말하는 소리가 들렸다. 간호사들은 뒤에 남아서 내 주변을 맴돌았다. 나 때문에 온갖 부산을 떠는 걸 알 수 있었고, 그래서 가만히 있었다. 간호사 하나가 내 손을 힘주어 잡으며 괜찮을 거라고 말했다.

"알아요." 나는 말했다. "하지만 안 괜찮아도 괜찮아요."

그녀는 다시금 내 손을 힘주어 잡으며 아랫입술을 깨물었다.

병실은 작고 하얬으며 환한 조명이 켜져 있고 금속 캐비닛들이 있었다. 나는 한동안 천장 패널에 줄 맞춰 뚫려 있는 구멍들을 응시했다. 얼음조각이 내 배와 갈비뼈를 덮고 있었고 광대뼈를 눌러왔다. 시야의 한쪽 구석에서 때 묻은 작은 손이 내 얼굴에 닿을 정도로 가까이 오더니 얼음조각을 한 움큼 쥐었다. 으드득 소리가 나서 내려다보았다. 브라이언이 얼음을 먹고 있었다.

의사들은 내가 살아 있는 게 운이 좋은 거라고 말했다. 그들은 내 허벅지 위쪽에서 몇 조각의 살점들을 떼어내 화상 정도가 제일 극심한 배, 갈빗대, 가슴 위에 올려놓았다. 그걸 피부이식이라 부른다고 했다. 다 끝낸 후, 그들은 내 몸 오른쪽 전체를 붕대로 둘둘 말았다.

"보세요, 난 반 미라예요."

내 말에 간호사는 미소를 짓더니 내 오른팔을 슬링에 집어넣어 침대 머리판에 고정시켰고, 나는 오른팔을 더는 움직일 수 없었다.

간호사와 의사들은 내게 계속 질문했다. 어쩌다 불에 덴 기니? 예전에 엄마 아빠 때문에 다친 적이 있니? 여기 멍 자국과 찢어진 상처들은 다 뭐지? 엄마 아빠 때문에 다친 적은 한 번도 없어요, 나는 말했다. 찢어진 상처는 밖에서 놀다가 그랬고, 덴 상처는 핫도그를 데우다 그랬어요. 그들은 세 살밖에 안 된 내가 어떻게 혼자서 핫도그를 데우는지를 물었다. 쉬워요, 나는 대답했다. 핫도그를 물에 넣고 물을 데우면 끝이니까. 레시피가 복잡해서 나이를 먹어야만 이해할 수 있다거나 하는 것도 일절 없다. 냄비에 물이 가득 차 있으면 너무 무거워 들 수가 없기 때문에 싱크대 옆에 의자를 갖다 놓고선 그 위에 올라가 유리잔에 물을 채운 다음 스토브 옆에 있는 의자 위에 올라가서 냄비에 물을 집어넣었다. 냄비에 물이 충분히 찰 때까지 이 과정을 몇 번이고 되풀이했다. 그런 다음 스토브의 불을 올리고 물이 끓으면 핫도그를 집어넣었다.

"엄마가 전 나이에 비해 조숙한 편이라고 했어요." 나는 그들에게 말했다. "그래서 나 혼자 요리를 굉장히 많이 하게 해줬어요."

간호사 두 명이 마주 보았고, 한 명이 클립보드에 뭐라고 썼다. 나는 잘못된 게 있냐고 물어보았다. "없어." 그들은 말했다. "없어."

며칠마다 한 번씩 간호사들이 붕대를 갈았다. 피와 누런 물질과 불에 탄 살점들이 뭉쳐 있고 다닥다닥 붙어 있는 다 쓴 붕대는 옆으로 밀어놓고, 커다란 거즈 천으로 된 새 붕대를 화상 입은 부위에 붙였다. 밤이 되면 나는 붕대를 덮지 않은 거칠고 우툴두툴한 피부 표면에 왼손을 올려놓고 비벼댔다. 때로는 딱지를 뜯어내기도 했다. 간호사들이 그러면 안 된다고 미리 말해줬지만, 난 한 번에 얼마만큼 뜯어낼 수 있는지 궁금해 죽을 지경이어서 아주 천천히 잡아 뜯었다. 딱지를 두 개 뜯어내면 딱지들끼리 삑삑 소리를 내며 대화를 나누는 놀이를 했다.

병원은 깨끗하고 반짝거렸다. 벽과 시트와 간호사들의 제복까지 모든 게 흰색이거나, 침대와 쟁반과 의료기기들은 은색이었다. 모두들 정중하고 차분한 목소리로 말했다. 어찌나 조용한지 간호사들이 복도를 따라 걸을 때 신발 고무밑창이 끽끽거리는 소리가 다 들릴 정도였다. 나는 적막과 질서엔 익숙지 않았지만 그래도 그 분위기가 마음에 들었다.

뿐만 아니라 나만의 방이 생긴 것도 좋았다. 트레일러에선 남동생, 언니랑 같은 방을 써야 했다. 병실엔 심지어 벽걸이 텔레비전까지 설치되어 있었다. 집에 텔레비전이 없었기 때문에 나는 텔레비전에 푹 빠져 지냈다. 레드 버턴스와 루실 볼이 제일 좋았다.

간호사와 의사들은 언제나 내게 기분이 어떤지, 배가 고프거나 필요한 게 있는지를 물었다. 간호사들이 하루 세끼 맛있는 밥을 가져다주었고, 디저트로 과일 칵테일이나 젤오를 주었으며, 아직 깨끗한 시트를 새것으로 갈아주었다. 가끔 나는 그들에게 책을 읽어주었고, 그러면 그들은 내가 정말 똑똑해서 여섯 살 못지않게 잘 읽는다고 칭찬해주었다.

하루는 노란 곱슬머리에 파란색으로 눈 화장을 한 간호사가 뭔가를 씹고 있어서 그게 뭐냐고 물었더니 껌이라고 했다. 껌이란 말을 들은 게 그때가 처음이었는데 그녀가 가서 껌 한 통을 가져다주었다. 막대기 모양의 껌 통에 흰색 포장지와 그 밑의 반짝이는 은색 포일을 찢고선 가루에 뒤덮인 퍼티색 껌을 유심히 살펴보다가 입에 집어넣고 예리한 단맛에 어안이 벙벙해졌다.

"진짜 맛있다!" 나는 말했다.

"씹는 거야. 삼키면 안 돼." 간호사가 웃으며 말했다. 그녀는 함박미소를 지으며 다른 간호사들을 불러들여선 내가 생애 최초로 껌을 씹는 걸 구경하게 했다. 그녀가 점심을 가져다주면서 이제 껌을 뱉으라고 하며 밥을 다 먹고 새 껌을 씹으면 되니까 걱정 말라고 했다. 내가 한 통을 다 씹으면 그녀가 새로 한 통을 더 사다 주었다. 이것이 나의 입원기였다. 병원에 있으면 음식이건 아이스크림이건 껌이건 뭐건 떨어질까 봐 걱정할 필요가 없었다. 병원에서 한평생을 살았대도 난 행복했을 것이다.

우리 가족이 문병을 오면서 언쟁과 웃음소리와 노랫소리와 고함소리가 고요한 복도에 울려 퍼졌다. 간호사들이 검지를 입에 대고 쉬잇 하면 엄마와 아빠와 로리와 브라이언은 몇 분 동안 목소리를 낮췄지만, 서서히 목소리가 커지곤 했다. 누구나 어김없이 고개를 돌려 아빠를 빤히 쳐다보았다. 아빠가 너무 잘생겨서 그런 건지 아니면 아빠가 사람들을 "짝패"라느니 "굼바*"라고 부르고 머리를 뒤로 젖히며 웃어서인지 잘 모르겠다.

* Gumbah. 마피아들 사이에서 친한 친구를 부르는 말.

어느 날은 아빠가 내 침대 위로 몸을 수그리곤 간호사와 의사들이 제대로 잘 치료해주고 있느냐고 물었다. 만약 그렇지 않으면 그들의 엉덩이를 걷어차주겠다고 말했다. 나는 모두 정말로 친절하고 상냥하다고 말했다.

"그야, 당연히 그렇겠지." 아빠가 말했다. "네가 렉스 월스의 딸인 걸 아니까."

엄마가 의사와 간호사들이 뭘 그리 친절하게 대해줬는지 궁금해해서 난 껌 얘기를 했다.

"흥." 엄마는 그 말만 했다. 그러면서 자긴 껌을 씹는 건 용납할 수 없다고 말했다. 그건 하류계층의 습관이라면서 그 간호사는 내게 그런 저속한 짓을 하게 하기 전에 자신에게 상의했어야 했다고 말했다. 그랬다면 자신의 생각을 확실히 밝혔을 거라고 했다.

"어쨌거나," 엄마가 말했다. "난 네 엄마고, 네 양육방식에 대해서 발언할 권리가 있으니까."

"다들 내가 보고 싶었어?"

가족들이 문병 와 있을 때 나는 로리 언니에게 물었다.

"별로." 언니가 말했다. "별의별 일이 있어서 정신이 하나도 없었거든."

"무슨?"

"그냥 맨날 있는 일."

"로리는 네가 보고 싶지 않았는지 몰라도 아빤 정말 보고 싶었단다, 우리 아기." 아빠가 말했다. "넌 이런 살균제에 쩐 감방에 있으면 안 돼."

아빠는 내 침대에 앉아서 로리 언니가 독전갈한테 물린 사연을 이야기해주기 시작했다. 그 얘기라면 열두 번은 더 들었지만 아빠의 입담으로 들으면 언제고 좋았다. 로리 언니가 네 살 때 엄마와 아빠가 사막에서 탐험하던 중에 바윗돌 하나를 뒤집었더니 그 밑에 숨어 있던 전갈이 로리의 다리를 물었다. 로리는 경련을 일으켰고 온몸이 딱딱해지며 식은땀을 흘렸다. 그러나 아빠는 병원을 믿지 않았기 때문에 로리를 나바호족 주술사에게 데려갔다. 주술사가 물린 부위를 칼로 째고 흑갈색의 반죽 같은 걸 이겨 붙인 후 노래를 부르자 로리는 금세 말짱해졌다.

"네가 데었을 때 네 엄마는 널 그 주술사에게 데려갔어야 했어." 아빠가 말했다. "오진을 밥 먹듯 하는 의대 출신 돌팔이들이 아니라."

그 다음번에 문병을 왔을 때 브라이언이 피딱지가 말라붙은 지저분한 흰 붕대를 머리에 감고 있었다. 엄마 말로는 소파에서 뒤로 넘어져 머리가 깨졌다는데 아빠랑 이야기한 끝에 병원에 데려가지 않았다는 것이다.

"완전히 피바다였어." 엄마가 말했다. "하지만 병원에 데려가는 건 하나로 족해."

"그런데다," 아빠가 말했다. "브라이언의 머리통이 돌처럼 딱딱해서 얘 머리보다 바닥에 더 큰 충격이 갔을 거야."

브라이언은 그 말이 재미있는지 마냥 웃어댔다.

엄마가 내 이름으로 박람회 래플*에 응모해서 헬리콥터 시승에 당첨됐다고 말했다. 나는 흥분했다. 헬리콥터도 비행기도 한 번도 타본 적이 없었다.

"언제 타러 가는데?" 내가 물었다.

"아, 이미 탔어." 엄마가 말했다. "재미나더라."

이윽고 아빠가 의사와 언쟁을 벌이기 시작했다. 내게 붕대를 감으면 안 된다고 말한 것이 화근이었다.

"화상을 입은 부위는 숨을 쉬어야 해요."

아빠가 의사에게 말했다.

의사는 감염을 방지하려면 붕대를 덮어줘야 한다고 말했다. 아빠는 의사를 빤히 쳐다보더니 말했다.

"감염 같은 소리하고 자빠졌네."

그러면서 아빠는 그 의사 때문에 내가 앞으로 흉터를 안고 살아가게 생겼다고 말했지만, 흉터를 안고 그 병원을 나서게 될 사람은 나뿐만이 아니었다.

아빠가 그 의사를 칠 것처럼 주먹 쥔 손을 뒤로 빼자, 의사는 두 손을 들며 뒷걸음질 쳤다. 때마침 제복 차림의 경호원이 와서 아빠, 엄마, 로리와 브라이언에게 문병이 끝났음을 알린 덕에 아무 일도 일어나지 않았다. 한 간호사가 내게 와서 괜찮냐고 물었다.

"당연하죠."

나는 그녀에게 시시한 흉터가 남아도 신경 쓰지 않는다고 말했다.

"기특하네." 그녀가 말했다. "보아하니 다른 일로도 걱정할 게 있

---

* 특정 프로젝트나 기관이 기금을 모금하기 위해 파는 복권.

을 것 같으니 말이야."

며칠 후, 내가 병원에 입원한 지 6주째 되는 날, 아빠가 혼자서 내 병실 문간에 나타났다. 그러곤 이제 퇴원할 거라고 말했다. 렉스 월스 스타일로.

"정말 그래도 괜찮은 거야?" 내가 물었다.

"이 늙은 아빠를 믿어." 아빠가 말했다.

아빠는 머리 위 슬링에 걸려 있던 내 오른쪽 팔을 내렸다. 아빠가 날 바짝 끌어안자 익숙한 비탈리스, 위스키, 담배연기 냄새가 났다. 내게 그건 집의 냄새였다.

아빠는 날 두 팔로 안고 서둘러 복도를 걸어 내려갔다. 한 간호사가 우리를 보고 멈춰 서라고 고함을 질렀지만 아빠는 전속력으로 달렸다. 비상구 문을 밀어 열고선 전력을 다해 계단을 뛰어내려가 거리로 내달렸다. 우리가 '파란 거위'라 부른, 고물이 다 된 플리머스가 한쪽 구석에 주차된 채 공회전하고 있었다. 엄마는 앞에 있었고 로리와 브라이언은 주주와 함께 뒷좌석에 앉아 있었다. 아빠는 날 미끄러뜨리듯 엄마 옆자리로 밀어 넣고는 핸들을 잡았다.

"이제 걱정할 거 없어, 아가야." 아빠가 말했다. "넌 이제 안전하니까."

엄마 아빠가 날 데리고 집으로 데려온 지 며칠 지난 어느 날, 나는 직접 핫도그를 조리했다. 나는 배가 고팠지만 엄마는 그림을 그리고 있었기 때문에 내게 밥을 차려줄 사람은 아무도 없었다.

"잘됐네."

내가 조리하는 걸 보며 엄마가 내게 말했다.

"곧바로 다시 일을 시작해야 하니까. 불 같은 기본적인 걸 두려워하며 살 수는 없어."

그럴 리가. 난 오히려 불에 매료되었다. 아빠 역시 내가 나의 적과 맞서 싸워야 한다고 생각했고, 손가락을 촛불에 스치는 법을 가르쳐주었다. 나는 몇 번이고 해보았고 매번 손가락을 스치는 속도를 늦추면서, 두 동강이 나는 것 같은 촛불을 지켜보며, 내 손가락이 실제로 데지 않고 얼마나 버틸 수 있는지를 시험해보았다. 그리고 언제나 눈에 쌍심지를 켜고 더 큰 불을 찾아다녔다. 이웃이 쓰레기를 태울 때면 언제고 달려 나가서 쓰레기통 밖으로 번질 것처럼 넘실대는 불을 지켜보았고, 얼굴에 와 닿는 열기를 견딜 수 있을 때까지 가까이 다가갔으며, 정말로 참을 수 없을 지경이 되어서야 비로소 뒤로 물러났다.

날 병원까지 차로 데려다주었던 옆집 아줌마는 내가 불을 봐도 도망치지 않는 것에 깜짝 놀랐다.

"내 딸이 왜 그래야 하는데요!"

아빠는 쩌렁쩌렁한 소리로 말하며 자랑스러운 듯 씩 웃었다.

"내 딸은 불과 싸워서 이긴 앤데."

나는 아빠의 성냥을 훔치기 시작했다. 훔친 성냥을 가지고 트레일러 뒤로 가서 불을 붙였다. 성냥을 까칠까칠한 밤색 딱지에 긁을 때 나는 소리가, 빨간색 칠이 된 성냥 끝에서 칙 하고 쉬익 소리를 내면서 튀어나오는 불꽃이 그리 좋을 수 없었다. 손가락 끝으로 그 열기를 느끼다가 의기양양하게 불꽃을 휘저었다. 종잇조각들과 덤불의 작은 더미에 불을 붙인 후 숨죽이고 있다가 불길이 걷잡을 수 없이 타오르면 불꽃을 짓밟으면서 아빠가 잘하는 "염병할 후레자식"이니 "내 좆이나 빨아라!" 같은 욕을 큰 소리로 퍼부었다.

한 번은 제일 좋아하는 장난감인 플라스틱 팅커벨 피규어도 갖고 나갔다. 노란 머리를 높이 올려 포니테일로 묶고 두 손을 엉덩이에 얹은 포즈가 자신만만해 보이는 2인치 길이의 피규어였다. 나는 성냥에 불을 붙인 후 팅커벨에게 그 느낌을 알려주려고 그녀의 얼굴 가까이에 불꽃을 들이댔다. 빨간 불빛을 받은 팅커벨의 얼굴은 평소보다 훨씬 더 아름다워 보였다. 성냥불이 꺼지자 나는 새 성냥에 불을 붙여선 이번엔 팅커벨의 얼굴에 닿을 정도로 가까이 들이댔다. 갑자기 그녀의 두 눈이 겁을 먹은 것처럼 커졌다. 그제야 그녀의 얼굴이 녹기 시작한 것을 알아차린 나는 두려움에 몸서리쳤다. 성냥불을 껐지만 너무 늦었다. 한때 완벽했던 팅커벨의 작은 코가 완전히 사라져버렸고, 건방져 보이는 새빨간 입술은 추하게 일그러진 얼룩으로 바뀌어버렸다. 나는 그녀의 이목구비를 매만져 원래의 모습을 되찾아주려 했지만 그럴수록 더 흉해지기만 했다. 그러기 무섭게 그녀의 얼굴은 식어서 다시 딱딱해졌다. 나는 그 얼굴에 반창고를 붙였다. 우리 팅커벨에게 피부이식 수술을 해주고 싶었지만 그건 그녀를 산산조각 내는 것을 의미했다. 얼굴이 녹았어도 팅커벨은 여전히 내가 가장 좋아하는 장난감이었다.

그 일이 있은 지 몇 달 후 한밤중에 귀가한 아빠가 잠자던 우리 모두를 깨웠다. 그러고는 외쳤다.

"박차고 일어나 이 거지 같은 소굴을 벗어날 때다."

우리는 주어진 15분 동안 필요한 걸 닥치는 대로 챙겨서 차에 실었다.

"저녁인데 괜찮아, 아빠?" 나는 물었다. "누가 우릴 쫓아오고 있어?"

"걱정 마." 아빠가 말했다. "그런 건 아빠한테 맡겨 둬. 이 아빠가 언제나 널 챙기지 않든?"

"그야 당연하지." 나는 말했다.

"누구 딸인데!" 아빠가 그 말을 하며 날 끌어안더니 빨리 짐을 챙기라고 불호령을 내렸다. 아빠는 필수품만 챙겼다. 주철 프라이팬과 더치 오븐, 불용군수품으로 나온 주석 접시들, 나이프 몇 개, 아빠의 권총, 그리고 엄마의 양궁 세트를 챙겨선 '파란 거위'의 트렁크에 실었다. 그리고 우리에게 짐을 많이 챙겨선 안 된다고, 생존에 필요한 것만 가져가야 한다고 말했다. 엄마는 황급히 뒤뜰로 나갔고, 달빛 아래에서 돈이 담긴 단지를 찾아 구멍을 파기 시작했다. 어디 묻어뒀는지 잊어버렸기 때문에 여기저기 파댔다.

한 시간이 지났을 때 우리는 마침내 엄마의 그림들을 차의 지붕에 실었고, 트렁크에 들어갈 수 있을 만큼 꾸역꾸역 쑤셔 넣는 것도 모자라 뒷좌석과 바닥에도 닥치는 대로 집어넣었다. 아빠는 어둠 속에서 파란 거위를 천천히 몰았는데, 아빠가 즐겨 썼던 표현을 빌리면 "허둥지둥 내빼는" 우리들 때문에 트레일러 파크의 이웃들이 불안해할까 봐서였다. 아빠는 필요한 것만 챙겨 얼른 차에 올라타면 될 걸 궁둥짝들이 왜 그리 무거워 시간을 질질 끄는지 모르겠다고 투덜거렸다.

"아빠!" 나는 말했다. "내 팅커벨을 깜빡했어!"

"팅커벨은 알아서 제 살길을 찾을 거야." 아빠가 말했다. "우리 용감한 딸을 닮았으니까. 넌 용감하니까 모험을 할 준비가 됐겠지, 그렇지?"

"그럴지도." 나는 말했다. 얼굴이 녹은 팅커벨을 누가 발견할진 알 수 없지만 사랑받기를 바랐다. 마음을 달랠 셈으로 나는 한쪽 귀가 없고 회색과 흰색이 섞인 우리 집 고양이 키호테를 안으려 했다. 하지만 놈은 그르렁대며 내 얼굴을 할퀴었다.

"키호테! 키호테!" 내가 말했다.

"고양이는 여행하는 걸 좋아하지 않아." 엄마가 설명해주었다.

그러자 아빠가 여행을 좋아하지 않는다면 누구건 우리의 모험에 초대할 수 없다고 말하더니 차를 세웠고, 키호테를 움켜잡아선 창밖으로 던져버렸다. 키호테는 찢어지듯한 야옹 소리를 내며 바닥에 쿵 떨어졌고, 아빠는 속도를 올려 길을 달렸다. 나는 울음을 터뜨렸다.

"청승 떨면 안 돼." 엄마는 그렇게 말하며 고양이는 또 들이면 되고 이제 키호테는 길고양이가 될 텐데 그 편이 집고양이로 사는 것보다 훨씬 더 재미있을 거라는 말을 덧붙였다. 브라이언은 아빠가 주주마저 차창 밖으로 던져버릴까 두려워 강아지를 꼭 끌어안았다.

아이들의 주의를 다른 데 돌리려고 엄마는 우리에게 '날 울타리에 가두지 마'와 '이 땅은 네 땅' 같은 노래를 부르게 했고 아빠는 '올드맨 리버'와 제일 좋아하는 '흔들리는 포장마차'를 기운차게 부르게 했다. 얼마 후, 나는 키호테와 팅커벨과 떠나온 트레일러의 친구들을 잊었다. 아빠는 앞으로 하게 될 신나는 일들을 비롯해서 새로 살게 될 곳에 가서 어떻게 부자가 될지도 이야기해주었다.

"우리가 어딜 가는데, 아빠?" 나는 물었다.

"갈 데까지 가면 나와." 아빠가 말했다.

그날 밤 늦은 시각에 아빠는 사막 한복판에서 차를 세웠고, 우리는 별을 보며 잠을 잤다. 베개가 없었지만, 아빠는 그것도 계획의 일환이라고 말했다. 아빠는 우리에게 자세를 제대로 잡는 법을 가르치고 있었다. 인디언도 베개 없이 살았고, 그래서 그들이 등을 곧게 펴고 서 있을 수 있는 거라고 말했다. 우리는 집에서 가져온 거칠거칠한 군용 담요를 넓게 펼친 후 거기 누워서 하늘에 펼쳐진 별들을 보았다. 나는 로리 언니에게 인디언처럼 하늘을 보며 잠을 자다니 우린 참 운이 좋다고 말했다.

"영원히 이렇게 살아도 될 거 같아." 나는 말했다.

"그렇게 말 안 해도 그럴 거 같은데." 로리 언니가 말했다.

주로 한밤중에 느닷없이 짐을 꾸려서 떠나는 건 우리에겐 일상이었다. 엄마 아빠가 우리 식구를 쫓고 있는 사람들에 대해 얘기하는 걸 엿듣는 일도 가끔 있었다. 아빠는 그 사람들을 똘마니, 흡혈귀, 게슈타포라 불렀다. 때로 아빠는 스탠더드 오일의 중역들과 자기를 쫓는 FBI를 언급하기도 했다. 스탠더드 오일은 엄마 집안 소유인 텍사스 땅을 갈취하려 했고, FBI는 모종의 비리 때문에 아빠를 쫓고 있는 건데 아빠는 행여 우리도 위험해질지 몰라서 우리에겐 일절 얘기해준 적이 없었다.

아빠는 연방수사관 패거리들이 우리 뒤를 쫓고 있다고 믿어 의심치 않았다. 그래서 필터 없는 담배를 거꾸로 피웠는데, 그러면 담배에 찍힌 상표명이 타 없어지기 때문에 우릴 쫓는 사람들이 행여 아빠의 재떨이를 들여다보더라도 아빠를 찾아낼 단서가 될 폴 몰*이 아니라 아무것도 밝혀낼 수 없는 꽁초만 보게 될 거라는 것이었다. 그런데 엄마는 FBI가 정말로 아빠를 쫓는 건 아니라고 했다. 아빠는 수금원보다는 FBI에게 쫓기는 게 더 재미있기 때문에 그렇게 말하길 좋아한다

* 미국 담배 브랜드.

는 것이었다.

우리는 유목민처럼 떠돌아다녔다. 우리가 산 곳은 네바다, 애리조나, 캘리포니아의 매캐한 탄광촌이었다. 있는 거라곤 대개 처량하게 우그러진 채 옹기종기 모여 있는 판잣집들, 주유소 하나, 포목점 하나, 그리고 한두 개의 술집이 전부였다. 니들스, 바우스, 파이, 고프스, 와이 같은 간판을 단 곳들로, 수퍼스티션 마운틴스, 물이 다 말라버린 소다레이크, 올드우먼 마운틴 부근에 있었다. 황량하고 외진 곳일수록 엄마와 아빠는 더 좋아했다.

아빠는 석고나 구리를 캐는 광산에서 전기기사나 엔지니어로 일했다. 엄마는 아빠가 해본 적도 없고 대학졸업장도 없지만 다 아는 것처럼 잽싸게 구구절절이 이야기를 늘어놓을 수 있다는 말을 즐겨 했다. 아빠는 원하면 어떤 일이건 구할 수 있었다. 다만 성격상 오래 하질 못했을 뿐이다. 아빠는 가끔 노름을 하거나 이상한 일을 할 때도 있었다. 무료하거나 해고를 당했거나 미납 고지서가 하늘 높은 줄 모르고 쌓여가거나 우리가 사는 트레일러를 전신주에 연결해 몰래 전기를 쓰는 걸 전기공급회사 가설공한테 들키거나, 아니면 FBI가 수사망을 좁혀오면 우린 짐을 꾸려 한밤중에 차를 타고 떠났다. 그러다 작은 도시가 엄마 아빠 눈에 들어오면 차로 주변을 돌아다니면서 앞마당에 '임대' 표지판을 내건 집이 있나 찾아보았다.

이따금씩 피닉스에 있는 외할머니 댁에서 지내기도 했다. 스미스 할머니는 하얀색의 대저택에 살았다. 소싯적 웨스트텍사스의 플래퍼*

---

* 1920년대 자유분방한 라이프스타일을 추구했던 젊은 여성들을 지칭하는 말로 주름 잡힌 짧은 스커트와 소년처럼 짧은 헤어스타일을 고수했다.

였던 할머니는 춤과 욕지기와 말을 좋아했다. 손도 못 댈 정도로 거친 야생마를 제압할 줄 안다고 소문이 난 할머니는 할아버지를 도와서 목장을 운영하기도 했었는데, 그랜드캐니언에서 그리 멀지 않은 불헤드시티의 서부, 애리조나의 피시크리크캐니언 부근이었다. 난 스미스 할머니가 끝내준다고 생각했지만 몇 주 후 할머니와 아빠는 틈만 나면 서로 언성을 높여가며 추저분하게 싸워댔다. 잘은 모르지만 엄마가 현금이 바닥났다고 말하면서 시작되었던 것 같다. 할머니는 그 말에 사뭇 헐뜯는 투로 아빠가 칠칠치 못해서라고 말했다. 그래서 아빠가 쓸 줄도 모르는 돈을 너무 많이 갖고 있는, 자기밖에 모르는 쭈그렁 할멈 운운하기 무섭게 사태는 둘이 얼굴을 맞대고 가히 욕지거리 경연대회라 해도 무방할 가공할 말싸움으로 번졌다.

"모기 밥 신세의 주정뱅이!" 할머니가 고래고래 소리를 질렀다.

"부싯돌 같은 상판대기에 재수 없는 할망구!" 아빠도 지지 않고 큰 소리로 되받아쳤다.

"개똥만큼도 쓸데가 없는 남창 새끼!"

"남자 거시기나 따먹고 사는 비늘 달린 귀신 년!"

아빠 쪽이 좀 더 창의적인 어휘를 구사했으나 스미스 할머니 목소리가 더 컸다. 게다가 홈경기의 이점까지 있었다. 결국 아빠 쪽에서 단념하고 우리에게 차를 타라고 말할 때가 올 것이었다. 할머니는 엄마에게 아빠처럼 아무짝에도 쓸모가 없는 빙충이자식한테 손주 새끼들을 맡길 수 없다고 소리소리 질렀다. 엄마는 어깨를 으쓱하며 그 빙충이자식이 자기 남편이니 어쩔 수 없는 노릇이라고 말했다. 우리는 할머니 댁을 나와 사막으로 떠났고 또 다른 탄광촌에서 임대할 집을 찾았다.

그런 동네엔 그곳에 산 지 몇 년째인 사람들도 얼마간 있었지만, 나머지는 우리처럼 정처 없이 이리저리 흘러 다니는 사람들이었다. 그들은 대개 노름꾼이나 전과자, 상이용사, 아니면 엄마 말대로 행실이 나쁜 여자들이었다. 개중엔 광산을 찾아다니는 나이 든 업자들도 있었는데, 햇볕에 그은 얼굴이 마치 말린 사과처럼 쪼글쪼글 주름이 지고 거무튀튀했다. 동네 아이들은 야위고 억셌으며 손과 발에 굳은살이 박여 있었다. 우리는 그 애들과 친해지긴 했지만, 언제 떠날지 알 수 없어서 아주 가깝게 지내진 못했다.

학교에도 등록하긴 했지만 늘 그러진 못했다. 엄마는 우리가 다섯 살이 되면 그림이 없는 책을 읽게 했고, 아빠는 수학을 가르쳐주었다. 아빠는 그 밖에도 모스 부호를 두드리는 법이랄지, 북극곰의 간은 그 안의 비타민 A가 매우 위험해 죽을 수도 있기 때문에 절대 먹어선 안 된다는 것 같은 중대하고 쓸모 있는 것들을 가르쳐주었다. 또 아빠의 총으로 조준하고 쏘는 법, 엄마의 활을 쏘는 법을 배웠고, 칼을 날을 잡고 던져 목표물 중간에 푹 하고 듣기 좋은 소릴 내며 박히게 하는 법도 배웠다. 나는 네 살이 되었을 때, 아빠의 크고 검은 6연발 권총을 능숙하게 다룰 수 있게 되어서 30보 떨어진 거리에 있는 맥주 여섯 병 중에서 다섯 병을 맞출 수 있었다. 우선 두 손으로 권총을 잡고 눈은 총열을 보며 방아쇠를 천천히, 가만히 당기면 크게 짤깍 소리와 함께 총이 확 움직이면서 동시에 병이 박살 났다. 총을 쏘는 건 재미있었다. 아빠는 연방수사관들이 혹여 우릴 포위할 경우 나의 정확한 사격 솜씨가 소용이 될 거라고 말했다.

엄마는 사막에서 자랐다. 그래서 건조하고 쩍쩍 갈라질 것 같은 열기를, 불바다처럼 보이는 황혼 녘의 하늘을, 한때는 거대한 해저였던 그 거칠 것 없는 대지의 가슴 벅찬 광막함과 엄혹함을 사랑했다. 대부분의 사람들은 사막에서 살아나가는 것을 고생스러워했지만, 엄마는 사막에 있을 때 오히려 잘 살았다. 불모지나 다름없는 곳에서 살아남는 법을 알았기 때문이다. 엄마는 우리에게 어떤 풀은 먹을 수 있고 어떤 풀은 독성이 있는지 가르쳐주었다. 누구도 찾지 못하는 물을 엄마는 찾아낼 수 있었고, 극소량의 물만으로도 얼마든지 버틸 수 있다는 걸 알았다. 우리는 엄마한테서 물 한 컵만 갖고서도 제법 깨끗하게 몸을 씻을 수 있다는 걸 배웠다. 엄마는 또 동물이 마시는 물이면 정화되지 않아도, 심지어 배수로의 물을 마시는 것도 괜찮다고 말했다. 염소처리된 도시의 물은 약골들이나 마시는 거라고 했다. 야생의 물을 마시면 항체를 형성하는 데 도움이 된다는 것이었다. 엄마는 치약도 약골들을 위한 거라고 생각했다. 잠자리에 들 때 우리는 한 손바닥에 베이킹소다를 조금 덜고 과산화수소를 살짝 뿌려 거품이 일면 그 반죽을 손가락에 묻혀 이를 닦았다.

나도 사막을 사랑했다. 해가 떠 있는 동안은 모래가 너무 뜨거워서 신발을 신은 어린애라면 으레 발바닥을 데었겠지만, 늘 맨발로 다닌 우리의 발바닥은 소가죽 못지않게 질기고 두꺼웠다. 우리는 전갈과 뱀과 뿔도마뱀을 잡았다. 금을 찾아다니기도 했지만 찾지 못하면 터키석이나 석류석 같은 귀석들을 모았다. 해가 지면서 기온이 서늘해지면 모기들이 허공을 새까맣게 메울 정도로 날아다녔고, 그러다 밤이 되면 기온이 뚝 떨어져 담요를 찾게 되었다.

맹렬한 모래폭풍이 이는 때도 있었다. 이렇다 할 전조도 없이 몰아닥칠 때도 있었고, 소용돌이치듯 춤추며 사막을 가로질러 오는 회오리바람이 연이어 보이면 오겠거니 알 때도 있었다. 바람이 모래를 거칠게 휘젓기 시작하면 한 치 앞만 간신히 보일 정도였다. 모래폭풍이 일기 시작했는데 말도 자동차도, 하다못해 몸을 숨길 오두막 하나도 찾지 못하면 그 자리에 쭈그리고 앉아 눈을 감고 입을 꼭 다물고 두 귀를 감싸고 얼굴은 무릎 사이에 파묻고 폭풍이 지나갈 때까지 기다리는 수밖에 없었다. 그렇지 않으면 온몸의 구멍이란 구멍이 모래로 막히게 될 것이다. 커다란 회전초가 몸에 부딪칠 수도 있지만 가볍고 잘 튀어서 아프진 않았다. 모래폭풍이 너무 심할 경우엔 몸을 가누지 못해 옆으로 구를 때도 있는데, 그럴 땐 꼭 회전초가 된 것처럼 데굴데굴 굴러다녔다.

마침내 비가 내리면 하늘은 어두워지고 공기는 묵직해졌다. 하늘에서 공깃돌 크기만 한 빗방울들이 억수처럼 쏟아졌다. 그럴 땐 자식들이 혹여 번개를 맞는 건 아닐까 걱정하는 부모도 있겠지만, 엄마 아빠는 눈 하나 꿈쩍하지 않았고 오히려 나가서 따뜻하고 세찬 빗속에서 놀게 했다. 우리는 물을 튀기고 노래를 부르고 춤을 추었다. 낮게 걸린 구름에서 엄청난 섬광과 함께 번개가 쳤고 천둥이 땅을 뒤흔들었다. 우리는 번개가 번쩍 빛나는 순간의 멋진 광경에 마치 폭죽 쇼라도 보듯 숨이 턱 막혔다. 폭풍이 걷히면 아빠는 우릴 데리고 협곡으로 갔고, 우리는 갑자기 불어난 물이 포효하듯 밀려들어오는 걸 구경했다. 다음 날이 되면 사와로 선인장*과 프리클리 페어**가 한껏 물을 품고 띵띵해져 있었다. 다음번 비가 내리려면 오래오래 있어야 할지도 모른다는 걸 저들도 알고 있었다.

우리도 그런 선인장과 비슷한 데가 있었다. 우리는 끼니를 꼬박꼬박 챙겨먹지 못했고, 먹게 되면 배가 터지도록 먹었다. 네바다에서 살던 시절에 캔털루프***를 가득 싣고 동부로 가던 기차가 탈선한 적이 있었다. 나는 그 전까지 캔털루프는 한 번도 먹어본 적이 없었다. 아빠가 그 과일이 든 나무 상자를 계속해서 집으로 가져왔다. 우리는 생으로 먹었고 스튜로도 해 먹었으며 심지어는 튀겨서 먹기까지 했다. 캘리포니아에서 살던 시절엔 포도 따는 일꾼들이 파업을 한 적이 한 번 있었다. 그러자 포도밭 주인들은 5센트만 받고 얼마든지 포도를 따가게 했다. 우리가 무려 160킬로미터나 되는 거리를 차로 달려 그 포도밭에 갔을 때, 포도는 무르익을 대로 익어서 내 머리보다도 더 큰 포도송이들이 금방이라도 터질 것만 같았다. 우리는 차에 들어갈 틈이 보이지 않을 때까지 청포도를 가득 실었다. 트렁크와 조수석 서랍에 넣는 것도 모자라 아빠는 우리 무릎 위에 포도를 잔뜩 얹는 바람에 앞을 볼 수도 없었다. 그 후 한 달 동안 우리는 아침, 점심, 저녁으로 청포도를 먹었다.

이렇게 동분서주하며 이사를 가는 것도 한때라고, 아빠는 말했다. 아빠에겐 계획이 있었다. 황금을 찾는 것이었다.

모두가 아빠더러 천재라고 말했다. 아빠는 못 만드는 게 없고, 못

---

* 애리조나산 키 큰 선인장의 일종.
** 노란 꽃이 피는 선인장의 일종.
*** 초록색 껍질에 오렌지색 과육의 멜론.

고치는 것이 없었다. 언젠가 이웃의 텔레비전이 고장 난 적이 있었는데 아빠는 뒤판을 열고선 마카로니 국수 가락같이 얼키설키한 와이어들을 절연시켰다. 텔레비전 주인은 그 일을 결코 잊지 못했다. 그는 아빠가 국수를 응용하는 방법을 안다고 동네방네 떠들고 다녔다. 아빠는 수학과 물리학과 전기에 도통했다. 미적분과 대수학 관련 책들을 읽었고, 시와 수학의 대칭성을 사랑했다. 우리에게 숫자마다 품고 있는 마력적인 속성에 대해 이야기해주었고, 숫자에 우주의 비밀을 풀 열쇠가 있다고도 했다. 아빠의 주요 관심사는 에너지, 즉 열에너지, 핵에너지, 태양에너지, 전기에너지, 바람에서 얻는 에너지였다. 아빠는 개발되지 않은 에너지원이 넘쳐나는데 화석연료만 죄다 태워 없애는 건 어리석은 짓이라고 말했다.

뿐만 아니라 아빠는 늘 뭔가를 발명해냈다. 아빠의 발명품 가운데서 가장 중요한 것은 직접 '프로스펙터'란 이름을 붙인 복잡한 장치였다. 그걸 써서 황금을 찾아낼 작정이었다. 프로스펙터는 크고 납작한 외면에 높이 1.2미터, 너비 1.8미터였고, 비스듬히 위로 솟은 형태였다. 여기에 표면엔 나무로 만든 살들이 일정한 간격을 두고 세로로 붙어 있었다. 프로스펙터는 흙과 돌을 떠내고, 촘촘한 나무살의 미로는 흙은 내리고 돌멩이는 무게로 가늠해 금인지 아닌지를 판명해냈다. 쓸모없는 것들은 버리고 금덩이는 따로 모아 두었기 때문에 식료품점에 갈 일이 있을 때마다 프로스펙터로 가서 금덩이를 주워 오면 됐다. 적어도 아빠가 프로스펙터를 다 만들기만 하면 그럴 수 있을 거라는 계산이 있었다.

브라이언과 나는 아빠를 도와 프로스펙터를 만들었다. 집 뒤로 가서 일을 했는데 내가 못을 잡고 아빠가 망치질을 했다. 아빠가 못을 잡고 내가 망치질을 할 때도 있었는데, 마지막엔 아빠가 망치로 세게 두드려 단번에 못을 박아 넣었다. 공기는 톱밥과 막 자른 나무의 향과 함께 아빠가 일할 때면 늘 부르는 휘파람 소리로 가득했다.

내가 생각하는 아빠는 완벽했다. 그래도 엄마가 명한 '심각하지 않은 음주벽'은 있었다. 엄마는 그걸 "아빠의 맥주 단계"라 말했지만 그 정도야 우리 선에서 해결이 가능한 것이었다. 술을 마시면 아빠는 과속으로 차를 몰았고, 귀청이 떨어질 정도로 큰 소리로 노래를 불렀고, 머리를 얼굴에 마구 흐트러뜨렸다. 그러면 사는 게 살짝 겁이 나기도 했지만 정말 재미난 건 변함이 없었다. 하지만 엄마가 "센 술"이라 명한 것을 아빠가 병째로 집어 들 때면 엄마는 제정신이 아니었다. 무리도 아닌 게 아빠는 그런 술을 마시면 얼마 지나지 않아 분노로 이글거리는 눈을 한 생면부지가 되어버려서 가구를 집어 던지고 자길 건드리면 엄마건 누구건 때리겠다고 위협했다. 그렇게 원 없이 욕지기를 퍼붓고 고래고래 소리 지르고 물건을 때려 부수고 나서야 비로소 쓰러졌다. 하지만 아빠가 독주를 마시는 건 어디까지나 형편이 넉넉할 때뿐이었는데 그런 적이 별로 없었기 때문에 당시엔 전반적으로 즐겁게 살 수 있었다.

매일 밤, 아빠는 우리가 잠들기 전에 재미난 이야기를 들려주었다. 언제나 아빠 자신에 관한 이야기였다. 그럴 때 우리는 침대에 몸을 묻고 있거나 사막에서 담요를 덮고 있었고, 세상은 아빠가 피우는 담배 끝에서 타들어가는 오렌지 빛 말고는 컴컴했다. 아빠가 길게 한 모금을 빨면 아빠 얼굴이 간신히 보일 정도로 밝아졌다.

"아빠, 이야기 들려줘!" 우리가 아빠를 졸라대면 아빠는 말했다.

"으아아아아. 정말로 내 얘기를 또 듣고 싶은 건 아니겠지?"

"네, 듣고 싶어요!" 우리는 고집을 피웠다.

"그럼, 좋아." 아빠는 그렇게 말한 후 잠시 생각에 잠겼다가 무슨 기억이 떠올랐는지 낄낄거렸다. "너희들의 늙은 아빠가 아무 생각 없이 몹쓸 짓을 저지른 게 한두 번이 아니지만, 지금 해줄 얘기는 말이지, 렉스 월스가 아무리 천하의 미친놈이라고 해도 너무 정신 나간 짓이었단다."

그렇게 운을 뗀 아빠는 공군이었을 당시 아빠가 탄 비행기의 엔진이 고장 났을 때 목우장에 비상착륙을 시도해 대원들을 구한 일화를 들려주었다. 아니면 다리를 절뚝이는 야생마를 에워싼 들개 떼에 혼자 맞서 싸웠던 일화를 들려주기도 했다. 한 번은 후버 댐 위의 부서진 수문을 고친 적도 있다는데, 아빠가 아니었으면 댐이 터져서 수천 명의 사람들이 목숨을 잃었을 것이다. 또, 공군 시절, 맥주를 마시려고 무단이탈을 감행, 술집에 갔다가 공군기지를 폭파할 계획을 세우고 있던 한 미치광이를 얼결에 잡은 적도 있다고 했다. 그렇게 볼 때 가끔이긴 하지만 아빠가 원칙을 어긴 것이 좋은 결과를 낳기도 했다.

아빠는 구성진 입담을 자랑했다. 이야기를 시작할 땐 언제나 천천히, 뜨문뜨문 이어나갔다.

"얼른! 그래서 어떻게 됐는데?"

이미 들은 이야기인데도 우린 늘 아빠를 재촉했다. 엄마가 그런 아빠에게 키득대거나 '또 시작이네' 하는 표정을 지으면 아빠는 엄마를 노려보았다. 또 아빠는 이야기를 하다가 누가 끼어들면 불같이 화를 냈기 때문에 우린 계속 이야기해달라고 누구도 끼어들지 않겠다고 빌다시피 했다.

아빠가 하는 이야기 속에서 그는 누구보다 열심히 싸웠고, 누구보다 빨리 날았고, 불구덩이에 뛰어들 때조차 누구보다 더 똑똑했다. 그러는 와중에 여자들과 아이들은 물론 아빠만큼 힘이 세지도 머리가 똑똑하지도 않은 남자들의 목숨을 구해냈다. 아빠는 영웅이 될 수 있었던 숨은 비결을 우리에게 가르쳤다. 그렇게 들개에 올라타 목을 부러뜨리는 방법, 사람의 목 특정 부위를 손으로 잽싸게 질러 단번에 목숨을 끊는 방법 등을 가르쳐주었다. 그렇지만 아빠가 곁에 있는 한 우린 스스로를 보호할 필요가 없다고 단언하며, 세상 누구건 렉스 웰스의 자식들에게 손가락 하나라도 대는 순간, 그놈은 엉덩이 양쪽에 아빠의 신발자국이 남을 정도로 호된 발길질을 당할 거라고 맹세했다.

아빠는 소싯적의 눈부신 무용담을 들려주는 것 말고도 미래의 놀라운 계획들도 들려주었다. 그중 하나가 유리성을 짓는 것이었다. 아빠의 엔지니어링 기술과 수학적 재능이 하나의 특별 프로젝트에 집약되고 있었다. 아빠는 우릴 위해 사막 한가운데 으리으리한 집을 지을 예정이었다. 유리천장과 두꺼운 유리벽과 유리계단으로 된 집을. 옥상엔 태양전지를 달아서 태양빛을 전기로 바꿔 냉난방과 모든 가전제품에 쓸 것이었다. 심지어는 자체 수질 정화 시스템까지 갖출 계획이었다. 이를 위한 건축 구상과 평면도는 끝낸 터였고, 수학적 계산도 마무리 단계에 있었다. 아빠는 어딜 가건 유리성의 청사진을 들고 다녔고, 가끔은 우리 앞에 활짝 펴놓고 각자의 방을 디자인해보라고 했다.

남은 건 금을 찾아내는 일뿐이고, 금은 우리 눈앞에 있다는 게 아빠의 설명이었다. 일단 아빠가 프로스펙터를 다 만들기만 하면, 그리고 우리가 돈벼락을 맞기만 하면 유리성 짓기에 착수할 것이었다.

자기 이야기를 하는 건 그렇게 좋아한 아빠였지만 당신 부모나 고향에 대해선 좀처럼 입을 열지 않았다. 우리는 아빠가 태어난 곳이 웰치란 동네라는 건 알았다. 웨스트버지니아에 있는 그 동네에선 석탄을 많이 캤고, 철도회사 직원이었던 친할아버지는 매일 아담한 역사 안에 앉아서 메시지를 쓴 쪽지를 막대기에 꽂아 기관사들이 지나갈 때마다 들어 올려 보여주었다. 그런 일에 눈곱만큼도 관심이 없었던 아빠는 열일곱 살 때 웰치를 떠나 공군에 입대해서 파일럿이 되었다.

아빠가 정말 좋아해서 우리에게 한 백 번은 들려준 게 엄마를 만나 사랑에 빠진 사연이었다. 당시 아빠는 공군에, 엄마는 미군 위문협회에 있었고, 두 사람이 만난 건 엄마가 휴가를 맞이해 피시크리크캐니언 근처의 외할머니네 소 방목장에 내려와 있었을 때였다.

피시크리크캐니언의 한 절벽을 찾은 아빠와 그의 동료들이 담력을 키운답시고 12미터 남짓한 높이에서 아래 호수로 뛰어들 참에 엄마와 한 친구가 차를 타고 그곳에 도착했다. 엄마는 새하얀 수영복을 입고 있어서 애리조나의 태양에 그은 가무잡잡한 피부와 몸매가 돋보였다. 여름이면 금발이 되는 밝은 갈색 머리의 엄마는 새빨간 립스틱을 바르는 것 말고는 전혀 화장을 하지 않았다. 아빠는 그런 엄마가 꼭 영화배우 같았다고 늘 말했다. 젠장, 미인들이라면 엄마를 만나기 전에 수두룩하게 만났었지만 무릎에 힘이 빠지게 만드는 여자는 엄마가 처음이었다고 했다. 엄마는 여느 여자와도 달랐다. 아빠는 이내 엄마가 진정한 영혼의 소유자임을 알아보았고, 엄마를 본 순간 그대로 사랑에 빠져버렸다.

엄마는 공군들에게 다가가선 절벽에서 뛰어내리는 게 무슨 대수냐며, 자긴 어렸을 적부터 뛰어내렸다고 말했다. 남자들이 믿지 않자 엄마는 곧장 절벽 끝으로 가선 흠잡을 데 없는 스완 다이브를 선보이며 물속으로 뛰어내렸다.

엄마가 뛰어들기 무섭게 아빠도 뛰어내렸다. 아빠 말로는 그렇게 눈부신 여자를 코앞에서 놓치기 싫어서였다.

"아빤 무슨 다이브를 했어, 아빠?"

아빠가 그 얘길 꺼낼 때마다 나는 물었고, 아빠의 대답은 한결같았다.

"낙하산 다이브. 낙하산 없이."

아빠는 헤엄을 쳐서 엄마를 쫓아가선 물속에 있은 채로 자긴 엄마랑 결혼할 거라고 말했다. 엄마는 이미 아빠 이전에 스물세 명의 남자에게 청혼을 받았고 모두 거절했다면서 물었다.

"무슨 근거로 내가 당신의 청혼을 받아들일 거라 생각하는 거죠?"

"난 청혼한 게 아닌데요." 아빠가 말했다. "당신이랑 결혼할 거라고 말했을 뿐이지."

6개월 후, 아빠와 엄마는 결혼했다. 나는 그보다 더 낭만적인 이야기는 들어본 적이 없다고 생각했지만 정작 엄마는 좋아하지 않았다.

엄마 생각엔 조금도 낭만적이지 않았다.

"하는 수 없이 '그래요'라고 말했던 것뿐이야." 엄마가 말했다. "네 아빤 '싫어요'란 대답을 받아들이지 못하는 사람이었으니까."

그게 아니더라도 엄마는 지극히 사소한 일조차 엄마 스스로 결정하는 걸 용납 못 했던 외할머니에게서 도망치지 않을 수 없었다고 설명했다.

"네 아빠에 비하면 외할머니는 애교 수준이었다는 건 알 턱이 없었으니까."

아빠는 결혼 후 군 생활을 접었다. 가족을 부양하려면 돈을 엄청나게 벌어야 하는데 군대에 있으면 그럴 수가 없어서였다. 그런 후 몇 달이 지나서 엄마는 로리를 갖게 되었다. 로리는 태어나서 세 살이 될 때까지 말을 못 했고 달걀마냥 머리털이 자라질 않았다. 그러다 어느 날 갑자기 은행에서 막 발행한 구리동전 같은 색깔의 곱슬머리가 나기 시작했다. 그리고 쉴 새 없이 떠들기 시작했는데 무슨 말인지 도무지 알아들을 수 없어서 다들 둔치로 여겼지만, 엄마만큼은 로리가 하는 말을 빠짐없이 알아들었고 로리의 어휘력이 뛰어나다고 말했다.

로리가 한 살이 되었을 때, 엄마 아빠에게 또 다른 딸인 메리 샬린이 생겼다. 목탄처럼 새까만 머리에 초콜릿색 눈을 한 메리 샬린은 아빠의 판박이였지만 생후 9개월이 되던 밤에 갑자기 세상을 떠났다. 엄마는 늘 유아돌연사 때문이라고 말했다. 그로부터 2년 후, 내가 태어났다.

"네가 메리 샬린의 빈자리를 채워주었단다." 엄마는 그러면서 로리가 자신을 이상하다고 생각할까 봐 이번엔 빨간 머리를 한 딸아이로 주문했다고 말했다. “넌 정말 빼빼 말라빠진 아기였어. 간호사들도 너처럼 길쭉하고 살은 하나도 없는 아긴 처음이라고 했으니까.”

내가 한 살 때 브라이언이 태어났다. 엄마 말에 따르면 브라이언은 청색아*였다. 태어났을 때 숨을 쉬지 못하는 바람에 심장발작을 일으키며 뱃속에서 나왔다. 이 얘기를 해줄 때마다 브라이언의 당시 모습을 보여주려고 엄마는 단단히 팔짱을 끼고 이를 악다물고선 두 눈을 휘둥그레 떴다. 그런 모습의 브라이언을 보고서 ‘아, 이런, 이 아이도 글러먹었어’란 생각이 들었다고 했다. 그러나 브라이언은 살았다. 생후 1년 동안 끝도 없이 발작을 일으켰지만 어느 날 씻은 듯이 멈추었다. 그 후 무슨 일이 있어도 푸념을 늘어놓거나 우는 법이 없는 당찬 꼬마가 되었다. 내가 실수로 2층 침대에서 미는 바람에 바닥에 떨어져 코가 부러졌을 때조차 브라이언은 울지 않았다.

엄마는 사람들이 자식 문제로 너무 벌벌 떤다는 말을 입에 달고 살았다. 그러면서 어렸을 때 아프면 득이 된다고 했다. 몸과 영혼에 면역이 생기기 때문에 우리가 울어도 무시하는 거라고 했다. 애들 때문에 이리 뛰고 저리 뛰는 게 오히려 애들을 부추긴다고도 했다. 그건 부정적인 행위를 긍정적으로 강화하는 것이다.

엄마는 메리 샬린이 죽은 것에 대해선 전혀 심란해하지 않는 것 같았다.

“하느님이 알아서 하시는 일이니까. 이렇게 완벽한 아이들을 주시기도 했지만 그다지 완벽하지 않은 아이도 주셨지. 그런 후 ‘어이쿠,

---

* 선천성 심장 기형 때문에 피부가 푸른빛을 띠는 아기.

이 아이는 도로 데려가야겠어' 하신 거고."

하지만 아빠는 메리 샬린에 대해선 말하고 싶지 않아 했다. 메리 샬린의 이름만 나와도 아빠는 얼굴이 돌처럼 굳어져선 방을 나가버렸다. 죽은 채 요람에 있던 메리 샬린을 발견한 게 아빠였고, 이루 말할 수 없을 정도로 충격을 받았다는 게 엄마의 설명이었다.

"그 아이가 죽은 걸 보고, 아빤 뻣뻣하게 굳은 그 아이를 품에 안은 채 충격을 받은 건지 꿈쩍도 안 하고 서 있다가 이내 다친 짐승처럼 울부짖었어." 엄마가 우리에게 말해주었다. "그렇게 무시무시한 소린 정말 한 번도 들은 적이 없었어."

엄마는 메리 샬린이 죽은 후 아빠가 예전과 다른 사람이 되었다고 했다. 성격이 음울해지기 시작했고, 밤늦게까지 밖에 있다가 술에 취해 집에 돌아왔으며, 한 직장에 진득이 있질 못했다. 브라이언이 태어난 지 얼마 되지 않은 어느 날, 돈이 없어서 아빠가 커다란 다이아몬드가 박힌 엄마의 결혼반지를 전당포에 맡기는 일이 있었다. 그 반지는 외할머니가 사준 거라서 엄마는 심란해했다. 그런 일이 있은 후 엄마는 아빠와 싸울 때마다 반지 이야기를 꺼냈고, 아빠는 그런 엄마에게 불평 좀 작작 하라고 말했다. 그러면서 전당포에 맡긴 것보다 훨씬 더 멋진 반지를 해주겠다고 말했다. 그런 이유에서라도 우린 금을 찾아야만 했다. 엄마에게 새 결혼반지를 해주기 위해서. 그리고 유리성을 짓기 위해서.

"맨날 떠돌아다니는 게 좋아?" 로리 언니가 내게 물었다.

"당연하지!" 나는 말했다. "언니는?"

"당연하지." 언니가 말했다.

그때는 늦은 오후였고, 우린 네바다 사막의 어느 술집 앞에 세워둔 차에 있었다. 그곳 이름은 '술집 같은 소리 하고 있네'였다. 나는 네 살이었고, 언니는 일곱 살이었다. 우리는 라스베이거스로 가던 길이었다. 그러는 게 더 낫겠다는 아빠의 결정 때문이었다. 아빠 말에 따르면 한동안 카지노를 들락거리며 프로스펙터 자금 조달을 위한 돈을 모아야 한다는 것이었다. 그래서 차를 타고 몇 시간을 가던 중, 아빠의 눈에 '술집 같은 소리 하고 있네'가 눈에 들어왔고, '초록 승무원실'을 세우게 된 것이다. 예전의 '파란 거위'가 완전히 고장 난 후, 우리는 아빠가 '초록 승무원실'이라 부른 스테이션 왜건을 타고 다녔다. 한편 아빠는 얼른 목만 축이고 오겠다며 술집으로 들어갔고, 엄마는 차보다 독한 건 일체 못 마시는데도 빨간 립스틱을 바른 후 아빠를 따라 들어갔다. 그런 후 몇 시간이 지나도록 둘 다 나오지 않았다. 해는 하늘 높이 떠 있었고, 한 줄기 바람도 불어오지 않는 한낮이었다. 길가에서 형체를 분간할 수 없는 짐승의 사체를 쪼아대는 독수리 몇 마리 말고는 개미 새끼 한 마리도 움직이지 않았다. 브라이언은 모서리가 수도 없이 접혀 있는 만화책을 읽고 있었다.

"우리가 이제까지 어디어디서 살았지?" 나는 로리 언니에게 물었다.

"네가 '살았다'는 뜻을 어떻게 정하느냐에 따라 답은 달라지지." 언니가 말했다. "어느 동네에서 딱 하룻밤만 잤다면, 그게 거기서 산 게 될까? 이틀 밤을 잤다면? 아니면 꼬박 일주일 동안 있었다면?"

나는 생각한 후에 말했다.

"짐을 다 풀었다면 어떨까?"

그 기준에서 손을 꼽아나가던 우리는 열한 번째에서 막히고 말았다. 몇몇 동네 이름이나 살았던 집이 어땠는지 기억이 나지 않아서였다. 주로 차 안에 있었다는 건 기억했다.

"우리가 이렇게 맨날 이사를 다니지 않으면 어떤 일이 일어날까?" 나는 언니에게 물었다.

"붙잡히겠지."

마침내 '술집 같은 소리 하고 있네'에서 나온 엄마와 아빠는 우리 각자에게 기다란 쇠고기 육포와 초콜릿 바를 주었다. 내가 육포를 먼저 먹은 다음 마운즈 바 포장을 뜯었을 때 초콜릿 바는 이미 녹아서 갈색의 끈적끈적한 곤죽이 되어 있었다. 나는 놔뒀다가 밤이 되어 사막이 추워져서 초콜릿 바가 다시 딱딱해지면 먹어야겠다고 생각했다.

그때쯤 우리는 이미 '술집 같은 소리 하고 있네' 너머의 작은 동네를 지나고 있었다. 아빠는 한 손엔 담배를, 다른 손엔 갈색 맥주병을 든 채 운전하고 있었다. 로리 언니는 앞 좌석에 아빠와 엄마 사이에 있었고, 브라이언은 뒷좌석의 내 옆에 앉아서 자기의 3머스커티어스 바 절반과 내 마운즈 바의 절반을 바꾸자고 하던 중이었다. 바로 그 순간 차가 홱 방향을 틀더니 철로로 넘어 들어서면서 차 문이 벌컥 열렸고, 나는 차 밖으로 굴러떨어지고 말았다.

나는 제방을 따라 몇 미터를 굴러갔고, 마침내 멈췄을 땐 너무도 충격을 받은 나머지 울음조차 나오지 않고 숨이 턱턱 막혔다. 눈과 입 안엔 모래와 조약돌들이 들어가 있었다. 고개를 드니 초록 승무원실이 점점 작아지다가 굽잇길을 돌아 사라져버렸다.

이마에서 피가 줄줄 흐르고 코피도 나오고 있었다. 무릎과 팔꿈치는 피부가 벗겨져 모래들이 덕지덕지 묻어 있었다. 나는 여전히 마운즈 바를 들고 있었지만, 굴러떨어지면서 부딪치는 바람에 포장지는 찢어지고 하얀 코코넛 속이 삐져나온데다 모래 범벅이 되어 있었다.

다시 숨을 고를 수 있게 되자, 나는 철로의 제방을 따라 길가로 기어가 앉아선 엄마와 아빠가 돌아오길 기다렸다. 온몸이 쓰라렸다. 해는 작고 하얬고, 지글지글 뜨거웠다. 한 줄기 바람이 길가를 따라 흙먼지를 일으키며 불어왔다. 한참을 기다리고서야 비로소 엄마와 아빠가 날 찾으러 오지 않을 수도 있다는 생각이 들었다. 내가 없는 걸 눈치채지 못한 건지도 모른다. 굳이 날 찾으려고 차를 돌려서 오지 않을지도 모른다. 고양이 키호테처럼 나도 엄마 아빠에겐 없어도 되는 성가신 짐짝인지도 모른다.

등 뒤의 작은 동네는 고요했고, 길가엔 차 한 대도 없었다. 그제야 나는 울었지만 그러니까 더 쓰라리기만 한 거 같았다. 나는 자리에서 일어나 집들이 있는 쪽으로 걸어가기 시작했다. 그러다 문득 엄마 아빠가 혹여 왔다가 날 찾지 못하고 헤맬까 봐 다시 철로가 있는 곳으로 와서 자리에 앉았다.

두 다리에 말라붙은 피딱지를 긁어 떼다가 문득 고개를 들어보니 초록 승무원실이 굽잇길을 돌아오고 있었다. 길 위를 돌진하며 내 쪽으로 오면서 차는 점차 더 커졌고, 마침내 내 코앞에서 끽 소리를 내며 멈춰 섰다. 아빠가 차에서 내려선 무릎을 꿇더니 날 안으려고 했다.

나는 몸을 뒤로 빼며 아빠를 피했다. 그리고 말했다.

"날 내버려두고 갈 거라고 생각했어."

"아아, 아빠가 미쳤니? 그런 짓을 하게." 아빠가 말했다. "네 동생이 네가 차에서 떨어졌다는 말을 하면서 어찌나 엉엉 울어대는지 한 마디도 못 알아들었어."

아빠는 내 얼굴에서 왕모래알들을 털어내기 시작했다. 어떤 건 피부 속 깊이 박혀 있어서 아빠는 차로 돌아가 조수석 서랍에서 롱노우즈 펜치를 가져왔다. 그걸로 내 두 뺨과 이마에서 모래알들을 남김없이 뽑아낸 후 손수건을 꺼내 피가 흐르는 내 코를 막으려 했다. 내 코는 마치 고장 난 수도꼭지처럼 피를 철철 흘리고 있었다.

"우리 애기, 이걸 어쩌나." 아빠가 말했다. "우리 애기가 콧물 보관함을 박살 내버렸구나."

나는 격렬하게 웃어대기 시작했다. '콧물 보관함'이라니, 코를 지칭하는 표현으로 그보다 더 웃긴 말은 들어본 적이 없었다. 아빠가 얼굴을 닦아준 후 나는 다시 차에 올랐고, 브라이언과 로리 언니와 엄마에게 그 말을 알려주자, 그들도 나 못지않게 격렬하게 웃어대기 시작했다. 콧물 보관함. 정말 웃기지 않나?

검붉은 벽과 비좁은 침대 두 개가 놓여 있는 라스베이거스의 한 모텔에서 우리는 한 달을 살았다. 애들 셋이 한 침대에서 자고 엄마와 아빠가 다른 침대에서 잤다. 낮에는 가족 모두 카지노에 갔고, 아빠는 비트 더 하우스*라면 무조건 이길 자신이 있다고 큰소리쳤다. 브라이언과 나는 짤깍거리는 슬롯머신들 사이를 누비며 숨바꼭질을 하거나 트레이들을 살피며 혹시라도 누가 흘리고 갔을지 모를 동전을 찾아다녔다. 그러는 동안 아빠는 블랙잭 테이블에서 돈을 따고 있었다. 나는 머리와 엉덩이에 어마어마하게 큰 깃털을 달고 온몸에 반짝거리는 스팽글 장식을 두르고 눈가엔 반짝이를 단 채 뽐내듯 걸으며 카지노를 돌아다니는 다리 긴 쇼걸들을 뚫어져라 보았다. 그들의 걸음걸이를 흉내 내는 나를 보고 브라이언은 타조 같다고 말했다.

하루가 저물 무렵 호주머니마다 돈으로 가득 채운 아빠가 우릴 찾으러 와선 카우보이 모자와 술 달린 조끼를 사주었고, 우린 에어컨에서 얼음처럼 차가운 바람이 나오고 테이블마다 주크박스 모형이 놓여 있는 식당에서 치킨 프라이드 스테이크를 먹었다. 어느 날 밤, 그야말

* 블랙잭 등의 카지노 게임에서 다른 사람이 아닌 카지노를 상대로 이기는 것.

로 대박을 터뜨린 날, 아빠는 우린 이미 거금을 베팅하는 도박꾼이니 사는 것도 그에 걸맞게 살아야 할 때라고 말했다. 그러고선 살롱처럼 회전문이 달린 식당으로 우릴 데려갔다. 들어가 보니 벽마다 진짜 탐사용 도구들이 장식되어 있었고, 양팔에 가터를 두른 한 남자가 피아노를 연주했고, 아빠가 담배를 꺼내기 무섭게 팔꿈치까지 덮는 긴 장갑을 낀 여자가 기다렸다는 듯이 다가와 불을 붙여주었다.

아빠가 우리에게 특별한 디저트를 먹게 될 거라고 말했다. 불타는 아이스크림 케이크라나. 웨이터가 문제의 케이크를 실은 바퀴 달린 트레이를 끌고 왔고 예의 장갑 낀 여자가 초에 불을 붙였다. 모두가 먹다가 말고 케이크를 주시했다. 불꽃은 서서히 물이 흐르듯, 리본처럼 배배 꼬이며 허공 위로 솟아올랐다. 모두가 박수를 치기 시작했고, 아빠는 자리에서 벌떡 일어나선 웨이터의 한 손을 잡더니 마치 1등 수상자를 지목하듯 그의 머리 위로 올렸다.

며칠 후, 엄마 아빠는 블랙잭 테이블로 가는가 싶더니 곧바로 우릴 찾아서 왔다. 아빠는 딜러가 아빠의 수법을 알아차리고 자꾸 캐내려 한다고 말했다. 그래서 지금 당장 도망쳐야 한다는 것이었다.

아빠는 카지노를 소유한 마피아가 아빠를 쫓고 있기 때문에 라스베이거스에서 멀리멀리 도망쳐야 한다고 말했다. 우리는 사막을 거쳐 서부로 갔고, 그런 다음엔 산으로 들어갔다. 엄마가 살면서 적어도 한 번은 태평양 부근에서 살아봐야 한다고 말했기 때문에 우린 계속 샌프란시스코를 향해 갔다.

엄마는 피셔맨스워프 부근에 있는, 관광객에게 바가지를 씌우는 호텔에 묵고 싶지 않다고 말했다. 그건 가짜 경험이고 그 도시의 실상에서 단절되는 것뿐이라는 엄마의 생각을 받아들여 우리는 훨씬 더 개성이 넘치는 숙소 한 곳을 찾아냈다. 그곳 이름은 텐덜로앵 디스트릭트*였고, 우리 말고도 선원들과 화장을 짙게 한 여자들도 묵고 있었다. 아빠는 그곳을 싸구려 여인숙이라 말했지만 엄마는 'SRO'라고 불렀다. 그게 무슨 뜻이냐고 내가 묻자 엄마는 특별한 숙박객만 받는 호텔이라고 말했다.

엄마와 아빠가 프로스펙터 투자금을 구하려고 동분서주하는 동안 우리는 호텔 안에서 놀았다. 하루는 성냥이 반쯤 차 있는 갑을 발견했다. 마분지 묶음에서 하나씩 뜯어 쓰는 얇은 성냥보다 갑 안에 든 나무 성냥을 훨씬 더 좋아하는 나는 온몸이 짜릿해졌다. 나는 성냥갑을 들고 목욕탕에 들어가 문을 잠갔다. 휴지를 좀 뜯어내선 불을 붙였고 휴지가 타기 시작하면 변기 속에 던졌다. 나는 불을 마구 가지고 놀며 생명을 준 다음 꺼버렸다. 문득 더 좋은 생각이 떠올랐다. 나는 변기 안에 휴지를 더미가 될 때까지 풀어놓은 후 불을 붙였다. 휴지가 활활 타며 변기 밖으로 소리 없이 솟아오르자 변기의 물을 내렸다.

그로부터 며칠 지난 어느 날 밤, 나는 갑자기 잠에서 깨어났다. 공기가 뜨겁고 숨 막힐 듯 답답했다. 연기 냄새가 나서 보니 활짝 열린 창가에서 불꽃이 날름대고 있었다. 처음엔 불이 안에서 타는 건지 밖에서 타는 건지 분간할 수 없었지만 이내 침대에서 1미터도 안 되는 거리에 있는 커튼이 불에 활활 타고 있는 것이 눈에 들어왔다.

---

* 샌프란시스코에서 우범지대로 악명이 높은 다운타운.

그 방에 엄마 아빠는 없었지만 로리 언니와 브라이언이 자고 있었다. 나는 소리를 질러 그들에게 사태를 알리려 했으나 아무 소리도 나오지 않았다. 손을 뻗어 그들을 흔들어 깨우고 싶었지만 손 하나 까딱할 수가 없었다. 불길은 점점 더 커졌고 더 강해졌으며 더 진노했다.

바로 그 순간 문이 활짝 열렸다. 누군가 우리 셋의 이름을 부르고 있었다. 아빠였다. 로리 언니와 브라이언이 잠에서 깨어나 아빠에게 달려갔고 연기 때문에 콜록댔다. 나는 여전히 옴짝달싹 못 하고 있었다. 불길을 주시하며 어느 순간이고 내가 덮고 있는 담요가 불길에 휩싸일 거라고 생각하고 있었다. 아빠가 그 담요로 내 몸을 감싸 들어 올렸고, 한쪽 팔로 언니와 브라이언을, 다른 팔로 날 안고 계단을 뛰어내려갔다.

아빠는 우리를 길 건너편 술집에 데려다 놓고선 불 끄는 일을 도우려고 다시 호텔로 돌아갔다. 새빨간 손톱에 짙은 남빛 머리를 한 웨이트리스가 우리에게 코카콜라를 마시겠느냐, 아니면, 맙소사, 방금 엄청난 일을 당했으니 맥주도 괜찮다고 말했다. 브라이언과 언니는 콜라를 마시겠느냐는 말에 "네, 주세요"라고 말했고, 나는 셜리 템플을 마셔도 될지 물었다. 아빠는 날 술집에 데려갈 때마다 늘 셜리 템플을 사주었다. 왠지는 모르겠지만, 웨이트리스는 웃음을 터뜨렸다.

술집에 있는 사람들이 벌거벗은 채 불에 휩싸인 호텔 밖으로 뛰쳐나온 여자들을 안주 삼아 끝도 없이 농담을 해댔다. 속옷만 걸치고 있었던 나는 몸을 감싸고 있는 담요를 단단히 여몄다. 셜리 템플을 다 마신 후 나는 불구경을 할 생각에 다시 길을 건너가려고 했지만 웨이트리스가 못 나가게 해서 하는 수 없이 스툴 위에 올라가 서서 창밖을 보았다. 소방차가 와 있었다. 섬광등이 번쩍였고 굵은 물줄기가 뿜어 나오는 캔버스 호스를 든 검정색 러버 코트 차림의 남자들이 있었다.

그 불이 날 잡으러 온 건 아닐까 궁금했다. 아빠는 모든 사람이 다 관련이 있다고 말했었는데 마찬가지로 모든 불도 관련이 있는지 궁금했다. 핫도그를 조리하던 날 내게 화상을 입혔던 불, 그리고 내가 변기 물로 내렸던 불과 호텔을 태우는 불 사이에 어떤 인연이 있는 건 아닌지 궁금했다. 그 질문의 답을 알지는 못했지만, 내가 언제고 불길에 휩싸일 수 있는 세상에 살고 있다는 건 알았다. 그건 한순간도 허투루 흘려보내지 않게 만들 깨달음이었다.

호텔의 불이 사그라든 후, 우리는 해변에서 며칠을 보냈다. 초록 승무원실 뒷좌석을 내리면 모두가 잘 수 있는 공간이 생겼다. 누군가의 발이 내 얼굴을 쿡쿡 찌르는 때도 있긴 하지만. 어느 날 밤엔가 경찰 한 명이 차창을 두드리더니 해변에서 자는 건 불법이니 다른 데 가라고 했다. 경찰관은 친절했고 우리를 부를 때 늘 "여러분"이라고 말했다. 뿐만 아니라 잠을 자도 체포되지 않는 곳을 지도를 그려가며 알려주기까지 했다.

정작 경찰이 떠나고 난 후 아빠는 그를 "게슈타포 잡놈"이라면서 그들은 우리 같은 사람들을 못살게 구는 걸 낙으로 삼는 사람들이라고 말했다. 아빠는 문명에 이골이 나 있었다. 아빠와 엄마는 다시 사막으로 돌아가 초기 자금 없이 금 사냥하는 생활을 다시 시작하는 걸로 의견을 모았다.

"이 도시에서 살다간 살아남지 못할 거야." 아빠가 말했다.

샌프란시스코를 뒤로 하고, 우리는 모하비 사막을 향해 떠났다. 이글마운틴스 근처에서 엄마가 아빠에게 차를 세우라고 말했다. 길가의 나무 한 그루에 마음이 빼앗긴 것이다.

그건 여타 나무와는 사뭇 달랐다. 정말로 오래된 조슈아 나무로, 사막이 끝나고 산이 시작되는 땅의 갈라진 틈새에 우뚝 서서 바람의 터널이 되어주고 있었다. 어린 나무였을 때부터 바람의 채찍질에 모질게 시달리느라 하늘 방향이 아니라 바람이 쳐대는 방향으로 자라 있었다. 실제로는 제자리에 뿌리를 단단히 내리고 있음에도 보기엔 금방이라도 쓰러질 것처럼 기우뚱한 것이, 바야흐로 바람에 휘어진 채로 영원히 정지된 모습이었다.

나는 그런 조슈아 나무가 흉측해 보였다. 삐죽삐죽하고 기형적인데다 영원히 배배 꼬여 괴로워하는 모양새로 굳어 있는 모습을 보고 있으니, 기괴한 표정을 지어 버릇하면 그대로 얼굴이 굳어버릴 수 있어 그래선 안 된다던 어른들 말이 떠올랐다. 하지만 엄마는 그토록 아름다운 나무는 생전 처음 보는 것이고, 직접 그려야 직성이 풀리겠다고 우리에게 말하는 것이었다. 그래서 엄마가 이젤을 펼쳐놓는 동안 아빠는 차를 좀 더 몰고 가서 앞쪽에 뭐가 있는지를 살펴보았다. 거기엔 드문드문 흩어져 있는 바짝 마른 작은 집들, 모래 속으로 파묻히고 있는 트레일러들, 녹슨 양철지붕의 오두막들이 있었다. 미들랜드라는 곳이었다. 예의 작은 집들 중 한 곳에 '임대' 표지판이 붙어 있었다.

"이게 웬 떡이야!" 아빠가 말했다. "어디 내놔도 부끄럽지 않게 좋은 곳인데?"

그렇게 우리가 세를 들게 된 곳은 어느 광산회사가 지은 집으로 흰색에 방은 두 개였고 지붕이 휘어져 있었다. 나무가 한 그루도 없어서 뒷문으로 사막의 모래가 그대로 날아들었다. 밤이 되면 코요테가 울부짖는 소리가 들렸다.

미들랜드에서 보낸 처음 며칠간, 코요테의 울음소리 때문에 나는 계속 잠을 설쳤다. 침대에 누워 있으면 다른 소리들도 들려왔다. 덤불 속에서 부스럭대는 아메리카 독도마뱀, 가리개를 툭툭 쳐대는 나방, 바람결에 탁탁 소리를 내는 크레오소트* 덤불. 어느 날 밤엔가 불이 꺼져 있고 창문 밖엔 은빛 달이 걸려 있는데, 바닥에서 뭔가 주르르 미끄러지는 소리가 났다.

"우리 침대 밑에 뭐가 있나 봐." 나는 로리 언니에게 말했다.

"다 네 지나친 상상이 불러낸 허깨비일 뿐이야." 로리 언니가 말했다. 언니는 짜증이 나면 어른처럼 말했다.

나는 용감해지려고 애썼지만 뭔가 들리는 걸 어쩌란 말인가. 달빛 속에서 그게 움직이는 걸 본 것만 같았다.

---

* 남가새과(科)의 상록 관목.

"뭔가 있다니까?" 나는 소리를 낮추어 말했다.

"잠이나 자." 로리 언니가 말했다.

나 자신을 보호할 셈으로 머리를 베개로 누른 채 나는 거실에서 책을 읽고 있는 아빠에게 달려갔다.

"왜 그러니, 산양아?" 아빠가 물었다.

산을 오를 때 결코 넘어지는 법이 없는 나를 아빠는 산양이라 불렀다. 산양처럼 발을 단단히 디디고 있다고 아빠는 누누이 말했었다.

"별것 아닐 것 같은데," 나는 말했다. "침실에서 뭔가 본 거 같아서."

아빠가 두 눈썹을 치켜세웠다.

"그냥, 내 지나친 상상이 불러낸 허깨비일 거야."

"제대로 본 거야?" 아빠가 물었다.

"그렇지도 않아."

"제대로 봤어야지. 더럽게 무서운 이빨과 발톱이 달려 있고 등치는 집채만 하고 털이 북슬북슬한 짐승 새끼였니?"

"바로 그거야!"

"그리고 귀는 뾰족하고 이글이글 타오르는 사악한 눈으로 널 잡아먹을 듯 쳐다봤어?"

"맞아! 맞아! 아빠도 본 적 있구나?"

"당연히 본 적이 있지. 그건 비열한 늙다리 악마 놈이야."

아빠는 몇 년이나 악마를 쫓아다닌 적이 있었고, 놈은 이제야 비로소 렉스 월스의 성미를 건드리면 좋을 게 없음을 깨닫게 되었다고 말했다. 하지만 그 음흉스러운 악마 자식이 행여 렉스 월스의 어린 딸을 위협해야겠다는 생각을 했다면 장담컨대 생각을 달리 해야 할 거라고 말했다.

"가서 아빠의 사냥칼 가져와." 아빠가 말했다.

뼈를 조각해 만든 자루에 파란색의 독일제 강철 날이 달린 칼을 아빠에게 가져다주자 아빠는 내게 파이프 렌치를 주었고, 그렇게 우린 함께 악마를 찾아 나섰다. 먼저 내가 아까 놈을 본 침대 밑을 살폈지만 이미 사라지고 없었다. 우리는 집 안 구석구석을 살펴보았다. 테이블 아래, 옷장의 어두운 구석, 연장통 속은 물론 밖으로 나가 쓰레기통까지 뒤졌다.

"나와, 이 시시한 늙다리 악마!" 아빠가 밤의 사막에 대고 큰 소리로 외쳤다. "나와서 드럽게 못생긴 네 낯짝을 보여주시지! 이 겁쟁이 괴물 놈아!"

"그래, 나와, 이 늙고 못된 악마야!" 허공에 대고 파이프 렌치를 휘두르며 나도 큰 소리로 외쳤다. "우린 네가 안 무서워!"

아득히 먼 곳에서 코요테가 우는 소리 말고는 아무것도 들리지 않았다.

"하는 짓이 딱 겁 많은 악마 놈이 맞아."

아빠가 그렇게 말하더니 현관 계단에 앉아 담배에 불을 붙이곤 악마가 온 동네를 공포에 빠뜨린 시절 이야기를 꺼냈다. 아빠는 맨손으로 놈과 싸웠고, 놈의 귀를 물어뜯고 손가락으로 놈의 두 눈을 찔렀다고 했다. 늙다리 악마는 자길 겁내지 않는 인간은 아빠가 처음이었기 때문에 겁을 집어먹었단다.

"망할 놈의 늙다리 악마는 어찌할 바를 몰랐지."

아빠는 고개를 절레절레 저으며 말하더니 낄낄댔다. 어떤 악마건 한 가지만 기억해두면 된다고 아빠는 말했다. 악마는 인간에게 겁주길 좋아하지만, 인간 쪽에서 악마를 노려보는 순간 놈은 꼬리를 말고 도망친다는 것.

"다른 건 필요 없어, 산양아. 늙다리 악마에겐 네가 겁먹지 않았다는 것만 보여주면 돼."

조슈아 나무, 선인장, 그리고 아빠가 지구상에 존재하는 가장 오래된 식물의 하나라고 말한, 덤불이 우거진 작은 크레오소트 관목 말고 미들랜드엔 딱히 자라는 게 없었다. 거대한 할아버지 크레오소트 관목은 나이가 수천 살은 되었다. 비가 내리면 짐승들에게 뜯어 먹히지 않으려고 속이 뒤집어질 만큼 퀴퀴한 냄새를 뿜어냈다. 미들랜드의 연간 강수량은 고작 10센티미터로 북사하라 사막과 같은 수준이었다. 사람이 일용할 물은 하루에 한 번 기차가 특별한 용기에 담아 실어 날랐다. 미들랜드 부근에서 살 수 있는 동물은 입술이 없고 비늘로 뒤덮인 아메리카 독도마뱀이나 전갈, 우리 같은 인간뿐이었다.

미들랜드로 이주한 지 한 달 후, 주주가 방울뱀에 물려 죽었다. 우리는 조슈아 나무 밑에 주주를 묻었다. 그날 나는 처음이자 마지막으로 브라이언이 우는 것을 보았다. 하지만 친구로 지낼 고양이들은 정말 많았다. 사실을 말하자면, 너무 많았다. 키호테를 차창 밖으로 던져버린 이후 우린 많은 고양이들을 구조했는데, 대개는 사라졌다가 새끼 고양이들을 낳아오는 바람에 급기야 몇 마리는 없애지 않으면 안 될 지경에 이르렀다. 분양할 이웃이 많은 것도 아니어서 결국 아빠가 마대에 넣어선 광산회사가 열이 오른 설비들을 식힐 목적으로 만든 연못에 던져버렸다. 나는 아빠가 들썩거리는, 야옹대는 자루들을 차 뒤에 싣는 것을 지켜보았다.

"옳지 않은 거 같아." 나는 엄마에게 말했다. "우리가 고양이들을 구조한 거잖아. 그런데 이제 와서 고양이들을 죽이게 되다니."

"우린 고양이들에게 지구상에서 얼마간 더 살게 해준 거야." 엄마가 말했다. "고양이들은 그 점에 고마워해야 해."

아빠가 드디어 석고 광산에서 일하게 되어서 건식벽체와 구운 석고에 쓰는 가루의 원료인 흰색 암석들을 캐냈다. 일을 끝마치고 돌아온 아빠는 온몸이 새하얀 석고가루로 뒤덮여 있었다. 그래서 가끔 우리는 유령놀이를 했고, 아빠가 우릴 쫓아다녔다. 뿐만 아니라 아빠는 석고가 든 자루를 들고 왔고, 엄마는 그걸 물에 개어 우편 주문한 고무 주형에 넣어 밀로의 비너스를 떠냈다. 엄마는 그토록 많았던 흰색 암석이 광산 때문에 파괴되고 있다는 사실에 개탄했다. 하얀 석고야말로 진정한 대리석이며, 보다 더 대접해줘야 한다는 생각에 조각상을 빚는 것이라고, 그렇게 해서 적어도 얼마간 불멸성을 부여하는 것이라고 말했다.

엄마가 임신했다. 가족 모두 아들이길 바랐다. 브라이언에게 나 말고 함께 놀 친구가 있었으면 하는 마음에서였다. 출산 때가 가까워왔을 때 아빠는 남쪽으로 32킬로미터 떨어진 블라이스로 이사 갈 계획을 세운 터였다. 아주 큰 동네라서 극장이 두 개, 주립 교도소도 두 개나 된다고 했다.

그러는 동안 엄마는 자신의 예술에 혼신의 힘을 쏟았다. 그래서 하루 종일 유화, 수채화, 목탄화, 펜과 잉크 스케치, 찰흙과 철사로 구성한 조각상, 실크스크린, 목판화 작업을 했다. 엄마에겐 스타일이라고 할 만한 게 딱히 없었다. 엄마 스스로 평한 바, 몇몇은 원시적이었고, 몇몇은 인상주의적이었고 추상적이었으며, 또 몇몇은 사실주의적이었다. 엄마는 자주 이렇게 말했다.

"난 어떤 식으로든 분류되고 싶지 않아."

엄마는 작가이기도 해서 언제나 소설, 단편, 희곡, 시, 우화, 직접 삽화를 그려 넣은 동화를 타이핑했다. 엄마의 글은 정말 독창적이었다. 독창적인 건 철자법도 마찬가지여서 교정을 봐줄 사람이 필요했다. 로리 언니가 고작 일곱 살 난 때부터 엄마의 원고를 읽으며 오타를 수정해주었다.

미들랜드에서 사는 동안 엄마는 수십에 달하는 조슈아 나무들의 변종들과 습작을 그렸다. 우리는 엄마에게 미술 수업을 들었다. 한 번은 내가 예의 고목에서 조금 떨어진 곳에서 자라는 묘목을 발견한 적이 있었다. 나는 그 묘목을 파다가 우리 집 근처에 심고 싶었다. 그래서 엄마에게 내가 매일 바람을 막아주고 물을 주면 아름답고 크고 똑바르게 자라날 거라고 말했더니 엄마는 날 보며 얼굴을 찌푸렸다.

"그건 그 나무의 특별한 아름다움을 죽여버리는 거나 마찬가지야. 조슈아 나무가 아름다운 건 악조건과 맞서 싸우기 때문인데."

나는 산타클로스를 절대로 믿지 않았다.

내 형제자매도 마찬가지였다. 엄마 아빠가 못 믿게 했기 때문이었다. 우리에게 비싼 크리스마스 선물을 사줄 형편이 안 되었고, 다른 아이들과 달리 크리스마스 날 아침 트리 아래에 산타클로스의 선물인 온갖 고급 장난감들이 없다는 건 우리가 그 애들만큼 착하지 않아서라고 생각할까 봐 걱정했다. 그래서 엄마 아빠는 우리에게 다른 아이들은 부모에게 속은 거라고, 그 장난감들은 그들 부모 말대로 북극의 작업실에서 종 모양 모자를 쓴 작은 요정들이 만든 게 아니라 일본제 라벨이 붙어 있는 거라고 말했다.

"그렇다고 다른 애들을 깔보면 안 돼." 엄마가 말했다. "바보 같은 신화에 주입된 건 그 아이들 잘못이 아니니까."

우리가 크리스마스를 축하하지 않은 건 아니었다. 12월 25일이 아니라 일주일이 지난 후였는데, 그때가 되면 흠잡을 데 없이 예쁜데도 사람들이 내다버린 리본과 포장지들, 여전히 멀쩡한데다 은색 반짝이도 드문드문 달린 채 길가에 버려진 크리스마스트리들을 찾을 수 있었기 때문이다. 엄마 아빠는 '애프터 크리스마스 세일' 덕에 가격이 인하된 구슬이나 인형이나 새총이 든 봉투를 우리에게 내밀곤 했다.

아빠가 석고 광산 일을 그만두었다. 십장이랑 싸워서 해고를 당했다. 그해 크리스마스에 우린 무일푼이었다. 크리스마스 이브에 아빠가 우리를 하나씩 차례대로 사막에 데려갔다. 나는 담요를 둘둘 말고 있었고, 내 차례가 되었을 때 같이 담요를 뒤집어쓰자고 말했지만 아빠는 괜찮다고 했다. 아빠는 추위 같은 건 일체 신경 쓰지 않았다. 그해 나는 다섯 살이었고, 아빠 옆에 앉아서 하늘을 보았다. 아빠는 별 이야기를 하는 걸 좋아했다. 지구가 회전하기 때문에 별들이 밤하늘을 회전한다는 이야기를 들려주었다. 그리고 별자리를 알아내는 법과 북극성에 의지해 길을 찾는 법도 가르쳐주었다. 아빠는 줄곧 별을 가리키며 말했다. 저 반짝이는 별들은 우리처럼 불모지에서 사는 사람들을 특별대접해주는 존재와 같다고, 부자들이야 고급 아파트에 살지만 그런 곳은 대기오염이 너무 심해서 별조차 보이지 않는다고 말했다. 미치지 않고서야 그런 사람들과 우리가 사는 곳을 바꿀 수는 없을 거라고도 했다.

"제일 마음에 드는 별을 골라봐."

그날 밤, 아빠가 말했다. 그러면 그 별이 내 별이 될 거라고 했다. 그게 아빠가 주는 크리스마스 선물이라고.

"아빠가 어떻게 별을 줘?" 나는 말했다. "별을 가진 사람이 세상 어디에 있다고?"

"맞아." 아빠가 말했다. "별을 가진 사람이 어디 있겠니. 다른 사람이 자기 거라고 우기기 전에 선수 치는 수밖에 없어. 이탈리아 양아치 콜럼버스가 이사벨라 여왕에게 아메리카가 자기 거라고 말하는 거랑 똑같아."

아빠가 한 말을 생각해보니 맞는 말이었다. 그건 아빠가 세상사를 이해하는 방식이기도 했다.

어떤 별이건 고르기만 하면 내 거라고 아빠는 말했다. 단, 베텔게우스와 리겔은 로리 언니와 브라이언이 이미 차지했으니까 빼고.

나는 별들을 쳐다보며 제일 좋은 걸 고르려고 애썼다. 맑은 날 사막의 하늘을 보면 수백 개, 어쩌면 수천, 아니 수만 개까지도 반짝이는 별을 볼 수 있다. 별을 볼수록 눈은 어둠에 길이 들고, 그럴수록 더 많은 별들이 보이고, 그러다 보면 별들이 몇 겹으로 겹쳐져 있는 것까지 볼 수 있게 된다. 개중에 한 개가 눈에 띄었는데, 서쪽 산 위 하늘에 낮게 떠 있어서 모든 별 가운데 으뜸으로 환하게 빛나고 있었다.

"저거 내 거로 할래."

내가 말하자 아빠가 씩 웃더니 말했다.

"금성이네."

아빠는 금성이 행성에 불과하며, 진짜 별들에 비해 꽤 작은 편이라고 말했다. 그런데 별들보다 훨씬 더 가까이 있기 때문에 더 크고 환해 보이는 거라고 했다. 가엾게도 늙은 금성은 스스로 빛을 내지 못하고 반사된 빛을 보여줄 뿐이었다. 아빠가 설명하길, 행성은 빛을 계속 반사해서 빛이 나는 거였고, 별은 빛에 파동이 있기 때문에 반짝이는 거라고 했다.

"그렇다 한들 난 금성이 마음에 들어." 나는 말했다. 그해 크리스마스 전에도 나는 금성을 보며 감탄했었다. 이른 저녁에 서쪽 지평선에서 금성이 빛나는 걸 볼 수 있었고, 아침에 일찍 일어나면 다른 별들은 다 사라졌는데도 볼 수 있는 게 금성이었다.

"안 될 거 있니?" 아빠가 말했다. "크리스마스니까 원하는 행성을 가져도 돼."

그렇게 아빠는 내게 금성을 주었다.

그날 저녁 크리스마스 정찬을 먹으며 우리 가족은 우주 공간에 대해 토론했다. 아빠는 광년과 블랙홀과 퀘이사에 대해 설명해주면서 베텔게우스와 리겔과 금성이 가진 특별한 속성이 뭔지도 말해주었다.

베텔게우스는 오리온자리 어깨에 있는 빨간 별이었다. 하늘에서 볼 수 있는 가장 큰 별의 하나로 그 크기가 태양의 백 배나 되었고, 수백만 년 동안 밝게 탔으니 얼마 안 가서 초신성이 되어 완전히 타버릴 것이다. 로리 언니가 고물이나 다름없는 별을 고른 것 때문에 심란해지긴 했지만 아빠는 별을 이야기할 때 "얼마 안 가서"라는 말은 수십만 년을 뜻한다고 설명해주었다.

리겔은 파란색에 베텔게우스보다는 작지만 훨씬 더 밝은 별이라고 아빠는 말했다. 또, 오리온자리에 속하는 별이기도 했다. 오리온의 왼쪽 발 위치라서 뜀박질에 타고난 브라이언에겐 제격인 것 같았다.

금성은 달도 위성도 없었고 자계조차 없었지만 지구와 비슷한 대기를 지니고 있었다. 다만, 500도를 넘을 정도로 뜨거운 게 문제였지만. 아빠는 말했다.

"그래서, 태양이 타버리고 지구가 차가워지면 지구인들은 전부 금성으로 가서 따뜻하게 살고 싶어질 거야. 그러려면 먼저 너희 후손들에게 허락을 받아야 할 거고."

우리는, 산타클로스 신화를 믿으며 크리스마스 선물로 고작 싸구려 플라스틱 장난감이나 받고 마는 아이들을 비웃었다. 아빠가 말했다.

"지금부터 몇 년이 지나서 걔네들이 받은 허섭스레기들이 부서지고 까마득하게 잊히게 되더라도, 너희들은 여전히 너희의 별을 갖고 있을 거야."

황혼 녘이 되어 해가 팔렌 산맥 뒤로 스르르 넘어가면 박쥐들이 나타났고 미들랜드의 판잣집 위 하늘을 빙빙 맴돌았다. 옆집에 사는 할머니는 우리에게 박쥐들을 보면 피하라고 경고했다. 할머니는 그것들이 날아다니는 쥐새끼들이라면서 한 놈이 할머니 머리털에 발이 엉킨 적이 있었는데 미친 듯 할머니 두피를 할퀴었다고 했다. 하지만 나는 그 흉측한 작은 박쥐들이 참 좋았다. 쏜살같이 날아가며 양 날개를 맹렬히 퍼덕이는 게 좋았다. 아빠는 박쥐들에겐 핵잠수함에 있는 것과 비슷한 음파탐지기가 있다고 말했다. 브라이언과 나는 박쥐들을 보면 돌멩이를 곧잘 집어 던졌다. 박쥐들이 벌레로 오인해 집어삼키면 돌멩이 무게 때문에 밑으로 떨어질 것이고, 그러면 데려다 키울 수 있을 거라는 바람에서였다. 발톱에 긴 끈을 묶어놓으면 날아도 도망치진 못할 거라고 생각했고 내 박쥐에겐 손가락에 거꾸로 매달리는 훈련도 시키고 싶었지만, 이 못된 박쥐들이 어찌나 영악한지 우리의 속임수에 걸려들질 않았다.

우리 가족이 미들랜드를 떠나 블라이스로 갈 때도 박쥐들이 하늘을 덮고 새된 소리로 울어댔다. 그날 아침 일찍, 엄마는 뱃속의 아기가 무럭무럭 자라서 이제 한 가족이 되려고 세상 밖에 나올 결정을 내렸다고 우리에게 말했다. 아빠 엄마는 길을 떠나기 무섭게 엄마가 임신 몇 개월째인지를 놓고 싸워댔다. 엄마는 10개월이라고 했다. 그날 아침 누군가의 트랜스미션을 수리해주고 받은 돈으로 데킬라 한 병을 산 아빠는 엄마가 날짜 계산을 하다가 잊어버렸을 수도 있다고 말했다.

"다른 여자들에 비해 난 늘 산달이 늦은 편이었거든." 엄마가 말했다. "로리가 내 뱃속에 열네 달을 있었다고."

"미친 소리!" 아빠가 말했다. "로리가 무슨 코끼리 새끼도 아니고."

"나도, 내 애들도 당신 농담거리로 삼지 마!" 엄마가 소리쳤다. "달을 다 채우지 못하고 태어나는 애들도 있고, 우리 애들처럼 늦게 태어나는 애들도 있다고. 우리 애들이 영특한 게 다 그런 이유에서야. 다른 애들보다 더 시간을 들여서 뇌가 발달했기 때문이라고."

아빠는 자연계에 존재하는 기형에 대해 말했고, 엄마는 그런 아빠에게 "자기가 세상에서 제일 잘난 줄 알고 까부는 놈"이라 엄마가 비범하다는 사실을 믿지 않는 거라고 말했다. 이에 아빠는 잉태한 지 얼마 지나지 않아 태어난 염병할 목발쟁이 예수 그리스도를 운운했다. 아빠의 신성모독적인 발언에 화가 난 엄마는 한 발을 운전석 쪽으로 뻗어 브레이크를 콱 밟았다. 그때가 야심한 때였는데도 엄마는 차 밖으로 튀어나가선 어둠 속을 달려갔다.

"이 미친년아!" 아빠가 목청이 터져라 소리쳤다. "당장 궁둥짝 돌려 차에 타!"

"당신이 돌려보시지, 터프가이 씨!" 엄마가 달려가는 와중에 고래

고래 소리 질렀다.

아빠가 핸들을 한쪽으로 홱 돌리더니 도로를 벗어나 엄마를 뒤쫓아가기 시작했다. 아빠가 미친 추격전에 돌입하면 차가 덜컹거린다는 걸 익히 잘 아는 로리, 브라이언, 나는 늘 그랬듯 서로 팔을 엮었다.

아빠는 운전하면서 차창 밖으로 머리를 내밀고선 엄마에게 목이 터져라 "빙충맞은 갈보년", "썩을년"이라 부르면서 당장 차로 돌아오라고 명령했다. 엄마는 거부했다. 엄마는 우리 앞에 있었고, 사막의 덤불 속으로 사라졌다 나오기를 거듭했다. 욕은 일절 입에 담지 않았던 엄마는 아빠를 "짜증나는 멍청이"니 "쓸데가 한 군데도 없는 주정뱅이" 등등으로 불렀다. 아빠가 차를 세우는가 싶더니 클러치를 잠깐 밟았다가 곧바로 액셀을 세게 밟았다. 차는 엄마 쪽으로 총알같이 날아갔고, 엄마는 비명을 지르며 길을 비켰다. 아빠는 차를 돌리더니 다시 엄마를 향해 돌진했다.

그날 밤은 달도 없었다. 그래서 엄마는 헤드라이트 빛 안에 들어올 때가 아니면 보이지가 않았다. 엄마는 계속해서 어깨 너머를 살폈고, 두 눈은 쫓기는 짐승처럼 휘둥그레져 있었다. 우리는 울면서 아빠에게 차를 멈추라고 빌었지만, 아빠는 아랑곳하지 않았다. 나는 엄마보다 엄마 뱃속의 아기가 훨씬 더 걱정되었다. 차는 움푹 팬 곳과 돌들을 지나며 튕기듯 들썩거렸고, 덤불에 모서리를 긁히고, 열린 차창 안으로 먼지가 밀려들어왔다. 마침내 아빠는 바윗돌이 몇 개 있는 곳으로 엄마를 몰아붙였다. 아빠가 엄마를 차로 깔아뭉개는 게 아닐까 겁이 났지만, 아빠는 차에서 내려선 엄마를 잡아 발이 질질 끌리도록 끌고선 차 안에 집어 던지다시피 했다. 그리고 다시 차를 요란하게 몰아 사막을 달려 도로 위로 올라갔다. 로리가 진짜로 열네 달 동안 뱃속에 있었다고 말하며 흐느껴 우는 엄마 말곤 다들 말이 없었다.

다음 날, 엄마와 아빠는 화해했다. 오후 느지막이 우리가 블라이스에서 세 들어 살게 된 아파트 거실에서 엄마는 아빠의 머리를 잘라주었다. 아빠는 셔츠를 벗고 등받이를 돌린 의자에 앉아서 고개를 숙이고 머릴 앞으로 빗어 내렸다. 엄마가 머리를 싹둑싹둑 잘라내는 동안 아빠는 어딜 더 잘라내야 할지를 알려주었다. 이발이 끝났을 때, 아빠는 머리를 뒤로 빗어 넘기면서 엄마의 이발 솜씨가 징그러울 정도로 훌륭하다고 공표했다.

우리가 살게 된 아파트는 단층의 콘크리트 건물로 도심에서 떨어진 곳에 있었다. 파란색과 흰색에 커다란 타원형 플라스틱 간판과 'LBJ 아파트'라 적힌 부메랑이 달려 있었다. 그 말이 로리, 브라이언, 저넷의 머리글자를 딴 거라고 생각했지만, 엄마는 사기꾼에 전쟁광인 대통령의 머리글자라고 말했다. LBJ 아파트엔 트럭운전사와 카우보이가 몇 명 살았지만 대개는 이주노동자와 그 가족들이었고, 그들이 말하는 소리가 얇은 석고보드 벽을 타고 들려왔다. 엄마는 우리가 굳이 공부하지 않아도 간단한 스페인어를 배울 수 있다는 것도 LBJ 아파트에 사는 이점이라고 말했다.

블라이스는 캘리포니아 주에 속했지만 애리조나 주의 경계가 손을 뻗으면 닿을 정도로 가까이 있었다. 주민들은 블라이스가 피닉스에서 서쪽으로 240킬로미터, 로스앤젤레스에서 동쪽으로 400킬로미터 거리에 있고, 인적이 끊긴 곳에 떡 하니 놓여 있다는 말을 심심치 않게 했는데, 그럴 때마다 유독 빼기는 투가 배어 있었다.

엄마와 아빠는 블라이스에 딱히 열광하진 않았다. 문명의 때가 너무 많이 묻었고, 심하게 인공적이라는 것이었다. 그도 그럴 것이 모하비 사막에 있는 블라이스만 한 규모의 도시가 그처럼 사막과 무관해 보이기란 쉽지 않기 때문이다. 콜로라도 강 근처에 있는 이 도시는 19세기에 사막을 농장으로 바꾸면 부자가 될 거라고 계산한 한 남자가 처음 발견했다. 그는 꽤 많은 용수로를 파고 콜로라도 강물을 끌어들여서, 선인장과 산쑥이 무성한 사막 한복판에서 양상추와 포도와 브로콜리를 재배했다. 크기가 해자만 한 용수로가 딸린 농지들을 차로 지나갈 때마다 아빠는 혐오의 빛을 감추지 못하며 말하곤 했다.

"자연을 이 지경으로 타락시키다니. 너희들, 행여 농장에서 살고 싶은 마음이 생긴다면 그 궁상맞은 낯짝을 들고 차라리 펜실베이니아로 가렴. 사막에서 살고 싶으면 프리클리 페어를 먹고."

"맞는 말이야." 엄마도 말하곤 했다. "어쨌거나 프리클리 페어에 비타민이 더 많으니까."

블라이스 같은 대도시에서 산다는 건 신발을 신어야 함을 의미했다. 학교를 다녀야 한다는 것도.

학교는 그리 나쁘지 않았다. 나는 1학년으로 들어갔고 담임교사인 쿡 선생님은 교장 선생님이 교실에 올 때마다 늘 내게 큰 소리로 책을 읽게 했다. 다른 학생들은 날 그다지 좋아하지 않았다. 내가 키가 너무 크고 창백하고 삐쩍 마른데다 쿡 선생님이 질문을 하기 무섭게 번쩍 손을 들고 미친 듯이 흔들어댔기 때문이다. 학교에 간 지 며칠 지났을 때 멕시코 여자애들 네 명이 방과 후에 날 쫓아오더니 LBJ 아파트 부근의 골목길에 접어들자 내게 달려들었다. 걔네들은 날 흠씬 두들겨 팼고, 머리칼을 잡아당기고 옷을 찢었을 뿐만 아니라 날 "담임의 개", "성냥개비"라고 불렀다.

그날 밤 나는 무릎과 팔꿈치가 다 까지고 입술이 터져서 집에 들어갔고, 그런 날 본 아빠는 "쌈박질한 모양이구나"라고 말했다. 아빠는 테이블에 앉아서 브라이언과 함께 고물 자명종을 분해하고 있던 중이었다.

"그냥 시시한 소동이 있었어." 나는 말했다. 그 말은 아빠가 한바탕 싸우고 난 후에 늘 하던 말이었다.

"몇 명이나 상대했니?"

"여섯 명." 난 거짓말을 했다.

"입술 찢어진 거 괜찮아?" 아빠가 물었다.

"이게 찢어진 거라고 할 수 있어?" 나는 반문했다. "내가 걔넬 어떻게 손봐줬는지 아빠도 봐야 했는데."

"그래야 내 딸이지!" 아빠는 그렇게 말하고는 다시 시계를 분해하기 시작했지만, 브라이언은 줄곧 날 쳐다보았다.

다음 날, 예의 그 골목길로 접어들었을 때, 멕시코 여자애들이 날 기다리고 있었다. 걔네들이 내게 덮치려는 순간, 뒤의 산쑥 덤불 뒤에서 브라이언이 튀어나와 유카 나뭇가지를 흔들어댔다. 브라이언은 나보다 키가 작았고 나 못지않게 마른데다 콧잔등에 주근깨가 나 있었고 모랫빛이 감도는 빨간 머리가 눈을 찌를 정도로 길었다. 그 애가 입고 있는 바지는 내가 로리 언니에게서 물려받아 입다가 준 것으로 언제나 그 애의 앙상한 엉덩이 밑으로 흘러내렸다.

"잔말 말고 물러나. 그래야 팔다리가 멀쩡한 채 여기서 나갈 수 있을 거야."

브라이언이 말했다. 역시 아빠의 18번 대사였다. 멕시코 여자애들이 브라이언을 째려보다가 웃음을 터뜨렸다. 그러더니 그 애를 에워쌌다. 브라이언은 유카 나뭇가지가 부러지기 전까지는 그 애들의 공격을 꽤 잘 막아냈지만 결국 휘두르는 주먹들과 내지르는 발들의 돌풍 속으로 사라지고 말았다. 나는 눈에 보이는 가장 큰 돌멩이를 집어 들어서 한 여자애의 머리를 쳤다. 팔로 전해져 오는 충격에 내가 그 애의 두개골을 빠갠 건가 싶었다. 그 애는 무릎을 꿇었다. 패거리 중 하나가 날 밀어 땅에 쓰러뜨리더니 내 얼굴을 발로 걷어찼다. 그러곤 넷 다 줄행랑을 쳤고, 내가 돌로 친 여자애는 머리를 움켜쥔 채 비틀거리며 도망갔다.

브라이언과 나는 일어나 앉았다. 남동생은 얼굴이 모래투성이가 되어 있었다. 내 눈에 보이는 건 모래 속에서도 꿰뚫어보는 듯 파란 그 애의 눈동자와 배어 나오는 두 줄기의 피였다. 나는 동생을 끌어안고 싶었지만 그랬다면 분위기가 정말 이상했을 것 같다. 브라이언은 자리에서 일어나더니 따라오라는 손짓을 했다. 우리는 그날 아침 그 애가 찾아낸 철조망의 개구멍으로 기어들어가 아파트 건물 바로 옆 양상추 밭으로 뛰어들어갔다. 동생을 따라 커다란 초록색 이파리들이 줄지어 늘어선 사이로 가서 마침내 주저앉은 우리는 거대하고 촉촉한 양상추에 얼굴을 박고 배가 아플 때까지 마음껏 먹어댔다.

"그것들이 우리한테 겁을 먹고 도망친 거 같아." 나는 브라이언에게 말했다.

"그런 거 같지?" 브라이언이 말했다.

브라이언은 자랑하는 건 딱 질색했지만, 자기보다 몸집이 크고 성격도 못된 아이들 네 명을 상대한 것에 뿌듯해하는 게 보였다. 그 애들이 여자라고 해도 말이다.

"양상추 전쟁이다!" 브라이언이 그렇게 소리치더니 반쯤 먹은 양상추를 수류탄이나 되는 듯 내게 던졌다. 우리는 밭도랑을 따라 달리며 양상추들을 뽑아선 서로에게 던졌다. 머리 위로 농약 살포 비행기가 날아갔다. 비행기가 들판 위를 가로지를 때 우리는 손을 흔들어주었다. 비행기 뒤로 구름 한 줄기가 뿜어져 나오더니 흰색의 고운 가루가 되어 우리 머리 위에 끼얹어졌다.

블라이스로 이사한 지 두 달이 지나서 엄마가 임신 12개월째라고 말한 때에 드디어 아기가 태어났다. 엄마가 병원에 입원한 지 이틀째 되던 날, 우리는 차를 타고 엄마를 데리러 갔다. 아빠는 시동도 끄지 않은 채, 우리더러 차에서 기다리라고 하고는 엄마를 보러 병원으로 들어가더니 엄마의 양 어깨를 얼싸안은 채 달려 나왔다. 엄마는 두 팔에 보따리를 안고 있었고, 싸구려 잡화점에서 캔디 바를 훔친 사람도 아닌데 죄진 것처럼 낄낄대고 있었다. 렉스 월스 스타일로 퇴원절차를 밟았겠구나 싶었다.

"그게 뭐야?" 황급히 차를 운전해 빠져나오는데 로리 언니가 엄마에게 물었다.

"아기야. 딸이야!"

엄마는 그렇게 말하며 내게 아기를 넘겨주었다. 내가 몇 달만 있으면 여섯 살이 되니까, 집에 도착할 때까지 안고 있어도 될 정도로 컸다고 했다. 아기는 분홍빛에 쪼글쪼글했지만 너무나 예뻤다. 크고 파란 눈, 매끄러운 금발머리에, 생전 처음 볼 만큼 작은 손톱을 갖고 있었다. 아기는 어리둥절해선 몸을 뒤척이며 움찔거렸는데, 왜 자기가 엄마 뱃속에 있지 않은 건지 이해가 가지 않는 것 같았다. 나는 아기에게 언제나 잘 보살펴주겠다고 약속했다.

우리 아기는 이름 없이 몇 주를 보냈다. 엄마는 그림의 주제를 정하는 것과 마찬가지로 아기 이름을 연구한 후에 지어주고 싶다고 했다. 우리는 아기에게 맞는 이름을 정하느라 수도 없이 티격태격했다. 나는 우리 반에서 제일 예쁜 여자애의 이름을 따서 로시타로 짓자고 했지만, 엄마는 멕시코 냄새가 너무 나서 싫다고 했다.

"우리더러 편견을 갖지 말라고 말했던 거 같은데." 내가 말했다.

"이건 편견이 아니거든. 이름을 정확하게 붙이는 문제지." 엄마가 말했다.

그러면서 엄마는 외할머니도 친할머니도 자기들 이름을 따서 로리 언니와 내 이름을 짓지 않은 것 때문에 분개했다고 말했다. 그래서 엄마는 릴리 루스 모린이라는 이름으로 정했다. 릴리는 외할머니의 이름이었고, 어마 루스는 친할머니의 이름이었다. 하지만 우린 모린이라고 불렀고, 엄마도 마음에 들어했다. 모린은 메리의 약칭이니 엄마로선 아무도 모르게 아기에게 자기 이름을 준 셈이었다. 아빠는 친할머니와 외할머니만 빼면 다들 좋아할 이름이라고 말했다. 친할머니는 루스라는 이름엔 질색했고 어마라는 이름을 붙이길 바랐다. 외할머니는 안사돈의 이름을 손녀딸에게 붙이는 걸 질색했다.

모린이 태어나고 몇 달이 지난 어느 날, 경찰 순찰차가 우리가 타고 가던 초록 승무원실을 세우려고 했다. 우리 차의 브레이크등이 들어오지 않는다는 게 이유였는데 아빠는 차를 그대로 몰았다. 그러면서 우리에게 말하길 경찰 말대로 차를 세우면 우리가 차량등록증도 없고 보험도 없으며 다른 차에서 떼어낸 번호판을 달고 있다는 것을 알게 되어 우리 모두를 구속할 거랬다. 고속도로를 따라 미친 듯 달리던 아빠가 끽 소리 나게 유턴하면서 차가 옆으로 넘어가 구르는 게 아닐까 싶었는데 순찰차 역시 유턴을 했다. 아빠는 시속 160킬로미터로 달리면서 빨간 신호등이 켜져도 멈추긴커녕 일방통행로를 역주행하는 것도 서슴지 않았기 때문에 다른 차들이 경적을 울려대고 길 한쪽으로 빠졌다. 몇 번 차를 돌린 끝에 골목으로 들어간 아빠는 텅 빈 차고를 발견해 그리로 숨었다.

몇 블록 떨어진 거리에서 사이렌 소리가 들리더니 점차 희미해졌다. 아빠는 게슈타포가 눈에 불을 켜고 초록 승무원실을 찾아다닐 테니 차는 차고에 두고 집까지 걸어가야 한다고 말했다.

다음 날 아빠는 블라이스가 견디기 힘들 정도로 더워서 다시 이사를 가야겠다고 말했다. 이번엔 목적지가 정해져 있었다. 여기저기 알아본 끝에 아빠는 네바다 북부에 있는 배틀마운틴이라는 동네로 정한 터였다. 배틀마운틴엔 금이 있다고 말한 아빠는 프로스펙터로 금을 찾아낼 작정이었다. 드디어 일확천금의 기회가 온 것이었다.

엄마 아빠는 집채만 한 장거리 트럭을 빌렸다. 엄마는 트럭 앞자리에 엄마 아빠가 타면 자리가 없는데 로리와 브라이언과 모린과 나는 멋진 경험을 하게 됐다고 말했다. 우리는 트럭 짐칸에 타야 했다. 재미날 거야. 진짜 모험을 하는 거지. 엄마는 또 이렇게 말했다. 근데 불이 없어서 아무것도 안 보일 테니 머리를 써서 잘 버텨보렴. 엄마는 이어서 우리가 떠들면 안 된다고 말했다. 트럭 짐칸에 타는 건 불법이기 때문에 행여 우리가 내는 소리를 듣는 사람이 있어서 경찰에 신고를 하게 될까 봐서였다. 고속도로로 가면 열네 시간 정도 걸리겠지만 경치가 좋은 길로 우회할 수도 있기 때문에 거기에 두어 시간은 더해야 할 거라는 말도 했다.

우리는 세간을 싸기 시작했다. 많진 않아서 대개 프로스펙터의 부품들과 의자 몇 개, 그리고 엄마의 유화작품들과 미술도구들이었다. 떠날 채비를 마쳤을 때 엄마는 모린을 연보라색 담요에 감싸선 내게 넘겼고, 우리들은 모두 트럭 짐칸으로 기어올라 탔다. 아빠가 짐칸 문을 닫았다. 짐칸은 칠흑처럼 까맸고 안에선 퀴퀴하고 탁한 냄새가 났다. 우리는 골이 진 목재 바닥에 깔린 해어지고 때가 묻은 담요 위에 앉았고 손을 더듬거려 서로를 찾았다.

"이제 모험을 떠나볼까!" 나는 속삭였다.

"쉬이잇!" 로리 언니가 말했다.

트럭이 시동 소리와 함께 앞쪽으로 홱 쏠렸다. 모린이 요란한 고음

소리에 울어댔다. 내가 쉿쉿 하며 조용히 시켜보고 얼러보고 토닥여 봐도 모린은 계속 울었다. 그래서 로리 언니가 받아 안았는데 언니는 모린의 귀에 대고 속삭이듯 노래를 들려주고 농을 떨기도 했다. 그것도 통하지 않아서 우리는 모린에게 제발 울지 말아달라고 애원했다. 그러곤 그냥 두 손으로 각자의 귀를 막아버렸다.

얼마쯤 지났을까. 어두컴컴한 트럭 뒤 짐칸 안이 점점 추워지면서 있기가 불편해졌다. 엔진 때문에 바닥이 진동했고, 차가 울퉁불퉁한 길을 지날 때마다 우리 중에 누구라 할 것 없이 뒹굴기 일쑤였다. 그렇게 몇 시간이 흐른 즈음, 오줌이 마려워 죽을 지경이 된 우리는 아빠가 언제쯤 휴게소에 차를 멈출지 알고 싶어졌다. 갑자기 쿵 하는 소리와 함께 트럭이 어마어마하게 큰 웅덩이를 지나면서 짐칸의 뒷문이 훌렁 열렸다. 바람이 찢어지는 소리를 내며 짐칸 안으로 밀려들어왔다. 그 바람에 밖으로 휩쓸려 나가는 건 아닌가 싶어 겁을 집어먹은 우리는 프로스펙터에 기대며 몸을 웅크렸다. 달은 있어야 할 자리에 없었다. 트럭의 미등에서 흘러나오는 빛과 이제껏 달려온 길이 은빛 사막을 가로지르며 쭉 펼쳐져 있는 광경이 눈에 들어왔다. 열린 문들이 꽝꽝 큰 소리를 내며 왔다 갔다 했다.

우리와 트럭 앞 좌석 사이에는 가구들이 놓여 있어서 좌석칸을 두드려 엄마와 아빠에게 사태를 알릴 수가 없었다. 우리는 트럭의 옆면을 쾅쾅 치며 목이 터져라 소리를 질러댔지만 엔진 소리가 워낙 커서 엄마 아빠에겐 들리질 않았다.

브라이언이 트럭 뒤쪽으로 기어갔다. 그러곤 문 하나가 안쪽으로 휙 돌아 들어오는 걸 움켜잡았지만, 다시 휙 열리는 바람에 그 애까지 덩달아 끌려갔다. 브라이언이 그대로 차 밖으로 끌려 나가버리겠구나 싶었지만, 그 애는 적시에 뒤로 펄쩍 뛰어선 로리 언니와 내가 있는 나무 바닥을 기어 왔다.

브라이언과 로리 언니는 아빠가 밧줄로 단단히 묶어놓은 프로스펙터에 매달려 몸을 바짝 붙이고 있었다. 내 품에 안겨 있던 모린은 어느새 울음을 그친 터였다. 나는 모서리에 몸을 끼워 넣다시피 했다. 그쯤 되니 우리가 알아서 버티는 수밖엔 없는 것 같았다.

이윽고 우리 뒤 저 멀리서 한 쌍의 헤드라이트가 비치기 시작했다. 우리는 그 차가 천천히 우리가 탄 트럭을 따라잡는 것을 지켜보았다. 몇 분 후, 그 차가 우리 바로 뒤에 바짝 붙다시피 하자 트럭 뒤에 매달려 있는 우린 헤드라이트 불빛에 고스란히 들어가게 되었다. 차는 경적을 울리며 불빛을 깜빡이면서 속력을 높여 우릴 지나쳤다. 그게 운전자가 엄마 아빠에게 보낸 신호였던지, 트럭이 속도를 늦추더니 멈췄고 아빠가 손전등을 들고 짐칸으로 달려왔다.

"이게 다 뭐니?"

아빠가 머리끝까지 화가 난 채 물었다. 우리는 우리가 잘못해서 짐칸 문이 열린 게 아니라고 해명했지만, 아빠는 화를 누르지 못했다. 짐작컨대 분노보다 두려움이 훨씬 컸을 것이다.

"아까 그 사람 경찰이었어?" 브라이언이 물었다.

"아니." 아빠가 말했다. "경찰이 아니었으니 억세게 운이 좋았던 거야. 안 그러면 네놈들을 죄다 감옥으로 끌고 갔을 테니까."

우리는 오줌을 누고 나서 다시 트럭 짐칸에 탔고, 아빠가 문을 닫는 걸 지켜보았다. 다시금 어둠이 우릴 덮었고, 아빠가 문을 잠그고 다시 확인하는 소리를 들을 수 있었다. 엔진이 다시 돌아가기 시작했고, 우린 계속 가던 길을 갔다.

배틀마운틴은 원래 광산구역으로 출발해, 백 년 전 일확천금을 꿈꾸는 사람들이 정착했지만, 만약 배틀마운틴에서 천금을 움켜쥔 사람이 단 한 명이라도 있었다면 단언컨대 그는 다른 데로 이주해 그 돈을 썼을 것이다. 이 도시에서 위풍당당해 보이는 건 광막한 하늘과, 까마득히 멀리, 테이블처럼 편평한 사막까지 쭉 펼쳐져 있는 자줏빛 투스카로라 산맥 말고는 아무것도 없었다.

햇빛에 색이 바랜 자동차들과 픽업트럭들이 연석에 비뚜름히 주차되어 있는 중심가는 넓었지만, 그래 봤자 나직하고 지붕이 평평한 벽돌건물들이 양 측면에 늘어선 구획 몇 개에 지나지 않았다. 낮이고 밤이고 가로등 하나가 빨간 빛을 번쩍이고 있었다. 중심가를 따라 식료품점, 약국, 포드 대리점, 그레이하운드 버스 정류장이 하나씩 있었고, 커다란 카지노가 두 곳, 올빼미 클럽과 네바다 호텔이 있었다. 건물들은 광막한 하늘 아래서 하잘것없어 보였고, 네온사인은 해가 눈부시게 내리쬐는 낮에 보면 켜진 것 같지도 않았다.

우리가 이사한 곳은 마을 변두리에 지은 목조건물이었는데, 예전엔 기차역으로 쓰였던 곳이었다. 2층 건물로 공업용 초록색 페인트칠이 되어 있었으며, 철로 바로 옆에 있다시피 해서 앞 창문에서 기관사에게 손을 흔들어줄 수 있을 정도였다. 엄마는 우리가 이사 온 집이 이 동네에서 가장 오래된 건물 중 하나로 진정한 개척정신이 담겨 있다고 자랑스럽게 말했다.

엄마와 아빠는 예전에 역장의 사무실이었던 2층방을 둘의 침실로 정했다. 우리는 아래층의, 원래 대합실이었던 곳에서 잤다. 예전의 화장실은 그대로 남아 있었지만 변기 하나를 뜯어내고 그 자리에 욕조를 설치한 모양새였다. 매표소는 부엌으로 개조되었다. 처음부터 있었던 벤치 가운데 몇 개가 여전히 칠을 하지 않은 나무 벽에 못으로 고정되어 있었는데, 시굴업자와 광부와 그들의 아내와 자식들이 기차를 기다리며 엉덩이로 문댄 자리마다 색이 짙게 변하고 마모되어 있었다.

우리 형편상 가구를 살 돈이 없었기 때문에 임시변통으로 만들었다. 공업용 전선을 감아놓는 거대한 목재 감개들이 우리 집에서 멀지 않은 철로 한쪽에 무더기로 버려져 있길래 집으로 가져와 테이블로 바꿨다.

"이런 걸 공짜로 얻을 수 있는데 어떤 바보가 가게에 가서 굳이 돈을 버려가며 테이블을 사겠어?"

감개들이 얼마나 튼튼한지 보여주려고 그 윗면을 쾅쾅 쳐대면서 아빠는 말했다.

의자는 그보다 더 작은 감개들과 나무 상자 몇 개를 활용했다. 침대의 경우, 아이들인 우리는 냉장고를 배달할 때 쓰는 거대한 마분지 상자에 각각 들어가 잤다. 기차역이었던 곳에 이사를 간 지 얼마 안 돼서 엄마와 아빠가 우리에게 진짜 침대를 사주자고 하는 이야기를 엿

듣고서 우린 필요 없다고 했다. 우리는 상자가 더 좋았으니까. 상자 덕에 잠자는 게 모험처럼 느껴졌다.

기차역이었던 곳에 이사한 지 얼마 안 돼서 엄마는 우리에게 진짜 필요한 건 피아노라는 생각을 굳히게 되었다. 마침 아빠가 옆 동네에 문을 닫게 된 한 술집에서 값이 싼 업라이트 피아노를 찾아냈고, 이웃에게 픽업트럭을 빌려선 집까지 옮겨왔다. 그런 후 트럭 램프*를 이용해 피아노를 내려놓긴 했지만 너무 무거워서 더는 움직일 수 없었다. 그걸 집 안까지 들여놓기 위해서 아빠는 밧줄과 도르래를 이용한 시스템을 고안했고, 밧줄을 앞뜰의 피아노에 묶은 다음 집을 통과해 뒷문 밖의 픽업트럭까지 연결했다. 엄마가 트럭을 앞쪽으로 몰아 피아노를 끌어당기면 아빠와 우리가 널빤지들로 만든 경사로 위에 올려 현관 안으로 옮긴다는 계획이었다.

"준비!" 우리가 각자 자리를 잡자 아빠가 외쳤다.

"오케이!" 엄마도 큰 소리로 외쳤다. 하지만 운전 감각을 몸에 익힌 적이 없었던 엄마는 앞으로 살살 움직이기는커녕 액셀 페달을 콱 밟고 말았다. 그 바람에 트럭이 앞으로 홱 튀어나갔고, 피아노도 앞으로 확 쏠리면서 그것을 붙잡고 있던 우린 하마터면 고꾸라질 뻔했다. 피아노는 쿵쾅대며 집 안으로 끌려들어갔고, 문틀이 다 쪼개졌다. 아빠는 엄마에게 속도를 늦추라고 고함쳤지만 엄마는 그대로 직진할 뿐이었다. 그 와중에 피아노는 끽끽거리고 현을 우르릉 울려대며 역 바

---

* 화물을 싣고 내리기 위해 설치하는 경사면.

닥을 가로질렀고, 뒷문을 통과하며 그 문틀까지 기어코 부수고는 뒤뜰로 나가 가시덤불 옆까지 가서야 비로소 멈춰 섰다.

아빠가 집을 통과해 뒤뜰로 나오며 냅다 소리 질렀다.

"도대체 뭐 하자는 거야? 속도 늦추라고 했잖아!"

"40킬로로 밟았는데 뭘!" 엄마가 말했다. "고속도로에서 이 속도로 가면 잡아 죽일 것처럼 화를 내는 사람이!"

엄마는 아빠 어깨 너머로 뒤뜰에 놓인 피아노를 보았다.

"어머나, 저걸 어째."

그렇게 말하곤 차를 돌려 반대편에서 피아노를 끌어 집 안으로 들이고 싶어 했지만, 아빠는 철로와 현관이 너무 가까워서 픽업트럭이 들어갈 자리가 없다고 말했다. 그래서 피아노는 그 자리에 놓이게 되었다. 엄마는 영감이 떠오를 때면 악보 한 장과 감개 의자 하나를 밖으로 가져갔고, 뒤뜰에서 자신의 음악회를 열었다.

"야외에서 연주할 기회를 누린 피아니스트는 거의 없었단다." 엄마는 말했다. "그런데다 이제 이웃들도 음악을 즐길 수 있게 되었어."

아빠가 중정석 광산의 전기공 일자리를 얻게 되었다. 아빠는 매일 아침 일찍 출근했다가 일찍 퇴근해 돌아왔고, 우린 오후가 되면 다 함께 게임을 했다. 아빠는 우리에게 카드게임 하는 법을 가르쳐주었다. 그러면서 어떻게 하면 포커페이스를 연출할 수 있는지 보여주었지만, 나는 그 방면엔 별로 재주가 없었다. 아빠 말론 내 얼굴은 신호등처럼 빤히 읽힌다고 했다. 나는 속임수를 쓰지 않으면서도 이길 때가 가끔은 있었다. 가령 5원페어 같은 별 볼 일 없는 패가 들어와도 난 늘 흥분했기 때문에 브라이언과 로리 언니는 내가 에이스를 손에 넣었다고 생각했다. 아빠는 또 우리가 놀 만한 게임들을 직접 만들어줬다. 가령 '그러므로 게임'은 아빠가 두 가지 사실을 말하면 우린 그걸 근거로 질문에 답을 하거나 '정보 부족으로 결론을 내릴 수 없음'이라고 말한 후 그 이유를 제시해야 했다.

아빠가 없으면 우리가 게임을 만들어냈다. 우리에겐 장난감이 많지 않았지만 배틀마운틴 같은 데 살면 장난감 같은 건 필요가 없었다. 마분지 한 조각을 썰매 삼아 역의 비좁은 계단을 타고 내려가며 놀면 됐다. 군용 담요를 낙하산 삼아서 역 지붕에서 뛰어내렸고, 착지할 땐 아빠가 가르쳐준 진짜 낙하산병의 방식대로 다리를 굽혔다. 자투리 금속조각이나, 사치를 부리고 싶은 생각이 들면 동전을 가져다가 기차가 오기 직전에 철로에 놓기도 했다. 기차가 굉음과 함께 거대한 바퀴들을 회전시키며 지나가고 나면 잽싸게 달려가선 막 편편해진 뜨겁고 반짝거리는 금속조각을 수거했다.

우리가 제일 좋아했던 놀이는 사막 탐험이었다. 탐험 날에 우린 새벽에 일어났다. 새벽은 내가 제일 좋아하는 시간이었다. 그림자가 길게 늘어나 있고 자줏빛을 띤 시간이며, 하루가 온전히 눈앞에 펼쳐지는 시간이라 좋았다. 아빠도 가끔 함께 했는데, 그럴 때면 아빠가 노랫가락을 붙여 '헛, 둘, 셋, 넷' 큰 소리로 구령했고, 우린 산쑥 사이를 군대식으로 행진했다. 그러다 멈춰 서서는 팔굽혀펴기를 했고, 쭉 편 아빠의 두 팔을 철봉 삼아 턱걸이를 했다. 대개의 탐험은 브라이언과 나 둘이서 하는 편이었다. 사막은 온갖 종류의 경이로운 보물들로 가득했다.

우리가 배틀마운틴으로 이사를 한 건 금 때문이었지만 그곳 사막엔 다른 광물들도 많아서 은, 구리, 우라늄, 그리고 아빠가 유정굴착장비에 사용된다고 말한 중정석이 있었다. 엄마 아빠는 바윗돌과 흙의 색깔을 보면 그 땅에 있는 광물과 광석의 종류를 분간할 줄 알았고, 우리에게 어떤 걸 찾아내야 하는지 가르쳐주었다. 철은 빨간색 바윗돌에, 구리는 초록색 바윗돌에 들어 있었다. 터키석은 사막에 널려 있다시피 엄청나게 많았다. 크기가 작은 것부터 큼지막한 덩어리까지 있어서 브라이언과 나는 호주머니에 가득 집어넣었고 그 무게 때문에 바지가 흘러내릴 지경이었다. 화살촉과 화석과 오래된 빈 병들도 보였는데 몇 년 동안 지글지글 끓는 햇빛 아래 놓여 있었던 탓에 짙은 자주색으로 변해 있었다. 햇볕에 그은 코요테의 두개골, 거북이가 남긴 등껍질과 방울뱀이 남긴 방울꼬리와 껍질들도 보였다. 그리고 햇볕 아래 너무 오래 있어서 바짝 말라 종잇장처럼 가벼워진 어마어마하게 큰 황소개구리도 보였다.

아빠 수중에 돈이 있으면 일요일 밤에 다 함께 올빼미 클럽으로 가서 저녁을 먹었다. 올빼미 클럽은 주방장 모자를 쓰고 입구를 가리키고 있는 올빼미가 붙어 있는 간판의 문구대로라면 "세계적으로 유명한" 곳이었다. 클럽 한쪽엔 슬롯머신이 줄줄이 늘어서 있었고, 언제나 철컥철컥 딱딱 소리와 함께 빛이 번쩍거렸다. 엄마는 슬롯머신을 하는 사람들이 최면에 걸린 거라 말했다. 아빠는 대책 없는 멍청이들이라고 했다.

"슬롯머신 같은 건 일절 하지 마." 아빠는 우리에게 말했다. "운에 목숨 거는 호구들이나 하는 거야."

아빠는 통계에 훤했고, 카지노가 슬롯머신을 사전에 조작하기 때문에 절대 돈을 딸 수 없다고 설명해주었다. 그래서 아빠는 도박을 할 때면 운이 아니라 실력이 좌우하는 포커와 당구를 더 좋아했다. 그러면서 이렇게 말했다.

"누군지 모르지만 '주어진 패로 승부를 걸어라'란 말을 만든 놈은 십중팔구 저질 사기꾼이었을 거야."

올빼미 클럽엔 바가 있어서 목이 햇볕에 그을린 사내들이 떼거지로 걸터앉아 맥주를 마시고 담배를 피웠다. 그들은 모두 아빠와 알고 지냈다. 그래서 아빠가 클럽에 들어설 때면 큰 소리로 허물없는 사이임을 알 수 있는 험한 말을 재미나게 퍼부었다.

"너 같은 놈을 들이다니 여기도 망조가 제대로 들었구나!"

"얼씨구! 옴 붙은 코요테 떼거리 같은 너희들보다 내가 여기 와줘서 그나마 품격이 높아진 거라고!"

아빠도 큰 소리로 이렇게 받아치면 그들은 모두 고개를 뒤로 젖히고 웃어대며 서로의 등판을 철썩철썩 때렸다.

우리는 늘 빨간색 좌석에 자리를 잡았고, 엄마 아빠가 가르쳐준 대로 "아주머니", "아저씨", "네, 그렇게 해주세요", "감사합니다"라고 말했기 때문에 웨이트리스는 "정말 예의가 바르구나"라며 탄복했다.

"뿐인가요, 징그럽게 영특한 애들이라고요!" 아빠는 큰소리쳤다. "지구 역사상 제일 멋진 애들이고."

그러면 우린 미소를 짓고는 햄버거나 칠리도그에 밀크셰이크와 뜨거운 기름이 반질거리는 어니언링을 주문했다. 웨이트리스는 음식을 테이블에 놔준 후에 물방울이 맺힌 금속 주전자에 담긴 밀크셰이크를 유리잔에 따라주었다. 그러고도 늘 얼마간 남았기 때문에 우리가 마저 다 마실 수 있도록 주전자를 테이블에 놔두었다. 그러곤 윙크하며 이렇게 말하곤 했다.

"잭팟 터져서 돈 좀 따셨나 봐."

올빼미 클럽을 나설 때면 우린 언제나 배가 불러 제대로 걷지도 못할 지경이 되었고, 그럼 아빠는 이렇게 말하곤 했다.

"아가들아, 어기적어기적 걸어 집으로 가볼까?"

아빠가 일했던 중정석 광산에는 매점이 하나 있었고, 광산회사 측은 매달 아빠의 급료에서 우리가 매점에서 구입하는 비용과 집세를 제했다. 매주 초에 우린 매점으로 갔고 음식을 담은 봉지들을 잔뜩 들고 집으로 왔다. 광고에 세뇌된 사람들이나 스파게티오와 냉동가열식품 같은 가공식품을 먹는다고 말했던 엄마는 기본적인 음식만 샀다. 밀가루나 옥수수가루 부대, 분유, 양파, 감자, 쌀이나 강낭콩 20파운드, 소금, 설탕, 제빵용 이스트, 꽁치 통조림, 햄이나 볼로냐 소시지 통조림, 그리고 디저트로 먹을 복숭아 슬라이스 통조림 등을.

정작 엄마는 요리하는 걸 그리 좋아하지 않았다. "한 시간이면 사라져버릴 음식을 만든답시고 오후시간을 허비할 이유가 있니?" 엄마는 우리에게 이렇게 반문하곤 했다. "똑같은 시간에 영원히 남을 그림을 그릴 수 있는데?" 그래서 일주일에 한 번 정도 커다란 무쇠 솥에 생선이나 쌀, 대개는 강낭콩을 조리해놓았다. 우리가 다 함께 콩에 섞인 돌 조각을 골라내고 나면 엄마가 하룻밤 동안 물에 불렸다가 다음 날 풍미를 더하기 위해 오래된 돼지 넓적다리뼈를 함께 넣어 끓였다. 그러면 그 주 내내 우리는 아침에도 점심에도 저녁에도 콩을 먹었다. 그러다 콩이 상하기 시작하면 양념을 더 넣었다. 이는 LBJ 아파트에 사는 멕시코인들이 늘 쓰는 방법이었다.

먹을 걸 너무 많이 사대는 통에 아빠 월급날이 되어도 정작 들어오는 돈은 많지 않았다. 월급날인데도 아빠가 11센트를 빌려야 했던 때도 있었다. 아빠는 그걸 재미있어했고, 회사 측엔 장부에 달아놓으라고 말했다. 예전과 달리 아빠는 밤에 술을 마시러 나가는 일이 좀처럼 없었다. 우리와 집에 있었고 저녁을 먹으면 온 가족이 역의 벤치와 바닥에 몸을 쭉 펴고 누워선 책을 읽었다. 어린 우리들이 알지 못하는 말이 나오면 찾아볼 수 있도록 방 한가운데에 사전을 펼쳐 놓았다. 가끔 나는 단어의 뜻을 놓고 아빠와 이야기를 나눴는데, 사전편찬자가 써놓은 정의를 납득할 수 없을 경우엔 함께 앉아 그 출판사에 보낼 편지를 썼다. 출판사에서 자기변명 조의 답장을 보내오자 아빠는 훨씬 더 긴 편지를 써서 보냈고, 그 후 그쪽에서 답장이 오면 이쪽에서도 또 보냈다. 그러다 마침내 출판사 쪽에서 연락을 끊게 되었다.

엄마는 닥치는 대로 읽었다. 찰스 디킨스, 윌리엄 포크너, 헨리 밀러, 펄 벅 말고도, 좋은 문학이라고 할 수는 없지만 손에서 놓을 수 없다고 변명하듯 말하며 제임스 미치너*까지 읽었다. 아빠는 과학과 수학, 전기, 역사책을 더 좋아했다. 우리들은 엄마가 매주 도서관에 가서 빌려오는 책들을 가리지 않고 읽었다.

브라이언은 제인 그레이 같은 작가가 쓴 두꺼운 모험소설을 읽었다. 로리 언니는 프레디 더 피그와 오즈 전집을 특히 좋아했다. 나는 로라 잉걸스 와일더의 책과 위대한 역사적 순간을 살았던 아이들을 다룬 시리즈인 『우리는 거기 있었다We Were There』를 좋아했지만 제일 좋아한 건 『블랙 뷰티』였다. 온 가족이 책을 읽는 밤이면 이따금씩 기차가 우레 소리를 내며 집을 뒤흔들고 창문을 우르르 울리며 지나가곤 했다. 그 소리는 귀청이 떨어질 정도로 컸지만, 얼마 후부턴 우린 더 이상 신경 쓰지 않게 되었다.

---

* 미국 소설가. 『남태평양 이야기』로 퓰리처상을 수상했다.

우리는 메리 S. 블랙 초등학교에 입학하게 되었다. 해가 뜨거운 날엔 끈적끈적해지는 아스팔트 운동장이 딸린 길고 낮은 건물이었다. 내가 들어간 2학년 반은 다들 광부와 도박꾼의 자식들로 무릎은 딱지투성이에, 사막에서 노느라 먼지를 뒤집어쓴 몰골에, 앞머리는 집에서 잘라 삐뚤빼뚤했다. 페이지라는 이름의 담임교사는 작고 초췌한 체구에 갑자기 화를 내며 들고 있는 자로 사정없이 때리는 여자였다.

페이지 선생님이 학교에서 가르친 건 이미 엄마 아빠한테서 배운 것이었다. 하지만 난 블라이스에서처럼 매번 손을 들진 않았다. 반 아이들 눈 밖에 나고 싶지 않아서였다. 아빠는 내게 쉬운 길만 골라 간다고 나무랐다. 그래서 내게 도전이 필요하다면서 가끔 산수 숙제를 이진법으로 하게 했다. 그러면 난 수업이 시작되기 전에 그걸 도로 아라비아 숫자로 다시 바꿔 써야 했다. 그러다 하루는 시간이 없어서 이진법으로 푼 숙제를 그대로 제출하고 말았다.

"이게 뭐지?"

페이지 선생님이 물었다. 입술을 꾹 다물고 내 공책을 뒤덮다시피 한 원과 선을 살펴보던 그녀는 고개를 들어 미심쩍어하는 눈으로 날 보았다.

"지금 장난치니?"

나는 이진법에 대해서 설명했고, 이진법이 컴퓨터 시스템에 사용되며 다른 수체계보다 훨씬 더 우수하다는 아빠의 말을 전했다. 페이지 선생님이 날 노려보다가 참지 못하고 한마디 했다.

"그게 숙제였니?"

그러고는 방과 후 늦게까지 남아 다시 숙제를 하게 했다. 하지만 나는 아빠에겐 말하지 않았다. 그랬다간 아빠가 학교에 올 것이고, 페이지 선생님과 다양한 수체계의 장점에 대해 논쟁을 벌일 게 뻔했기 때문이다.

흔히 '트랙스*'라 불렀던 우리 동네엔 많은 아이들이 살았는데 학교를 파하면 다 함께 모여서 놀았다. 빨간불 파란불 놀이, 술래잡기, 축구, 레드 로버**나, 전력질주, 따라잡기, 넘어져도 울지 않기 같은 이름 없는 놀이도 했다. 트랙스 부근에 사는 사람들은 다들 돈에 쪼들렸고, 상대적으로 더 힘들게 사는 사람들도 있었지만 아이들은 하나같이 앙상했고 햇볕에 타서 까무잡잡했으며 색이 바랜 반바지와 너덜너덜한 셔츠와 구멍 난 신발을 신고 있었고, 신발조차 못 신고 있는 경우도 많았다.

우리에게 제일 중요한 건 누가 제일 빨리 달리고 누구네 아빠가 겁쟁이가 아닌가, 알아내는 것이었다. 우리 아빠야 겁쟁이가 아닐뿐더

---

* 철로라는 뜻.

** 두 팀이 마주보고 손잡고 서서 번갈아가며 상대팀의 한 아이를 지명하고 지명된 아이가 상대편 진영을 뚫고 나가지 못하면 그 팀으로 합류되는 게임.

러 아이들과 함께 놀아주었고, 같이 뜀박질도 했고, 헹가래를 쳐주기도 했으며, 다치지 않는 선에서 애들 전부를 상대로 레슬링도 해주었다. 그래서 트랙스의 아이들은 우리 집에 와 문을 두드려댔고 내가 열어주면 "너네 아빠 나와서 같이 놀아줄 수 있어?"라고 묻곤 했다.

로리, 브라이언, 나, 그리고 모린까지도 가지 못하는 곳이 없었고 하고 싶은 건 뭐든 할 수 있었다. 엄마의 지론은 지나치게 많은 규칙과 규제로 아이들의 발을 묶어선 안 된다는 것이었다. 아빠는 우릴 허리띠로 매질할 때가 있었지만 화가 나서가 아니라 우리가 말대답하거나 아빠의 명령에 따르지 않을 때뿐이었고, 그마저도 극히 드물었다. 하지만 딱 한 가지 규칙이 있었으니 가로등 불이 켜지면 집에 온다는 것이었다.

"너희들의 상식을 활용하렴." 엄마는 말했다.

엄마는 아이들이 실수를 통해 많은 것을 배우므로 하고 싶은 대로 내버려두는 게 좋다고 생각했다. 그래서 자식이 꾀죄죄해져서 집에 오거나 진흙탕에서 놀거나 넘어져서 상처가 났다는 이유로 닦달하는 뭇 엄마들과는 달랐다. 그리고 어릴 땐 그렇게 정해진 틀을 벗어나 행동할 필요가 있다는 말도 했다. 한 번은 내가 친구 카를라 집에서 울타리를 넘다가 허벅지에 오래된 못이 박힌 적이 있었다. 병원에 가서 상처를 꿰매고 파상풍 주사를 맞아야 한다는 게 카를라 엄마의 생각이었지만, 엄마는 깊게 팬 상처를 살펴보더니 단언했다.

"살만 좀 찔린 거지 별거 아니에요. 요새 사람들은 무릎만 까져도 당장에 병원으로 달려가니." 그러고는 한마디 덧붙였다. "이 나라에 어디 남자다운 남자가 남아나겠어요?"

엄마는 그걸로 얘길 끝내고 날 내보내 다시 놀게 했다.

사막을 탐험하면서 찾아낸 돌 가운데 어떤 것들은 너무도 아름다워 도저히 거기 그대로 놔둘 수가 없었다. 나의 돌 수집은 그렇게 시작되었다. 브라이언도 거들었고, 우리는 함께 가넷과 대리석, 흑요석과 마노, 그리고 전보다 더 많은 터키석을 모았다. 그 터키석 중에 아빠가 몇 개 골라서 엄마에게 목걸이를 만들어주기도 했다. 거대한 운모판도 몇 개 발견했는데 그걸 가루 내서 몸에 바르면 네바다의 태양빛 아래서 다이아몬드를 두른 듯 반짝거렸다. 또 반짝이는 조각들을 보고 브라이언과 나는 우리가 금을 찾아낸 거라고 생각해 양동이 한가득 채워선 다리를 휘청대며 집까지 나른 적도 부지기수였지만 그건 언제나 황철광, 가짜 금이었다. 그래도 아빠는 개중 몇 개는 황철광치고 특히 좋은 것이니 간직하라고 말했다.

내가 좋아서 찾아다닌 돌은 정동석이었다. 엄마가 해준 얘기론 수백만 년 전인 마이오세기에 투스카로라 산맥을 형성한 화산폭발에서 생겨난 돌이었다. 정동석은 겉면만 보면 그냥 심심하게 생긴 둥근 돌이지만 끌이나 망치로 깨면 동굴처럼 속이 비어 있고 안쪽 면이 하얗게 빛나는 수정결정이나 반짝거리는 보라색 자수정으로 되어 있다.

나는 수집한 돌들을 집 뒤뜰 엄마의 피아노 바로 옆에 놔두었다. 피아노는 조금씩 풍상에 찌들어가고 있었다. 로리 언니와 브라이언과 난 그 돌들로 죽은 반려동물의 무덤이나 어쩌다 발견한, 예를 갖춰 묻어줘야겠다고 생각한 동물 사체의 무덤을 장식했다. 그리고 돌들을 팔기도 했다. 하지만 내가 부싯돌 하나에 수백 달러를 매겼기 때문에 사는 사람은 거의 없었다. 실은 딱 한 명만 내 돌을 샀는데 다름 아닌 아빠였다. 어느 날 호주머니 가득 동전을 채워 뒤뜰로 나온 아빠는 내가 돌마다 붙여놓은 가격표를 보고 깜짝 놀랐다.

"아가, 가격을 조금만 내리면 좀 더 빨리 재고를 처리할 수 있을 거야." 아빠는 말했다.

나는 아빠에게 내 돌은 하나같이 가격을 매길 수 없을 만큼 귀중하기 때문에 마땅한 값어치보다 못하게 파느니 그냥 간직하겠다고 말했다. 아빠는 특유의 뒤틀린 미소를 지으며 말했다.

"아주 심사숙고하고서 하는 말처럼 들리네."

그러면서 아빠는 내 장미 석영이 너무도 마음에 들어 사고 싶지만 내가 정한 600달러는 없다고 했다. 그래서 나는 500달러로 깎아준 후 외상으로 팔았다.

브라이언과 나는 쓰레기 하치장에 가는 것도 좋아했다. 우리는 버려진 스토브와 냉장고와 부서진 가구들, 마모된 타이어 더미 사이에서 보물찾기를 했다. 폐차에 사는 사막 쥐들을 쫓아다니거나, 녹조로 뒤덮인 못에서 올챙이와 개구리를 잡으며 시간을 보냈다. 머리 위에선 대머리수리들이 원을 그리며 날았고, 허공엔 작은 새 크기만 한 잠자리들이 가득했다. 배틀마운틴에 이렇다 할 나무는 한 그루도 없었지만, 쓰레기 하치장 한쪽 구석에 철도 침목과 썩어가는 목재들이 어마어마하게 쌓여 있어서 기어올라가고 이름자를 새기며 놀기 좋았다. 우리는 거길 숲이라 불렀다.

반대편 구석엔 유독성의 위험한 폐기물들이 쌓여 있어서 오래된 배터리, 석유 드럼통, 페인트통, 해골과 두 개의 대퇴골이 교차된 그림이 그려진 병들을 볼 수 있었다. 브라이언과 나는 그중에 몇 개를 가지고 엄청난 과학 실험을 하기로 했고, 종류가 다른 병 단지들을 두 개의 상자에 채워서 우리가 실험실이라 이름 붙인 버려진 판잣집으로 가져갔다. 처음에는 가져온 것의 내용물을 다 섞고서 폭발하기를 기다렸지만 아무 일도 일어나지 않았다. 그래서 나는 가연성의 물질을 찾아내는 실험을 해야 한다는 결론을 내렸다.

다음 날 방과 후에 우리는 아빠의 성냥갑을 가지고 다시 실험실을 찾았다. 단지 몇 개의 뚜껑을 열고 성냥 몇 개비를 떨어뜨려봤지만, 여전히 아무 일도 일어나지 않았다. 그래서 우리는 브라이언이 '핵연료'라 명명한 혼합물을 만들었다. 그래 봤자 서로 다른 용액을 깡통에 들이부은 것에 지나지 않았지만, 내가 성냥개비를 하나 던져 넣자 마치 제트엔진의 재연소 장치처럼 훅 하고 원뿔형 불꽃이 일었다.

그 기운에 브라이언과 나는 벌렁 넘어지고 말았다. 다시 일어났을 때 벽 한쪽이 불에 타고 있었다. 나는 브라이언에게 나가자고 소리쳤지만 브라이언은 불길에 모래를 던지며 불을 끄지 않으면 큰일 날 거라고 했다. 불길이 문 쪽으로 번져가면서 순식간에 바짝 마른 목재를 집어삼키고 있었다. 나는 뒷벽의 널을 걷어차고 그 틈새로 몸을 비틀어 빠져나왔다. 브라이언이 뒤따라 나오지 않자 거리로 달려나가며 큰 소리로 도움을 요청했다. 그때 퇴근해 집으로 가는 아빠가 보였다. 우리는 함께 판잣집으로 달려왔고, 아빠가 힘을 더해 벽을 걷어차고 선 콜록거리는 브라이언을 잡아 빼냈다.

아빠가 불같이 화낼 거라는 내 예상은 빗나갔다. 아빠는 어쩐지 말이 없었다. 우리는 불길이 판잣집을 통째로 집어삼키는 광경을 보며

서 있었다. 양쪽에 선 우리에게 팔을 두르고 있던 아빠는 자기가 때마침 여기를 걸어 지나간 건 기적에 가까운 우연이라고 말했다. 그러고는 불길의 맨 위쪽을 가리켰다. 바야흐로 딱딱거리며 타오르던 그 노란 불길은 보이지 않는 일렁이는 열기가 되어 사막을 신기루처럼 아롱져 보이게 하고 있었다. 아빠는 바로 그곳이 물리학에서 말하는 교란 운동과 질서의 경계라고 말했다.

"어떤 규칙도 적용될 수 없는 곳, 아니면 적어도 아직까진 규칙이 밝혀지지 않은 곳이야. 오늘 너흰 그 지점에 아슬아슬할 정도로 가까이 갔던 거야."

우리는 용돈 같은 건 한 푼도 받지 못했다. 돈이 필요하면 길가를 따라 걸어 다니며 맥주 캔과 병을 모아서 개당 2센트씩 팔아서 썼다. 그것 말고도 브라이언과 나는 금속 쪼가리를 주워다 고물상에 가져가 1파운드에 1페니씩 받았다. 구리는 1파운드에 3센트였다. 병을 상환하거나 금속 쪼가리를 팔아 돈이 생기면 시내까지 걸어가서 올빼미 클럽 옆 가게를 찾았다. 거기엔 맛있는 캔디가 줄줄이 진열되어 있었고 우리는 우리가 번 10센트를 어떻게 쓰면 좋을지 고심하느라 한 시간을 보냈다. 일단 하나를 골라서 막 돈을 내려고 하면 생각이 달라져서 다른 캔디를 고르게 되었다. 급기야 열이 받은 가게 주인은 우리에게 이 캔디 저 캔디 주물러대지 말고 얼른 돈을 내고 나가라고 했다.

브라이언이 제일 좋아한 캔디는 어마어마하게 큰 스위트타르트 캔디로, 그 애는 혀가 얼얼해져 피가 날 때까지 빨고 또 빨아댔다. 나는 초콜릿을 좋아했지만 입에 넣자마자 사라져버리는 게 아쉬워서 주로 슈거 대디를 샀다. 슈거 대디는 거짓말이 아니라 반나절은 계속 빨아먹을 수 있었고 막대에 분홍색 글씨로 웃긴 시가 적혀 있는 것도 좋았다. 가령 이런 식이었다.

당신 발이 / 잠자는 게 싫은가요? / 시끄러운 양말을 신어보세요. / 절대 못 잘걸요.

브라이언과 나는 캔디 가게에서 집으로 가는 길에 그린랜턴을 엿보는 걸 좋아했다. 그린랜턴은 오른쪽으로 기울어져가는 포치 조명이 달린 커다란 초록색 집으로 도로 옆에 있었다. 엄마는 거기가 고양이집*이라고 했지만, 정작 고양이는 한 마리도 보이지 않았고 수영복이나 길이가 짧은 드레스를 입은 여자들이 포치에 앉아 있거나 누워서 차가 지나가면 손을 흔드는 것만 보였다. 그 집엔 1년 내내 크리스마스 장식등이 달려 있었는데 엄마 말로는 그게 고양이집임을 알리는 신호였다. 자동차들이 그 앞에 멈출 때면 남자들이 차에서 나와 집 안으로 불쑥 들어갔다. 그린랜턴 안에서 무슨 일이 일어나는지 나는 몰랐지만 엄마는 그 집 이야기는 해주지 않겠다고 했다. 다만 나쁜 일이 일어난다고만 말했기 때문에 그린랜턴은 우리에게 거부할 수 없이 신비로운 곳이 되었다.

브라이언과 나는 도로 건너편의 산쑥 덤불 뒤에 숨어서 누군가 그린랜턴을 들락날락할 때 현관문 안쪽을 들여다보려고도 했지만, 무슨 일이 일어나는지는 전혀 알아낼 수가 없었다. 창문 안으로 들여다볼 생각에 두 번 정도 그 집 앞까지 살금살금 다가간 적도 있었지만, 창문은 검정색으로 칠해져 있었다. 한 번은 포치에 있던 한 여자가 덤불 속에 숨어 있는 우릴 보고 손을 흔드는 바람에 비명을 지르며 도망치

* 매음굴을 뜻하는 속어.

기도 했다.

그날도 함께 산쑥 덤불에 숨어서 훔쳐보다가 나는 브라이언의 호승지심을 이용해 포치에 누워 있는 여자에게 말을 걸어보라고 했다. 나보다 한 살 어린 브라이언은 여섯 살 생일을 앞둔 때였고, 세상에 겁날 게 없었다. 바지를 추켜올리고 반쯤 먹다 만 스위트타르트를 보관해달라고 내게 건네주고서, 브라이언은 길을 가로질러선 곧장 그 여자에게 갔다. 그 여자는 머리가 길고 검었으며, 두 눈엔 타르처럼 까만 마스카라를 두껍게 발랐고, 검정색 꽃이 프린트된 파란색의 짧은 드레스를 입고 있었다. 포치 바닥에 옆으로 누워 한 팔로 머리를 괴고 있던 그 여자는 브라이언이 가까이 다가오자 배를 깔고 엎드리더니 한 손으로 턱을 받쳤다.

같은 자리에 숨어 있는 내 눈에 브라이언이 그 여자와 이야기하는 게 보였지만 무슨 얘기를 하는지는 들리지 않았다. 이윽고 그 여자가 한 손을 브라이언에게 뻗었다. 나는 그린랜턴 안에서 나쁜 짓을 저지르는 이 여자가 내 동생에게 무슨 짓을 할지 몰라 숨을 죽였다. 그 여자는 브라이언의 머리에 손을 얹더니 머리를 헝클어뜨렸다. 여자 어른들은 빨간 머리에 주근깨가 난 브라이언을 보면 으레 그렇게 행동했다. 브라이언은 그러면 짜증이 나서 대개 그들 손을 쳐내곤 했다. 하지만 이번엔 달랐다. 손을 쳐내는 대신 동생은 가만히 서서 그 여자와 한동안 이야기를 나눴다. 다시 도로를 가로질러 내게 왔을 때 그 애의 표정은 겁먹은 것과는 거리가 멀었다.

"어땠어?" 나는 물었다.

"별거 없던데." 브라이언이 말했다.

"무슨 얘기 했어?"

"그린랜턴 안에서 뭐하냐고 물었어." 브라이언이 말했다.

"정말?" 나는 감탄했다. "그 아줌마가 뭐래?"

"별거 없대." 브라이언이 말했다. "남자들이 들어오면 여자들이 잘 해준대."

"아, 그리고 다른 건 없어?" 내가 말했다.

"없어." 브라이언이 말했다.

브라이언은 더는 말하기 싫은 건지 흙을 걷어차기 시작했다. 그러다 한마디 했다.

"아줌마 착하던데."

그 후로 브라이언은 그린랜턴 포치의 여자들에게 손을 흔들어 인사를 했다. 그 여자들은 함박 미소를 지으며 손을 흔들어 화답했다. 그래도 난 그 여자들에 대한 두려움을 완전히 걷어낼 수가 없었다.

배틀마운틴 시절, 우리 집엔 동물들로 가득했다. 길 잃은 개와 고양이, 그 개와 고양이가 낳은 새끼들, 독 없는 뱀부터 우리가 사막에서 잡은 도마뱀과 거북이 등등이 우리 집을 거쳐 갔다. 사람 손을 상당히 탄 것 같은 코요테를 기른 적도 있었고, 한 번은 아빠가 상처 입은 대머리수리를 데려와 버스터라고 이름을 지어준 적도 있었다. 버스터는 생긴 걸론 우리가 기른 동물 중에 제일 못생겼었다. 우리가 고기조각을 줄 때면 놈은 언제나 고개를 양옆으로 돌리면서 화난 것 같은 노란 눈으로 우릴 째려보다가 깍깍 울어대며 성한 한쪽 날개를 미친 듯 퍼덕거렸다. 다친 날개가 다 나아서 날아가버렸을 때 난 속으로 기뻤다. 대머리수리가 머리 위에서 맴도는 걸 볼 때마다 아빠는 무리 중에 버스터가 보인다면서 우리에게 고맙다고 하러 오는 거라고 했다. 하지만 나는 버스터가 돌아올 생각 같은 건 일절 하지 않을 거라고 생각했다. 그놈은 아빠에게 눈곱만큼도 고마워하지 않았으니까.

우리 형편엔 동물들 밥을 챙겨줄 수 없었다. 그래서 우리가 먹고 남은 걸 줬지만, 그것도 양이 모자랄 때가 대부분이었다.

"싫으면 저들이 나가야지." 엄마는 말했다. "여기 산다고 해서 내가 그것들 시중까지 들어야 하는 건 아니니까."

그러면서 엄마는 동물은 사람에게 의지하고 살면 안 되기 때문에 실상 우리가 잘 하고 있는 거라고 말했다. 우리가 여길 떠날 경우, 저들끼리 살아가는 법을 알아야 하기 때문이었다. 엄마는 모든 생물들이 자족적으로 살아가는 걸 권했다.

뿐만 아니라 자연의 순리를 따라야 한다고 믿었다. 그래서 엄마는 집 안을 가득 채우다시피 한 파리를 죽이지 않았다. 파리는 새와 도마뱀에게 자연이 준 먹이라는 것이었다. 그리고 새와 도마뱀은 고양이의 먹이라고 했다.

"파리를 죽이면 고양이를 굶겨 죽이게 되는 거야."

엄마 생각에 파리를 내버려두는 건 고양이에게 먹이를 사주는 것과 같을뿐더러 돈도 더 적게 들었다.

하루는 친구 카를라 집에 놀러갔다가 그 집엔 파리가 한 마리도 없는 것을 알아차리고 그 애 엄마에게 이유를 물었다. 카를라 엄마는 천장에 매달린 반짝거리는 황금색의 기묘한 장치를 가리켰고, 자랑스러운 어조로 해충 끈끈이 덕이라면서 셸 주유소에 가면 살 수 있고 자기넨 방마다 달아놓았다고 말했다. 또 해충 끈끈이에서 파리를 죽이는 독 성분을 방출한다고 설명했다.

"이 집의 도마뱀은 뭘 먹고 살아요?" 내 질문에 그녀는 말했다.

"이 집엔 도마뱀도 없어."

나는 집에 가서 엄마에게 우리도 카를라 집처럼 해충 끈끈이를 사자고 했지만 엄마는 안 된다고 했다.

"파리를 죽이는 거면 우리한테도 좋을 리가 없어."

그해 겨울, 아빠는 엔진의 마력을 올린 포드 페어레인을 샀다. 날이 추워진 어느 주말, 아빠가 모두에게 핫 팟에 수영하러 갈 거라고 선포했다. 핫 팟은 배틀마운틴 북쪽 사막의 울퉁불퉁한 바위산과 모래수렁에 에워싸인 천연 유황온천이었다. 온천물은 따뜻했고 상한 달걀 냄새가 났다. 또 광물질로 가득해서 온천 가장자리엔 산호초처럼 꺼끌꺼끌한 백악질의 결각*이 쌓여 있었다. 아빠는 이 핫 팟을 사서 스파로 개발하자는 말을 입에 달고 살았다.

온천은 깊이 들어갈수록 뜨거워졌다. 한가운데는 매우 깊었는데 실은 바닥이 없고 지구의 중심까지 쭉 이어진다고 말하는 배틀마운틴 사람들도 있었다. 취객 두 명, 무모한 십대 두 명이 빠져 죽기도 했는데, 올빼미 클럽 사람들 말로는 그들의 시체가 떠올랐을 때 말 그대로 삶아져 있었다고 했다.

브라이언과 로리 언니는 수영을 할 줄 알았지만 난 한 번도 배운 적이 없었다. 나는 넓은 면적의 물이 무서웠다. 우리가 살았던 사막 도시에 그런 물이 있다는 게 부자연스러웠고, 자연의 이변처럼 느껴졌다. 수영장이 딸린 모텔에 살았을 때, 용기 내서 가장자리에 매달려 수영장을 한 바퀴 돈 적은 있었지만, 핫 팟 가장자리는 그때의 수영장처럼 매끈하지가 않았다. 매달릴 만한 게 아무것도 없었다.

핫 팟에서 나는 어깨가 잠길 정도까지 걸어 들어갔다. 가슴에 찰랑이는 물은 따뜻했고, 발을 딛고 있는 바위는 너무 뜨거워서 계속 움직이고 싶었다. 문득 고개를 돌려 아빠를 보니 미소가 사라진 표정으로

* 화석화 작용 따위로 표면이 광물질로 뒤덮이는 것.

날 지켜보고 있었다. 나는 물을 헤치고 더 깊이 들어가려고 했지만 뭔가 자꾸 날 뒤로 잡아끄는 것 같았다. 아빠가 물속으로 뛰어들더니 물을 첨벙거리며 내게 다가왔다.

"오늘 네가 수영을 배우게 될 모양이야."

그렇게 말한 아빠는 한 팔로 나를 감쌌고, 그렇게 우린 온천을 가로지르기 시작했다. 아빠는 날 끌고 가다시피 했고, 난 너무도 겁이 나서 떨어질세라 아빠의 목에 매달리는 바람에 아빠 목이 허옇게 변해 있었다.

"자, 자, 별거 아니지, 안 그래?"

온천을 다 가로질렀을 때 아빠가 물었다.

온 길을 되돌아가기 시작했고, 이번엔 중간쯤 왔을 때 아빠가 자기 목을 감고 있는 내 손가락을 비집어 떼어내더니 날 밀어냈다. 나는 두 팔을 허우적거리며 냄새나는 온천 속으로 가라앉았다. 본능적으로 숨을 들이키자 물이 코와 입과 목구멍으로 밀려들어왔다. 폐가 불에 타는 것 같았다. 물속에서 눈을 뜨자 유황 성분이 찔러대는 것처럼 아팠고, 물은 거무튀튀한데다 얼굴을 휘감고 있는 머리카락 때문에 아무것도 보이지 않았다. 두 개의 손이 내 허리를 잡았다. 아빠가 날 끌고 물이 얕은 곳으로 갔다. 나는 침을 뱉고 기침을 하고 헐떡이는 숨을 고르지 않게 내쉬었다.

"괜찮아." 아빠가 말했다. "숨 좀 쉬어."

내가 숨을 가라앉히자 아빠는 날 잡아 들어올려선 다시 핫 팟의 한가운데로 데려갔다.

"가라앉던가 수영을 하던가!" 아빠가 큰 소리로 외쳤다.

두 번째에도, 나는 가라앉고 말았다. 또다시 물이 코와 폐에 밀려들어왔다. 나는 발장구를 치고 두 손을 허우적대며 물살을 헤치고 올라가선 숨을 헐떡거리며 아빠에게 손을 뻗었다. 하지만 아빠는 뒤로 물러났고, 아무리 해도 손이 잡히지 않는 통에 다시 가라앉고 말았다.

아빠가 그러기를 되풀이한 끝에 나는 마침내 아빠가 날 구해줘봤자 이내 다시 물에 집어 던질 것임을 깨달았다. 그래서 아빠의 손을 잡는 게 아니라 오히려 벗어나려고 애썼고, 아빠 몸을 힘껏 디디며 두 팔을 저어 물속을 헤치고 나아갔다. 그리고 마침내 아빠가 잡을 수 없는 범위까지 헤엄쳐갈 수 있게 되었다.

"바로 그렇게 하는 거야, 아가!" 아빠가 외쳤다. "넌 수영을 하고 있어!"

나는 비틀거리며 뭍으로 나와 석회화된 바윗돌에 앉아 가슴이 들썩일 정도로 숨을 몰아쉬었다. 아빠도 뭍으로 나와선 날 안으려 했지만 난 아빠하고는, 아니 아무 일 없다는 듯 물에 누워 있는 엄마하고도, 아니 옆으로 와서 축하해주는 브라이언과 로리 언니하고도 일절 상종하고 싶지 않았다. 아빠는 사랑하는 딸이 설마 죽게 내버려 두겠냐면서, 평생을 물가에만 붙어 살 수는 없으며 무릇 부모라면 누구나 자식에게 가르쳐야 할 교훈이 있으니 "물속에 가라앉기 싫으면 수영하는 법을 익혀야 한다"라고 되풀이해 말했다. 그러면서 별다른 이유가 있어서 자기가 이러겠느냐고 반문했다.

숨을 고르고 나니, 아빠 말이 확실히 옳단 생각이 들었다. 달리 설명할 도리가 없었다.

"나쁜 소식이 있어."

어느 날 탐험을 마치고 집에 돌아온 내게 로리 언니가 말했다.

"아빠가 짤렸어."

아빠가 광산에서 일한 지도 6개월이 다 되어가던 때였다. 아빠로선 그렇게 오랫동안 한 일터에 있었던 건 처음이었다. 나는 배틀마운틴에서 사는 것도 이젠 끝났고 며칠 내로 다시 이사를 가겠구나 싶었다.

"이번엔 어디 가서 살게 될까?"

내 말에 로리 언니는 고개를 저으며 말했다.

"여기서 계속 살 거야."

아빠는 자긴 해고된 게 아니라고 우겼다. 황금을 찾는 일에 더 많은 시간을 할애하고자, 회사 측에서 해고할 수밖에 없도록 상황을 유도한 거라고 했다. 로리 언니 말이 아빠는 현재 고안단계에 있는 발명품들과 미리 구해둔 일을 짬짬이 하면서 돈을 벌 수 있는 계획이 무궁무진하다고 했다. 그래도 한동안은, 집안 형편이 다소 팍팍해질 거라면서 로리 언니는 말했다.

"우리 모두 거들어야 해."

빈 병과 금속 쪼가리를 모으는 것 말고 난 어떤 식으로 집안에 보탬이 될 수 있을지를 생각해보았다.

"내 돌 가격을 깎아야겠다."

내 말에 로리 언니는 말을 멈추고 눈을 내리깔았다.

"그 정도론 어림없을 거 같은데."

"밥을 적게 먹으면 어떨까?" 내가 말했다.

"전에도 해본 거잖아." 로리 언니가 말했다.

우리는 정말로 먹을 걸 줄였다. 매점에서 더는 외상을 해주지 않게 되자 먹을 게 금세 바닥났다. 가끔이나마 아빠가 아르바이트를 하거나 도박으로 돈을 좀 따면 며칠 동안은 먹을 게 있었다. 그 돈도 다 쓰고 나면 냉장고는 다시 텅 비어버리기 일쑤였다.

그 전엔 먹을 게 떨어지면 아빠가 어김없이 별의별 아이디어와 재간을 부렸었다. 그래서 다들 잊고 있었던 선반 뒤의 토마토 통조림을 찾아내거나, 나가서 한 시간 후에 채소를 한 아름 안고 돌아와선 어디서 났는지는 일언반구 없이 스튜를 만들어주었다. 하지만 지금은 그냥 나가면 끝일 때가 많았다.

"아빠 어디 갔어?"

모린이 늘 하는 질문이었다. 그때 모린은 한 살 반이었고, 그게 그 애가 처음으로 한 말이었다.

"우리 먹을 것도 갖고 오고 일자리도 알아보려고 나갔어."

나는 말은 그렇게 했지만 아빠가 우리에게 줄 게 있으면 이렇게까지 자주 집을 비울까 싶었다. 그래도 투덜대지 않으려고 애썼다.

우리 딴엔 분란을 일으키지 않으려고 짐짓 태연한 투로 엄마에게 먹을 것 좀 달라고 말하면, 엄마는 어깨만 으쓱 추어올리며 뭐가 있어야 요리라도 할 게 아니냐고 반문했다. 우리는 배가 고픈 걸 숨겼지만 머릿속으론 음식 생각뿐이었고 어떻게 하면 먹을 걸 손에 넣을 수 있을까만 궁리했다. 학교에서 쉬는 시간에 몰래 교실에 들어가 다른 애들 점심도시락을 뒤지면 틀림없이 크래커 한 봉지나 사과 하나쯤은 있기 마련이었다. 정작 게 눈 감추듯 삼키느라 무슨 맛인지 알 겨를도 없었다. 친구 집 마당에서 놀 때는 화장실에 다녀오겠다고 하고선 부엌에 아무도 없으면 냉장고나 찬장에서 손에 잡히는 대로 집어 화장실로 갖고 들어가서 먹었고, 잊지 않고 변기에 버리고 물을 내린 후에야 나왔다.

브라이언도 먹을 걸 찾아 헤맸다. 하루는 그 애가 집 뒤에서 속을 게워내는 걸 보고선 며칠 동안 먹은 게 없는데 속에 뭐가 있어서 토해내는지 궁금해졌다. 브라이언은 이웃집에 몰래 들어가 1갤런들이 피클을 훔쳤다고 말했다. 그러다 그 집 주인에게 붙잡혔지만 경찰에 신고하는 대신 벌로 그 피클을 다 먹게 했다는 것이다. 그 애는 내게 아빠에게 절대 말하지 않겠다는 맹세를 하게 했다.

실직한 지 두 달째 되는 날, 아빠가 먹을 게 담긴 봉지를 들고 집에 왔다. 봉지엔 옥수수 통조림 하나, 우유 반 갤런, 빵 한 덩이, 매운 양념을 한 햄 통조림 두 개, 설탕 한 부대, 마가린 한 개가 들어 있었다. 몇 분 만에 옥수수 통조림이 사라졌다. 우리 중 누군가가 훔친 게 분명한데 당사자 말고는 누구도 옥수수 통조림의 행방을 알 수 없었다. 하지만 아빠는 매운 햄 샌드위치를 만드느라 정신이 없어서 수사에 착수할 짬이 나지 않았다. 그날 밤 우리는 커다란 잔에 담긴 우유를 마셔가면서 샌드위치로 배를 채웠다. 다음 날 학교에서 돌아왔을 때 로리 언니가 부엌에서 스푼으로 뭔가 떠먹고 있는 것을 발견했다. 냉장고를 들여다봤지만, 반 토막 남은 마가린 말고는 아무것도 없었다.

"언니, 뭐 먹어?"

"마가린."

언니 말에 나는 콧잔등이 절로 찡그려졌다.

"진짜?"

"그래. 설탕이랑 섞어서. 케이크 크림 맛하고 똑같아."

언니 말에 나도 조금 만들어 먹어봤지만 케이크 크림 맛은 나지 않았다. 설탕이 녹질 않아서 퍼석퍼석했고, 기름진데다 먹고 나니 입 안이 얇은 막을 두른 것 같았다. 그래도 다 먹긴 했다.

그날 저녁 엄마가 집에 돌아와 냉장고를 열어보더니 말했다.

"마가린 남은 거 어쨌니?"

"우리가 먹었어." 내가 말했다.

엄마는 빵에 발라 먹으려고 일부러 아껴뒀던 거라면서 화를 냈다. 우리가 빵도 다 먹었는데,라고 내가 말하자 엄마는 이웃집에서 밀가루를 좀 꿔다가 빵을 구울 생각이었다고 말했다. 나는 가스회사에서 우리 집 가스를 끊었다는 사실을 꼭 집어서 말했다.

"그래도," 엄마는 말했다. "마가린은 아껴뒀어야 해. 가스가 다시 들어올 때를 대비해서. 기적은 일어나기 마련이니까." 그러면서 우리에게 설령 빵이 생겨도 버터 없이 먹을 수밖에 없는 건 다 나와 로리 언니가 이기적이기 때문이라고 말했다.

나는 엄마의 말을 도무지 이해할 수가 없었다. 엄마 혼자서 마가린을 먹으려던 게 아니었을까 의심이 들었고, 그러자 그 전날 밤에 옥수수 통조림을 훔친 것도 엄마가 아닐까 싶어져서 좀 열이 받았다.

"이 집에서 먹을 거라곤 그것뿐이었어."

다시 입을 열었을 때 나는 언성이 높아져 있었다.

"난 배가 고팠다고."

엄마는 놀란 표정으로 날 쳐다보았다. 우리끼리의 암묵적인 규칙을 내가 깨버렸기 때문이다. 우리는 언제나 인생이 길고 엄청나게 재미있는 모험인 것처럼 살아야 했다. 엄마가 한 손을 쳐들었다. 그 순간 엄마가 날 때릴 거라고 생각했지만, 엄마는 이내 감개 테이블에 앉아선 머리를 두 팔에 얹었다. 엄마의 양 어깨가 흔들리기 시작했다. 난 엄마에게 다가가 팔에 손을 얹고 말을 걸었다.

"엄마?"

엄마는 내 손을 떨치더니 고개를 들었다. 엄마의 얼굴은 부어서 빨개져 있었다.

"네가 배가 고픈 게 내 잘못이니?" 엄마는 큰 소리로 외쳤다. "내 탓하지 마. 난 좋아서 이렇게 사는 줄 알아? 그런 거 같아?"

그날 밤 집에 돌아온 아빠는 엄마와 크게 한 판 싸웠다. 엄마는 일이 잘못되면 다 자기 탓이 되는 상황이 지긋지긋하다고 악을 썼다.

"이게 왜 내 잘못인데?" 엄마는 소리쳤다. "왜 당신은 손 하나 까딱 안 하는 거야? 온종일 올빼미 클럽에 가 있는 주제에. 당신이 책임질 건 아무것도 없다 이거지?"

아빠는 그게 다 돈을 벌려는 거라고 해명했다. 당장에 실현 가능한 계획들은 무궁무진했다. 문제는 돈이 없어서 실현을 못 하는 것이었다. 배틀마운틴엔 황금이 많았지만 전부 다 광석 안에 갇혀 있었다. 땅바닥에 굴러다닌다면야 프로스펙터로 얼마든지 찾아내겠지만. 그래도 아빠가 개발 중인 청산가리 용해제로 돌에서 황금만 걸러낼 수 있는 기술이 완성 단계에 있었다. 다만 완성하려면 돈이 필요했다. 아빠는 그러니 당신 어머니에게 사위의 청산가리 침출 공정 개발에 투자를 부탁하면 어떻겠느냐고 말했다.

"우리 엄마한테 또 손을 벌리라는 거야, 지금?" 엄마가 말했다.

"염병할, 로즈메리! 누가 손을 벌린댔어?" 아빠가 고함쳤다. "투자를 하라는 거지!"

엄마는 아빠에게 말했다. 할머니는 늘 우리에게 돈을 꿔줬기 때문에 이젠 아주 지긋지긋해한다고, 그래서 남한테 기대지 않고 살 자신이 없으면 피닉스의 당신 집으로 와서 살라고 했다고.

"아무래도 그래야 할까 봐."

엄마의 이 말에 아빠는 화가 머리끝까지 났다.

"지금 나더러 남한테 기대야 살 수 있는 인간이라고 말하는 거야?"

"애들한테 물어봐." 엄마가 쏘아붙였다.

우리는 오래된 승객용 벤치에 앉아 있었다. 아빠가 날 돌아보았고 나는 바닥에 발로 문대 생긴 자국만 뚫어져라 쳐다보았다.

엄마 아빠의 싸움은 다음 날 아침까지 계속됐다. 우리는 아래층에서 각자의 상자 안에 누워서 위층에서 그들이 싸우는 소리를 들었다. 엄마는 마가린 말고는 먹을 게 하나도 없는데 이제 그마저도 없어진 상황이 얼마나 절박한지를 이야기하고 있었다. 이젠 아빠의 허무맹랑

한 꿈도, 아빠의 병신 같은 계획과 지키지 못할 약속도 다 지긋지긋하다고 했다.

나는 책을 읽고 있는 로리 언니를 돌아보며 말했다.

"우린 마가린을 맛있게 먹었다고 말해. 그럼 안 싸울지도 몰라."

로리 언니는 고개를 저으며 말했다.

"그러면 엄마는 우리가 아빠 편을 든다고 생각할걸. 상황만 더 나빠진다고. 엄마 아빠가 알아서 해결하게 놔두자."

로리 언니 말이 맞았다. 엄마와 아빠가 싸울 때 우리가 할 수 있는 건 아무 일이 없는 척하거나 대수롭지 않은 척 행동하는 것뿐이었다. 좀 있으면 두 분은 다시 친구가 돼서 키스를 하고 서로 얼싸안고 춤을 출 것이다. 그러나 이번 싸움만큼은 좀처럼 끝날 줄을 몰랐다. 마가린 얘기로 한창 싸우고 난 그들은 엄마가 그린 그림이 거지 같은지 아닌지로 싸우기 시작했다. 그러더니 우리가 이 꼴로 사는 게 누구 탓인지를 놓고 싸워댔다. 엄마는 아빠가 다른 일자리를 알아봐야 한다고 말했다. 아빠는 이 집에서 출퇴근 도장을 찍을 사람이 나오는 게 엄마가 바라는 거라면 엄마가 직접 일자리를 구하라고 했다. 엄마에게 교사 자격증이 있음을 지적하면서, 온종일 궁둥짝을 붙이고 앉아 아무도 사지 않을 그림만 그려대지 말고 일을 하라고 했다.

"고흐도 그림 한 장 못 팔았어." 엄마는 말했다. "난 예술가야!"

"좋아." 아빠도 말했다. "그렇다면 징징 짜대는 짓거리는 집어치우라고. 아니면 그린랜턴에 가서 그 궁둥짝이라도 팔아보던가."

엄마와 아빠가 어찌나 고래고래 소리쳐댔는지 이웃집에까지 다 들릴 것 같았다. 로리, 브라이언, 나는 서로를 쳐다보았다. 브라이언이 턱 끝으로 집 문을 가리켰고, 우리 셋은 밖으로 나가 전갈들이 들어갈 모래성을 쌓기 시작했다. 우리 딴엔 이런 싸움이 아무 일 아니라는 듯이 행동하면 이웃들도 그렇게 생각하지 않을까 싶어서였다.

하지만 고함소리가 계속되자 이웃들이 길가에 모이기 시작했다. 몇몇은 다만 궁금해서 나와 있었다. 배틀마운틴에 사는 부부들은 하루가 멀다 하고 싸워댔기 때문에 그다지 대수로울 건 없는 일이었다. 하지만 이 동네의 기준으로 봐도 이번엔 정도가 심했기 때문에 누군가 나서서 말려야 한다고 생각하는 이웃들도 있었다. "아냐, 자기들이 알아서 해결하게 놔두자고." 어떤 아저씨가 말했다. "우린 끼어들 권리가 없어." 그래서 그들은 로데오라도 구경 온 것처럼 자동차 펜더나 울타리 기둥에 기대서거나 트럭 뒷문에 올라앉았다.

갑자기 위층 창문에서 엄마의 유화 한 점이 날아왔다. 그러더니 엄마의 이젤이 따라 날아왔다. 밑에 있던 사람들은 맞지 않으려고 갈팡질팡했다. 잠시 후 창문으로 엄마의 두 발이 나오더니 엄마의 몸도 나타났다. 엄마는 2층에 대롱대롱 매달려 있었고 두 다리가 마구 흔들렸다. 아빠가 두 팔로 엄마를 꼭 붙잡고 있었고 엄마는 그런 아빠의 얼굴을 때리려고 했다.

"살려주세요!" 엄마가 외쳤다. "이 사람이 날 죽이려고 해요!"

"미쳤어, 로즈메리? 이리 들어와!" 아빠가 말했다.

"엄마 해치지 마!" 로리 언니가 소리쳤다.

엄마는 앞뒤로 흔들거리고 있었다. 엄마의 노란색 면 드레스가 허리까지 말려 올라가는 바람에 다들 엄마가 입고 있는 흰색 속옷을 볼 수 있었다. 낡아서 처진 팬티가 혹여 훌렁 벗겨지는 건 아닐까 나는 겁이 났다. 어른들 몇몇은 엄마가 떨어질까 걱정되어 소리를 질렀지만, 몰려 있던 아이들은 엄마가 나무에 매달린 침팬지 같다는 생각에 원숭이 우는 소리를 내고 겨드랑이를 긁으며 웃어댔다. 브라이언은 침울한 표정이 되어 두 주먹을 불끈 쥐었다. 나도 마음은 그 애들을 후려치고 싶었지만 브라이언을 뒤로 잡아끌었다.

엄마가 격하게 몸부림치는 바람에 신발이 두 짝 다 아래로 떨어졌다. 엄마는 금방이라도 아빠의 손에서 미끄러지거나 아빠까지 창문 밖으로 끌어낼 것처럼 보였다. 로리 언니가 브라이언과 날 돌아보더니 말했다.

"가자."

우리는 집 안으로 달려 들어가 위층으로 올라갔다. 그리고 아빠의 두 다리를 부여잡아 아빠까지 창문 밖으로 끌려 나가는 불상사를 막았다. 마침내 아빠가 엄마를 방 안으로 끌어 들였고, 엄마는 바닥에 무너지듯 쓰러졌다.

"저 인간이 날 죽이려고 했어." 엄마가 흐느껴 울며 말했다. "너희 아빤 내가 죽는 걸 보고 싶어 한다고."

"난 네 엄마 떠민 적 없다." 아빠가 항의했다. "하느님께 맹세하는데 그런 적 없어. 엄마 혼자 뛰어올라갔지." 아빠는 두 팔을 올려 손바닥을 위로 향하며 자신의 결백을 호소했다.

로리 언니가 엄마의 머리를 쓰다듬으며 눈물을 닦아주었다. 브라이언은 벽에 기댄 채 고개를 설레설레 저었다.

"이제 다 괜찮아."

나는 그 말만 계속 되뇌었다.

다음 날 아침, 엄마는 평소와 달리 늦잠을 자는 게 아니라 우리와 함께 일어났고, 메리 S. 블랙 초등학교 맞은편에 있는 배틀마운틴 중등학교에 가서 교사직을 신청했고, 그 자리에서 채용되었다. 엄마에겐 교사 자격증이 있었고, 배틀마운틴은 늘 교사가 모자랐던 덕이었다. 그나마 시내에 있는 몇 안 되는 교사들도 아빠 말대로 딱히 우수하다고 말할 수 없는 수준이었고, 교사가 모자란 형편에도 이따금씩 해고를 당하는 경우도 있었다. 우리 학교에서도 2주 전에 페이지 선생님이 장전된 라이플총을 들고 복도를 가다가 교장에게 발각되어 해고를 당한 터였다. 페이지 선생님 말로는 학생들이 숙제를 더 잘할 수 있도록 자극을 주려 했을 뿐이었다나.

페이지 선생님이 그만둔 무렵에 로리 언니의 담임교사도 모습을 감춰버려서 엄마가 로리 언니 반을 맡게 되었다. 학생들은 엄마를 정말로 좋아했다. 엄마의 교육철학은 양육철학과 똑같아서, 규칙과 훈육은 인성 발전을 방해하며 아이들의 소질을 십분 살릴 수 있는 가장 좋은 방법은 자유를 주는 것이라고 생각했다. 그래서 학생들이 지각을 하거나 숙제를 해오지 않아도 뭐라 하지 않았다. 애들이 도를 벗어난 행동을 하려 해도 다른 애들에게 해가 되지만 않으면 내버려두었다.

엄마는 늘 학생들을 안아주었고 그들이 얼마나 멋지고 특별한 존재인지를 알게 해주었다. 엄마는 멕시코 아이들에게 백인 아이들보다 못하다는 말을 결코 용납하지 말라고 했다. 나바호족과 아파치족 아이들에겐 고결한 아메리칸 원주민의 유산을 자랑스럽게 생각하라고 말했다. 문제아나 학업지체아라고 여겨진 아이들의 학교 생활이 원만해지기 시작했다. 어떤 아이들은 길 잃은 개처럼 엄마를 졸졸 따라다니기도 했다.

학생들의 애정을 한 몸에 받았지만 엄마는 교사 일을 싫어했다. 아직 두 살밖에 안 된 모린을 주립 교도소에서 복역하는 마약밀매상을 남편으로 둔 여자에게 맡겨야 했기 때문이었다. 그러나 엄마가 교사 일을 싫어한 진짜 이유는 교사였던 외할머니가 엄마에게 교사 자격증을 따도록 종용했기 때문이었다. 엄마가 화가가 되겠다는 꿈을 제대로 펼치지 못할 경우에 대비한 궁여지책이었던 셈인데, 엄마에겐 할머니가 딸의 예술적 재능을 그다지 믿지 않은 것이며, 이렇게 교사가 된 건 할머니가 처음부터 옳았음을 인정하는 것이나 다름없다고 여겨졌던 것이다. 밤이 되면 엄마는 골이 나서 구시렁댔고, 아침엔 늦잠을 자며 아픈 척했다. 그런 엄마를 침대에서 끌어내 옷을 입고 늦지 않게 학교에 가게 하는 게 로리 언니와 브라이언과 나의 소관이었다.

"난 이제 어른이야." 엄마는 거의 매일 아침마다 이렇게 말했다. "왜 내가 하고 싶은 대로 하면 안 되는 거지?"

"가르치는 건 보람되고 재미있는 일이야." 로리 언니가 말했다. "점점 좋아하게 될 거야."

다른 교사들과 비티 교장이 엄마를 형편없는 교사라고 생각하는 것도 얼마간 문제였다. 그들은 엄마가 수업하는 교실에 고개를 디밀고선 학생들이 술래잡기 놀이를 하고 지우개를 던지는 가운데 앞에선 엄마가 원심력을 몸으로 설명한답시고 팽이처럼 빙글빙글 돌며 분필 조각들을 날리는 걸 보았다.

체인이 달린 안경을 목에 걸고 다니며 매주 위네뮤카의 미용실에서 머리를 다듬는 비티 교장은 엄마에게 주간학습계획서를 제출하고, 담당교실을 깨끗이 정리하며, 과제물을 신속히 채점하라고 말했다. 그러나 엄마는 늘 혼란스러워하며 엉뚱한 날짜에 학습계획서를 제출하거나 과제물을 잃어버렸다.

비티 교장이 엄마에게 해고하겠다고 으름장을 놓자, 로리 언니와 브라이언과 나는 엄마의 학교 일을 돕기 시작했다. 나는 방과 후에 엄마의 교실로 가서 칠판을 지우고, 지우개를 털고, 바닥에 떨어진 종이들을 주웠다. 밤엔 로리 언니, 브라이언과 함께 엄마 반 학생들의 숙제와 시험지를 점검했다. 엄마는 다지선다형 문제, OX 문제, 괄호 채우는 문제의 채점도 우리에게 맡겼다. 주관식 문제만큼은 어떤 답을 써도 정답이 될 수 있기 때문에 자신이 직접 해야 한다고 생각해서 엄마가 맡았다. 나는 과제물 채점에 재미를 느꼈다. 어른들이 생계 때문에 하는 일을 내가 할 수 있다고 생각하면 기분이 좋았다. 로리 언니는 엄마가 학습계획을 짜는 것도 도왔다. 엄마가 학습서 공란을 정확하게 채워 쓰도록 하면서, 철자나 계산도 수정해주었다.

"엄마, 할로윈엔 L이 두 개야." 엄마가 쓴 걸 지우고 고쳐 써주면서 언니가 말했다. "E도 두 개야. 끝의 E는 묵음이 아니고."

엄마는 로리 언니가 영특하다며 새삼 감탄했다.

"로리는 전 과목 A야."

한 번은 내게 이렇게 말하길래 나는 말했다.

"나도 전 과목 A야."

"알아, 하지만 넌 공부를 해서 그 점수를 받은 거잖아."

엄마 말이 맞았다. 로리 언니는 총명했다. 그리고 그런 식으로 엄마를 돕는 건 언니가 세상에서 제일 좋아하는 일이었을 것이다. 언니는 운동감각이 뛰어난 편도 아니었고 브라이언과 나만큼 탐험을 좋아하지도 않았지만 연필과 종이로 하는 일이면 무조건 좋아했다. 엄마와 언니는 학습계획서를 다 작성하고 나면 감개 테이블에 둘러앉아선 서로를 스케치했고 잡지에서 동물과 풍경과 주름진 얼굴의 사람들 사진을 오려내선 엄마의 그림주제 폴더에 끼워 넣었다.

로리 언니는 누구보다 엄마를 잘 이해했다. 비티 교장이 엄마의 반에 나타날 때 엄마 딴엔 자기가 학생들을 훈육할 자격이 있음을 교장에게 입증할 셈으로 로리 언니에게 마구 고함을 쳤다. 한 번은 언니를 교실 앞으로 불러내선 나무 주걱으로 때린 적도 있었다.

"언니가 말썽을 피워서 그런 거야?"

내 질문에 언니가 말했다.

"아니."

"그런데 왜 엄마는 언니를 때린 거야?"

"누구건 한 명을 벌줘야 할 상황인데, 다른 애들에게 상처 주고 싶진 않았을 거야."

엄마가 학교에서 일하게 됐으니 새 옷을 사고 구내식당에서 점심을 사 먹을 수 있을 거라고, 뿐만 아니라 매년 학교에서 찍는 학급사진의 재미도 덤으로 누릴 수 있을 거라고 나는 생각했다. 엄마 아빠는 가난해서 우리에게 한 번도 학급사진을 사준 적이 없었다. 엄마가 사진 다발에서 몰래 사진 한 장을 빼냈다가 돌려준 게 두 번 있을 뿐이었다. 하지만 엄마가 월급을 받은 그해에도 우린 학급사진을 사지 않았다. 하물며 훔치지도 않았다. 오히려 그게 더 나았을는지도 모르겠다. 어디선가 마요네즈가 머릿결을 살린다는 걸 읽은 엄마가 학교에서 사진을 찍는 날 아침에 내 머리에 마요네즈 몇 스푼을 듬뿍 바른 것이다. 그렇지만 나중에 머리를 감아 마요네즈를 씻어내야 한다는 건 알지 못한 엄마 덕분에 그해 사진 속의 나는 뻣뻣한 널빤지 같은 머리 꼴을 하고 카메라를 응시하고 있었다.

그래도 형편이 나아진 건 사실이었다. 아빠가 중정석 광산에서 해고되고 나서도, 우린 광산업체에 집세를 냈고, 예의 기차역을 개조한 집에서 계속 살 수 있었다. 그런 데서 살겠다고 경쟁을 하는 가족들이 많지 않았기 때문이다. 집 냉장고엔 먹을 게 들어 있었다. 적어도 그 달이 끝날 무렵까지는. 엄마도 아빠도 예산을 잘 짜는 것과는 거리가 먼 사람들이어서 월말이 되면 돈이 남지를 않았다.

그러나 엄마의 월급은 전혀 새로운 문제를 낳았으니 엄마가 월급을 들고 집에 오는 건 좋아했지만 자신이 한 집안의 우두머리라고 생각한 아빠가 그 돈을 자기에게 맡겨야 한다고 우긴 것이다. 가족의 재정을 관리하는 건 자신의 책임이라는 것이었다. 그런데다 아빠는 황금 추출 연구에 쓸 자금도 필요했다.

"당신이 연구하고 있는 건 간의 알코올 흡수 능력뿐이겠지."

엄마는 그렇게 응수했지만 여전히 아빠를 대놓고 무시하기는 어려웠다. 무슨 이유에서인지, 엄마는 아빠에게 "안 돼"라는 말을 하지 못했다. 하려고 해도 아빠는 엄마를 설득하고 그럴 듯한 말로 속이고 골을 내고 들볶으며 기어코 엄마의 기를 꺾어놓았다. 그래서 엄마는 어물쩍 넘어가는 전략에 기댔다. 아빠에게 수표를 현금으로 받지 못했다고 말하거나, 학교에 두고 온 척하고는 몰래 은행으로 도망치기 전까지 숨겨두었다. 그런 다음엔 돈을 몽땅 잃어버렸다고 말했다.

얼마 안 가서 아빠는 엄마의 월급날, 학교에 등장하게 되었다. 학교 밖에 차를 대고 있다가 우리 모두를 태워선 곧장 은행이 있는 위네뮤카로 갔고, 엄마를 시켜 수표를 현금으로 바꿔오게 했다. 엄마가 은행에 들어갈 때도 자기와 함께 들어가야 한다고 고집을 부렸다. 그러면 엄마는 우리도 함께 데리고 들어가서는, 우리에게 먼저 현금 일부를 찔러 주었다. 다시 차로 돌아오면 아빠는 엄마의 지갑을 뒤져서 돈을 꺼냈다.

한 번은 주차할 데가 마땅치 않아서 엄마 혼자 은행에 들어간 적이 있었다. 잠시 후 은행을 나온 엄마는 한쪽 양말을 신고 있지 않았다.

"저넷, 양말 한 짝 줄 테니까 안전한 곳에 보관해줘."

차에 탄 엄마는 그렇게 말하며 내게 한껏 윙크를 하더니 브래지어 밑으로 손을 넣어 가운데가 묶여 있고 발가락 부분이 불룩해진 양말 한 짝을 뽑아냈다.

"아무도 손대지 못할 곳에 숨겨둬. 우리 집에서 양말 한 짝 구경하기가 얼마나 힘든지 너도 알지?"

"이 염병할 여편네!" 아빠가 버럭 소리를 질렀다. "내가 병신 새끼인 줄 알아?"

"뭐?" 엄마가 두 팔을 허공에 내뿌리며 물었다. "내 딸한테 양말 한 짝 주겠다는데 그것도 안 된다는 거야?"

엄마는 혹여 내가 눈치채지 못할까 봐 다시 한 번 윙크를 해 보였다.

배틀마운틴으로 돌아오자 아빠는 월급날을 축하하는 의미에서 모두 올빼미 클럽에 가서 스테이크를 먹자고 했다. 스테이크가 어찌나 맛있었는지, 우리가 한 주 치 식료품 값에 맞먹는 걸 먹고 있다는 것도 잊을 정도였다.

"거기, 산양?"

저녁을 다 먹어갈 즈음, 엄마가 먹다 남은 음식을 가방에 집어넣고 있을 때 아빠가 말했다.

"그 양말 좀 잠깐 빌려줄래?"

나는 테이블 주위를 둘러보았다. 악어 같은 미소를 짓고 있는 아빠 말고 날 바라보는 사람은 없었다. 나는 양말을 건네주었다. 엄마는 연극적으로 패배의 한숨을 내쉬고는 머리를 테이블 위에 박았다. 집안의 가장이 누군지 보여주려는 의도에서 아빠는 웨이트리스에게 줄 10달러를 테이블 위에 남겨뒀지만 나오면서 엄마가 몰래 가방에 넣었다.

얼마 안 가서 우린 또다시 빈털터리가 되었다. 브라이언과 나를 차로 학교까지 바래다주면서 아빠는 우리가 도시락 가방을 들고 있지 않은 것을 알아차렸다.

"도시락들은 어쨌니?" 아빠가 우리에게 물었다.

우리는 서로의 얼굴을 쳐다보며 어깨만 으쓱했다.

"집에 먹을 게 없어." 브라이언이 말했다.

그 말을 들은 아빠는 생전 처음 자기 자식들이 굶고 있는 걸 안 사람처럼 분노하는 척했다.

"빌어먹을, 로즈메리가 돈이란 돈은 죄다 미술용품에 쏟아부어서 그래!"

아빠는 투덜대면서 혼잣말을 하는 척했다. 그러더니 한층 더 큰 소리로 선언했다.

"하늘이 무너져도 내 자식이 굶어선 안 돼!"

차에서 내린 우리의 등 뒤에 대고 아빠는 큰 소리로 말했다.

"너흰 아무것도 걱정할 거 없어!"

점심시간에 브라이언과 나는 구내식당에 앉아 있었다. 사람들이 왜 너희는 밥을 먹지 않는 거냐고 물을까 봐 동생의 숙제를 도와주는 척하고 있는데 아빠가 문턱에 나타났다. 먹을 게 든 커다란 봉지를 들고서. 나는 아빠가 식당 안을 훑어보며 우릴 찾는 걸 보았다.

"우리 애들이 오늘 깜빡하고 도시락을 안 가져갔어요."

구내식당 당번인 선생님에게 이렇게 말하고 아빠는 우리 쪽으로 걸어왔다. 그러고는 브라이언과 내 앞 테이블에 봉지를 내려놓더니 빵 한 덩이와 볼로냐 소시지 한 팩, 마요네즈 한 병, 반 갤런들이 오렌지 주스 한 통, 사과 두 개, 피클 한 병, 캔디 바 두 개를 꺼냈다.

"내가 너희를 실망시킨 적이 한 번이라도 있었니?"

브라이언과 내게 그렇게 말하고서 아빠는 돌아서서 나갔다.

브라이언이 아빠에겐 들리지 않을 만큼 나지막하게 말했다.

"있어."

"아빠가 슬슬 가장의 의무를 지켜야 할 땐데." 텅 빈 냉장고 안을 뚫어져라 쳐다보던 로리 언니가 말했다.

"그러고 있어!" 내가 말했다. "아르바이트해서 번 돈을 갖고 오잖아."

"버는 돈보다 술값에 드는 돈이 더 많잖아." 브라이언이 말했다.

그 애는 언니와 내가 서 있는 부엌 바로 밖에서 나무토막을 조금씩 깎으며 그 부스러기를 바닥에 떨어뜨리고 있었다. 브라이언은 자나 깨나 주머니칼을 갖고 다녔고, 머릿속에서 생각을 굴릴 때면 나무토막을 깎았다.

"술값에만 쓰는 건 아니지." 내가 말했다. "청산가리 침출 연구비용에 거의 다 쓰잖아."

"아빠는 침출에 관한 한 연구를 할 필요가 없어." 브라이언이 말했다. "이미 전문가니까."

그러고는 로리 언니랑 낄낄 웃어댔다. 나는 둘을 노려보았다. 아빠에 대해서라면 둘보다 내가 더 많은 걸 알았다. 그도 그럴 것이 아빠는 가족 중에 내게 이야기를 제일 많이 했기 때문이다. 아빠와 나는 그때도 악마 사냥을 하러 사막에 가곤 했다. 이미 일곱 살이 된 나는 철이 들어서 더는 악마를 믿지 않았지만 어디까지나 옛 추억을 되살리기 위해서였다. 아빠는 내게 모든 계획을 얘기해줬을 뿐만 아니라 그래프와 견적과 지질 구조도를 보여주며 황금이 묻혀 있는 퇴적물의 층위들에 대해 설명해주었다.

아빠는 내게 가장 아끼는 자식이 나라는 말도 했지만 로리 언니한테도 브라이언한테도 모린한테도 절대 말하지 않기로 약속하게 했다. 그건 우리 둘만의 비밀이었다.

"아가야, 빈말이 아니라 날 아직까지 믿어주는 건 너밖에 없단 생각이 가끔 든단다." 아빠는 말했다. "그것마저 잃어버리면 어째야 할지 모르겠어."

나는 아빠에게 그럴 일은 절대 없을 거라고 말했다. 그리고 마음속으로도 절대 그러지 않겠다고 맹세했다.

엄마가 교사로 일한 지 몇 달이 지난 어느 날, 브라이언과 나는 그린랜턴을 지나가게 되었다. 해가 저무는 하늘엔 보랏빛과 자줏빛으로 물든 구름이 떠 있었다. 해가 지자 기온이 급속도로 떨어지면서 끓어오를 듯 더웠던 날씨가 몇 분 만에 쌀쌀해졌다. 황혼 녘의 사막은 늘 그랬다. 술 달린 숄을 어깨에 걸친 한 여자가 그린랜턴의 문 앞 포치에서 담배를 피우고 있었다. 그 여자가 브라이언을 보고 손을 흔들었지만, 브라이언은 화답하지 않았다.

"유후! 브라이언, 나야, 자기! 진저라구!"

그 여자가 큰 소리로 외치는데도 브라이언은 본 척 만 척했다.

"누구야?" 내가 물었다.

"아빠 친구." 브라이언이 대답했다. "멍청이야."

"왜 멍청이야?"

"『새드색』 만화책에 나오는 단어도 모르더라고."

그러면서 브라이언은 얼마 전에 아빠가 생일선물을 사준다며 불러낸 적이 있다는 얘기를 꺼냈다. 브라이언을 가게에 데려간 아빠는 원하는 건 뭐든지 고르라고 했고, 브라이언은 『새드색』 만화책을 골랐다. 그런 후 그들은 네바다 호텔에 갔다. 올빼미 클럽 근처에 있는 그 호텔엔 '바(bar) 그릴요리 청결 현대적'이라 적힌 간판이 걸려 있었다. 거기서 그들은 진저와 저녁을 먹었고, 진저는 먹는 내내 웃어대고 엄청나게 큰 소리로 떠들어대며 아빠와 브라이언을 만져댔다. 식사를 마친 셋은 함께 호텔방에 들어갔다. 작은 거실과 침실이 있는 스위트룸이었고, 아빠와 진저가 침실에 들어가 있는 동안 브라이언은 거실에서 『새드색』을 읽었다. 나중에 아빠와 함께 침실에서 나온 진저는 브라이언 옆에 앉았다. 브라이언은 고개도 들지 않았고, 이미 두 번이나 읽은 만화책만 뚫어져라 보고 있었다. 진저가 자기도 『새드색』의 팬이라고 말하자 아빠는 브라이언에게 만화책을 그녀에게 주라고 했다. 그게 신사다운 행동이라면서.

"그건 내 건데!" 브라이언이 말했다. "그런데다 그 여자가 자꾸만 만화책의 큰 글씨들을 읽어달라는 거야. 어른인데 만화책도 못 읽는 단 얘기잖아."

브라이언이 진저를 그토록 싫어하는 걸 보며 나는 그 여자가 그 애의 만화책을 빼앗은 것 이상으로 어떤 짓을 한 게 틀림없다는 걸 눈치챘다. 그린랜턴의 진저와 다른 여자들에 관해 뭔가 알아낸 건 아닐까 싶었다. 어쩌면 엄마가 나쁜 여자들이라고 말한 이유를 알게 된 건지도 몰랐다. 그런 이유로 그렇게 화를 내는 건지도 몰랐다.

"그 여자들이 그린랜턴 안에서 뭘 하는지 알아낸 거야?"

브라이언은 앞만 똑바로 쳐다보고 있을 뿐이었다. 그 애가 뭘 보고 있는지 알아내려 해도 보이는 건 어두워지는 하늘과 맞닿은 투스카로라 산맥의 봉우리뿐이었다. 이윽고 브라이언이 고개를 젓더니 말했다.

"그 여잔 돈을 많이 벌어. 그러니 만화책을 갖고 싶음 자기가 사야지."

배틀마운틴을 우스개로 삼는 사람들이 있었다. 언젠가 동부의 한 대형 신문사에서 미국에서 가장 흉측하고 가장 쓸쓸하고 가장 외진 도시를 뽑는 경연대회를 열었는데, 배틀마운틴에 우승이 돌아갔다. 배틀마운틴에 사는 사람조차 그 점에 대해 딱히 관심을 기울이지 않았다. 그들은 셸 주유소의 노란색과 빨간색 전광판에서 S자의 전구만 불이 들어오지 않는 것을 가리키며 어딘가 모르게 자조적인 태도로 자랑하곤 했다.

"암요, 저기가 우리가 사는 곳이지요, 지옥*!"

하지만 난 배틀마운틴에서 행복했다. 1년 가까이 살다 보니 그곳이 집처럼 느껴졌다. 내가 기억할 수 있는 최초의 집이었다. 아빠는 청산가리로 황금을 침출하는 공정의 완성을 눈앞에 둔 터였고, 브라이언과 내겐 사막이 있었으며, 로리 언니와 엄마에겐 그림과 독서가 있었다. 또 흰색 실크 같은 금발머리에 상상 속 친구들을 잔뜩 만들어낸 모린은 기저귀도 안 찬 채 즐겁게 뛰어놀던 시절이었다. 내 딴엔 오밤중에 짐을 꾸려서 차를 타고 떠나는 생활도 끝났다고 생각했던 때였다.

---

* Shell에서 S를 빼면 Hell(지옥)이 되는 것을 빗대어 말한 것.

여덟 살 생일을 넘기기 무섭게 빌리 딜과 그의 아빠가 트랙스로 이사 왔다. 나보다 세 살 많았던 빌리는 크고 마른 체구에 짧게 친 모래빛 머리칼에 눈이 파랬다. 그렇지만 잘생기진 않았다. 빌리하면 생각나는 건 한쪽이 납작하게 눌린 머리였다. 역 가까이 있는 판잣집에 살았던 아메리칸 원주민 혼혈로, 울타리 친 마당에 개를 50마리나 길렀던 여자, 버사 화이트풋 말로는 빌리 엄마가 빌리가 갓난아기였을 때 단 한 번도 몸을 뒤집어주지 않은 탓이었다. 아기 빌리는 낮이나 밤이나 마냥 한 자세로 누워 있었고, 그로 인해 매트리스에 닿은 쪽 머리가 약간 납작하게 눌리게 된 것이다. 그래도 빌리를 정면에서 보지 않으면 이런 점을 딱히 눈치채긴 어려웠는데, 평소의 빌리는 어디가 간지러운 건가 싶게 쉴 새 없이 움직여대는 통에 그를 정면으로 볼 수 있는 사람은 많지 않았다. 빌리는 언제나 한쪽 티셔츠 소매에 말보로 담배를 넣어 말아 올리고 다니면서, 담배를 필 땐 벌거벗은 여자가 몸을 숙이고 있는 그림이 프린트된 지포 라이터로 불을 붙였다.

빌리가 그의 아빠와 함께 산 집은 타르지와 골이 진 양철로 만든 집으로 우리 집의 선로 아래쪽에 있었다. 그 애는 엄마 얘기는 일절 하지 않았고 다른 사람들에게도 절대 하지 못하게 했기 때문에 그 애 엄마가 도망을 친 건지 죽은 건지 알 도리가 없었다. 그의 아빠는 중정석 광산에서 일했고 저녁엔 올빼미 클럽에서 소일했기 때문에 빌리는 대부분의 시간을 혼자서 마음대로 보냈다.

버사 화이트풋은 그런 빌리를 "빡빡머리 악마"니 "트랙스의 공포"라는 이름으로 불렀다. 그리고 빌리가 자기네 개 두 마리의 몸에 불을 붙였고 육포를 만든답시고 다른 이웃집 고양이들의 껍질을 벗겨 그

연분홍 몸뚱이를 빨랫줄에 매달았다고 주장했다. 빌리는 그런 버사를 뚱땡이 사기꾼이라 불렀다. 나는 누구 말을 믿어야 할지 알 수 없었지만, 어쨌거나 빌리는 자타가 공인하는 비행 청소년이었다. 우리에겐 이미 가게 물건을 훔치고 남의 자동차를 파손해서 리노의 단기 소년원에 들어간 적이 있다고 말했던 터였다. 트랙스로 이사 오자마자 빌리는 날 따라다니기 시작했다. 늘 날 쳐다보았고 다른 애들에게 자기가 내 남자친구라고 말하고 다녔다.

"아냐, 걘 내 남자친구 아냐!" 나는 악을 썼지만 속으론 그가 내 남자친구가 되고 싶어 한다는 게 은근히 좋았다.

이사 온 지 몇 달이 지났을 때 그가 내게 아주 재미난 걸 보여주겠다고 말했다.

"껍질 벗긴 고양이면, 보고 싶지 않아." 나는 말했다.

"무슨, 절대 그런 거 아니야." 빌리가 말했다. "진짜 재미있어서 웃음을 멈추지 못할 거야. 장담할게. 겁만 집어먹지 않으면 돼."

"내가 겁을 집어먹을 리 없잖아?" 나는 말했다.

빌리가 내게 보여주려는 재미난 건 그의 집 안에 있었다. 그의 집은 어두컴컴했고 지린내가 났으며, 우리 집은 비교도 안 될 정도로 뒤죽박죽이었다. 다만 뒤죽박죽인 방식엔 차이가 있었다. 우리 집은 종이, 책, 도구, 목재, 그림, 미술용품, 각기 다른 색으로 칠한 밀로의 비너스상 등등으로 가득 차 있었던 반면, 빌리 집엔 집다운 물건이 없다시피 했다. 일단 가구가 없었다. 하다못해 목재 감개 테이블도 없었다. 텔레비전과, 바로 옆에 매트리스 두 개가 깔려 있는 방 하나가 전부였다. 벽엔 그림 한 장, 데생 한 장 걸려 있지 않았다. 천장엔 알전구 하나와, 바로 옆에 나선형으로 꼬인 파리잡이 끈끈이 서너 개가 대롱대롱 매달려 있었는데 끈끈한 노란색 표면이 보이지 않을 정도로 죽은 파리들이 덕지덕지 붙어 있었다. 바닥엔 빈 맥주 캔과 위스키 병과 반쯤 먹다 남긴 비엔나 소시지 통조림 여러 개가 어수선하게 뒹굴고 있었다. 그리고 매트리스에 빌리의 아빠가 누워 일정치 않게 코를 골고 있었다. 헤 벌어진 입에, 짧게 깎은 수염엔 파리들이 촘촘히 박혀 있었다. 입고 있는 바지는 거의 무릎까지 짙은 얼룩처럼 젖어 있었고, 열린 지퍼 한쪽으로 페니스가 늘어져 있는 게 역겨웠다. 난 말없이 빌리를 노려보다가 물었다.

"뭐가 재미나단 거야?"

"보고도 그런 말이 나와?" 빌리가 자기 아빠를 가리키며 말했다. "오줌 쌌잖아!" 그러더니 빌리는 웃어대기 시작했다.

나는 얼굴이 화끈 달아오르는 기분이었다.

"자기 아빠를 비웃으면 안 돼." 나는 그에게 말했다. "무슨 일이 있어도."

"너 지금 뭐랬어? 내 앞에서 잘난 척하긴." 빌리가 말했다. "어디 가서 나보다 더 잘난 척하기만 해봐. 자기 아빠도 우리 아빠처럼 술주정뱅이인 주제에."

그 순간 나는 빌리를 증오했다. 뼛속까지 증오했다. 그래서 이진법과 유리성과 금성과 그 밖의 모든 걸 얘기해서 나의 아빠가 얼마나 특별한지, 그 애 아빠와는 하늘과 땅처럼 다르다는 걸 알려주고 싶었지만, 말해봐야 못 알아들을 거라는 생각이 들었다. 그냥 그 집에서 뛰쳐나가려다가 멈춰 서서 돌아보았다. 그리고 큰 소리로 말했다.

"우리 아빤 네 아빠하곤 완전히 달라! 우리 아빠는 술에 취해도 아무데나 오줌 싸지 않는다고!"

그날 밤, 저녁을 먹으면서 나는 빌리 딜의 역겨운 아빠와 그들이 사는 쓰레기장 같은 집 얘기를 모두에게 했다. 엄마가 포크를 내려놓았다.

"저넷, 너한테 실망했어. 좀 더 동정심을 베풀어봐."

"뭐하러? 걘 나쁜 애야. 비행 청소년이라고."

"날 때부터 비행 청소년인 애는 없어."

이어서 엄마는 아이 때 전혀 사랑받지 못하고 자라서 그렇게 됐을 뿐이라고 말했다. 사랑받지 못한 아이들이 커서 살인자나 알코올 중독자가 된다는 것이다. 엄마는 날카로운 눈으로 아빠를 보더니 다시 날 돌아보았다. 그리고 앞으로 빌리에게 더 잘해주라고 했다.

"너희들과 달리 걘 좋은 걸 누리지 못하니까."

그런 후 빌리를 봤을 때 나는 앞으로 어떤 아빠도 놀리지 않겠다고 약속하면 친구가 되어주겠다고 말했다. 물론 여자친구가 된단 말은 아니었다. 빌리는 그러겠다고 약속했지만 자꾸 내 남자친구 행세를 하려 했다. 그러면서 그의 여자친구가 되어주면 늘 보호해주고 나쁜 일은 절대 일어나지 않게 해주고 비싼 선물을 사준다고 했다. 그래도 안 사귀겠다면 후회하게 될 거라고도 했다. 그래서 난 그냥 친구로 지내는 게 싫대도 상관없다고, 그가 무섭지 않다고 말해줬다.

그런 후 일주일 정도 지난 어느 날, 나는 트랙스의 애들과 어울려 놀면서 커다란 녹슨 쓰레기통에 담긴 쓰레기가 불에 타는 걸 구경하고 있었다. 다들 불이 꺼지지 않도록 덤불 쪼가리에 폐타이어 조각을 던져 넣었고, 두껍고 까만 고무에서 뿜어 나오는 연기가 코를 찔러대며 하늘 위로 말려 올라가는 걸 보며 환성을 질렀다.

그때 빌리가 나타나 다가오더니 내 팔을 붙잡고는 무리에서 좀 떨어진 곳으로 데려갔다. 그러고는 호주머니를 뒤져선 터키석이 박힌 은반지를 꺼냈다.

"가져." 그가 말했다.

나는 반지를 받아서 손 안에서 뒤집어보았다. 엄마가 갖고 있던 터키석과 아메리칸 원주민의 전통 은제 반지 생각이 났다. 아빠가 전당포에 넘길까 걱정이 된 엄마는 그것들을 외할머니 댁에 보관해두었다. 대개 골동품이었고 매우 귀해서 피닉스의 어느 박물관에서 일하는 사람들이 자꾸만 흥정하려 했었다. 할머니 댁에 가면 엄마는 묵직한 목걸이들과 팔찌들과 콘차 벨트*를 꺼내 로리 언니와 내가 착용하게 해주었다. 빌리가 준 반지는 엄마의 것과 비슷해 보였다. 나는 엄마가 가르쳐준 대로 그걸 이로 깨물어보았다. 살짝 씁쓸한 맛이 도는 것이 진짜 은이었다.

"어디서 났어?" 내가 물었다.

"우리 엄마 거였어." 빌리가 말했다.

확실히 예쁜 반지였다. 단순하고 얇은 고리에 타원형의 짙은색 터키석을 실처럼 얇은 은주로 감아 고정한 것이었다. 그때까지 난 보석

---

* 둥근 은판에 터키석을 박은 장식들이 달린 아메리칸 원주민의 전통 허리띠.

은 가져본 적이 없었고, 예전의 금성 말고 선물이란 걸 받아본 적도 없었다.

반지를 껴봤다. 내 손가락엔 터무니없이 컸지만, 남자친구의 반지를 끼고 다니는 여고생들처럼 털실에 매달아 걸고 다니면 될 거 같았다. 하지만 겁이 났다. 내가 반지를 받으면 빌리는 그걸로 내가 자기 여자친구가 된 거라고 생각할 것 같았다. 다른 애들에게도 그렇게 말할 것이고, 내가 아니라고 하면 반지를 가리킬 거 아닌가? 반면에 엄마는 빌리에게 자신감을 심어줬으니 잘했다고 할 것 같았다. 난 타협하기로 했다.

"받을게. 하지만 끼진 않을 거야."

내 말에 빌리의 얼굴이 미소로 환해졌다.

"하지만 이걸 받았다고 우리가 사귀는 거라고 생각하면 안 돼." 나는 못을 박았다.

"그리고 나한테 뽀뽀해도 된다고 생각해서도 안 돼."

나는 반지에 대해선 누구에게도, 브라이언에게조차 말하지 않았다. 낮엔 바지 주머니에 넣어두었다가 밤이 되면 옷을 넣어두는 마분지 상자 맨 밑에 감춰두었다.

그러나 결국 빌리 딜이 우쭐대며 나에게 반지를 줬다고 동네방네 떠들고 다녔다. 급기야는 애들에게 내가 나이가 차는 대로 곧바로 결혼할 거라고 떠들어대기 시작했다. 그 애가 하고 다니는 말이 내 귀에까지 들어오고서야 나는 반지를 받은 게 큰 실수였음을 깨달았다. 물론 돌려줘야 한다는 것도 알았다. 하지만 그러지 않았다. 아침마다 돌려줘야 한다는 생각에 반지를 호주머니에 넣었지만 도저히 엄두가 나지 않았다. 그럴 만큼 정말 예쁜 반지였다.

몇 주 후 동네 애들과 철로를 따라가며 숨바꼭질을 하다가 숨기에 안성맞춤인 곳을 찾아냈다. 산쑥 덤불 뒤의 작은 공구 창고로 아무도 숨은 적이 없는 곳이었다. 하지만 술래인 아이가 수를 다 세어갈 즈음, 문이 열리더니 누군가 들어오려고 했다. 빌리 딜이었다. 우리와 숨바꼭질을 하고 있지도 않았는데.

"넌 나랑 같이 숨어 있으면 안 돼." 나는 나지막하게 신경질을 냈다. "네가 숨을 덴 네가 찾아봐야지."

"너무 늦었어." 빌리가 말했다. "쟤가 수를 거의 다 셌거든."

빌리가 안으로 기어들어왔다. 공구 창고는 한 사람이 간신히 쪼그려 앉지 않으면 안 될 정도로 비좁았다. 말을 하려던 건 아니었지만 빌리가 옆에 있으니 겁이 났다.

"좁아!" 나는 속삭였다. "나가."

"싫어." 빌리가 말했다. "둘 다 있을 수 있어."

그가 다리를 움직여 내 다리를 눌러댔다. 우리는 이제 딱 붙어 있다시피 해서 내 얼굴에 그의 입김이 느껴질 정도였다.

"너무 비좁다고." 나는 다시 말했다. "나한테 입김이 와 닿는다고."

그는 내 말을 못 들은 척했다.

"너 그린랜턴 사람들이 뭐 하는지 알지, 알아?" 그가 물었다.

다른 애들이 술래한테 쫓기며 비명을 지르는 소리가 벽을 타고 먹먹하게 들려왔다. 이 정도로 좋은 은신처를 고른 게 오히려 후회가 되었다.

"당연하지." 나는 대답했다.

"뭘 하는데?"

"여자들이 남자들한테 잘해줘."

"뭘 잘해주는데?" 그가 잠시 말을 멈췄다. "봐, 모르네."

"알아." 내가 말했다.

"내가 말해줄까?"

"네가 숨을 곳이나 찾지?"

"거기 가면 일단 뽀뽀부터 해." 그가 말했다. "너 뽀뽀해본 적 있어?"

창고 벽 틈새로 들어온 가느다란 한 줄기 빛을 통해 그 애의 바짝 여윈 목에 때가 고리 모양으로 낀 게 보였다.

"당연히 해봤지. 한두 번이 아냐."

"누구랑?"

"우리 아빠."

"네 아빠는 포함시키면 안 돼. 가족 말고 다른 사람. 그리고 눈을 감아야 해. 눈을 안 감았으면 뽀뽀한 걸로 칠 수 없어."

나는 빌리에게 그딴 바보 같은 얘긴 처음 듣는다고 말했다. 눈을 감고 있으면 누구랑 뽀뽀하는지도 알 수 없으니까.

빌리는 내가 남자와 여자에 관해 정말 모른다고 말했다. 그러면서 뽀뽀를 하는 동안, 특히 못되게 굴며 뽀뽀를 하지 않으려는 여자에게 칼을 쑤시는 남자도 있다고 했다. 하지만 자긴 나한테 절대 그러지 않을 거라고 말했다. 그러더니 자기 얼굴을 내 얼굴에 바짝 들이대는 것이었다.

"눈 감아." 그가 말했다.

"웃기지 마." 내가 말했다.

빌리가 제 얼굴을 내 얼굴에 짓이길 듯 눌러대더니 내 머리칼을 움켜쥐고선 머리를 한쪽으로 기울이였고, 이내 내 입 안에 제 혀를 쑥 집어넣었다. 미끈덕하니 역겨워져서 몸을 뒤로 빼려 하니 그가 내게 몸을 밀어붙였다. 내가 밀수록 내게 몸을 더 밀어붙이던 그 애가 급기야 내 위로 올라탔다. 그의 손가락이 내 반바지를 잡아당기는 게 느껴졌다. 다른 손은 자기 바지의 단추를 풀고 있었다. 그걸 막으려고 내 손을 내렸을 때 그것이 만져졌다. 그전까지 단 한 번도 만져본 적이 없었지만 그게 뭔지는 알았다.

일전에 아빠가 남자가 덮쳤을 때 하라고 말해준 것처럼 그의 사타구니를 무릎으로 걷어차려고 했지만 내 무릎이 그의 다리 바깥쪽에 있어서 그럴 수 없었다. 그래서 난 그의 한쪽 귀를 힘주어 물었다. 그가 비명을 지르며 내 얼굴을 후려친 걸 보면 아팠던 게 분명하다. 내 코에서 피가 솟구쳐 나오기 시작했다.

다른 아이들이 우리가 난동을 피우는 소릴 듣고 달려왔다. 한 아이가 창고 문을 열었고, 빌리와 나는 옷을 입고선 기듯이 밖으로 나왔다.

"나 저넷이랑 뽀뽀했다!" 빌리가 소리쳤다.

"아냐!" 나는 말했다. "잰 거짓말쟁이야. 우린 그냥 싸웠어, 그게 다야."

거짓말쟁이, 그날 내내 난 혼자서 그 말을 되뇌었다. 그 애랑 실제로 뽀뽀한 거라 할 수 없었다. 적어도 뽀뽀로 칠 수 없었다. 난 내내 눈을 뜨고 있었으니까.

다음 날 나는 반지를 가지고 빌리 집에 갔다. 집 뒤의 버려진 차에 앉아 있는 그를 발견했다. 사막의 태양 때문에 빨간색 도료가 바랬고 가장자리를 따라 주황색으로 변해 있었다. 타이어는 오래전에 터져버렸고 검정색의 포장지붕은 벗겨지고 있었다. 빌리는 운전석에 앉아서 입으로 엔진 소리를 흉내 내며 손으로 기어를 변속하는 척하고 있었다.

나는 근처에 서서 그가 날 알아보기를 기다렸다. 하지만 그는 아랑곳하지 않았고 결국 내가 먼저 말을 꺼냈다.

"네 친구 이제 안 할래. 그리고 네 반지도 이젠 필요 없어."

"어쩌라고." 그가 말했다. "나도 필요 없어."

그는 깨진 앞 유리만 똑바로 바라보며 말했다. 나는 열린 창문을 통해 그의 무릎에 반지를 떨어뜨리고선 뒤돌아서 걸어갔다. 등 뒤에서 자동차 문이 철컥 열렸다가 쾅 닫히는 소리가 들렸다. 나는 계속 걸었다. 그 순간 작은 돌멩이에 맞은 것처럼 뒤통수가 찌른 듯 아팠다. 그래도 나는 계속 걸었다.

"그거 알아?" 빌리가 소리쳤다. "내가 널 강간했어!"

나는 고개를 돌려 차 옆에 서 있는 그를 보았다. 그는 상심하고 화난 표정이었지만 평소처럼 으스대는 것 같진 않았다. 마음속으로 그에게 한 방 먹일 만한 말을 찾아봤지만 '강간'이 무슨 뜻인지 알지 못해서 겨우 생각해서 한 말이 고작 "잘났다!"였다.

집에 돌아온 나는 사전에서 강간의 뜻을 찾아보았다. 뜻풀이에 나온 단어까지 찾아보았지만, 어떤 의미인지 온전히 다가오질 않았다. 그래도 좋지 않은 말이라는 건 알았다. 보통 때는 잘 모르겠는 단어는 아빠에게 물어봤고 그러면 아빠는 그 뜻을 찾아 나와 함께 읽고 또 이야기를 나눴다. 그런데 그땐 그럴 생각이 들지 않았다. 그랬다간 골치 아파질 거란 감이 와서였다.

다음 날 나는 로리 언니, 브라이언과 함께 감개 테이블에 앉아서 파이브카드 놀이를 하면서 잠시 쉬러 올빼미 클럽에 간 엄마 아빠를 대신해 모린을 돌보고 있었다. 밖에서 빌리가 내 이름을 부르는 소리가 들렸다. 로리 언니가 날 보았고 나는 고개를 흔들었다. 그리고 다시 카드 게임을 하는데 빌리가 계속 불러대서 로리 언니가 포치로 나갔다. 예전에 기차에 오르는 플랫폼이었던 포치에서 로리 언니는 빌리에게 가라고 말했다. 그러고는 안으로 들어와서 말했다.

"걔, 총을 갖고 있어."

로리 언니가 모린을 안아 드는 순간 창문 하나가 박살 났고, 창틀 안으로 빌리가 나타났다. 빌리는 개머리판으로 남아 있는 유리조각들을 쳐내고는 집 안을 향해 총구를 겨눴다.

"뭐야, BB탄이잖아." 브라이언이 말했다.

"내가 말했지? 후회할 거라고." 빌리가 내게 말하더니 방아쇠를 당겼다. 순간 말벌이 내 갈빗대 사이를 쏜 줄 알았다. 빌리는 펌프 연사식 총을 앞뒤로 당겨가면서 우리에게 총을 쏘기 시작했다. 브라이언이 감개 테이블을 밀어 세웠고 우린 모두 그 뒤에 숨었다.

BB탄이 테이블에 핑 소리를 내며 튕겨나갔다. 모린이 목이 터져라 울어댔다. 나는 맏이이고 책임자인 언니를 돌아보았다. 언니는 아랫입술을 잘근잘근 씹으며 생각하다가, 모린을 내게 넘겨주곤 방을 가로질러 달려갔다. 빌리가 언니를 향해 총을 한두 방 쏘았다. 브라이언이 그를 유인할 셈으로 자리에서 일어났다. 그 사이에 언니는 용케 2층까지 갔고, 이내 다시 내려왔다. 언니의 손엔 아빠의 권총이 들려 있었다. 총부리가 빌리를 향하고 있었다.

"장난감이잖아."

빌리는 말은 그렇게 했지만 목소리가 살짝 떨리고 있었다.

"진짜 총이야!" 내가 소리쳤다.

"우리 아빠 총이라고!"

"그렇다 쳐. 쏠 자신 있어?"

"쏠 거야." 언니가 말했다

"쏴 봐. 어떻게 되는지 보자." 빌리가 말했다.

언니는 나만큼 총을 잘 쏘진 못했지만, 총부리로 정확히 빌리를 겨누더니 방아쇠를 당겼다. 폭발음이 들리자 나는 두 눈을 질끈 감았고, 다시 눈을 떴을 때, 빌리는 사라지고 없었다.

우리는 모두 밖으로 뛰쳐나갔다. 땅바닥에 피 칠갑을 한 빌리의 시체가 놓여 있을 거라 상상하면서. 정작 빌리는 몸을 숙이고 창 밑에 있다가 우릴 보곤 철길을 따라 도망쳤다. 그렇게 50미터쯤 갔을 때 그가 다시 BB탄총으로 우릴 쏘기 시작했다. 나는 언니 손에서 권총을 잡아채선 낮게 겨냥하고 방아쇠를 당겼다. 하지만 너무도 흥분한 나머지 아빠가 가르쳐준 대로 총을 잡아야 한다는 걸 잊는 바람에 총탄이 발사되면서 그 반동으로 어깻죽지가 빠지는 줄 알았다. 빌리 코앞에서 흙먼지가 일었다. 순간, 빌리는 한 1미터는 펄쩍 뛰어오르더니 그대로 철길을 따라 죽어라 달려갔다.

그제야 내 손이 총을 잡고 있을 수도 없을 만큼 심하게 떨리고 있음을 알아차렸다.

얼마 후, 순찰차가 기차역 밖에 차를 세웠고, 엄마와 아빠가 차에서 내렸다. 둘 다 표정이 심각했다. 뒤이어 경찰관 한 명이 차에서 내리더니 엄마 아빠와 나란히 문으로 걸어왔다. 우리는 벤치에 앉아 예의 바르고 경외심에 찬 표정을 짓고 있었다. 경찰이 머릿수를 헤아리듯 우리를 차례대로 쳐다보았다. 나는 예의 바른 아이라는 인상을 심어줄 셈으로 무릎 위로 두 손을 모아 쥐었다.

아빠가 카우보이처럼 한쪽 무릎을 꿇고 다른 무릎 위에 팔을 걸쳤다.

"그래, 무슨 일이 있었던 거니?"

아빠의 말에 내가 말했다.

"정당방위였어요."

아빠는 사람에게 총을 쏴도 타당한 경우가 바로 정당방위라고 늘 말했었다.

"그렇구나." 아빠가 말했다.

경찰관은 애들이 서로 총을 쏴대고 있다는 주민의 제보를 받았다며, 정황을 알아야겠다고 말했다. 그래서 우린 빌리가 먼저 시작했고, 도발한 것도 빌리고, 우린 스스로 방어하려는 것이었을 뿐, 그를 죽일 생각은 추호도 없었음을 해명하려 했지만, 그는 속사정 같은 것엔 관심이 없었다. 그의 말은 내일 아침, 아빠를 포함해 가족 모두가 법원에 출두해 치안판사를 만나야 한다는 것이었다. 빌리와 빌리 아빠도 올 것이라고 했다. 치안판사는 이 사건을 낱낱이 따져본 후 적정한 조처를 취할 것이다.

"그럼 저희가 쫓겨나는 건가요?" 브라이언이 경찰관에게 물었다.

"판사님이 결정하시겠지." 경찰관이 말했다.

그날 밤, 우리가 상자 안에 누워 있는 동안 엄마와 아빠는 계단에서 나지막한 소리로 오래도록 이야기를 나누었다. 그리고 마침내 저녁이 되어 내려왔을 때도 그들의 표정은 여전히 심각해 보였다.

"피닉스에 가자." 아빠가 말했다.

"언제요?" 내가 물었다.

"오늘 밤."

아빠가 우리더러 짐은 각자 하나씩만 가져갈 수 있다고 했다. 나는 종이가방을 들고 집 밖으로 뛰어나가선 가장 좋아하는 돌들을 모았다. 가방에서 돌들이 흘러넘치지 않게 아래를 받치고 다시 집에 들어가 보니, 브라이언이 초록색 플라스틱 장난감 병정들로 잔뜩 채운 플라스틱 호박등을 놓고 아빠와 실랑이를 벌이고 있었다.

"가져가겠다는 게 장난감이야?" 아빠가 물었다.

"한 개만 갖고 갈 수 있다면서. 이건 내 거야." 브라이언이 말했다.

"내 건 이거야." 내가 가방을 들어 보이며 말했다. 『오즈의 마법사』 책을 택한 로리 언니는 내게 모아온 돌이 하나가 아니라 여러 개라면서, 그건 자기가 책을 몽땅 다 가지고 가는 거나 마찬가지라고 말했다. 나는 브라이언도 병정 장난감들을 모아서 가져가는 거 아니냐고 따졌다.

"아무튼, 난 돌을 다 가져가는 게 아니거든? 제일 좋은 것만 골라낸 거라고."

아빠는 다른 때였으면 물건들이 가득한 가방을 하나로 칠지 아닐지를 놓고 토론하고 싶어 했을 텐데, 지금은 그럴 분위기가 아닌 데다 돌은 너무 무겁다면서 내게 말했다.

"딱 하나만 가져가."

"피닉스도 돌 천지야." 엄마도 거들었다.

그래서 난 뚫린 구멍 안에 하얀 수정이 가득한 정동석 한 개만 골라 두 손으로 모아 쥐었다. 차가 출발할 때 나는 뒷자리 차창 너머로 마지막으로 기차역을 보았다. 아빠가 위층 불을 켜놓고 나와서 작은 창문으로 은은한 빛이 흘러나왔다. 금을 찾으려고 배틀마운틴에 왔다가 운이 다 하자 우리처럼 마을을 떠날 수밖에 없었을 그 모든 광부와 투기꾼의 가족들을 생각했다. 아빠는 운 같은 건 믿지 않는다고 말했지만, 난 믿었다. 우리는 배틀마운틴에서 실낱같은 행운을 누렸다는 생각이 들었고, 그게 계속되길 바랐다.

우리 차가 크리스마스 전구들이 반짝이는 그린랜턴을 지나, 주방장 모자를 쓰고 윙크하는 네온 올빼미 간판이 달린 올빼미 클럽을 지나 사막으로 나아가면서 배틀마운틴의 불빛들은 우리 뒤로 사라져버렸다. 칠흑처럼 깜깜한 밤이라 보이는 건 헤드라이트의 불빛에 비치는 눈앞의 도로 말고는 아무것도 없었다.

외할머니의 대저택은 초록색 덧문이 달려 있고 유칼립투스 나무에 둘러싸여 있었다. 실내엔 높은 프랑스식 방문과 페르시아 카펫이 있었고, 할머니가 홍키통크 음악을 연주할 때마다 춤을 추듯 흔들리는 커다란 그랜드피아노가 있었다. 할머니 댁에서 살 때마다 할머니는 날 당신 침실로 데려가선, 파스텔 색조의 향수병과 파우더가 잔뜩 놓인 화장대 앞에 앉혔다. 내가 향수병 뚜껑을 열고 향을 맡아보는 동안 할머니는 금속 빗으로 내 머리를 빗어주었고, 워낙에 헝클어진 내 머리 때문에 구시렁대기 일쑤였다.

"네 엄마란 사람은 얼마나 게을러 터졌으면 딸의 머리도 안 빗어준다니?"

한 번은 이렇게 말하는 할머니에게 나는 몸단장 같은 건 아이들 스스로 해야 한다는 엄마의 소신을 들려주었다. 할머니는 내 머리가 너무 길다면서, 내 머리에 바가지를 씌우곤 그 밑으로 내려온 머리를 싹둑 잘랐고, 머리를 자르고 나니 내가 플래퍼처럼 보인다고 했다.

소싯적 할머니도 플래퍼였다. 하지만 엄마와 삼촌을 낳은 후 교사로 변신했다. 자식 교육을 믿고 맡길 사람이 없다는 게 이유였다. 그래서 동네에 '얌피'라는 이름의 방 하나짜리 교원주택에서 가르치는 일을 했다. 엄마는 교사의 딸이란 사실을 지긋지긋해했다. 집에서도 학교에서도 끝없이 잘못을 지적당하는 것도 지긋지긋해했다. 할머니는 무릇 이건 이렇게 해야 하고 저건 저렇게 해야 한다는 철칙이 있어서 옷 입는 것부터 말하는 태도, 시간을 관리하는 법, 요리와 살림, 돈 관리하는 법까지 그냥 넘어가는 법이 없었다. 그래서 매사에 엄마와 실랑이를 벌였다. 엄마는 할머니가 잔소리가 심하고, 매사에 꼬치꼬치 캐묻는데다, 규칙을 정하고 어길 경우의 벌칙까지 정해야 직성이 풀리는 성격이라고 보았다. 그런 할머니 때문에 미칠 지경으로 살았던 터라 우리에겐 어떤 규칙도 강요하지 않았던 것 같다.

하지만 난 할머니를 사랑했다. 키가 컸고, 가죽 같은 피부에, 어깨가 넓고, 초록 눈에 턱선이 강인해 보였던 할머니. 손주 중에 날 제일 사랑한다면서 내가 이담에 크면 특별한 사람이 될 거라 말했던 할머니. 나는 할머니가 세운 규칙마저도 좋아했다. 새벽마다 "기상! 모두 기상!"이라 외치며 우릴 깨운 것도 좋았고, 아침을 먹기 전에 반드시 손을 씻고 머리를 빗게 한 것도 좋았다. 우리에게 진짜 버터로 크림 오브 휘트를 만들어주었고, 아침을 먹은 후 우리가 식탁을 치우고 설거지하는 것을 지켜보았다. 그런 후엔 우릴 데리고 나가 새 옷을 사주거나, 〈메리 포핀스〉 같은 영화를 보러 가곤 했다.

피닉스로 가던 도중에 나는 차 뒷좌석에서 일어나 앞자리에 앉아 있는 엄마 아빠 사이로 몸을 내밀며 말했다.

"우리, 할머니집에 살러 가는 거야?"

"아니."

엄마가 말했다. 그러고는 차창 밖을 보았지만 딱히 뭔가 눈여겨보는 것 같진 않았다. 잠시 후 엄마가 입을 열었다.

"할머니는 돌아가셨어."

"뭐?"

엄마가 한 말을 들었으면서도 나는 그렇게 되물었다. 망연자실한 나머지 듣고서도 실감이 나지 않아서였다.

엄마는 여전히 창밖을 바라보며 다시 말했고, 나는 로리 언니와 브라이언을 돌아보았지만 그들은 잠들어 있었다. 아빠는 도로에서 눈을 떼지 않은 채 담배를 피우고 있었다. 크림 오브 휘트를 만들어줄 거라고, 구시렁대며 내 머리를 빗어줄 거라고 내내 기대하며 생각했던 할머니가 이미 이 세상 사람이 아니라는 것이 믿어지지 않았다. 나는 엄마의 어깨를 세게 때리기 시작했다. 그러면서 왜 우리에게 말하지 않은 거냐고 물었다. 결국, 아빠가 한 손은 담배와 운전대를 잡은 채 다른 손으로 내 주먹 쥔 손을 잡아 누르더니 말했다.

"그만해! 산양아!"

엄마는 내가 그렇게까지 심란해하는 것에 놀란 듯했다.

"왜 우리한테 말 안 해줬어?" 내가 다시 물었다.

"그럼 뭘 하나 싶어서." 엄마가 말했다.

"왜 돌아가신 건데?"

할머니는 고작 예순 몇 살밖에 안 된 나이였다. 게다가 할머니 집안 사람들은 백 살은 너끈히 살았다. 의사들이 전하는 사인은 백혈병이었지만, 엄마는 방사능 피폭 때문이라고 생각했다. 정부는 농장 근처의 사막에서 하루가 멀다 하고 핵폭탄 실험을 해댔다. 엄마와 삼촌은 방사능 측정기를 들고 똑딱똑딱 소리를 내는 돌멩이들을 찾아다녔다.

그리고 찾아낸 돌들을 지하실로 가져다 놓았고, 개중 몇 개를 할머니의 장신구에 썼다는 것이다.

"울고불고할 것 없어. 한 번 태어나면 언제든 죽게 돼 있고, 할머니는 보통 사람들보다 훨씬 장수한데다 잘 살았으니까." 엄마는 잠시 말을 멈췄다가 다시 입을 열었다. "그리고 우리에겐 살 집이 생겼고."

엄마 말론 할머니가 초록색 덧창과 프랑스식 방문이 있는 집 말고도 피닉스 시내에 좀 더 오래된 벽돌집을 갖고 있었고, 맏이인 엄마에게 어느 집을 상속받겠느냐고 물어봤단다. 초록색 덧창 달린 집이 더 비쌌지만, 엄마는 벽돌집을 택했다. 피닉스 상가와 가까워서 엄마가 아틀리에를 열기에 제격이었다. 게다가 얼마간의 돈도 물려받았기 때문에 교직을 관두고도 미술용품을 마음껏 살 수 있었다.

몇 달 전 할머니가 세상을 떠난 후, 엄마는 지금껏 피닉스로 이사갈 생각을 했지만, 아빠가 청산가리 침출 공정의 성사가 초읽기 단계라며 배틀마운틴을 떠날 수 없다고 버텼단다.

"그랬었지." 아빠가 말했다.

엄마는 코웃음을 치며 말했다.

"그래서 너희가 빌리 딜 문제로 문제를 일으킨 게 전화위복이 된 셈이야. 피닉스에 가면 예술가로서의 내 이력은 꽃을 피울 거야. 감으로 알 수 있어."

엄마는 고개를 돌려 나를 보았다.

"이제 또 모험을 떠나고 있는 거야, 저넷. 아가야, 끝내주지 않니?"

엄마의 두 눈이 반짝거리고 있었다.

"난 진짜 스릴 중독자라니까!"

차가 노스 서드 스트리트에 있는 집 앞에 섰을 때, '정말로 이런 집에서 살게 되는 건가' 하는 심정이 되었다. 생전의 할머니가 두 가구에 세를 내주었을 정도로 커다란, 말 그대로 대저택이었던 것이다. 그런 집을 우리가 통째로 차지하게 된 것이다. 엄마 말론 백여 년 전에 요새로 쓰려고 지은 집으로, 새하얀 스타코로 마감한 외벽은 두께가 90센티미터였다.

"인디언들이 백날 화살을 쏴도 다 막아냈을 거야." 나는 브라이언에게 말했다.

우리는 집 안을 뛰어다니며 방이 몇 개나 있나 세어보았다. 부엌과 욕실을 합쳐 총 열네 개의 방이 있었고, 방마다 할머니가 엄마에게 물려준 가구들로 가득했다. 짙은 색의 스페인산 정찬 테이블과 그에 어울리는 의자 여덟 개, 손으로 직접 깎아 만든 업라이트 피아노, 고풍스런 은제 식기세트가 진열된 사이드보드, 할머니의 본차이나가 들어 있는 유리문 달린 캐비닛. 엄마는 그 그릇들이 최고급품이라는 걸 알려주려고 접시 한 장을 꺼내 빛에 비추며 그 뒤로 보이는 손의 선명한 실루엣을 보여주었다.

앞마당엔 야자나무 한 그루가 있었고, 뒷마당엔 오렌지 나무들이 있었는데 진짜 오렌지가 달려 있었다. 나무가 있는 집에서 살아본 건 그때가 처음이었다. 나는 마치 오아시스에 온 것 같은 분위기의 야자나무를 특히 좋아했다. 그 집엔 나무 말고도 접시꽃과 분홍색 흰색 꽃이 피는 협죽도가 있었고, 마당 뒤엔 전에 살았던 집 크기만 한 창고와 차 두 대를 주차하고도 남을 만큼 넓은 주차장이 있었다. 우리가 상류층이 된 것만 같았다.

노스 서드 스트리트의 주민은 대개 멕시코인들과 인디언들로, 백인들이 교외로 떠난 후 이사 와서 예전부터 있던 큰 집들을 다가구주택처럼 만들어 살고 있었다. 종이봉지로 싼 맥주를 마시는 남자들, 아기에게 젖을 먹이는 젊은 엄마들, 휘어지도록 낡아빠진 포치에서 볕을 쬐는 할머니들, 떼를 이룬 어린애들까지, 집마다 2, 30명은 사는 것 같았다.

노스 서드 스트리트에 사는 애들은 모두 다섯 블록 정도 떨어진 세인트 메리 가톨릭 학교를 다녔다. 하지만 수녀를 일컬어 "심심풀이로 종교를 택한 재미없는 사람들"이라고 했던 엄마는 우릴 에머슨 공립학교에 보내고 싶어 했다. 그 동네에 사는 게 아니라서 엄마는 교장에게 통사정하고 온갖 감언이설을 늘어놓은 뒤에야 간신히 입학허가를 받을 수 있었다.

우리 동네엔 그 학교까지 가는 버스가 없어서 우린 등교를 할 때마다 도보여행을 하는 기분이었지만, 우리 중 누구도 걷는 걸 싫어하지 않았다. 에머슨 학교는 유칼립투스 가로수가 무성한 근사한 동네에 있었고, 학교 건물은 마치 빨간색 테라코타 지붕의 집이 있는 스페인

목장 같았다. 학교 주변은 온통 야자나무와 바나나 나무로 가득해서 바나나가 익으면 학생들은 점심 때 공짜로 바나나를 먹을 수 있었다. 학교 운동장은 스프링클러로 물을 뿌리는 무성한 초록빛 잔디밭이었고, 시소부터 그네, 뺑뺑이, 정글짐, 테더볼, 육상트랙까지 어느 학교에서도 볼 수 없었던 최고의 시설을 자랑했다.

내가 배정받은 3학년 반 담임교사는 잿빛 머리에 양끝이 뾰족하게 올라간 안경을 쓰고, 다부진 입매를 한 쇼 선생님이었다. 내가 로라 잉걸스 와일더의 책을 다 읽었다고 말했을 땐 의심스러운 듯 눈썹을 치켜세웠지만, 그중 한 대목을 외워보이자 날 영재 독서반에 넣어주었다.

로리 언니와 브라이언도 선생님 권고로 영재 독서반에 들어왔다. 브라이언은 자기가 반에서 가장 나이가 어린 것 때문에 질색해했지만, 로리 언니와 나는 영재 소리를 듣게 된 게 은근히 짜릿했다. 하지만 그런 기분을 티 내지 않고 별것 아닌 것처럼 행동했다. 엄마 아빠에게 이야기하면서 우린 "영재"란 말을 꺼내기 직전에 잠깐 말을 멈추곤 턱 밑에 깍지 낀 두 손을 받치고선 눈꺼풀을 파르르 떨면서 천사 같은 표정을 지어 보였다.

"그렇게 비웃을 거 없어. 당연히 너희들은 영재야. 아빠가 늘 말하지 않았니?"

그렇게 말하는 아빠를 브라이언이 곁눈질하며 천천히 말했다.

"우리가 정말 영재라면… 아빠는 왜…."

브라이언이 말꼬리를 흐리자 아빠가 물었다.

"뭐? 뭐?"

브라이언이 고개를 내저으며 말했다.

"아무것도 아니야."

에머슨 공립학교엔 소속 간호사들이 있었고, 그 덕에 우리 셋은 태어나서 처음으로 청력과 시력 검사를 받았다. 내 검진결과는 최고였다. 간호사 말로는 "독수리의 눈과 코끼리의 귀를 가졌다"는 것이다. 로리 언니는 시력 검사표를 읽느라 애를 먹었고, 간호사는 언니가 심각한 근시이기 때문에 안경을 써야 한다는 통지서를 엄마에게 보냈다.

"그럴 필요 없어."

엄마는 그렇게 말하며 안경 착용에 반대했다. 시력이 약해도 훈련을 하면 좋아질 수 있다는 게 엄마의 지론이었다. 엄마 생각은 안경은 목발과 같아서 스스로 세상을 보는 눈을 키워야 할 때 오히려 눈을 흐리게 만든다는 것이었다. 엄마 자신도 안경을 써야 한다는 말을 들은 게 몇 년째지만 쓰지 않고 버티고 있다고 했다. 하지만 간호사가 재차 통지서로 로리 언니가 안경을 쓰지 않을 경우 에머슨 학교에 다닐 수 없으며, 학교에서 그 비용을 부담한다는 사실을 알리자 그제야 엄마도 포기했다.

안경을 맞추는 날, 우리는 다 함께 검안사에게 갔다. 렌즈가 어찌나 두꺼운지 언니의 눈이 물고기마냥 크고 튀어나와 보였다. 언니는 연신 고개를 돌렸다가 주억거렸다.

"왜 그래?" 내가 묻자 언니는 대답도 않고 밖으로 뛰쳐나갔다. 내가 쫓아갔을 때 언니는 주차장에 서서 경이에 찬 표정으로 나무, 집,

그 뒤의 사무실 건물 들을 바라보고 있었다.

"저기 저 나무들 보여?" 언니가 30미터쯤 떨어진 플라타너스 나무 쪽을 가리키며 말했다.

"나무들 말고도 이파리 하나하나가 다 보여." 언니가 의기양양한 어조로 내게 말했다. "넌 보이니?"

나는 고개를 끄덕였다.

언니는 내 말이 믿기지 않는 모양이었다.

"이파리 하나하나가 다 보인다고? 나뭇가지 말고 거기 달린 이파리 하나하나가 다?"

나는 고개를 끄덕였다. 언니는 날 쳐다보다가 울음을 터뜨렸다.

집으로 오는 내내 언니는 대부분의 사람들은 늘 보는 거라 있는지조차 의식하지 못하는 것들을 하나하나 눈여겨보았다. 길거리 표지판과 광고판을 큰 소리로 읽었고, 전화선 위에 앉아 있는 찌르레기들을 손으로 가리켰다. 은행에 들어가자 언니는 둥근 천장을 올려다보며 팔각형 무늬를 묘사했다.

집에 왔을 때 언니가 안경을 써보라며 내주었다. 안경이 언니의 시력을 교정해준 만큼 내 시력은 흐리게 만들 테니, 이전까지 자기가 어떤 눈으로 세상을 봤는지 알 거라는 거였다. 안경을 쓰자 보이는 모든 게 해체되어 희미하고 얼룩덜룩한 형태들로 다가왔다. 나는 몇 걸음 발을 떼다가 커피테이블에 정강이를 세게 부딪쳤고, 그때 비로소 언니가 왜 브라이언이나 나만큼 탐험을 좋아하지 않았는지를 이해하게 되었다. 잘 보이지 않아서 그랬던 거였다.

언니는 엄마에게도 안경을 써보라고 했고, 안경을 쓴 엄마는 눈을 깜박거리며 방을 둘러보다가 말없이 자기가 그린 그림을 자세히 들여다보더니 다시 언니에게 안경을 건네주었다.

"더 잘 보여?" 내 말에 엄마가 답했다.

"더 잘 보인다고는 말 못 하겠는데. 달라 보인다고 할게."

"엄마도 하나 사지?"

"지금 내 눈에 보이는 대로의 세상이 좋아." 엄마가 말했다.

그러나 로리 언니는 더 선명하게 보이는 세상을 더없이 좋아했다. 안경이 발견해준 놀라운 세상을 그리고 칠해야 한다는 강박이 생겨서, 에머슨 학교 지붕을 덮고 있는 둥글게 휘어진 타일이 바로 밑 타일에 둥근 그림자를 드리우는 모습이랄지, 해가 저물면서 구름의 밑바닥은 분홍빛으로, 뭉실뭉실한 위쪽은 자줏빛으로 물드는 광경을 묘사했다.

급기야 안경을 쓴 지 얼마 되지 않아서, 언니도 엄마처럼 화가가 되겠다고 결심하기에 이르렀다.

그 집에 정착하자마자 엄마는 본격적인 화가의 길을 걷기 시작했다. 앞마당에 커다란 흰색 간판을 내걸었는데, 금테를 두른 검정색의 'R. M. 월스 아트 스튜디오'라는 글씨는 엄마가 직접 공들여 그려 넣은 것이었다. 집의 두 거실을 스튜디오와 갤러리로 바꾸었고, 뒤쪽 침실 두 개는 작품을 보관하는 창고로 썼다. 집에서 세 블록 떨어진 노스 퍼스트 스트리트에 미술용품점이 있었는데 엄마가 받은 유산 덕에 우린 그곳에 꼬박꼬박 가서 쇼핑을 할 수 있었고, 아빠는 우리가 롤째 사온 캔버스를 나무틀에 펼쳐서 스테이플러로 고정했다. 캔버스 말고도 우린 유화물감, 수채화물감, 아크릴물감, 젯소, 실크스크린 틀, 파스텔, 먹, 붓, 펜촉, 목탄연필, 파스텔용 고급 래그 페이퍼는 물론, 관절이 움직이는 나무 마네킹도 사왔다. 에드워드라는 이름을 붙여준 그 마네킹은 엄마 말론 우리가 학교에 가고 없는 동안 엄마의 모델이 되어줄 거라고 했다.

진지하게 그림 작업에 들어가기 전에, 엄마는 그림에 필요한 참고문헌을 꼼꼼하게 모아야겠다고 마음먹었다. 그래서 뺐다 끼웠다 할 수 있는 바인더 수십 개와 괘선지를 잔뜩 샀다. 바인더마다 개, 고양이, 말, 농장 동물, 삼림지 동물, 꽃, 과일과 채소, 시골 풍경, 도시 풍경, 남자 얼굴, 여자 얼굴, 남자 몸, 여자 몸, 손과 발바닥 및 다른 신체 부위 등 각각 하나씩 주제를 매겼다. 우리는 재미난 사진을 찾아 몇 시간이고 오래된 잡지를 뒤적였고, 어쩌다 회화의 주제가 될 만한 것을 찾게 되면 번쩍 들어 보이며 엄마가 결정을 내리길 기다렸다. 그러면 엄마는 잠깐 눈여겨본 다음 합격 아니면 불합격 판정을 내렸다. 합격 사진은 잡지에서 오려내 괘선지에 풀로 붙인 다음, 낱장째 찢겨 나가는 일이 없도록 페이지의 바인더 구멍에 접착 테이프를 붙였다. 그런 다음 주제가 일치하는 고리 세 개짜리 바인더를 꺼내 새 사진을 붙인 낱장을 끼워 넣은 후 딱 소리 나게 고리를 닫았다. 참고문헌 수집 작업을 도와준 보답으로 엄마는 우리에게 미술을 가르쳐주었다.

엄마는 집필 작업에도 열심이었다. 그래서 타자기도 샀는데, 고장을 대비해 수동식과 전동식 둘 다 스튜디오에 구비해놓았다. 글을 써도 팔리는 일은 없었지만 이따금씩 격려가 담긴 거절 편지를 받으면 벽에 압정으로 꽂아두었다. 수업이 끝나고 집에 돌아오면 엄마는 거의 언제나 스튜디오에서 작업을 하고 있었다. 아무 소리도 들리지 않으면 엄마가 그림을 그리고 있거나 주제에 관해 생각하고 있음을 의미했다. 타닥타닥 타자기 소리가 들리면 소설이나 시, 희곡, 단편, 그도 아니면 격언집을 쓰고 있음을 의미했다. 엄마가 직접 "R. M. 월스의 인생철학"이란 이름을 붙인 그 문집은 삽화와 함께 "인생은 땅콩 몇 개를 뿌린 체리 그릇이다" 따위의 격언으로 꾸며져 있었다.

아빠는 지역 전기기사 조합에 가입했다. 피닉스가 호황을 누리던 시절이어서 아빠는 눈 깜짝할 사이에 일자리를 마련할 수 있었고, 아침마다 노란색 안전모와 워커 차림으로 출근했다. 그런 아빠의 모습은 내겐 더할 나위 없는 미남으로 보였다. 조합 덕분에 아빠는 전과 달리 꼬박꼬박 월급을 받았다. 첫 월급날, 집에 돌아온 아빠는 우리 모두를 거실로 불러 모았다. 그러더니 우리가 마당에 장난감을 내팽개쳐놨다고 말했다.

"안 그랬는데요, 아빠." 내가 말했다.

"그런 거 같은데, 가서 직접 보렴." 아빠가 말했다.

우리는 현관문으로 달려갔다. 마당에 최신식 자전거 세 대가 한 줄로 세워져 있었다. 빨간색 큰 자전거 하나, 그보다 작은 파란색의 남자아이용 자전거, 보라색의 여자아이용 자전거 한 대.

처음에 난 다른 애들이 두고 간 거라고 생각했고, 아빠가 우리에게 사주신 거란 로리 언니의 말을 듣고서도 믿지 못했다. 자전거가 생긴 건 그때가 처음이었고, 탈 줄은 알았지만 다른 애들 것을 빌려서 배웠었다. 그래서 언젠가 내게도 자전거가 생길 거란 생각이 든 적은 단

한 번도 없었다. 더더군다나 새 자전거는 꿈도 못 꿨었다.

나는 뒤돌아보았다. 아빠가 팔짱을 끼고 현관에 서서 익살맞은 미소를 짓고 있었다.

"우리 거 아니지, 그치?" 내가 물었다.

"흠, 네 엄마나 내가 타기엔 너무 작지 않니?" 아빠가 말했다.

로리 언니와 브라이언은 벌써 각자의 자전거에 올라타 보도를 오르락내리락하고 있었다. 나는 내 자전거를 뚫어져라 쳐다보았다. 반짝반짝 빛나는 보라색에 새하얀 바나나 모양 안장, 옆엔 철사 바구니가 붙어 있었고, 크롬으로 된 손잡이는 수송아지 뿔처럼 매끈하게 뻗어 있었으며, 흰색 플라스틱 손잡이엔 보라색과 은색 술이 달려 있었다. 아빠가 내 옆에 와서 무릎을 꿇더니 말했다.

"맘에 드니?"

나는 고개를 끄덕였다.

"얘, 산양아, 배틀마운틴에서 네가 돌 수집품을 두고 온 게 아빤 아직도 마음에 걸려. 하지만 여행을 하려면 무게를 줄일 수밖에 없었어."

아빠의 말에 나는 수긍했다.

"알아. 어쨌거나 내가 하나 이상을 가져가려 했었으니까."

"과연 그랬을까." 아빠가 말했다. "우주의 모든 건 원래보다도 더 작게 쪼갤 수 있어. 원자와 양성자도 마찬가지고. 그러니 이론상으로만 따졌으면 네가 이겼을 거라는 게 아빠 생각이야. 수집품은 하나로 쳐야 옳지. 안타깝게도, 이론이 늘 승리하는 건 아니라서 문제였지만."

우리는 어딜 가건 자전거를 타고 갔다. 가끔 자전거 포크*에 게임용 카드를 빨래집게로 달아놓으면 돌아가는 바큇살에 닿을 때마다 팔락 팔락 소리를 냈다. 눈이 잘 보이게 된 로리 언니가 우리의 길 안내자가 되었다. 주유소에서 시내 지도를 구해선 미리 갈 경로를 정해놓았다. 우리는 자전거를 타고 웨스트워드호 호텔을 지났고, 각진 얼굴의 인디언 여자들이 인도에 무지개색 세라피를 펼쳐놓고 구슬 목걸이와 모카신을 파는 센트럴애버뉴로 갔다. 배틀마운틴의 어떤 가게보다도 큰 울워스에 가서 매니저가 쫓아낼 때까지 통로에서 술래잡기를 했다. 외할머니의 낡은 나무 테니스라켓을 싣고 피닉스 대학까지 자전거를 타고 가선 남들이 버리고 간 공으로 테니스를 쳐보기도 했다. 시민회관은 집인 양 들락거려서 그곳 도서관 사서들이 금세 알아볼 정도였다. 사서들이 우리가 좋아할 만한 책들을 찾아주면, 우린 그 책들을 자전거 바구니에 잔뜩 싣고선 인도의 한가운데를 달려 집으로 갔다. 마치 길의 주인이나 된 것처럼.

형편이 넉넉해진 엄마 아빠는 집에 전화기도 들여놓았다. 생전 처음 갖게 된 전화기의 벨이 울릴 때마다 우린 먼저 받겠다고 앞다투어 달려갔다. 제일 먼저 수화기를 손에 쥐면 누구고 할 것 없이 거만하기 짝이 없는 어조로 말했다.

"월스가의 집사입니다. 무엇을 도와드릴까요?"

그러면 다른 애들은 까르르 웃어댔다.

---

* 자전거 앞바퀴와 손잡이를 연결해 방향을 조절하고 균형을 잡게 하는 부품.

목재 케이스에 든 할머니의 커다란 전축도 우리 차지가 되었다. 몇 장의 레코드를 한꺼번에 집어넣을 수 있게 되어 있어서 한 레코드를 다 재생하고 나면 전축 바늘이 빙글 돌아나가고, 다음번 레코드가 듣기 좋은 착 소리를 내며 떨어져 내렸다. 엄마와 아빠는 음악광이었고, 자리에서 벌떡 일어나 춤을 추거나, 최소한 고개를 까딱거리거나, 발로 박자를 맞추게 될 정도로 신나는 음악을 특히 좋아했다. 엄마는 틈만 나면 중고품 할인점에 가선 폴카 음악, 흑인 영가, 독일 행진곡, 이탈리아 오페라, 소몰이 노래 등등이 담긴 해묵은 앨범들을 사가지고 왔다. 뿐만 아니라 댄싱슈즈라며 굽 높은 신발을 상자째 사와선, 전축에 레코드들을 집어넣고 볼륨을 있는 대로 크게 올렸다. 아빠가 있을 땐 같이 춤을 추었고, 혼자 있을 땐 왈츠나 지르박이나 텍사스 투스텝을 추며 방에서 방으로 돌아다녔다. 집 안이 마리오 란차의 노래부터 뿜빠뿜빠 소리의 튜바 선율과 '라레도의 거리'를 부르는 애처로운 카우보이의 노래로 들썩였다.

엄마 아빠는 뒷마당에 세탁기도 들여놓았다. 우리는 네 발 달린 흰색 에나멜 세탁조에 정원 호스로 물을 채웠다. 커다란 세탁봉이 앞뒤로 흔들리면 시멘트 바닥 위에서 세탁기가 춤을 추며 움직였다. 전자동 세탁기가 아니었기 때문에 물세탁이 끝나면 우리가 직접 빨래를 탈수통—모터로 돌아가는 통 위에 두 개의 고무 방망이가 있었다—에 넣었다. 옷을 헹구려면 세제를 넣지 않고 이 과정을 되풀이한 다음, 그 물을 마당으로 빠지게 해서 잔디에 물을 주었다.

이런 놀라운 가전제품들이 생겼다고 해서 피닉스에서 사는 게 호화스러워진 건 아니었다. 집 안엔 반짝거리는 날개가 달린 큼지막하고 억센 바퀴벌레 천지였다. 처음엔 한두 마리 보이나 싶더니 청소에 강박이 있다고는 할 수 없는 엄마 때문인지 나날이 늘어갔다. 급기야 얼마 되지 않아 바퀴 군단이 총출동, 벽과 바닥과 부엌 싱크대를 종횡무진하기 시작했다. 배틀마운틴에서 살 땐 도마뱀에게 파리를 먹이로 주고 고양이에겐 도마뱀을 먹이로 줬지만, 바퀴벌레를 먹을 만한 동물이 떠오르지 않았고 그래서 엄마에게 다른 이웃들처럼 바퀴벌레 약을 사자고 했지만, 엄마는 화학전엔 반대한다고 했다. 해충 끈끈이처럼 우리가 독에 중독될 거라는 거였다.

엄마가 제시한 최고의 전술은 일대일로 맞붙는 것이었다. 놈들이 일제히 쏟아져 나오는 때인 밤이 되면 우리는 바퀴벌레 학살에 나섰다. 각자 돌돌 만 잡지나 신발로 무장을 하고서. 그때 내 나이는 아홉 살밖에 되지 않았지만 사이즈 10*의 신발을 신었다. 브라이언이 "바퀴벌레 킬러"라고 부른 내 신발을 들고 살금살금 부엌으로 들어가면 엄마가 부엌 불을 켰고, 그와 함께 우리들의 총공격이 시작되었다. 딱히 겨냥을 할 필요도 없었다. 사방에서 바퀴벌레들이 들끓었기 때문에 편평한 면을 후려치기만 해도 두세 마리를 잡을 수 있었으니까.

흰개미도 있었다. 이사를 한 지 몇 달 안 돼서 로리 언니가 거실에 발을 들여놓았을 때 나무 바닥이 스펀지처럼 내려앉는 것을 보고서야 알게 되었다. 집을 조사한 후, 아빠는 흰개미로 인한 피해가 극심해서 손도 댈 수 없는 지경이라고 판단했다. 결국 흰개미와 공생하는 수밖에 없었고, 이후 거실 바닥 구멍을 알아서 피해 다녔다.

---

* 한국 사이즈로는 270밀리미터.

그러나 집 안 어디고 할 것 없이 흰개미들이 쏠아 먹어놓은 터였다. 툭하면 마룻널의 삭은 곳을 밟아 부서지는 바람에 늘 새로운 구멍이 생겨났다.

"스위스치즈도 이 마룻장보단 낫겠다."

어느 날 아빠는 그렇게 말하면서 내게 케이블 커터와 망치와 못을 갖고 오라고 했다. 남아 있던 맥주를 마저 다 마신 후 케이블 커터로 맥주 캔을 자르고 망치로 두드려 납작하게 편 다음 구멍에 대고 못질을 했다. 그리고 아직 땜질할 게 더 남았다면서 나가서 여섯 캔들이 맥주를 또 사왔다. 기세 좋게 한 캔씩 들이킨 다음 다 마신 캔으로 구멍을 하나씩 땜질했고, 새로운 구멍이 보이는 족족 망치를 내려놓고 맥주를 들이킨 후 땜질에 들어가는 아빠였다.

노스 서드 스트리트 주민들은 좀 괴상한 데가 있었다. 마을 아래쪽에 다 무너져가는 커다란 집 한 채가 있었는데, 내부공간을 넓히려고 포치에 합판 벽을 대놓은 집시 한 무리가 살았다. 그들은 틈만 나면 우리 물건을 훔쳐갔다. 어느 날 브라이언은 자기 포고스틱이 사라진 지 얼마 되지 않아서 그 집의 집시 할머니가 그걸 타고 인도를 돌아다니는 걸 보았다. 그 할머니가 돌려주지 않아 엄마가 집시 대장과 한바탕 언쟁을 벌인 다음 날 우리 집 현관에 목이 잘린 닭이 놓여 있었다. 집시가 우릴 해하려고 마법을 걸었다는 뜻이었다. 엄마는 마법엔 마법으로 응수해야 한다고 말했다. 그래서 콩 삶을 때 넣은 돼지 넓적다리뼈를 꺼내 들고 집시들이 사는 집으로 가선 허공에 대고 휘둘렀다. 인도에 서서 악령을 쫓는 의식에 쓰는 십자가나 되는 양 뼈다귀를 쳐들고선 그 집의 모든 집시를 상대로 앞으로 우리 가족을 또 한 번 건드리면 집이 무너져 내리고 땅이 갈라져 그들 모두를 영원히 집어삼킬 거라고 큰 소리로 저주를 퍼부었다. 다음 날 아침, 앞마당에 브라이언의 포고스틱이 놓여 있었다.

그 동네엔 집시 말고도 변태들도 살았다. 대개 누더기를 걸친 등이 굽은 남자들로 길모퉁이를 배회하다 우리가 등하교를 할 때면 졸졸 따라다녔고, 우리가 울타리를 넘어가려고 하면 우리 몸을 떠받쳐주려고 하거나, 같이 놀아주면 캔디와 동전을 주겠다고 꼬드기기도 했다. 우리는 그들을 변태라 부르면서 꺼지라고 소리쳤지만, 난 그들이 행여 상처받는 건 아닐까 내심 걱정도 됐다. 그들이 바라는 건 우리와 친구가 되고 싶은 것뿐인데 말이다.

밤이 되면 엄마 아빠는 앞문, 뒷문, 창문을 활짝 열어두었다. 집에 에어컨이 없어서 공기를 순환시켜야 한다는 이유였다. 그래서 이따금씩 부랑자나 술꾼이 버려진 집인 줄 알고 앞문을 통해 들어오는 일이 있었다. 아침에 잠에서 깨어나면 방문 앞에 잠들어 있는 사람을 발견하는 일도 자주 있었다. 우리가 흔들어 깨우면 그들은 미안하다며 휘청대는 걸음으로 나갔다. 엄마는 그런 사람들은 술꾼일 뿐, 우리에게 해코지하지 않는다고 누누이 말했다.

당시 네 살이었던 모린은 부기맨*이라는 말만 들어도 소스라치게 무서워했고, 할로윈 가면을 쓴 강도들이 열린 문으로 들어와 우리를 덮치는 꿈을 자주 꿨었다. 내가 열 살 생일을 앞둔 어느 날 밤, 자다가 문득 잠을 깨어보니 누군가 내 은밀한 부분을 두 손으로 더듬고 있었다. 처음엔 긴가민가하면서 한 침대에서 자는 로리 언니가 자다가 움직이나 싶어서 잠결에 그 손을 밀쳐냈다. 그때 웬 남자의 목소리가 들렸다.

"아저씨가 그냥 너하고 놀자는 거야."

귀에 익은 목소리였다. 당시 노스 서드 스트리트를 배회하던, 빼이

* 어린애들이 말을 듣지 않을 때 들먹이는 귀신의 이름.

푹 꺼지고 수염이 덥수룩하게 난 남자였다. 방과 후 집에 가는 우리를 따라오며 브라이언에게 속옷만 걸친 소년 소녀 사진이 있는 「농장의 아이들」이란 잡지를 주려고 했던 남자였다.

"변태야!"

나는 큰 소리로 외치며 그 남자의 손을 발로 걷어찼다. 그 소리에 브라이언이 방으로 뛰어들어왔는데, 머리맡에 늘 두고 자는 손도끼를 들고 있었다. 그걸 본 남자는 냉큼 문 밖으로 튀어나갔다. 그날 밤 아빠는 집에 없었고, 엄마는 한 번 잠을 자면 하늘이 무너져도 일어나질 못했기 때문에 브라이언과 내가 그 남자를 쫓아가야 했다. 가로등 불빛에 자줏빛으로 물든 인도까지 쫓아갔을 때, 그 남자는 모퉁이를 돌아 사라져버렸다. 몇 블록을 샅샅이 뒤졌고, 브라이언이 손도끼로 덤불들을 헤쳐보기까지 했지만 결국 놓치고 말았다. 집으로 돌아오면서 우린 권투시합의 우승자처럼 하이파이브를 했고, 허공에 대고 주먹을 날리기도 했다. 우리 딴엔 '변태 사냥'을 했다고 믿었다. 상대가 어린 애의 과도한 상상이 낳은 가상의 존재가 아니라 해를 끼칠 수 있는 사람이라는 점만 빼면 '악마 사냥'하고 다를 바 없었다.

다음 날이 되어 집에 돌아온 아빠는 우리에게 자초지종을 듣고선 그 추잡한 호래자식을 죽여버리겠다고 했고, 그 길로 브라이언과 날 데리고 '변태 사냥'에 나섰다. 우리는 피가 끓어오르는 흥분을 느끼며 몇 시간이고 길거리를 수색했지만, 그 남자의 그림자조차 찾지 못했다. 나는 엄마 아빠에게 앞으로 문과 창문을 걸어 잠그고 자야 하는 것 아니냐고 말했지만, 두 분은 그럴 필요를 느끼지 못하는 것 같았다. 신선한 공기를 마시려면 두려움에 꺾여선 안 된다는 게 두 분의 말이었다.

그래서 그 후로도 창문을 계속 열어놓았고, 모린도 계속 할로윈 가면을 쓴 사내들이 쳐들어오는 악몽에 시달렸다. 이따금씩 구미가 당기면 브라이언은 손도끼를, 나는 야구방망이를 들고 '변태 사냥'에 나섰고, 길거리에서 아이들을 노리는 비열한 놈들을 소탕했다.

엄마 아빠는 두려움이나 편견에 기울지 말고, 남을 가르치려 드는 편협하고 체제타협적인 꼰대들 말도 듣지 말라는 말을 귀가 따갑게 했다. 아빠는 "시대에 뒤떨어진 그 따위 겁쟁이들" 말은 무시해야 한다고 말했다. 어느 날 엄마와 함께 시민회관의 도서관에 갔을 때였다. 찌는 듯 더운 날이었고, 엄마는 우리에게 건물 앞 분수에 들어가 몸을 식히라고 했다. 물이 너무 얕아서 수영은 할 수 없었지만 그래도 우린 악어놀이를 하며 손으로 물을 저었다. 급기야 몇몇 사람들이 모여들었고 엄마에게 분수에서 수영은 금지되어 있다고 말하자, 엄마가 말했다.

"댁들 일이나 신경 쓰셔."

내가 민망해져서 분수 밖으로 나오려고 하자 엄마가 내게 말했다.

"꼰대들이야, 무시해!"

엄마는 이어서 그런 사람들이 하는 말은 하등 신경 쓸 것 없다는 걸 보여주기 위해 분수 안으로 들어와 우리 옆에 철퍼덕 앉더니 첨벙 소리가 나도록 물을 사방에 튀겨댔다.

심지어는 성당에서 사람들이 고개를 돌려 쳐다봐도 엄마는 전혀 개의치 않았다. 수녀가 남 흉 깨는 데 도가 튼 사람이라고, 성당의 규칙을 따르기는커녕 십계명도 열 가지 '제안' 같은 거라고 생각하면서도, 엄마 자신은 독실한 가톨릭 신자라고 생각했다. 그래서 별일 없으면 일요일마다 우릴 데리고 미사에 참석했다. 그렇게 가게 된 세인트 메리 성당은 이전까지 한 번도 본 적이 없을 정도로 크고 아름다운 성당이었다. 모래색 어도비 벽돌건물에 하늘을 찌를 것 같은 두 개의 첨탑과 거대한 원형 스테인드글라스 창문이 달려 있었고, 두 개의 중앙문으로 이어지는 한 쌍의 곡선형 계단에는 비둘기들이 빼곡히 자리를 잡고 있었다. 미사 때 보면 다른 엄마들은 검은색 레이스로 된 미사포를 머리에 쓰고, 구두색에 맞춰 초록색이나 빨간색이나 노란색 핸드백을 든 예쁜 차림새였지만, 엄마는 겉모습에 신경 쓰는 건 천박한 생각이고, 하느님도 자기 생각에 동의할 거라면서 성당에 갈 때 찢어진 옷이나 물감이 튄 옷을 입기도 했다. 중요한 건 내면의 영혼이지 겉모습이 아니라고 말했고, 성가를 부를 때는 자신의 영혼을 있는 대로 다 끌어내 세상에 보여주겠다는 일념으로 목청이 터져라 노래를 불러서 앞에 앉아 있던 사람들이 고개를 돌려 노려볼 정도였다.

아빠까지 성당에 같이 가는 날은 특히나 고역이었다. 아빠는 침례교 집안에서 자랐지만 종교를 싫어했고 신의 존재조차 믿지 않았다. 당신은 과학과 이성을 믿지 미신이나 부두교는 믿지 않는다면서. 그럼에도 성당을 가는 건 예전에 엄마가 자식을 가톨릭으로 키우고 의무적 축일에 자식과 함께 미사에 참여하지 않을 거면 아이를 낳지 않겠다고 했기 때문이었다.

신부가 나사로를 죽은 자 가운데서 살려낸 예수, 예수의 살을 먹고 피를 마시는 성체 배령자들에 관해 설교하는 동안 아빠는 신도석에 앉아서 꾹 참고 있었다. 그러다 더는 못 견딜 지경이 되면 신부에게 도전할 만한 말을 큰 소리로 내뱉었다. 적대적으로 말한 건 아니었고, 친근한 말투로 요지를 밝히려고 했다. 대개는 "아이고, 신부님!" 하는 식이었다. 신부는 못 들은 척하고 계속 설교를 이어나갔지만 그대로 물러설 아빠가 아니었다. 기적이 과학적으로 불가능하다고 말했고, 이에 신부가 계속 무시하자 화가 나선 큰 소리로 사생아가 많았던 교황 알렉산더 6세와, 방탕하게 살았던 교황 레오 10세나, 성직매매 죄를 저지른 교황 니콜라스 3세, 그도 아니면 스페인 종교재판 때 교회의 이름으로 저지른 살인에 대해 떠들어댔다. 그런데 드레스를 입고 총각 딱지도 못 뗀 것들이 이끄는 단체에 뭘 기대할 수 있겠느냐고 말했다. 그러면 좌석 안내인들이 와서 나가달라고 말했다.

"걱정 마. 하느님은 이해하실 테니까." 엄마가 말했다. "하느님은 네 아빠가 우리가 견뎌야 할 십자가임을 아셔."

도시 생활이 아빠를 괴롭히기 시작했다.

"미로에 갇힌 쥐 신세가 된 것 같아."

아빠는 근무시간 기록표, 은행계좌, 전화요금 영수증, 주차시간 자동 표시기, 세금신고서, 알람시계, 학부모회, 대문을 두드리곤 사생활을 캐묻는 여론조사원 등 조직화된 피닉스에 넌더리를 냈다. 창문이 완전히 봉인된, 에어컨이 나오는 집에서 살면서 에어컨이 나오는 차를 몰아 에어컨이 나오는 사무실 건물에서 아침 아홉 시부터 다섯 시까지 일하는 모든 사람들을 혐오했다. 그 사람들이 통근하는 모습만 봐도 아빠는 포위된 것 같아서 몸이 근질근질한 모양이었다. 그래서 우리가 모두 매가리가 없고, 현대의 이기에 지나치게 의존하면서 세상을 움직이는 자연의 질서에서 멀어져 가고 있는 것이라며 투덜대기 시작했다.

아빠는 황야를 그리워했다. 탁 트인 시골에서 자유롭게 오가며 길들여지지 않은 동물들과 살고 싶어 했다. 독수리와 코요테와 뱀과 어울려 사는 게 영혼에 좋다는 게 아빠의 생각이었다. 이렇게 이 망할 놈의 행성을 군림하려 들고, 숲의 나무들을 모조리 베어버리고, 굴복하지 않는 생물을 남김없이 죽여버리며 대지의 주인인 양 뻐기는 쓰레기가 아니라 인디언처럼 야생과 조화를 이루어 사는 것이야말로 인간의 마땅한 삶의 방식이라고 입버릇처럼 말했다.

어느 날, 교외에 사는 한 여자가 자기 집 뒤에 퓨마가 있는 걸 발견하고 경찰에 신고해 사살하게 했다는 뉴스를 라디오에서 들은 아빠는 머리끝까지 화를 내며 주먹으로 벽을 쳤다.

"퓨마도 그 재수 없는 할망구만큼 살 권리가 있는 거야. 야생이라고 함부로 죽일 순 없는 거라고."

아빠는 한동안 분을 삭이지 못하며 맥주만 들이켜다가 우리 모두에게 차에 타라고 했다.

"어딜 가게?"

내가 물었다. 피닉스에 이사 온 후론 한 번도 탐험에 나선 적이 없어서 좀이 쑤시던 터였다.

"아빠가 보여줄 게 있어." 아빠가 말했다. "어떤 동물도, 몸집이 크건 야생이건 정신만 차리면 전혀 위험하지 않다는 걸 보여줄게."

우리는 모두 차에 올라탔고, 아빠는 맥주를 한 캔 더 들이켜며 죄 없는 퓨마와 겁쟁이 교외 거주자들에 대해 구시렁대며 차를 몰았다. 우리가 도착한 곳은 시립 동물원이었다. 동물원에 간 건 그때가 처음이어서 뭘 보게 될지 종잡을 수가 없었다. 로리 언니는 동물원은 법으로 금지해야 한다고 말했다. 한 팔로 모린을 안고 다른 팔 아래엔 스케치북을 끼고 있던 엄마는 동물들이 안전을 누리는 대신 자유를 내준 거라면서 자긴 동물원 동물들을 볼 때마다 창살은 보이지 않는 척했다고 말했다.

정문에서 입장권을 산 아빠는 동물을 구경하는 데 돈을 내는 건 천치나 하는 짓이라고 투덜대면서 우릴 이끌고 동물원으로 들어갔다. 동물을 가두어놓은 우리 대부분이 몇 뙈기 크기의 땅에 철창을 둘러놓은 것으로, 그 안엔 오갈 데 없는 고릴라, 안절부절못하는 곰, 성마른 원숭이, 아니면 불안해하는 가젤 들이 구석에 처박혀 있었다. 수많은 아이들이 넋을 놓고 바라보고 웃어대고 땅콩을 집어 던지며 즐거워했지만, 나는 그 가엾은 동물들을 보며 목이 메어왔다.

"언제고 밤에 몰래 들어와 이것들을 다 풀어줄까 말까 고민 중이야."

아빠가 말했다.

"나도 껴줘."

내가 말하자 아빠는 내 머리를 마구 헝클어뜨렸다.

"우리 산양. 너랑 나랑 둘이서 말이지, 함께 동물 탈옥 작전을 개시해볼까?"

우리는 다리에서 멈춰 섰다. 다리 밑 깊은 웅덩이를 에워싼 바위 위에서 악어들이 일광욕을 하고 있었다.

"퓨마를 쏜 그 할망구가 동물심리 같은 걸 이해했을 리 없지." 아빠가 말했다. "동물들은 우리가 무서워하지 않는 걸 알면, 건드리지 않거든."

아빠는 악어 중에 몸집이 제일 크고, 비늘도 제일 많은 악어를 가리켰다.

"지금부터 아빠랑 저 성질 사납게 생긴 놈이랑 눈싸움을 할 거야."

아빠는 다리에 선 채 이글거리는 눈으로 악어를 노려보았다. 그러자 처음엔 자는 것처럼 보였던 그 악어가 눈을 껌뻑거리더니 아빠를 올려다보는 것이었다. 아빠는 계속해서 가늘게 뜬 눈으로 놈을 쏘아볼 듯 째려보았다. 1분이 지나자 악어는 꼬리를 후려치며 눈을 피하더니 물속으로 미끄러져 들어갔다. 그러자 아빠가 말했다.

"봤지? 네 입장을 제대로 전달만 하면 돼."

"그냥 수영이 하고 싶어져서 그런 거 아닐까."

브라이언이 속삭였다.

"뭔 말이야?" 내가 물었다. "아빠 때문에 저 악어가 얼마나 불안해하는지 못 봤어? 아빠가 그렇게 만든 거잖아."

아빠를 따라 사자 우리로 갔다. 사자들은 모두 잠들어 있었는데, 아빠가 자게 놔둬야 한다고 말했다. 개미들을 흡입하느라 정신없는 땅돼지가 나오자 아빠는 동물이 먹을 땐 건드리는 게 아니라고 했고, 우리는 그냥 지나쳐서 치타 우리로 갔다. 우리 집 거실 크기만 한 우리엔 쇠창살이 둘러쳐져 있었고, 그 안엔 한 마리뿐인 치타가 왔다 갔다 하고 있었다. 걸을 때마다 치타의 어깨에서 근육이 움찔거리는 게 보였다. 아빠는 팔짱을 끼고 그 치타를 자세히 관찰하면서 말했다.

"멋진 동물이야. 지구의 네발 달린 동물 중에 제일 빠르지. 그런데 이런 거지 같은 우리에 갇혀 있으니 행복할 리가 없을 거야. 그래도 체념해서 더는 화도 안 나는 거야. 놈이 배가 고픈지 한 번 볼까."

아빠는 날 구내매점으로 데려가더니 점원 여자에게 희귀병 때문에 조리된 고기를 못 먹으니 날고기를 넣은 햄버거를 달라고 말했다.

"네, 왜 아니겠어요."

점원이 대답했다. 그러면서 어리석은 사람들이 날고기를 동물들에게 몰래 주기 때문에 조리되지 않은 고기는 판매가 금지되어 있다고 덧붙였다.

"저 여자의 비곗덩어리 엉덩이를 먹이고 싶네."

아빠는 투덜대면서 내가 먹을 팝콘 한 봉지만 샀다. 함께 치타 우리로 돌아왔을 때, 아빠는 치타가 있는 우리 반대편에 쪼그려 앉았다. 치타가 창살 가까이 다가오더니 아빠를 흥미로운 눈으로 살펴보았다. 아빠는 계속 치타를 쳐다봤지만, 좀 전에 악어를 노려볼 때처럼 화난 표정은 아니었다. 치타도 아빠를 보았다. 마침내 그 자리에 앉았다. 아빠가 철사 울타리를 넘어가더니 치타가 앉아 있는 창살 바로 앞에 무릎을 꿇었다. 치타는 미동도 없이 앉아서 아빠를 쳐다보았다.

아빠가 천천히 오른손을 들더니 우리에 가져다 댔다. 치타는 아빠의 손을 봤지만 움직이지 않았다. 아빠가 가만히 쇠창살 사이로 손을 집어넣더니 치타의 목에 얹었다. 그러자 치타가 아빠의 손에 한쪽 얼굴을 가져다 대는 것이 마치 토닥여달라는 것 같았다. 아빠는 큰 개에게 하듯 대담하고 박력 넘치는 손길로 치타를 토닥여주었다.

"안심해도 돼."

아빠는 그렇게 말하고는 우릴 불러들였다.

우리는 철사 울타리 밑으로 기어들어가선 치타를 토닥여주는 아빠를 에워싸고 앉았다. 그즈음 몇몇 사람들이 모이기 시작했고, 한 사람은 큰 소리로 당장 울타리 밖으로 나오라고 했지만 우린 무시했다. 나는 치타 가까이 다가갔다. 심장이 쿵쾅거렸지만 겁이 난 건 아니었고 흥분했을 뿐이었다. 치타의 뜨거운 숨결이 얼굴에 와 닿았다. 치타가 날 똑바로 쳐다보았다. 그 호박색 눈동자는 흔들림이 없었지만, 슬퍼 보였다. 다시는 아프리카 평원을 보지 못하리라는 것을 알고 있는 것 같았다.

"나도 만져봐도 돼?" 나는 아빠에게 물었다.

아빠가 내 손을 잡더니 천천히 치타의 목 쪽에 가져다 댔다. 털은 부드러우면서 뻣뻣했다. 치타가 고개를 돌리더니 촉촉한 코를 내 손에 댔고, 이내 커다란 분홍빛 혀를 내밀어선 내 손을 핥았다. 나는 숨이 턱 막혔다. 아빠가 내 손을 펼쳐선 뒤집었다. 치타가 그 따뜻하고 꺼칠한 혀로 내 손바닥을 핥는데 마치 뜨거운 물에 담근 샌드페이퍼 같은 느낌이었다. 손이 얼얼했다.

"날 좋아하는 거 같아." 내가 말했다.

"그러네." 아빠가 말했다. "그리고 네 손에 묻은 팝콘의 소금이랑 버터도 좋아하는데."

바야흐로 우리 주변에 모인 사람들이 작은 무리를 이루었고, 그중에서도 한 여자가 난리를 치며 내 셔츠자락을 움켜쥐더니 철조망 밖으로 끌어내려 했다.

"괜찮아요." 내가 그 여자에게 말했다. "우리 아빠는 늘 이렇게 하시거든요."

"이 사람을 체포해야 해!" 그 여자가 소리쳤다.

"자, 애들아." 아빠가 말했다. "민간인들이 난리를 치는구나. 얼른 빠져나가는 게 좋겠다."

우리는 철조망을 넘었다. 돌아보니 치타가 창살을 따라 우릴 향해 다가오고 있었다. 인파를 헤치고 도망치기도 전에, 남색 제복 차림에 덩치 큰 남자가 우릴 쫓아 달려왔다. 벨트에 달린 권총과 야경봉을 잡고 있는 모습이 꼭 양쪽 엉덩이에 두 손을 올리고 달리는 것처럼 보였다. 그는 규정사항을 읊어댔고 우리 안으로 기어들어갔다가 죽은 머저리들 얘기를 하며 당장 나가라고 소리소리 질러댔다. 그리고 아빠의 어깨를 붙잡자 아빠는 홱 뿌리치고 싸우려 들었다. 급기야 무리 중의 한두 남자가 아빠의 두 팔을 움켜잡자, 엄마가 아빠에게 경비원이 시키는 대로 하라고 부탁하기에 이르렀다.

아빠는 고개를 끄덕였고, 평화의 표시로 두 손을 들어 올렸다. 그리고 우릴 이끌고 사람들 사이를 헤치고 나가면서 너털웃음을 터뜨렸고, 고개를 절레절레 저었다. 이런 멍청이들은 엉덩이를 걷어차는 것조차 시간낭비라고 말하는 것처럼 비쳐졌다. 우리를 둘러싼 사람들이 미친 주정뱅이니, 지저분하고 못 돼먹은 애새끼들이니 속닥거리는 게 내 귀에도 들렸다. 하지만 그들이 무슨 생각을 하건 상관없었다. 치타가 손을 핥아준 사람 있으면 나와보란 말이다.

아빠가 일자리를 잃은 것도 그즈음이었다. 아빠는 걱정할 것 하나 없다고, 피닉스는 대도시이고 무섭게 빨리 성장하고 있으니 자기에 대한 얼토당토않은 말들이 퍼지지 않은 곳에서 얼마든지 일자리를 얻을 수 있을 거라고 큰소리쳤다. 그렇게 얻은 두 번째 직장에서도 쫓겨났고, 세 번째에서마저 쫓겨나더니 급기야 전기기사 조합에서 제명되는 바람에 임시직과 주간작업일을 전전하게 되었다. 엄마가 할머니한테 물려받은 돈마저 단 한 푼 남지 않게 되면서 우린 다시금 하루 벌어 하루 먹는 신세가 되었다.

하지만 난 배를 곯진 않았다. 25센트만 있으면 학교에서 따뜻한 점심식사를 할 수 있었고, 그 정도의 돈은 있는 편이었다. 정 돈이 없을 땐 4학년 담임교사였던 엘리스 부인에게 돈을 잃어버렸다고 말하면 선생님은 다른 사람이 대신 내 점심값을 내줬다고 말했다. 우연의 일치라고 해도 이쯤 하면 무서울 정도겠지만, 난 그 사람이 누구냐고 꼬치꼬치 캐묻다가 행여 굴러들어온 복을 찰 생각은 없었고, 그런 식으로 따뜻한 점심을 먹을 수 있었다. 때로, 그 점심이 그날의 유일한 끼니일 때도 있었지만, 한 끼로도 얼마든지 버틸 수 있었다.

그러던 어느 날 오후, 집에 돌아와 냉장고가 비어 있는 것을 보고 브라이언과 나는 집 뒤 골목으로 나갔다. 골목을 따라 내려가면 배달 창고가 있는 곳이 나왔고, 주차장엔 초록색 덤프스터가 서 있었다. 보는 사람이 아무도 없으면 브라이언과 나는 덤프스터 뚜껑을 열고, 그 안으로 들어가선 유리병을 찾았다. 구역질 나는 쓰레기 소굴이면 어쩌나 걱정이 태산이었지만 웬걸, 깜짝 놀랄 만한 보물을 하나 건졌으니, 마분지 상자 안에 가득 든 포장하지 않은 초콜릿들이었다. 몇 개는 허옇게 메마르긴 했지만, 대개는 멀쩡해서 둘 다 배가 터지도록 먹을 수 있었다. 그날 이후 엄마가 너무 바빠서 저녁을 하지 않거나, 집에 먹을 게 다 떨어지면, 우린 새로운 초콜릿이 우릴 기다리고 있나 싶은 마음에 덤프스터로 갔다. 그리고 자주는 아니었지만, 정말로 초콜릿이 우릴 기다리고 있었다.

이유는 알 수 없지만, 노스 서드 스트리트엔 모린 또래의 아이가 단 한 명도 없었다. 모린은 너무 어려서 나나 브라이언과 어울려 놀 수 없었기 때문에, 아빠가 사준 빨간색 세발자전거를 타고 오가거나, 상상 속의 친구들과 노는 걸로 소일했다. 모린은 그 친구들에게 일일이 이름을 붙여주었고, 몇 시간이고 말을 걸며 놀았다. 그들은 함께 웃을 뿐 아니라 시시콜콜한 대화를 나누었고, 심지어는 말싸움을 하기도 했다. 하루는 모린이 울면서 집에 왔길래 이유를 물었더니 수지 큐와 싸웠다는 것이었다. 수지 큐는 모린의 상상 친구 중 하나였다.

브라이언과 다섯 살 터울인 모린을 두고, 엄마는 집에 비슷한 또래가 없으니 특히 세심히 대해줘야 한다고 말했다. 그래서 모린을 유치원에 보내기로 결정했을 뿐만 아니라 막내딸에겐 우리처럼 중고품 할인점에서 산 옷을 입히고 싶지 않다고 했다. 그러면서 우리더러 가게에 가서 옷을 훔쳐오라고 했다.

"그건 죄 아니야?" 나는 엄마에게 물었다.

"죄라고는 할 수 없어." 엄마가 말했다. "하느님은 이유가 타당하면 규칙을 살짝 바꿔도 괜찮다고 생각하시거든. 말하자면 정당방위 살인하고 비슷한 거야. 우리의 경우는 정당방위 절도가 되겠지."

엄마의 계획은 이러했다. 엄마가 모린이 입을 만한 새 옷을 입혀본다는 구실로 한 아름 가지고 탈의실로 들어갔다가 나와서 직원에게 마음에 드는 옷이 하나도 없다고 말한다. 그때 로리 언니, 브라이언, 내가 소동을 일으켜 점원을 정신없게 만들면, 그 틈을 타서 엄마가 팔에 걸치고 있던 우비 안에 옷을 숨긴다는 것이었다.

그런 식으로 우린 모린이 입을 예쁜 새 옷을 서너 벌 손에 넣었지만, 한 번은 브라이언과 내가 서로 치고 박는 척하고 엄마가 우비 안에 훔친 옷을 숨기려는 순간, 점원이 엄마를 돌아보며 들고 있는 옷을 살 거냐고 묻는 바람에 어쩔 수 없이 돈을 주고 산 적도 있었다.

"애 옷 한 벌에 14달러나 주다니!" 가게를 나왔을 때 엄마가 말했다. "노상강도가 따로 없네!"

부수입 창출엔 아빠도 발군이었다. 드라이브 스루 창구로 현금을 인출할 수 있는 은행의 경우, 거래내역이 컴퓨터에 입력되기까지 몇 분이 걸린다는 사실을 어떻게 알아냈는지, 은행에 계좌를 개설하고 일주일 정도 기다렸다가 아빠가 은행의 기계가 아닌 금전출납계 직원을 통해 예금 전액을 인출할 때, 엄마가 드라이브 스루 창구에서 같은 액수를 인출하기로 했다. 로리 언니가 심각한 범죄행위 같다고 말했지만, 아빠는 은행장의 탈을 쓰고 고리대금으로 평범한 사람들의 등골을 빼먹는 자본가 돼지들에게 선수를 쓰는 거라고 말했다.

"순진한 표정을 지어야 해."

거사의 첫날, 은행 앞에 아빠를 내려준 엄마가 우리에게 말했다.

"만약 잡히면 우리 소년원에 들어가야 해?"

내 말에 엄마는 하나부터 열까지 합법적인 일이라고 큰소리쳤다.

"초과인출하는 사람들이 한둘인 줄 아니? 설령 잡혀도 초과인출 수수료만 내면 돼."

복잡한 서류절차 없이 대출받는 것과 비슷하다는 게 엄마의 설명이었다. 정작 차를 돌려 드라이브 스루 창구로 갈 때 엄마는 안절부절못하는 것 같았고, 방탄유리 창구 너머로 예금 청구서를 내밀 때는 신경증적으로 킥킥댔다. 지금 생각해보면 그때 엄마는 부자들을 등쳐먹는다는 생각에 희열을 느끼고 있었던 것 같다.

은행원이 우리에게 현금을 건네주자 엄마는 은행 정문 쪽으로 차를 몰았고, 잠시 후에 아빠가 어슬렁어슬렁 걸어 나왔다. 조수석에 탄 아빠는 고개를 돌려 짓궂게 씩 웃더니 지폐 다발을 들어 엄지로 펄럭펄럭 넘겨 보였다.

아빠가 안정된 직장을 구하느라 애를 먹었던 이유는, 아빠가 우리에게 늘 말했듯 피닉스의 전기기사 조합이 부패했기 때문이었다. 아빠는 조폭들이 조합을 운영하면서 도시의 건설사업이란 사업은 죄다 장악하고 있다면서, 괜찮은 일자리를 얻는 것보다 시에서 범죄조직부터 몰아내는 게 우선이라고 말했다. 그러려면 비밀리에 조사해야 할

게 한두 가지가 아닌데, 조폭들이 운영하는 술집이야말로 정보를 모을 수 있는 최적의 장소라고 했다. 그래서 아빠는 그런 술집들을 전전하는 것으로 대부분의 시간을 보내기 시작했다.

엄마는 아빠가 조사 운운할 때마다 '또 시작이네' 하는 표정을 지었고, 나 역시 아빠가 착수하려는 일에 의심을 품기 시작했다. 아빠가 술에 취해 머리끝까지 화가 난 상태로 집에 오면 엄마는 으레 몸을 숨겼고, 우리가 대신 아빠를 진정시켜야 했다. 아빠는 창문을 깨부수고, 접시들과 가구를 박살 내고 나서야 겨우 분이 풀렸다. 그런 후에 난장판이 된 집과 그 가운데 서 있는 우리들을 돌아볼 여유가 생겼다. 자기가 한 짓을 알고 나면 아빠는 진저리를 치며 부끄러워 고개를 떨궜고, 이내 무릎을 꿇고 앞으로 고꾸라져버렸다.

아빠가 쓰러지면, 나는 집 안을 치우려고 했지만 그러는 족족 엄마가 제지했다. 그즈음 엄마는 알코올 중독자 대처법에 관한 책을 읽고 있었는데, 그런 사람들은 만취해 난동을 부려도 기억하지 못하기 때문에 그들이 어지럽힌 걸 치워놓으면 아무 일도 없었던 걸로 생각한다는 것이었다.

"네 아빠 때문에 우리가 어떤 꼴로 사는지 본인도 알아야지."

정작 아빠는 자고 일어나서도 난장판이 된 집을 전혀 의식하지 못하는 것처럼 굴었고, 누구도 그 문제로 아빠와 이야기하려 하지 않았다. 우리는 어쩔 수 없이 부서진 가구와 깨진 유리조각을 밟고 사는 것에 익숙해져야 했다.

엄마는 우리에게 아빠가 인사불성이 되면 호주머니를 털라고 말했다. 그 방면에서 우린 도가 텄다. 한 번은 쓰러진 아빠 몸을 굴려서 잔

돈을 한 움큼 손에 넣은 후, 아빠의 손가락을 살살 펴서 술병을 빼냈다. 나는 4분의 1쯤 남은 병 안의 호박색 액체를 가만히 응시했다. 엄마는 건드리지도 않는 술에 아빠는 왜 그리 속수무책으로 빠져드는지 궁금했다. 병뚜껑을 열고 냄새를 맡아보았다. 역한 냄새가 코를 찔렀지만, 용기를 내서 기세 좋게 한 모금을 들이켰다. 몸서리쳐지게 독하고 매캐한 맛이 나는데다 혓바닥이 타들어갈 것처럼 화끈화끈했다. 나는 목욕탕으로 달려가서 술을 뱉어버리고 입 안을 헹구었다. 그러곤 브라이언에게 말했다.

"딱 한 모금만 마셨는데 이렇게 거지 같은 맛은 정말 처음이야."

브라이언은 내 손에서 술병을 빼앗아 그대로 부엌 싱크대에 쏟아버리고는 날 이끌고 창고로 갔다. 그리고 뒤쪽에 '장난감 상자'라고 써 있는 나무 트렁크를 열었다. 그 안엔 빈 술병들로 가득했다. 아빠가 뻗을 때마다 아빠가 마시던 술병을 빼앗아 쏟아버리곤 그 트렁크에 감췄다고 말했다. 언제고 아빠가 빈 병들을 보게 되면 펄펄 뛸 테니, 열 살이나 열두 살이 되면 몇 블록 떨어진 곳의 쓰레기통에 갖다 버릴 거라고도 말했다.

"이번 크리스마스는 정말 좋을 것 같은 예감이야."

12월 초에 엄마가 예고했다. 로리 언니가 지난 몇 달은 형편이 그리 좋지 못했다고 꼬집어 말하자 엄마도 수긍했다.

"정말 그래. 그게 다 우리 운명은 우리가 알아서 챙기라는 하느님의 큰 뜻이란다. 하느님은 스스로 돕는 자를 도우시거든."

엄마는 예감이 아주 좋으니 올해는 일주일 후가 아닌 크리스마스

당일에 축하하자고 했다.

엄마는 중고품 할인점 쇼핑의 전문가였다. 옷을 살 땐 라벨을 읽었고, 접시와 꽃병은 바닥에 찍힌 표시들을 면밀히 살펴보았다. 25센트짜리 드레스를 두고 판매원에게 10센트 가치밖에 안 된다고 거리낌없이 말했고, 대개 그 가격에 샀다. 크리스마스 철이면 몇 주 앞서 우릴 데리고 중고품 할인점에 가서 우리 각자에게 1달러씩 주며 선물을 사라고 했다. 나는 엄마를 위해선 빨간색 꽃봉오리 모양의 유리꽃병을, 아빠를 위해선 얼룩 마노 재떨이를, 브라이언을 위해선 모형 자동차 조립세트를, 로리 언니에겐 요정이 나오는 책을 샀고, 모린에게는 귀가 떨어져나간 호랑이 봉제인형을 샀다. 뜯어진 귀는 나중에 엄마의 도움을 받아서 꿰매 붙였다.

크리스마스 아침에 엄마는 우릴 데리고 크리스마스트리를 파는 주유소로 가선 크고 색깔이 짙지만 살짝 메마른 미송나무를 골랐다.

"이 불쌍한 고목은 마지막 날까지도 팔리지 않을 거야. 누구라도 사랑해줘야지."

그렇게 말한 엄마는 직원에게 3달러를 내밀었다. 남자는 나무를 한 번 보고 엄마를 한 번 보고 우리를 한 번 보았다. 그때 내가 입은 드레스엔 단추들이 뜯겨나가고 없었다. 모린이 입은 티셔츠는 솔기를 따라 구멍이 숭숭 나 있었다. 이윽고 그가 말했다.

"아주머니. 이건 가격이 인하돼서 1달러예요."

우리는 그 나무를 집에 가지고 와서 생전에 할머니가 쓰셨던 장식품들을 달았다. 알록달록 화려한 공, 손대면 깨질 것 같은 유리 자고새, 전구, 물방울이 뽀글거리는 긴 튜브 등등을 달았다. 내 선물을 보고 싶은 마음이 굴뚝같았지만 엄마는 가톨릭식으로 크리스마스를 축하해야 하므로 선물을 열어보려면 자정미사 때까지 기다려야 한다고 못 박았다. 크리스마스엔 술집도 주류상점도 영업하지 않는다는 걸 알고 미리 술을 마련해둔 아빠는 아침에 밥을 먹기 전에 버드와이저부터 땄고, 자정미사 시간이 다가올 때쯤엔 제대로 서 있을 수도 없을 정도로 만취했다.

나는 엄마에게 이번 한 번만 미사에서 아빠를 쉬게 해주자고 말했지만, 엄마는 이런 때야말로 하느님의 집에 잠깐 들러 인사하는 게 더없이 중요하다고 했다. 그래서 아빠는 비틀대는 발걸음으로 우릴 따라 교회에 갔다. 설교시간 동안 신부는 동정녀 마리아의 원죄 없는 잉태의 기적에 대해 이야기했다.

"동정녀 같은 소리하고 자빠졌네!" 아빠가 소리쳤다. "마리아는 얼굴이 반반한 유대인 창녀였고, 혼전 임신했다고!"

미사가 중단되었다. 모두가 우릴 쳐다보고 있었다. 성가대가 입을 떡 벌리고 일제히 고개를 돌려 보았다. 신부조차 아무 말도 하지 못했다.

아빠는 만족스레 싱글벙글거리고 있었다.

"예수 니기미 그리스도는 세계에서 제일 인기 있는 사생아인 게지!"

좌석 안내인들이 살벌한 태도로 우릴 밖으로 끌어냈다. 집으로 가는 길에 아빠는 내 어깨에 한 팔을 둘러 몸을 지탱하면서 말했다.

"아가, 이담에 남자친구가 네 팬티 속으로 들어가 임신하게 되면 원죄 없는 잉태라고 우기면서 기적이 일어났다고 뻥치고 다녀. 그리고 일요일마다 헌금접시만 돌리면 만사형통이야."

나는 그런 식으로 말하는 아빠가 싫어서 밀어내려고 했지만 그럴수록 아빠는 더 바짝 기댔다.

집에 돌아와서 우린 아빠를 진정시키느라 애를 먹었다. 엄마가 아빠에게 선물을 주었다. 스코티시 테리어 모형의 1920년대산 놋쇠 라이터였다. 아빠는 그걸 앞뒤로 흔들며 불을 두 번 켜선 눈높이로 들어올려 요리조리 살펴보았다.

"이번 크리스마스엔 진짜 불을 켜보자."

아빠는 그 말과 함께 라이터를 미송나무에 던졌다. 그러기 무섭게 바짝 메마른 침엽수에 불이 붙었다. 불길이 나뭇가지들을 타고 올라가면서 타닥타닥 소리가 났다. 크리스마스 장식품들이 열기에 팍팍 터졌다.

잠시 동안 우린 꼼짝도 못 하고 망연자실해 있었다. 엄마가 담요와 물을 가져오라고 소리쳤다. 간신히 불을 껐지만, 나무는 쓰러지고 장식들은 죄다 부서지고, 우리의 선물도 다 망가져버린 후였다. 불을 끄는 내내 아빠는 소파에 앉아서 엄마에게 나무는 이교도들이 숭배를 바치는 상징이니 오히려 호의를 베푼 줄 알라고 말했다.

불을 끄고 나니 물에 젖어 숯덩이가 된 나무가 바닥에 쓰러져 있었고, 우린 그 자리에 멍하니 서 있었다. 아빠의 목을 비틀거나 고함을 치는 사람은 없었다. 식구들이 몇 주 동안 계획한 크리스마스를 아빠가 망쳐놨다고 지적하는 사람도 없었다. 아빠가 미쳐 날뛸 때마다 우린 나름대로 외부와 차단하고 안으로만 파고드는 법을 터득한 터였고, 그날 밤도 마찬가지였다.

그해 봄, 나는 열 살이 되었다. 하지만 우린 생일을 대수롭지 않게 생각하는 집안이었다. 가끔 엄마가 초를 몇 개 꽂은 아이스크림을 준비하고 다 함께 "생일 축하합니다" 노래를 부르는 게 전부였다. 어쩌다 만화책이나 신발이나 속옷을 사줄 때도 있었지만 엄마도 아빠도 그냥 잊고 넘기기 일쑤였다.

그래서 열 살이 되는 날, 아빠가 날 뒷마당으로 데려가 이 세상에서 제일 갖고 싶은 게 뭐냐고 물었을 때 나는 깜짝 놀랐다.

"나이가 두 자릿수가 된 건 특별한 경우니까. 정말 하루가 다르게 쑥쑥 크는구나, 산양아. 낼모레면 독립을 하게 될 텐데, 더 크기 전에 아빠가 해줄 수 있는 게 있다면 해주고 싶어서 그래."

나는 아빠의 말이 조랑말이나 인형집 같은 값비싼 선물을 사주겠다는 뜻이 아님을 알았다. 이제 나도 성인이 다 되었고, 아이로 살 마지막 시절을 내가 바라는 대로 보내기 위해 당신이 할 수 있는 일을 묻고 있었다. 내가 정말로 바라는 건 딱 하나였다. 이루어진다면 우리 식구 모두의 인생이 달라질 것임을 알고 있었지만, 그걸 바랄 엄두는 나지 않았다. 그 소망을 입 밖에 꺼낼 생각만 해도 초조해졌다.

내가 주저하는 것을 눈치챈 아빠는 무릎을 꿇고 날 올려다보았다.

"왜 그러니? 그냥 말해버려." 아빠가 말했다.

"너무 큰 거야."

"그냥 말해봐, 아가."

"무서워."

"사람이 할 수 있는 일이라면, 아빠가 이뤄줄게. 사람의 힘으로 할 수 없는 일이라면, 아빠가 죽어라 노력해볼게."

나는 고개를 들어 애리조나의 파란 하늘 위에 높이 뜬 가느다란 소용돌이 구름을 바라보았다. 아득히 먼 하늘에 뜬 구름에서 눈을 떼지 않은 채 나는 한 번 심호흡한 다음 말했다.

"아빠, 혹시 술을 끊을 수 있겠어?"

아빠는 말이 없었다. 한동안 뒷마당의 시멘트 바닥만 뚫어져라 쳐다보았고, 마침내 눈을 들어 날 보았을 때 걷어차인 개처럼 상처받은 모습이었다.

"이 늙은 아빠가 그렇게나 부끄러운 거니?" 아빠가 말했다.

"아니." 나는 차분하게 말했다. "그러면 엄마가 정말 행복해질 거라고 생각했어. 그리고 돈도 절약하게 될 거고."

"설명 안 해도 돼." 아빠는 거의 속삭임에 가까운 목소리로 말하더니 자리에서 일어섰다. 그리고 마당을 가로질러 걸어가 오렌지 나무 아래 앉았다. 나도 따라가 아빠 옆에 앉았다. 손을 뻗어 아빠의 손을 잡으려는데 아빠가 입을 열었다.

"아가, 괜찮다면 잠깐만 아빠 혼자 있고 싶은데."

다음 날 아침, 아빠는 내게 며칠 동안 방에 혼자 있겠다고 말했다.

그리고 우리더러 아빠 방에 가까이 오지 말고 하루 종일 나가서 놀라고 했다. 첫날은 아무 문제도 없었다. 둘째 날, 학교가 끝나고 집에 왔을 때 아빠 방에서 무시무시한 신음소리가 흘러나오고 있었다.

"아빠?" 나는 큰 소리로 말했지만, 대답이 들리지 않았다. 나는 문을 열었다.

아빠가 밧줄과 허리띠로 침대에 묶여 있었다. 아빠가 직접 한 건지 아니면 엄마가 도와준 건지 알 수 없었지만, 아빠는 몸을 이리저리 뒤틀고, 결박을 풀려고 용을 쓰면서 "안 돼!", "그만해!", "죽을 거 같아!"라고 고래고래 소리치고 있었다. 잿빛이 된 아빠의 얼굴에선 땀이 뚝뚝 떨어지고 있었다. 나는 다시 한 번 아빠를 소리쳐 불렀지만, 아빠는 보지도 듣지도 못했다. 나는 부엌으로 가서 빈 오렌지 주스병에 물을 채웠다. 그러곤 아빠가 물을 마시고 싶을 때를 기다리며 방문 앞에 앉아 있었다. 엄마가 그런 내게 밖에 나가서 놀라고 했지만 나는 아빠를 돕고 싶다고 말했다. 엄마는 내가 도울 수 있는 건 없다고 했지만, 그래도 난 문 옆을 지켰다.

아빠는 그렇게 며칠을 더 착란 상태에 빠져 있었다. 학교가 끝나고 집에 오면 나는 물을 담은 주전자를 들고서 잠자는 시간까지 문 옆을 지켰다. 브라이언과 모린은 밖에 나가 놀았고, 로리 언니는 집에서 반대편 끝에 처박혀 있었다. 엄마는 스튜디오에서 그림을 그렸다. 무슨 일이 일어나는지 누구도 말하지 않았다. 어느 날 밤, 저녁을 먹고 있는데 아빠가 유독 소름 끼치게 비명을 질러댔다. 나는 엄마를 바라보았지만, 엄마는 평소와 하등 다를 것 없다는 듯 수프를 저을 뿐이었다. 결국 나는 폭발하고 말았다.

"어떻게 해봐!" 나는 엄마에게 소리쳤다. "아빠를 어떻게든 도와줘야지!"

"아빠를 도울 수 있는 건 아빠 본인뿐이야." 엄마가 말했다. "아빠를 괴롭히는 괴물을 상대할 사람은 아빠 말곤 없어."

일주일이 좋이 지난 후, 아빠는 착란 상태에서 벗어났다. 그제야 아빠는 우리에게 방으로 들어와 이야기를 하자고 했다. 베개에 몸을 기대고 있는 아빠는 전에 없이 창백하고 수척해 보였다. 내가 건넨 물주전자를 받을 때도 아빠의 두 손은 심하게 떨려서 제대로 잡기도 힘들어 보였고, 마실 때도 물이 턱을 따라 흘러내렸다.

며칠이 지나서 아빠는 걸어 돌아다닐 수 있게 되었지만, 시장기를 전혀 느끼지 못했고, 두 손은 여전히 떨리고 있었다. 내가 엄청난 잘못을 저지른 것 같다고 말하자, 엄마는 상태가 나아지기 전에 전보다 더 아플 때도 있는 법이라고 말했다. 그런 후 2, 3일이 채 안 돼서 아빠는 거의 다 회복된 것 같았지만, 자신이 없고, 수줍어하기까지 했다. 우리에게 자주 미소를 지어 보였고, 우리의 양 어깨를 꽉 잡아주었으며, 가끔이지만 몸을 지탱하려고 우리에게 기대기도 했다.

"이제 우린 어떻게 살아가게 될까?" 나는 로리 언니에게 물었다.

"똑같지 뭐, 아빤 전에도 술을 끊으려 했었어. 하지만 오래 못 갔지." 로리 언니가 말했다.

"이번엔 달라."

"어떻게 알아?"

"그게 아빠가 내게 주는 선물이니까."

그해 여름은 아빠에겐 회복기였다. 아빠는 오렌지 나무 아래 앉아 책을 읽으며 여러 날을 보냈고, 가을이 올 무렵엔 예전의 건강을 거의 다 되찾은 모습이었다. 술을 끊고 새 삶을 찾은 것을 기념할 겸 술집을 전전하던 시절과도 거리를 둘 겸 웰스가의 그랜드캐니언 장기 캠핑을 도모한 것도 아빠였다. 공원 관리인 눈치를 보지 않아도 되도록 강가 어딘가에 있을 동굴을 찾아보자고, 수영을 하고 물고기를 잡고, 잡은 물고기를 모닥불에 구워 먹자고 했다. 엄마와 로리 언니는 그림을 그리고, 아빠와 브라이언과 나는 암벽등반을 하며 캐니언의 지층을 공부할 수 있을 거라고 했다. 옛날로 돌아간 것 같았다. 아빠는 우리더러 학교에 가지 않아도 된다고 말했다. "대가리에 똥만 든" 선생들보다 엄마 아빠가 훨씬 더 잘 가르쳐줄 수 있다고 했다.

"산양아, 캐니언에 가면 한 번도 본 적이 없는 멋진 돌들을 수집할 수 있을 거야." 아빠가 내게 말했다.

가족 모두 아빠의 제안에 환호했다. 브라이언과 나는 너무나 신이 나서 거실에서 춤을 출 정도였다. 우리는 담요, 먹을 것, 수통, 낚싯줄, 모린이 늘 갖고 다니는 연보라색 담요, 로리 언니의 종이와 연필, 엄마의 이젤과 캔버스와 붓과 물감을 챙겼다. 너무 커서 트렁크에 집어넣을 수 없는 것들은 자동차 지붕에 묶었다. 그 외에도 과수 재목을 상감 세공해 만든 엄마의 근사한 양궁 세트도 집어넣었다. 아빠가 캐니언에서도 구석진 곳에 있으면서 어떤 야생동물이 나타날지 모른다고 말했기 때문이다. 또 브라이언과 내게 말하길, 여행에서 집으로 돌아올 즈음 우리 둘 다 원기왕성한 꼬마 인디언들처럼 활을 쏘게 될 거라고 장담했다. 이런, 잘 하면 그랜드캐니언에 아예 눌러살게 될 것 같은 분위기였다.

우리는 다음 날 아침 일찍 출발했다. 피닉스 북부에 이르러 규격형 주택들이 늘어선 교외를 벗어나면서 교통량이 한산해지자 아빠는 속력을 점점 더 높이기 시작했다.

"어딘가로 떠날 때만큼 기분 좋은 때도 없지." 아빠가 말했다.

이윽고 사막으로 들어서면서 전신주들이 휙휙 스쳐 지나갔다.

"얘, 산양아!" 아빠가 큰 소리로 날 불렀다. "아빠가 이 차를 얼마나 빨리 몰 수 있을 것 같니?"

"광속보다 빠르게!" 나는 그렇게 말한 후 앞자리 너머로 몸을 내밀고선 속도계의 바늘이 점점 올라가는 것을 지켜보았다. 시속 140킬로미터를 넘어서고 있었다.

"조금 있으면 이 작은 바늘이 다이얼에서 사라지는 걸 보게 될 거야." 아빠가 말했다.

아빠가 발로 액셀 페달을 밟느라 다리를 움직이는 게 보였다. 우리가 차창을 내리자 지도며 아트지며 담뱃재가 우리 머리 주변에서 회오리치듯 빙글빙글 돌았다. 속도계의 바늘이 다이얼 맨 끝의 숫자 160을 넘어가더니 아무것도 표시되지 않은 공간으로 올라갔다. 자동차가 덜덜 떨리기 시작했지만, 아빠는 액셀에서 발을 떼지 않았다. 엄마가 두 팔로 머리를 감싸며 아빠에게 속도를 늦추라고 말했지만, 아빠는 오히려 더 세게 페달을 밟는 것이었다.

갑자기 차 아래쪽에서 덜걱덜걱 소리가 나기 시작했다. 중요한 부품이 떨어져나간 건가 싶어 고개를 돌리자 차 뒤에서 원뿔 모양의 잿빛 연기가 자욱하게 피어오르는 것이 보였다. 바로 그 순간, 쉿내 나는 새하얀 증기가 후드 양옆에서 뭉실뭉실 솟아올라 창 옆쪽으로 불어 날아가기 시작했다. 그와 함께 차는 점점 더 심하게 떨렸고, 귀가 얼얼할 정도로 쿨럭쿨럭, 덜컹덜컹 소리를 내면서 점점 속도가 내려갔다. 잠시 후, 차는 숫제 기어가다시피 했다. 이윽고 엔진이 완전히 꺼지면서 차는 고요해진 가운데 몇 미터 더 가다가 멈춰 섰다.

"결국 한 건 하셨네." 엄마가 말했다.

엄마가 운전대를 잡고 있는 동안, 우린 아빠와 함께 내려 차를 길가로 밀었다. 아빠가 후드를 열었다. 나는 아빠와 브라이언이 연기를 내뿜는 기름때가 덕지덕지 낀 엔진을 살펴보며 부품 이름을 대며 이야기를 나누는 걸 지켜보다가 엄마, 언니, 모린이 있는 차 안에 들어가 앉았다.

언니가 짜증난다는 듯 날 쳐다보는 게, 이렇게 된 게 내 탓이라고 생각하는 모양이었다.

"넌 어쩌자고 늘 아빠를 부추기는 거니?" 언니가 물었다.

"걱정 마. 아빤 고칠 수 있어." 내가 말했다.

우리는 그렇게 한참을 차 안에 앉아 있었다. 저 멀리서 독수리들이 원을 그리며 나는 게 보였고, 그걸 보면서 배은망덕한 버스터를 떠올렸다. 문득 내가 그놈한테 너무 인정사정없이 군 건 아닌가 싶었다. 날개가 부러진 독수리로 평생 차에 치어 죽은 동물 시체나 먹고 살아야 할 마당에 남에게 고마워할 여유가 있었을 리 없었던 것을. 사람이건 동물이건 지나치게 가혹한 운명에 시달리면 비열해지기 마련이다.

마침내 아빠가 후드를 닫았다.

"고칠 수 있지, 그치, 아빠?" 내가 물었다.

"당연하지." 아빠가 말했다. "제대로 된 연장만 있으면."

어쩔 수 없지만 그랜드캐니언 탐험은 잠시 미루는 수밖에 없겠다고 아빠가 말했다. 지금으로선 제대로 된 연장을 찾으러 피닉스로 돌아가는 게 급선무였다.

"집엘 어떻게 가게?" 로리 언니가 물었다.

아빠는 히치하이킹을 하는 방법이 있다고 말했지만, 아이 넷에 어른 둘을 다 태워줄 만큼 큰 차를 발견하기가 쉽지 않을 것 같았다. 하지만 우린 체력이 튼튼한데다 징징거리는 법이 없으므로, 얼마든지 걸어서 집으로 갈 수도 있을 것이었다.

"집까지 거의 130킬로미터인데?" 로리 언니가 말했다.

"맞아." 아빠가 말했다. 하루에 여덟 시간씩 5킬로미터를 걸으면, 사흘 후면 집에 갈 수 있었다. 모린의 연보라색 담요와 수통을 뺀 나머지 짐을 모두 놔두고 갈 수밖에 없었다. 과수 재목으로 만든 엄마의 양궁 세트도 예외가 아니었다. 하지만 엄마가 외할아버지가 물려준 양궁 세트를 애지중지한다는 걸 아는 아빠는 브라이언과 날 시켜서 그걸 용수로에 감춰두게 했고, 나중에 찾으러 오자고 했다.

아빠가 모린을 안았다. 그리고 우리의 사기를 북돋우려고 '헛, 둘, 셋, 넷', 크게 구령을 외쳤지만, 엄마와 로리 언니는 발을 맞춰 걷지 않았다. 결국 아빠 쪽에서 포기하면서 사위가 고요해졌고, 들리는 건 우리가 모래와 바윗돌을 밟는 소리와 사막에 몰아치는 바람 소리뿐이었다. 두 시간쯤 걸었을 때, 차가 고장 나기 불과 1분 전에 지나쳤던 모텔 광고판에 도달했다. 이따금씩 차가 휙휙 지나갈 때마다 아빠가 엄지를 내밀었지만, 멈춰서는 차는 한 대도 없었다. 정오 무렵, 번쩍이는 크롬 범퍼가 달린 커다란 파란색 뷰익이 속도를 늦추더니 우리 앞 갓길에 멈춰 섰다. 미용실에서 머리를 매만진 게 분명해 보이는 한 아줌마가 차창을 내렸다.

"딱하기도 하지! 괜찮아요?" 아줌마가 큰 소리로 말했다.

그러고는 어딜 가냐고 물었고, 우리가 피닉스라고 말하자 데려다주겠다고 했다. 에어컨 켜진 뷰익 안은 두 팔과 다리에 소름이 돋을 정도로 차가웠다. 아줌마가 로리 언니와 내게 발밑의 쿨러에서 코카콜라와 샌드위치를 꺼내 돌리라고 했다. 아빠는 배고프지 않다고 했다.

아줌마는 아까 자기 딸이 고속도로를 따라 차를 운전하다 우리를 보았고, 이후 집에 도착해선 도로 옆을 걸어가는 가엾은 일가족을 봤단 말을 하더라고 쉬지 않고 떠들어댔다.

"그래서 내가 딸애한테 말했어요. '저런, 그런 불쌍한 사람들을 그냥 내버려둘 순 없지. 가엾은 어린 것들이 목이 말라 죽을 지경일 텐데, 가엾어라.'"

"우린 불쌍하지 않아요." 불쌍하단 말을 입버릇처럼 하는 아줌마에게 내가 말했다.

"물론, 아니지." 아줌마가 황급히 대답했다. "그런 뜻으로 한 말은 아니야."

그런 뜻으로 한 말이라는 걸 나는 알았다. 아줌마는 말수가 적어지더니 이후 피닉스에 도착할 때까지 말을 많이 하는 사람은 아무도 없었다. 아줌마가 우릴 내려주자마자 아빠는 사라져버렸다. 나는 현관 계단에서 아빠를 기다렸지만, 잠잘 시간이 되어서도 아빠는 돌아오지 않았다.

사흘 후, 로리 언니와 내가 할머니의 업라이트 피아노에 앉아서 서로 피아노 치는 법을 가르쳐주고 있을 때였다. 현관에서 육중하고 고르지 못한 발걸음 소리가 들려서 뒤돌아보니 아빠였다. 아빠는 커피 테이블에 걸려 넘어졌다. 우리가 일으켜주자 그는 욕지기를 내뱉으며 우리 쪽으로 쓰러져 주먹을 휘둘렀다. "지지리 궁상 너네 엄마는 어딜 갔냐"는 말에 답하지 않자 아빠는 불같이 화를 내며 할머니의 장식장을 잡아당겼고, 그 바람에 할머니의 고급 본차이나가 바닥에 내팽개쳐져 박살이 나고 말았다. 브라이언이 뛰어들어왔다. 아빠는 자기 다리를 잡으려는 브라이언을 발로 걷어찼다. 그리고 은식기류가 든 서랍을 홱 잡아 빼더니 포크와 스푼과 나이프를 있는 대로 내던졌고, 의자 하나를 집어 들어선 할머니의 테이블에 던져 부쉈다.

"로즈메리, 이 망할 것, 어디 간 거야!" 아빠가 고래고래 소리 질렀다. "이 갈보년 어디 숨었어?"

마침내 아빠는 욕조에 웅크리고 있는 엄마를 찾아냈다. 엄마가 냉큼 아빠를 지나쳐 달려갔다. 아빠가 엄마의 옷자락을 부여잡았다. 엄마가 팔다리를 허우적댔다. 둘은 몸싸움을 벌이며 식당으로 들어왔다. 아빠가 엄마를 바닥에 내팽개쳤다. 엄마가 손을 뻗어 아빠가 집어 던졌던 주방기구들에 손을 뻗어 고기 써는 큰 칼을 움켜쥐곤 아빠 앞에서 마구 휘둘렀다. 아빠가 몸을 뒤로 뺐다.

"칼싸움 하자고, 응?" 아빠가 씩 웃었다. "좋아, 원한다면 얼마든지."

아빠는 한 손으로 칼을 집더니 휙 던져 다른 손으로 다시 잡았다. 그러더니 엄마의 손에 든 칼을 빼앗은 후, 자기 칼도 던져버리더니 엄마를 우격다짐으로 쓰러뜨렸다. 우리가 아빠의 등을 두드리며 제발 그만하라고 애원해도 아무 소용이 없었다. 마침내 아빠가 엄마의 두 손을 엄마 머리 뒤로 단단히 고정시켰다.

"로즈메리, 당신은 진짜 걸물이야."

아빠가 말했다. 엄마가 아빠에게 썩어빠진 주정뱅이라고 말했다.

"그래. 근데 당신은 이 주정뱅이 노인네를 사랑하잖아. 그렇지?"

아빠가 말했다. 엄마는 처음엔 아니라고 했지만, 아빠는 줄기차게 묻고 또 물었고, 엄마가 마침내 그렇다고 말하자 거기서 싸움은 멈추었다. 언제 그랬냐는 듯 풀어졌다. 아빠는 껄껄 웃으며 엄마를 껴안았고 엄마도 웃으며 아빠를 껴안았다. 다시 사랑에 푹 빠져서 서로를 죽이지 않은 걸 너무도 다행스러워하는 것 같았다.

나는 축하할 기분이 아니었다. 죽을 만큼 고생해서 이겨냈는데 아빠가 다시 술을 입에 대다니 믿을 수가 없었다.

아빠가 다시 술을 입에 대면서 들어오는 돈이 한 푼도 없게 되자 엄마는 아빠의 부모님이 사는 동부의 웨스트버지니아로 가자는 말을 꺼내기 시작했다. 친할아버지 할머니라면 아들을 다잡아 보살펴줄 수 있을지도 몰랐다. 아니면 생전에 외할머니가 가끔씩 베풀었듯, 경제적인 지원이라도 해줄 수 있을 것이었다.

우리가 웨스트버지니아를 좋아하게 될 거라고 엄마는 말했다. 다람쥐와 얼룩다람쥐들이 사는 산숲에 살게 될 것이고 뼛속까지 산사람인 친할아버지 할머니를 만나게 될 거라고 했다.

엄마는 웨스트버지니아에 살러 가는 게 다시 한 번 대단한 모험을 떠나는 것처럼 말했고, 얼마 안 가서 우리 모두 그렇게 하는 쪽으로 마음이 기울었다. 하지만 아빠는 얘기만 꺼내도 질색하며 엄마를 거들 생각조차 하지 않았기 때문에 엄마 혼자 계획을 세워야 했다. 수포로 돌아간 그랜드캐니언 원정길에서 자동차도, 우리의 물건도 되찾아오지 못했기 때문에 차를 구하는 게 급선무였다. 엄마는 하느님이 신비로운 방식으로 역사하신다면서, 외할머니가 돌아셨을 때 텍사스의 땅을 물려준 것도 그런 예라고 말했다. 엄마는 기다렸다가 채유권을 임대해준 회사로부터 수백 달러에 달하는 수표를 받아서 중고차를 한 대 샀다.

학교 가는 길에 자동차 매장이 하나 있었는데 일주일에 한 번씩 지역 라디오 방송국에 광고방송을 냈다. 수요일마다 디제이와 중고차 딜러들이 광고방송으로 최저가에 엄청나게 좋은 차를 살 수 있다고 떠들어댔다. 그 증거로 '돼지저금통 우대 특별할인 이벤트'를 실시한다면서 첫 번째로 방문하는 행운의 고객에게 중고차를 1,000달러 이하로 판매한다는 공지를 냈다. 엄마가 노린 것도 '돼지저금통 우대 특별할인 이벤트'였다. 엄마는 첫 번째 행운의 고객이 되길 앉아서 기다릴 생각은 없었다. 그래서 현금을 들고 매장 사무실로 갔고, 그동안 우린 길 건너편 공원 벤치에 앉아 기다리면서 트랜지스터 라디오로 방송을 들었다.

수요일의 '돼지저금통 우대 특별할인 이벤트'에서 내건 자동차는 1956년형 올즈모빌로, 엄마는 200달러에 샀다. 우리는 라디오를 통해 한 번만 보면 대박할인 상품인지 아닌지 알 수 있다고 청취자에게 말하는 엄마의 목소리를 들을 수 있었다.

'돼지저금통 우대 특별할인 이벤트'에서 판매하는 차는 매매 전에 시운전을 허용하지 않았다. 집으로 오면서 차는 기우뚱거리고 몇 번 멈춰 섰다. 엄마가 운전을 잘 못 해서인지 아니면 차가 고물이어서인지는 알 수 없었다.

엄마가 운전하는 차를 타고 국토를 횡단할 생각을 하니 그리 달갑지가 않았다. 일단, 운전면허증도 갱신하지 않은데다 운전대만 잡으면 재앙이 따로 없을 정도였다. 아빠가 만취하면 하는 수 없이 운전대를 잡아야 했지만, 세상의 어느 차도 엄마를 배려해주지 않는 것 같았다. 한 번은 피닉스의 시내를 운전하다가 브레이크가 말을 듣지 않자 브라이언과 날 시켜서 차창 밖으로 고개를 내밀고선 "브레이크 고장! 브레이크 고장!"이라고 소리치게 했다. 교차로를 지나면서 엄마는 들이박아도 차체에 충격이 덜할 곳을 찾아다녔고, 결국 슈퍼마켓 뒤 덤프스터에 처박고선 걸어서 집으로 갔다.

운전 실력을 흉보려면 우선 도와주고서 그런 말을 하라는 게 엄마의 지론이었다. 그리고 차가 생겼으니 바로 다음 날 출발할 수 있을 거라고 했다. 그때가 10월이어서 우리가 학교를 다닌 지 한 달을 좀 넘은 터였지만 엄마는 전학을 간다고 말하거나 성적증명서를 받으러 선생님들을 만날 시간도 없다고 말했다. 웨스트버지니아 학교에 들어가면 우리가 책을 읽는 것만 보고서도 선생님들이 자연스럽게 우리가 영재인 걸 알게 될 거라면서.

아빠는 여전히 가지 않겠다고 버티고 있었다. 우리가 떠나면 자긴 혼자서 사막으로 가서 시굴을 하겠다는 것이었다. 나는 엄마에게 노스 서드 스트리트의 집을 팔 건지 아니면 세를 놓을 건지를 물었다.

"둘 다 안 해." 엄마가 말했다. "이건 내 집이니까."

엄마는 소유하는 것이 좋을 때도 가끔 있다면서, 이사를 간다고 해서 집을 팔아야 할 이유는 전혀 없다고 했다. 그리고 다른 사람이 엄마 집에 들어와 사는 것도 싫기 때문에 세를 놓고 싶지 않다고 했다. 이대로 두고 떠나되, 강도나 기물을 파손하는 사람들이 들어오지 못하도록 빨랫줄에 빨래를 널어놓고 싱크대엔 설거지를 하지 않은 접시들을 두기로 했다. 그렇게 하면 집에 몰래 들어오고 싶어도 누군가 아직 살고 있고, 당장이라도 집에 올지 모른다고 속아 넘어갈 거라는 게 엄마의 생각이었다.

다음 날 아침, 우리가 차에 짐을 신는 동안 아빠는 부루퉁한 얼굴로 거실에 앉아 있었다. 우리는 엄마의 미술용품들을 차의 지붕에 묶었고 트렁크엔 그릇과 프라이팬과 담요를 가득 집어넣었다. 엄마가 중고품 할인점에서 사다준 따뜻한 코트가 있어서 우린 웨스트버지니아에서 입을 옷을 걱정하지 않아도 되었다. 그곳은 겨울에 날씨가 춥고 눈이 많이 내렸다. 배틀마운틴을 떠날 때도 그랬지만, 이번에도 우린 각자 좋아하는 걸 딱 하나씩만 가져갈 수 있었다. 나는 자전거를 가져가고 싶었지만 너무 커서 안 된다는 엄마 말에 정동석을 골랐다.

나는 뒷마당으로 가서 오렌지 나무들에 작별을 고한 다음, 다시 앞마당으로 와서 올즈모빌에 올라탔다. 브라이언과 로리 언니가 이미 창 쪽 자리를 차지했기 때문에 하는 수 없이 브라이언을 넘어서 가운데 자리에 앉았다. 모린은 엄마와 앞자리에 앉았다. 엄마가 시동을 걸고 몇 번 기어변속을 해보았다. 아빠는 여전히 집 안에 있었다. 나는 브라이언 너머로 몸을 내밀고선 목청껏 소리쳤다.

"아빠! 얼른 와! 우린 아빠가 필요해!"

내가 외치자 로리 언니와 브라이언도 합세했다.

"우리 모두 아빠가 필요해!" 우리는 한목소리로 외쳤다. "아빠가 우리 집 가장이잖아! 우리 아빠잖아! 얼른 와!"

아빠는 잠시 그 자리에 선 채 우리를 바라보았다. 이윽고 피우던 담배를 마당에 던지더니 현관문을 닫고 성큼성큼 달려 차로 왔다. 그리고 엄마에게 옆자리로 가라고 했다. 아빠가 운전할 작정이었다.

3.
웰치

배틀마운틴에 살면서 월스가의 자동차에 이름을 붙이는 시절도 끝이 났다. 아빠가 차들이 하나같이 고물이어서 이름을 얻을 자격이 없다고 말했기 때문이었다. 엄마는 어린 시절 자신이 살았던 목장에선 도살해야 할 가축에 이름을 붙이는 일은 절대 없었다고 말했다. 이름을 붙이지 않게 되자, 어쩔 수 없이 차를 버리게 되어도 그리 슬프지 않게 되었다.

그런 이유로 '돼지저금통 우대 특별할인 이벤트'로 산 자동차는 그냥 '올즈모빌'이었고, 그 이름을 입에 올릴 때도 애정은커녕 연민조차 느끼지 못했다. 올즈모빌은 사는 순간부터 고물차였다. 처음 고장 났을 때 뉴멕시코 주 경계까지 한 시간은 더 가야 할 터였다. 아빠가 후드 밑에 머리를 집어넣은 채 어설픈 손놀림으로 엔진을 건드리자 시동이 걸렸지만, 두 시간쯤 지나서 또다시 멈춰 서고 말았다. 다시 손을 본 아빠가 말했다.

"이게 차냐? 거북이지."

말 그대로 차는 시속 20에서 30킬로미터 이상은 달리지 못했다. 그런데다 자꾸만 후드가 벌컥벌컥 열리는 바람에 결국 밧줄로 고정시켜야 했다.

톨게이트를 피할 셈으로 2차선 시골길을 달렸는데, 우리 차 뒤에 길게 늘어선 차들이 격분해선 경적을 울려댔다. 오클라호마에선 올즈모빌의 차창 하나가 올라가지 않아서 쓰레기봉투를 대고 테이프로 붙여 막았다. 밤이 되면 차 안에서 잠을 잤다. 밤늦은 시간에 머스코지에 도착해선 인적 없는 시내의 거리에 차를 세우고 자다 깨어보니 수많은 사람들이 차를 에워싸고 있었다. 어린애들은 차창에 코를 박고 있었고, 어른들은 고개를 절레절레 저으며 실소하고 있었다.

엄마가 그들을 향해 손을 휘저으며 말했다.

"오키*들한테 무시당하면 갈 데까지 간 거야."

차창엔 쓰레기봉투가 붙어 있고, 후드는 밧줄로 고정해놓고, 지붕엔 미술용품을 실은 자동차를 탄 우리는 오키도 혀를 찰 만큼 지지리 궁상이었다. 그런 생각을 하며 엄마는 키득거렸다. 나는 머리 위로 담요를 뒤집어썼고, 머스코지 시 경계를 넘어갈 때까지 얼굴을 내밀지 않았다.

"인생은 비극과 코미디로 점철된 드라마야." 엄마가 내게 말했다. "그러니 웃긴 에피소드에 걸리면 적당히 즐길 줄 알아야 해."

국토를 횡단하는 데 한 달이 걸렸다. 짐마차를 타고 여행하는 게 더 나았을 지경이었다. 여기에 엄마가 한술 더 떠서 우리의 지평을 넓히려면 우회하더라도 경치가 좋은 곳으로 가야 한다고 우기는 바람에 알라모로 향했다.

---

* 오클라호마 주 출신의 이주노동자를 비하하는 말.

"데이비 크로켓과 제임스 보이는 천벌을 받아도 싸." 엄마가 말했다. "멕시코에서 이런 땅을 훔치다니."

그 다음에 들른 곳은 원유 굴착기들이 거대한 새처럼 고개를 까딱이는 보몬트였다. 루이지애나에선 엄마가 시키는 대로 차 지붕 위에 올라가 나뭇가지들에 붙어 있는 스패니시 모스 뭉치를 뜯어냈다.

미시시피를 횡단한 후 북쪽으로 선회해 켄터키로 갔고, 거기서 동쪽으로 방향을 틀었다. 능선이 울퉁불퉁한 산들이 테를 두른 평평한 사막이 아니라 먼지를 탁탁 털어낼 때의 시트처럼 물결을 그리며 펼쳐졌다. 마침내 구릉지대로 들어섰고, 높고 깊은 애팔래치아 산맥을 따라 들어갔다. 길이 가파르고 꼬불꼬불해서 올즈모빌은 이따금씩 멈추고 숨을 고르지 않으면 안 되었다. 11월이었다. 갈색이 된 나뭇잎들이 나무에서 떨어지고 있었고, 차가운 안개가 산허리를 휘감고 있었다. 서부엔 관개 수로가 있었는데, 여긴 개울과 샛강이 지천이어서 사뭇 분위기가 달랐다. 매우 정적이면서 더 묵직하고 짙고, 어쩐지 더 어둠침침했다. 그런 분위기 때문이었는지는 몰라도 우리 모두 잠잠해졌다.

땅거미가 질 무렵, 우린 길가의 나무에 '자동차 수리', '석탄 배달'이라고 손으로 써서 붙인 간판이 달린 굽잇길에 이르렀다. 그 길을 돌았을 때 차는 깊은 계곡 안에 있었다. 강을 따라 산중턱 양쪽으로 목조가옥과 벽돌건물 들이 들쭉날쭉하게 솟아 있었다.

"웰치에 오신 것을 환영합니다!" 엄마가 외쳤다.

우리는 어둡고 좁은 거리를 따라 계속 가다가 크고 낡은 집 앞에서 멈췄다. 그 집은 길의 내리막에 있어서 계단을 걸어서 내려가야 했다.

우리가 떠들어대며 포치에 올라섰을 때 한 여자가 문을 열어줬다. 안색이 창백하고 세 겹의 턱살이 있는 거인 같은 여자였다. 희끗희끗한 긴 머리를 실핀으로 꽂아 넘긴 모습에 입엔 담배를 물고 있었다.

"잘 왔어, 아들."

그 여자는 아빠를 끌어안고 한참을 있었다. 이윽고 엄마를 돌아보더니 웃음기 없는 표정으로 말했다.

"죽기 전에 손주들을 보게 해주다니 고맙구나."

담배를 입에 문 채 우리 하나하나를 잠깐씩, 뻣뻣한 태도로 안는 그 여자의 뺨은 땀 때문에 끈적끈적했다.

"만나서 반가워요, 할머니." 내가 말했다.

"할머니라고 부르지 마." 그 여자가 매서운 말투로 말했다. "'어마'란 멀쩡한 이름이 있으니까."

"이분은 할머니란 호칭을 싫어하셔. 늙었단 생각이 들어서지."

한 남자가 나타나 그 여자 옆에 와서 말했다. 쇠약해 보이는 인상에 짧게 자른 흰머리가 비쭉비쭉 솟아 있었다. 몹시도 웅얼거리는 말투라 무슨 말인지 거의 알아들을 수가 없었다. 원래 억양이 그런 걸 수도 있었고 틀니를 끼지 않고 있어서 그런지도 몰랐다.

"내 이름은 테드야. 하지만 나한텐 할아버지라고 불러도 돼." 그가 말했다. "할아버지가 된대도 고까울 것 하나 없으니까."

할아버지 뒤엔 얼굴이 불그스름한 남자가 서 있었다. 헝클어진 빨간 머리가 메이택 로고가 박힌 야구모자 밑으로 삐져나와 있었고, 빨간색과 검정색의 격자무늬 코트를 걸치고 있었지만 그 속엔 셔츠를 입고 있지 않았다. 그는 스탠리 삼촌이라고 몇 번씩이나 자기소개를 하면서 오래도록 보지 못했던 정말 사랑하는 사람이나 되듯, 날 끌어안고 거푸 입을 맞추었다. 삼촌의 숨결에선 위스키 냄새가 났고, 말할 때는 이 없는 분홍빛 잇몸이 보였다.

나는 어마와 스탠리 삼촌과 할아버지를 바라보며 아빠와 닮은 구석을 찾아보았지만 허사였다. 그러자 지금 아빠가 장난을 치는 걸지도 모른다는 생각이 들었다. 이 동네에서 제일 이상한 사람들을 모아선 우리의 가족인 척 연기해달라고 부탁한 게 틀림없었다. 이제 아빠는 껄껄 웃으며 진짜 할아버지 할머니가 사는 곳을 털어놓을 것이고, 그곳에 가면 머리에서 좋은 향을 풍기며 미소가 은은한 할머니가 우릴 반겨 맞아주며 김이 모락모락 나는 크림 오브 휘트를 줄 것이다. 그런 생각을 하며 난 아빠를 쳐다보았다. 아빠는 미소가 사라진 표정으로 가려운 건지 자꾸 목께 살을 잡아당기고 있었다.

우리는 어마와 스탠리와 할아버지를 따라 집 안으로 들어갔다. 집 안은 추웠고 곰팡내와 담배 냄새와 빨지 않은 빨랫감 냄새가 났다. 우리는 거실 한가운데 불룩한 무쇠 석탄 난로에 모여들어 두 손을 뻗어 불을 쬐었다. 어마가 입고 있던 실내복 호주머니에서 위스키 한 병을 꺼내자 아빠는 피닉스를 떠난 후 처음으로 행복해 보이는 표정이 되었다.

어마가 우리를 부엌으로 안내했다. 저녁을 차리던 중이었다. 천장에 달린 전구의 불빛이 얇은 기름막을 두른 것처럼 누런 부엌 벽을 적나라하게 비추었다. 어마가 낡은 주방용 석탄 난로의 둥근 쇠뚜껑에 구부러진 강철자루를 집어넣어 들어 올리더니 다른 손으로 벽에 걸린 부지깽이를 잡아 난로 안에서 주황색으로 타오르는 석탄을 쑤셔댔다. 그리고 단지 속에서 끓고 있는 돼지비계와 껍질 콩을 휘저은 후 소금을 한 주먹이나 집어넣었다. 그리고 식탁에 필스버리 비스킷이 담긴 접시를 놓은 후 우리에게 국자로 콩을 한 접시씩 퍼서 주었다.

콩은 너무 물러서 포크로 찍으면 부스러졌고, 너무 짜서 억지로 삼키지 않으면 안 되었다. 나는 살짝 상한 음식을 먹을 때 엄마가 가르쳐준 대로 코를 손으로 감싸 쥐었다. 어마가 그런 내 손을 찰싹 때리며 말했다.

"거지 주제에 주는 대로 먹어."

어마는 위층에 침실이 세 개 있지만 마루가 썩어서 10년 동안 발도 들인 적이 없다고 말했다. 스탠리 삼촌이 우리가 있는 동안 지하의 자기 방을 내주고 자긴 현관방의 간이침대에서 자겠다고 했다.

"며칠만 신세 질게." 아빠가 말했다. "살 곳을 찾을 때까지만."

저녁을 먹은 후 엄마와 우린 지하로 내려갔다. 콘크리트 벽에 바닥에 초록색 리놀륨이 깔린 크고 습한 공간이었다. 여기에도 석탄 난로가 놓여 있었고, 침대는 하나였지만 잡아당겨 펴는 소파가 있어서 엄마와 아빠가 잘 수 있을 것 같았다. 그 외에도 소방차처럼 빨간색으로 칠한 서랍장이 하나 있었는데 그 안엔 모서리가 잔뜩 접힌 만화책들이 수백 권은 들어 있었다. 『리틀 루루』, 『리치 리치』, 『비틀 베일리』, 『아치 앤 저그헤드』 등등은 스탠리 삼촌이 몇 년 동안 모은 것이었다. 서랍장 밑엔 밀주 단지들이 놓여 있었다.

우리 아이들은 스탠리 삼촌의 침대에 기어들어갔다. 누울 자리를 넓히려고 브라이언과 모린은 로리 언니와 내가 누운 반대 방향에 누웠다. 브라이언의 발이 내 얼굴 바로 앞에 있어서 내가 그 애의 양 발목을 잡고 발가락을 깨물자, 브라이언이 막 웃어대며 발길질을 하다가 자기도 내 발가락을 깨물며 앙갚음을 했다. 나도 막 웃는데 우리 머리 위로 쿵쿵쿵 하는 소리가 들렸다.

"뭐지?" 로리 언니가 물었다.

"이 동네 바퀴벌레들이 피닉스보다 더 큰가 봐." 브라이언이 말했다. 우리는 모두 웃음을 터뜨렸다. 다시금 쿵쿵쿵 소리가 들렸다. 엄마가 뭔지 알아보러 위층에 올라갔다가 내려오더니 우리가 너무 시끄럽게 떠들어서 어마가 빗자루로 바닥을 때려 신호를 보낸 거라고 했다.

"이 집에 있는 동안엔 웃지 말라는 어마의 부탁이야." 엄마가 말했다. "신경 거슬린대."

"어마는 우릴 별로 안 좋아하는 거 같아." 내가 말했다.

"할머니가 고생을 많이 해서 그래." 엄마가 말했다.

"다 좀 이상한 거 같아." 로리 언니가 말했다.

"익숙해질 거야." 엄마가 말했다.

'아니면, 떠나던가.' 나는 생각했다.

다음 날은 일요일이었다. 우리가 일어났을 때 스탠리 삼촌은 냉장고에 기댄 채 라디오를 뚫어져라 노려보고 있었다. 라디오에서 이상한 소리가 났다. 잡음이 아니라 비명과 구슬픈 한탄이 뒤섞인 소리였다.

"방언이야." 삼촌이 말했다. "하느님만 알아들을 수 있지."

신부가 그만저만 현실에서도 쓰는 말로 설교하기 시작했다. 남부 시골 사투리가 너무 심해서 방언만큼이나 알아듣기 힘들었다. 그는 주님의 영혼에 이르는 길을 내주었으니 세상 모든 이들은 헌금을 보내야 한다고 말했다. 아빠가 부엌에 들어와선 귀 기울여 듣더니 말했다.

"영혼을 파괴하는 부두교도 같은 것들이야. 이것들 때문에 난 무신론자가 됐어."

그날 오후, 엄마 아빠는 우릴 올즈모빌에 태우고 동네를 구경시켜 주었다. 웰치는 가파른 산에 완전히 에워싸여 있어서 그릇 밑바닥에서 올려다보는 기분이 들었다. 아빠는 웰치의 산들은 너무 가팔라서 아무것도 경작할 수 없다고 말했다. 웬만한 양떼나 소떼를 치는 것도 불가능했고, 농사를 해봤자 자기 가족이나 간신히 먹고살 정도밖에는 기대할 수 없다고 했다. 그래서 이곳은 세상과 동떨어져 있다가 세기가 바뀔 즈음 북부에서 온 악덕 자본가들이 값싼 노동력을 끌어들여 철로를 깔고 거대한 탄전을 팠다.

우리는 철로의 다리 아래 멈추고 차에서 나와 타운을 관통해 흐르는 강물을 바라보며 감탄했다. 강물은 느릿느릿 흐르고 있어서 잔물결조차 일지 않았다. 아빠는 강 이름이 터그라고 말해주었다.

"여름에 낚시도 하고 수영도 할 수 있지 않을까."

내 말에 아빠는 고개를 흔들었다. 이곳엔 하수도가 없어서 주민들이 화장실 물을 내리는 족족 곧장 강물로 흘러든다는 것이었다. 어쩌다 강물이 범람하면 나무 높이까지 수위가 높아진다면서 아빠는 강둑의 나뭇가지에 걸린 화장실 휴지를 가리켰다. 그러면서 터그 강이 북미 지역에서 분변성 세균이 가장 많은 강이라고 말했다.

"분변이 뭐야?" 내가 물었다.

"똥." 아빠가 강을 바라보며 말했다.

우리는 아빠를 따라 마을의 주요도로로 갔다. 도로는 폭이 좁았고, 양편에 낡은 벽돌건물들이 복닥복닥 모여 있었다. 상점, 간판, 인도, 자동차 할 것 없이 얇고 시커먼 석탄 먼지를 뒤집어쓰고 있어서 동네 전체가 마치 색을 입힌 옛날 사진처럼 단색조로 보였다. 추레하고 너절했지만 한때 웰치도 잘나가던 시절이 있었다는 건 알 수 있었다. 한쪽 언덕에 큰 시계탑이 있는 웅장한 석회암 청사가 보였고, 그 건너편엔 아치형 창문과 연철 대문이 멋진 은행 건물이 있었다.

주민들이 웰치에 대한 자부심을 여전히 버리지 못하고 있다는 것도 느껴졌다. 웰치에 하나밖에 없는 신호등 옆 표지판을 보면 웰치가 맥도웰 카운티의 행정중심지로, 수년간 세계 최고의 석탄채굴량을 기록했다고 적혀 있었다. 바로 옆 표지판엔 웰치가 북미 지역 가운데 가장 큰 시립주차장을 자랑했다고 나와 있었다.

그렇다 한들 틱톡 식당과 포카혼타스 영화관 같은 건물 양쪽에 페인트로 그린 발랄한 광고들은 문구를 읽을 수 없을 만큼 색이 바랬다. 아빠 말론 1950년대에 시작된 불경기로 타격을 받은 후 다시는 일어서지 못했다고 한다. 존 F. 케네디 대통령이 당선된 지 얼마 되지 않아 웰치에 왔고, 이 나라에 기아 수준의 빈곤이 존재한다는 사실을 믿지 못하는 소시민들에게 경각심을 불러일으키고자 맥도웰 스트리트에서 직접 식량배급표를 나눠준 일도 있었다.

아빠는 웰치에선 어느 길을 가봐도 비가 많이 내리는 섬뜩한 산 아니면 폐광촌뿐이라고 말했다. 요샌 웰치를 경유하는 타지인도 거의 없고, 온다 해도 노동자들을 해고하거나 폐광하거나 다른 사람의 집을 압류하거나 그나마도 없는 일자리를 빼앗는 사람들이 전부여서 민폐만 될 뿐이었다. 웰치 주민들이 타지인을 반겨 맞을 리 없었다.

그날 아침 거리는 고요하고 인적도 없었지만, 이따금씩 머리에 롤을 만 여자들이나 엔진오일 로고가 전사된 티셔츠를 걸친 남자들 무리가 출입구에서 빈둥거리는 게 눈에 들어왔다. 나는 그들과 눈을 맞추고 고개를 끄덕이고 미소를 지으며 우린 외지에서 왔어도 좋은 사람들이라는 인상을 심어주려고 했지만, 그들은 고개를 끄덕이거나 말을 건네긴커녕 우리 쪽을 쳐다보지도 않았다. 그렇지만 우리가 지나가기 무섭게 우리 등뒤에 꽂히는 시선을 느낄 수 있었다.

아빠는 결혼한 직후인 15년 전에 엄마와 함께 잠깐 이곳에 온 적이 있었다.

"말도 안 돼. 그때 왔다 간 후로 더 살기 힘들어진 모양이야." 엄마가 말했다.

아빠가 짧게 코웃음을 치더니, '그러게, 내가 뭐랬어?'라고 말하는 것 같은 표정으로 엄마를 쳐다보았다.

엄마가 활짝 미소 지으며 말했다.

"장담하는데 웰치에 사는 사람 중에 예술가는 한 명도 없을 거야. 경쟁자가 없겠군. 여기서 내 예술이 제대로 꽃을 피우겠네."

다음 날, 브라이언과 나는 엄마와 동네 외곽의 웰치 초등학교에 갔다. 우리를 이끌고 보무도 당당하게 교장실로 걸어 들어간 엄마는 교장에게 미국에서 가장 영리하고 창의적인 아이들을 제자로 들이게 된 것을 기뻐하게 될 거라고 말했다.

교장은 검은색 안경테 너머로 엄마를 보고서도 자리에서 일어나지 않았다. 엄마는 다소 서둘러 피닉스를 떠나왔고, 그런 상황이라면 짐작할 수 있겠지만, 정신없는 통에 그만 학교성적표와 출생증명서 챙기는 걸 잊어버렸다고 말했다.

"하지만 우리 저넷과 브라이언이 보기 드물게 영특한 아이들이라는 점은 보장할 수 있어요. 영특한 정도가 아니라 영재랍니다."

엄마가 교장에게 미소를 지었다. 교장은 브라이언과 나를 보며 감지 않은 머리와 얇은 사막용 옷을 놓치지 않았다. 그의 얼굴에 떨떠름하니 못 믿겠다는 표정이 어렸다. 그는 날 주시하며 안경을 추어올리더니 뭐라고 중얼거렸는데, "팔 곱 칠은 뭐지?"라고 들렸다.

"네?" 내가 말했다.

"팔 곱 칠 뭐!" 그가 언성을 높였다.

나는 당황해서 어쩔 줄 몰라 하며 엄마를 쳐다보았다.

"아이가 교장 선생님 말투를 못 알아듣네요."

엄마의 말에 교장이 눈살을 찌푸렸다. 엄마가 날 돌아보았다.

"8 곱하기 7이 뭐냐고 물으시는 거야."

"아!" 나는 소리쳤다. "56! 8 곱하기 7은 56입니다!"

그러고선 난 모든 종류의 방정식을 줄줄이 읊기 시작했다. 교장이 멍해져선 나를 보았다.

"네 말을 못 알아들으시네." 엄마가 말했다. "천천히 말해."

교장은 내게 몇 가지 질문을 더 했지만, 여전히 나는 알아듣질 못했다. 엄마가 통역을 해줘서 대답을 하면 이번엔 교장이 내 말을 알아듣지 못했다. 이윽고 그는 브라이언에게도 질문을 던졌지만 둘 역시 서로의 말을 알아듣지 못했다.

교장은 브라이언과 나 둘 다 가벼운 발달지체에 언어장애가 있어서 다른 사람들과 소통하기가 힘들다는 결론을 내렸다. 그래서 우릴 학습장애자를 위한 특수반에 넣었다.

"너희의 지능으로 반 친구들을 깜짝 놀라게 해줘야 된다." 다음 날 브라이언과 내가 등교할 때 엄마가 말했다. "더 똑똑하다는 이유로 기죽어선 안 돼."

첫 등교일 전날 밤에 비가 내렸다. 웰치 초등학교에 도착해 버스에서 내렸을 때, 버스 타이어 자국이 만든 진창에 브라이언도 나도 신발이 흠뻑 젖었다. 나는 에머슨 학교에서 익힌 테더볼 실력으로 새 친구들을 인정사정없이 이길 수 있을 거라고 생각하며 운동장 놀이기구들을 둘러보았지만, 시소도 정글짐도 보이지 않았고, 하다못해 테더볼 말뚝도 없었다.

우리가 웰치에 온 후로 하루도 춥지 않은 날이 없었다. 전날 저녁에 엄마가 피닉스의 중고품 할인점에서 산 코트를 꺼냈다. 코트에 단추가 하나도 달려 있지 않다고 말하자, 엄마는 프랑스에서 수입한 100퍼센트 양모코트인데 그깟 사소한 결점을 들먹이지 말라고 했다. 브라이언과 운동장 구석에 서서 수업종이 울리기를 기다리면서 나는 코트 자락이 벌어지지 않게 팔짱을 끼고 있었다. 다른 애들이 우릴 쳐다보며 저들끼리 쑥덕거렸지만 우리가 맹수인지 먹잇감인지 판단을 내리지 못한 터라 다가오진 않았다. 웨스트버지니아엔 백인들만 살 거라고 생각했던 나는 흑인아이들이 많은 걸 보고 놀랐다. 문득 키가 크고 턱선이 다부지고 아몬드빛 눈을 한 흑인 소녀 하나가 날 바라보며 미소 짓는 것을 알아차렸다. 나도 고개를 끄덕이며 화답으로 미소를 지었지만, 이내 그 아이의 미소가 어쩐지 악의적이라는 걸 알아차렸다. 그래서 팔짱을 낀 두 팔에 더 힘을 주었다.

5학년 반에 들어갔기 때문에 나는 교시마다 다른 선생님과 교실을 찾아다녀야 했다. 1교시는 웨스트버지니아 역사시간이었다. 역사는 내가 제일 좋아하는 과목 중 하나였다. 선생님이 질문하면 곧바로 팔을 올려 대답할 준비를 하고 있는데, 교탁에 선 선생님은 55개의 카운티가 윤곽선으로 표시된 웨스트버지니아 지도 옆에 서서 수업 내내 카운티를 하나하나 가리키며 학생들에게 이름을 대라고 하는 것이었다. 2교시엔 웰치 고등학교에서 며칠 전에 치른 풋볼 경기 동영상을 한 시간 내내 보았다. 두 선생님 다 날 아이들에게 소개시켜주지 않았다. 처음 보는 사람에게 어떻게 행동해야 하는지 잘 모르는 것 같았다.

그 다음 수업은 학습장애가 있는 학생들에게 국어를 가르치는 시간이었다. 수업에 들어가기 전, 카파로시 선생님이 아이들에게 자기가 제일 잘난 줄 알고 사는 사람이 존재한다는 게 놀랍다는 식의 말을 꺼냈다.

"그런 사람들은 자기가 정말 잘났다고 믿어 의심치 않기 때문에 다른 사람들이 따르는 규칙 같은 건 무시해도 좋다고 생각한단다." 그녀가 말했다. "가령 전학 온 학교에 성적표를 제출하지 않기도 하고." 그러면서 날 쳐다보며 의미심장하게 눈썹을 추어올렸다. "그게 부당하다고 생각하는 사람?" 그녀가 반 모두에게 물었다.

나를 뺀 모든 애들이 손을 들었다. 선생님이 말했다.

"새로 온 전학생이 내 말에 이의가 있나 보네. 직접 하고 싶은 말이 있을까?"

나는 뒤에서 두 번째 줄에 앉아 있었다. 내 앞에 앉아 있는 아이들이 일제히 고개를 돌려 날 쳐다보았다. 문득 '그러므로 게임'에 나온 대답을 써먹으면 아이들이 다 감탄할 거라는 생각이 들었다.

"정보 부족으로 결론을 내릴 수 없습니다." 내가 말했다.

"아, 그래?" 카파로시 선생님이 물었다. "피닉스 같은 대도시 사람들은 그런 식으로 말하나 봐?" 피닉스를 '피이이이이이닉스'라고 말한 선생님은 반 아이들을 바라보며 비아냥이 담긴 카랑카랑한 목소리로 말했다. "정보 부족으로 결론을 내릴 수 없답니다."

아이들이 요란하게 웃어댔다. 그때 어깻죽지 사이로 예리한 아픔이 느껴져 뒤돌아보니 아까 본 아몬드빛 눈을 한 키 큰 흑인 소녀가 내 뒤에 앉아 있었다. 그 애는 방금 날 찌른 날카롭게 깎은 연필을 들고 있었고 운동장에서 봤을 때처럼 악의에 찬 미소를 짓고 있었다.

점심시간이 됐을 때 구내식당으로 가서 브라이언을 찾았지만 4학년생들은 시간대가 달랐다. 결국 혼자 앉은 나는 그날 아침 어마가 만들어준 샌드위치를 한 입 베어 물었다. 샌드위치는 맛이 없는데다 느끼했다. 맞붙어 있는 두 장의 식빵을 떼어 보니 돼지기름이 한 켜 발라져 있었다. 그게 전부였다. 고기도, 치즈도, 심지어 피클 한 조각조차 들어 있지 않았다. 그래도 나는 구내식당에서 운동장으로 나갈 시간을 가급적 미루고 싶은 마음에 그 빵을 천천히 씹어 먹었고, 내 잇자국이 난 빵을 뚫어져라 쳐다보았다. 마침내 구내식당에 나 말고는 아무도 남아 있지 않게 되었고, 바닥을 걸레질하려고 의자들을 테이블 위에 올려놓던 관리인이 이제 그만 나가라고 말했다.

밖에 나와 보니 사위가 고요하고 옅은 안개가 걸려 있었다. 나는 양모코트 자락을 여몄다. 아몬드빛 눈동자의 소녀를 위시한 두 명의 흑인 소녀가 날 보자마자 다가오기 시작했다. 그러자 여섯 명의 다른 소녀들도 그들을 따라왔다. 나는 순식간에 포위당하고 말았다.

"네가 우리보다 잘났다고 생각하나 봐?" 키 큰 소녀가 말했다.

"아니." 나는 말했다. "우리가 다 동등하다고 생각해."

"네가 나만큼 잘났다는 뜻이야?"

아몬드빛 눈동자의 소녀가 주먹으로 날 쳤다. 그런데도 나는 두 손을 들어 방어하는 게 아니라 계속 코트 자락을 여며 쥐고 있었고, 그 순간 소녀는 내 코트에 단추가 하나도 없음을 알아차렸다.

"얘 코트에 단추가 하나도 없어!"

그 애가 소리쳤다. 그 사실이 그 애가 바라던 허가증을 주기라도 한 모양이었다. 그 애가 내 가슴을 밀었다. 나는 뒤로 넘어졌다. 일어나려 했지만 여자애 셋이 날 발로 밟기 시작했다. 나는 그만하라고 소리쳤고 사방에서 날 밟아대는 발길에 맞서다가 진흙과 물이 고인 웅덩이에 빠지고 말았다. 다른 여자애들이 우리 주변을 둥글게 에워싸고 있어서 선생님들은 상황을 파악할 수가 없었다. 세 명이 분이 가실 때까지 발길질을 계속했고, 말리는 사람은 아무도 없었다.

그날 오후 집에 돌아온 우리에게 엄마 아빠는 첫 등교한 학교에서 어떻게 보냈는지 알고 싶어 좀이 쑤셔했다.

"좋았어."

내 대답은 그랬다. 엄마에게 진실을 말하고 싶지 않았다. 긍정적인 생각의 힘에 관한 엄마의 연설을 들을 기분이 아니었다.

"어때?" 엄마가 말했다. "곧바로 적응하게 될 거라고 엄마가 말했지?"

첫 등교일을 어떻게 보냈느냐는 엄마 아빠의 질문에 브라이언은 어깨를 으쓱해 보이기만 했고, 로리 언니는 아무 말도 하고 싶지 않아 했다.

"다른 애들은 어땠어?" 내가 나중에 언니에게 물었다.

"괜찮았어."

언니는 그렇게만 말하고 고개를 돌려버렸고, 그게 대화의 전부였다.

몇 주가 지나도록 하루도 빠짐없이 아이들의 괴롭힘은 계속되었다. 키 큰 소녀는 이름이 디니티아 휴잇이었고, 아스팔트로 된 운동장에서 수업이 시작되길 기다리는 동안 예의 미소 띤 얼굴로 내내 날 주시했다. 점심시간이면 나는 돼지기름 샌드위치를 먹으며 온몸이 마비가 될 정도로 천천히 시간을 끌었지만, 얼마 안 가서 관리인이 테이블 위에 의자들을 올려놓기 시작했다. 밖으로 나가면서 나는 고개를 한껏 치켜들고 다니려 했지만, 디니티아 패거리가 날 에워싸면 모든 게 다시 시작되었다.

싸울 때 그들은 내게 가난뱅이, 못난이, 더러운 애라고 말했는데, 나로선 반박하기 힘든 사실이었다. 내겐 코트가 세 벌 있었고, 모두 물려받거나 중고품 할인점에서 산 것으로 그중 두 벌을 매주 입고 다녀야 했다. 문제는 하도 많이 빨아 입어서 올이 다 풀릴 지경이라는 점이었다. 그리고 우린 늘 지저분했다. 사막에 살 땐 건조한 먼지였지만, 여기 와선 석탄 난로에서 날아온 재의 기름기로 지저분했다. 어마는 일주일에 한 번만 목욕을 하게 했는데, 그것도 부엌 스토브에 4인치 높이만 채워 데운 물을 우리 넷 모두 같이 쓰게 했다.

나는 학교 애들이 괴롭히는 문제를 아빠와 의논할까 생각했지만, 징징대는 애로 비쳐지고 싶지 않았다. 그런데다 웰치에 온 후 아빠가 술에 취해 있지 않은 적이 거의 없었기 때문에 행여 그런 문제를 털어놓았다가 만취한 상태로 학교에 나타나 상황을 더 망쳐놓을까 봐 걱정되었다.

엄마에게도 말해보려 했다. 하지만 엄마가 끼어든다 해도 상황이 악화되는 건 마찬가지일 것 같아서 차마 말할 엄두가 나지 않았다. 실은 세 흑인 여자애가 날 가난한 집 애라면서 괴롭힌다는 말을 한 적이 있었지만 엄마가 내게 해준 말은 걔네들에게 가난한 건 잘못이 아니고 미국 역사를 통틀어 가장 위대한 대통령 에이브러햄 링컨도 집안이 찢어지게 가난했었다고 말하라는 것이었다. 더불어 마틴 루터 킹 주니어가 그들이 하는 짓을 알게 되면 부끄러워할 거라는 말도 전하라고 했다. 이런 고상한 말이 그들에게 씨알도 먹히지 않는다는 걸 알았지만 말은 해보았다. "마틴 루터 킹이 너흴 보면 부끄러워할 거야!"라고 말하자 그 애들은 깍깍 웃어대며 날 땅바닥에 넘어뜨렸다.

밤이 되어 스탠리 삼촌의 침대에 로리 언니, 브라이언, 모린과 함께 누워 있으면서 나는 머릿속으로 복수의 시나리오를 썼다. 내가 공군 시절의 아빠 같은 사람이 되어 걔네들을 일망타진하는 광경을 그려보았다. 방과 후에 나는 지하실 옆 장작더미가 쌓여 있는 곳으로 가서 불쏘시개에 대고 가라테 촙*과 드롭킥을 연습하며 입에 담기 힘들 정도로 나쁜 욕지기를 퍼부었다. 그러면서도 줄곧 디니티아를 생각하며 그 애를 이해해보려고 노력했다. 한동안은 그 애와 친해지려고 애썼다. 두어 번이지만 디니티아가 순수한 친절을 담고 미소 짓는 것을 본 적이 있었는데 그 순간의 그 애는 전혀 다른 사람처럼 보였다. 그런 미소를 짓는 아이라면 분명히 선한 구석이 있을 텐데 그 빛을 내 길에 비추게 하려면 어떻게 해야 하는지 나로선 헤아릴 길이 없었다.

그 학교를 다닌 지 한 달쯤 지난 어느 날, 언덕 꼭대기에 있는 공원으로 발걸음을 옮기던 내 귀에 낮고 사나운 기세로 개가 짖어대는 소리가 들렸다. 제1차세계대전 기념비 반대편에서 나는 소리였다. 계단

---

* 가라데에서 손으로 내리치는 동작.

을 뛰어올라가 보니 덩치 큰 잡종 개가 기념비를 등지고 선 대여섯 살 난 흑인 남자애를 구석 쪽으로 몰며 게거품을 물고 있었다. 컹컹 짖으며 달려드는 개에게 아이는 연신 발길질을 해댔다. 그러면서 공원 저 쪽의 나무들을 쳐다보는 것이 그리로 달려 도망칠 기회를 노리는 것 같았다.

"뛰지 마!" 내가 소리쳤다.

아이가 고개를 들어 나를 쳐다보았다. 얼결에 개도 나를 쳐다보았고, 그 순간을 틈 타 아이는 부질없게도 나무들이 있는 쪽으로 달려갔다. 개가 컹컹 짖어대며 아이를 쫓았고 이내 따라잡는가 싶더니 아이의 두 다리를 물었다.

개중엔 미친개가 있고 야생개가 있으며 살생을 하는 개가 있지만, 한 번 물면 자기나 상대 둘 중 하나가 죽을 때까지 목을 물고 늘어진다는 점에서 셋 다 똑같은데, 이 개는 그런 개가 아니라는 걸 알 수 있었다. 녀석은 그 아이를 찢어발기려는 게 아니라 재미로 겁을 주려는 것뿐이어서 바짓단을 잡아당길 뿐 정말로 물진 않았다. 떠돌이 개로 이 사람 저 사람에게 하도 많이 차여서인지 자길 두려워하는 상대를 만난 게 즐거운 모양이었다.

나는 잘라낸 나뭇가지를 주워 들고선 그 개를 쫓아갔다.

"가! 가버려!"

내가 소리치며 나뭇가지를 치켜들자 개는 낑낑대며 슬그머니 도망쳤다.

아이를 보니 개에 물린 자국은 없지만 바짓단이 찢어져 있었고 마비상태에라도 빠진 것처럼 오들오들 떨고 있었다. 나는 그 애에게 집까지 바래다주겠다고 했다가 결국 그 애를 들쳐 업고 가게 되었다. 아이는 깃털처럼 가벼웠다. 들릴락 말락 작은 목소리로 "저 위", "저 쪽"이라고 간단히 방향을 알려줄 때 빼고는 절대로 입을 여는 법이 없었다. 그 동네의 집들은 낡았지만 새로 페인트칠을 했고, 몇몇 집은 연보라나 진한 황녹색 같은 밝은색이었다.

"여기."

파란색 덧문이 달린 집까지 왔을 때 소년이 속삭였다. 산뜻한 마당이 딸린 집이었지만 너무 작아서 난쟁이들이나 살 수 있을 것 같았다. 내가 내려주기 무섭게 그 애는 계단으로 뛰어올라 집 안으로 들어갔다. 뒤돌아 나오는데 디니티아 휴잇이 길 건너편 포치에 서서 호기심에 찬 눈으로 날 보고 있었다.

다음 날 점심을 먹은 후 운동장에 나섰을 때 여자애들 패거리가 내 쪽으로 다가왔지만 디니티아는 뒤에서 얼쩡거렸다. 두목이 나서지 않자 다른 애들은 목적의식을 잃었고, 내 앞에서 멈춰 섰다. 그 다음 주에 디니티아는 내게 영어숙제를 도와달라고 했다. 그동안 괴롭혀서 미안하다는 말은 하지 않았고 그 일 자체를 언급하지도 않았지만, 그날 밤 자기 이웃을 집까지 바래다준 일을 고마워하며 숙제를 부탁하는 것으로 사과를 대신한 것임을 나는 알 수 있었다. 어마가 흑인에 대한 자신의 생각을 분명히 밝힌 바가 있어서 디니티아를 집으로 데려가 같이 숙제를 할 수는 없었지만 오는 토요일에 내가 그 애의 집에 가겠다고 제안했다.

토요일이 되었고, 나는 스탠리 삼촌과 같은 시간에 집을 나섰다. 돈이 없어서 운전을 배우진 못한 삼촌은 가전제품 가게 동료의 차를 타고 함께 출근했다. 삼촌이 태워주겠다고 해서 내가 목적지를 말하자 그는 눈살을 찌푸렸다.

"거긴 깜둥이 동네잖아." 삼촌이 말했다. "거길 왜 가려고?"

삼촌이 동료에게 날 그 동네에 데려다달란 부탁을 하지 못해서 나는 걸어서 갔다. 그날 오후 늦게 집에 돌아왔을 때, 집엔 어마 말곤 아무도 없었다. 일절 밖에 나가는 법이 없는 어마는 부엌에 서서 냄비 속 줄기콩을 휘저으며 주머니의 밀주병을 꺼내 벌컥벌컥 마시고 있었다.

"그래, 깜둥이 동네는 어떻대?" 어마가 물었다.

어마는 늘 "깜둥이" 얘기를 했다. 어마와 할아버지가 사는 집은 흑인 거주지역의 가장자리에 있었다. 흑인들이 그쪽 동네로 이주하면서 어마는 못마땅해했고 웰치에 망조가 든 건 다 흑인들 탓이라고 입버릇처럼 말했다. 어마가 늘 커튼을 닫아놓고 있는 거실에서는 흑인 무리가 동네로 걸어오며 떠들고 웃어대는 소리가 들렸다. 어마는 그럴 때마다 투덜거렸다.

"염병할 깜둥이들. 내가 15년이 되도록 이 집구석을 벗어나지 않는 건 행여 저 깜둥이랑 맞닥뜨릴까 봐서야."

그 전까지 엄마와 아빠는 우리가 그 말을 쓰지 못하게 금지했다. 그 말만큼 나쁜 욕은 세상에 없다고 말한 그들이었다. 그러나 어마는 내 할머니였기 때문에 그런 말을 입에 올린대도 나는 아무 말도 하지 않았다. 어마는 계속 콩을 휘저으며 말했다.

"앞으로도 그딴 식으로 굴면 다들 네가 깜둥일 좋아한다고 생각하게 될 거야."

그러면서 심각한 표정으로 날 쳐다보는 것이 내가 깊이 생각하고 받아들여야 할 중요한 인생의 교훈이라도 전하는 것 같았다. 그러고는 밀주병 뚜껑을 따서 명상이라도 하듯 한참 동안 꿀꺽꿀꺽 들이켰다. 어마가 술을 들이켜는 것을 보면서 가슴이 답답해진 나는 결국 참고 있던 말을 내뱉고 말았다.

"그런 말을 하면 안 돼요."

내 말에 어마의 얼굴이 놀라서 풀어졌다.

"그 사람들도 우리와 다를 바 없다고 엄마가 말했어요." 나는 이어서 말했다. "얼굴색만 다를 뿐이라고 했어요."

어마가 날 노려보았다. 한 대 맞겠구나 싶었다. 하지만 어마는 이렇게만 말했다.

"쪼그만 년이 고마운 줄도 모르고. 오늘 밤 너 먹을 건 없어. 아무짝에도 쓸모없는 주제에. 지하실에서 나오지 마."

로리 언니는 내가 어마에게 한마디 해줬다는 얘길 듣더니 날 안아주었다. 하지만 엄마는 화를 내며 말했다.

"어마의 말에 다 찬성할 순 없지만, 어마 신세를 지고 있는 한 공손하게 굴어야 해."

엄마답지 않은 말이었다. 엄마와 아빠는 싫어하거나 경멸하는 사람들에 대해서라면 신이 나서 악담을 퍼붓는 사람들이었다. 스탠더드 오일 중역, J. 에드거 후버를 비롯해 특히 속물과 인종주의자 들에겐 인정사정없었다. 우리에게도 늘 당당하게 생각하는 바를 말하라고 권했다. 그런데 이제 와서 꾹 참고 있으라니. 하지만 엄마가 옳았다. 어마는 우릴 내쫓을 것이다. 이런 상황이 사람을 위선자로 만든다는 것을 나는 깨달았다.

"난 어마가 싫어요." 나는 엄마에게 말했다.

"불쌍한 사람이야." 엄마가 말했다. 그러면서 어마는 어렸을 적에 부모를 여의고 친척집을 전전했는데, 다들 그녀를 종처럼 부려먹었다고 말했다. 어마가 기억하는 유년은 손마디에 피가 나도록 손빨래를 한 것뿐이라고 했다. 결혼하면서 할아버지가 제일 잘한 건 전동 세탁기를 사준 것이었지만 그로 인해 잠깐이나마 그녀가 맛본 기쁨이란 것도 사라진 지 오래라고 덧붙였다.

"어마는 당신의 불운을 그냥 털어내 버릴 수가 없는 거야." 엄마가 말했다. "어마가 아는 건 그것밖에 없으니까." 그러면서 엄마는 아무리 사악한 적이라고 해도 미워해선 안 된다고 말했다.

"누구나 좋은 면이 하나씩은 있기 마련이니까. 그 사람의 나쁜 점을 덮어줄 면을 찾아내서 사랑해줘야 해."

"아, 그래?" 나는 엄마의 말을 받아쳤다. "그럼 히틀러는 어때? 히틀러의 좋은 점은 뭐였는데?"

"히틀러는 개를 사랑했어." 엄마가 주저하지 않고 말했다.

그해 늦겨울에 엄마는 올즈모빌을 끌고 피닉스에 다녀오기로 결정했다. 우리의 자전거를 비롯해 두고 온 다른 짐들을 가져오고, 학교 성적표도 받아오고, 가능하면 그랜드캐니언 가는 길가의 용수로에 숨겨둔 엄마의 양궁 세트도 가져오자는 것이었다. 우리 넷은 웰치에 남아 있기로 했다. 엄마 아빠는 맏이인 로리 언니에게 우리 셋을 맡겼다. 물론 우리 모두를 책임지는 건 어마였지만.

날이 풀리기 시작한 어느 날 아침, 엄마 아빠가 떠났다. 엄마의 상기된 뺨은 모험에 대한 기대감에 부풀어 있음을 말해주고 있었다. 아빠 역시 웰치를 벗어나고 싶어 좀이 쑤신 게 역력했다. 웰치에서 아빠는 일자리를 구하지 않았기 때문에 우린 하나부터 열까지 모두 어마에게 의존했다. 로리 언니가 아빠에게 광산회사에서 일자리를 알아보는 게 어떠냐고 했을 때, 아빠는 조합이 탄광을 좌지우지하고, 그 조합을 좌지우지하는 건 조폭이며, 조폭이 피닉스 전기기사 조합의 부패실태를 조사한 아빠가 조합에 가입하지 못하게 손을 썼다고 말했다. 그리고 조사를 마저 하는 것이 아빠가 피닉스로 돌아가는 또 다른 이유이기도 했다. 전미 광산 조합을 개혁하는 일에 앞장서는 것만이 아빠가 다시 광산에서 일할 수 있는 방법이라는 것이다.

나는 온 가족이 다 함께 갔으면 싶었다. 다시 피닉스에 돌아가고 싶었다. 어도비 벽돌집 뒤뜰의 오렌지 나무들 아래 앉기도 하고, 자전거를 타고 도서관에도 가고, 날 똑똑하다고 인정해주는 선생님들이 있는 학교에서 공짜 바나나를 먹고 싶었다. 얼굴 위로 쏟아지는 사막의 태양빛을 느끼고 싶었고, 건조한 사막의 공기를 마시고 싶었고, 아빠가 지리학 조사 탐험이라 불렀던 긴 도보여행을 하는 동안 가파른 바위산을 오르고 싶었다.

우리도 데려가달라고 말해봤지만 아빠는 엄마와 둘이서 얼른 가서 일처리만 하고 돌아올 예정이라면서 애들은 거치적거릴 뿐이라고 했다. 뿐만 아니라 학기 중간에 학교를 빠지게 하면서까지 우릴 데리고 갈 수는 없는 노릇이라고 했다. 그래서 아빠에게 언제부터 그런 데 신경 썼냐고 묻자, 웰치는 우리가 전에 살았던 곳과는 다르다는 게 아빠의 대답이었다. 지켜야 할 규칙들이 있고, 그걸 우습게 여기면 사람들의 환대를 받을 수 없다는 것이었다.

"엄마 아빠가 돌아올 것 같아?" 엄마 아빠가 차를 타고 떠나자 브라이언이 말했다.

"당연하지." 나는 말은 그렇게 했지만, 브라이언과 마찬가지의 심정이었다. 근래 들어 우린 전보다 더 부담스러운 존재가 된 것 같았다. 로리 언니는 이미 십대였고, 2년 안에 브라이언과 나도 그렇게 될 것이다. 그러니 더이상 우릴 임대한 트럭 뒷칸에 던져 넣거나 밤에 마분지 상자에 집어넣을 순 없을 것이다.

브라이언과 나는 올즈모빌을 쫓아 달리기 시작했다. 엄마가 뒤를 돌아보고 손을 흔들었고, 아빠는 한 손을 차창 밖으로 내밀었다. 코트 스트리트까지 따라갔을 때, 올즈모빌은 속도를 올려 모퉁이를 돌았다. 돌아올 거야. 나는 그렇게 믿어야 한다고 스스로를 타일렀다. 믿지 않는다면 두 분은 돌아오지 않을지도 모른다. 영영 우릴 떠나버릴지도 모른다.

엄마 아빠가 떠난 후, 어마는 훨씬 더 못되게 굴었다. 우리의 표정이 마음에 들지 않으면 국자로 우리 머리를 때렸다. 그리고 자기 아버지 사진이 든 액자를 꺼내선 자기를 사랑해준 단 한 명이라면서 고아가 되어 친척 손에 크면서 온갖 고생을 했다는 이야기를 끝도 없이 했다.

엄마 아빠가 떠난 지 일주일 정도 지난 어느 날, 우리가 어마의 거실에서 텔레비전을 보고 있을 때였다. 스탠리 삼촌은 현관방에서 자고 있었다. 아침식사 전에 술부터 마신 어마는 브라이언의 반바지를 꿰매야겠다고 말했다. 브라이언이 바지를 벗으려 하자 어마는 사내녀석이 팬티만 입고 집 안을 뛰어다니거나, 수건을 치마처럼 두르고 있는 꼴은 보고 싶지 않다고 말했다. 브라이언이 바지를 입고 있는 채로 수선하는 게 더 편하다면서, 브라이언더러 반짇고리가 있는 할아버지의 침실로 오라고 명했다.

둘이 들어간 지 1, 2분쯤 지났을 때, 브라이언이 맥없이 반항하는 소리가 들렸다. 할아버지 방에 들어가 보니 브라이언 앞에 무릎을 꿇고 앉아 있는 어마가 눈에 들어왔다. 브라이언의 가랑이를 빵 반죽 주무르듯 주물러대며 혼잣말을 중얼거리기도 하고 브라이언에게 "가만히 서 있어, 이 망할 놈"이라고 말하고 있었다. 브라이언의 양 뺨은 눈물로 젖어 있었고, 두 손으로 다리 사이를 막으려 하고 있었다.

"어마! 브라이언에게서 손 떼요!" 내가 소리쳤다.

어마는 여전히 무릎을 꿇은 채로 몸을 돌려 나를 노려보았다.

"이, 앙큼한 년!" 어마가 말했다.

소동을 들은 로리 언니가 달려왔다. 나는 로리 언니에게 어마가 브라이언을 용납할 수 없는 방식으로 만졌다고 말했다. 그러자 어마는 브라이언의 바지 안쪽 솔기를 꿰매고 있었을 뿐이며 앙큼한 갈보년이 뒤집어씌우는 말에 맞서 변명 따위는 하지 않겠다고 버텼다.

"내가 본 게 뭔지는 나도 알아." 내가 말했다. "변태짓이야!"

어마가 손을 뻗어 날 때리려 했지만 로리 언니가 막았다.

"모두 진정해요."

엄마 아빠가 흥분해 싸울 때 하는 말투로 로리 언니가 말했다. 그러자 어마가 로리 언니에게 잡혀 있던 손을 홱 빼더니 언니의 따귀를 후려쳤다. 어찌나 세게 쳤는지 언니 안경이 방 건너편까지 날아갔다. 열세 살을 넘긴 로리 언니도 지지 않고 어마의 뺨을 때렸다. 어마가 다시 언니를 때리자, 언니는 이번엔 어마의 턱에 주먹을 날렸다. 둘은 서로에게 달려들었고, 격투를 벌이며 서로 머리카락을 잡고 엎치락뒤치락했다. 브라이언과 난 로리 언니를 응원하다 결국 스탠리 삼촌을 깨웠다. 삼촌이 비틀거리며 방으로 들어와선 둘을 떼어놓았다.

어마는 우릴 지하실로 추방했다. 지하실엔 바로 밖으로 나가는 문이 있었고, 우린 일절 위층에 올라가지 않았다. 우리는 어마의 화장실도 사용할 수 없었는데, 이는 곧 학교에 갈 때까지 기다리거나 아니면 해가 진 후 밖에 나가서 볼일을 봐야함을 의미했다. 스탠리 삼촌이 가끔씩 우리에게 삶은 콩을 가져다주었지만, 우리와 있으면서 이야기를 할 엄두는 내지 못했다. 우리 편이라는 걸 어마가 알면 불같이 화를 낼까 봐서였다.

한 주가 지나자 눈폭풍이 몰아닥쳤다. 기온이 뚝 떨어졌고 눈이 한 30센티미터는 내렸다. 어마는 우리가 석탄 한 조각 쓰는 것도 허락하지 않았다. 우리가 난로 쓰는 법을 모르기 때문에 자칫 집을 태워먹을 수도 있다는 것이었다. 지하실은 너무도 추워서 로리 언니, 브라이언, 모린, 나는 한 침대에서 자는 걸 고마워할 지경이었다. 학교에서 돌아오기 무섭게, 옷을 입은 채 이불 밑으로 기어들어갔고, 그런 상태에서 숙제를 했다.

어느 날 밤, 마찬가지로 그렇게 침대에 있는데 엄마와 아빠가 돌아왔다. 우리 중 누구도 차가 멈추는 소리를 듣지 못했다. 들린 건 위층 현관문 열리는 소리, 엄마와 아빠의 목소리, 그리고 우리 때문에 쌓인 고충을 끝도 없이 쏟아내기 시작하는 어마의 목소리뿐이었다. 이윽고 아빠가 쿵쾅거리며 지하실로 내려오는 소리가 들렸다. 아빠는 머리끝까지 화가 나 있었다. 내가 어마에게 말대꾸를 하며 돼먹지 못하게 비난한 것 때문에. 할머니를 때린 로리 언니에겐 더 화가 나 있었다. 그리고 브라이언이 계집아이처럼 굴며 이 모든 사달의 원인을 제공한 것 때문에도. 나는 아빠가 자초지종을 듣게 되면 결국 우리 편을 들 거라고 생각해서 설명하려 했다.

"뭔 일이 있었는지 상관 안 해!" 아빠가 고함을 질렀다.

"하지만 우린 우리 자신을 보호하려 했는데." 내가 말했다.

"브라이언은 남자야. 남자라면 그 정도는 감당할 수 있어. 이 일에 대해선 더 이상 한 마디도 듣고 싶지 않아. 내 말 알아듣겠어?"

아빠는 그렇게 말하며 격하게 머리를 흔들었다. 마치 내 목소리를 떨어내려는 것처럼. 그러면서 나를 쳐다보지도 않았다.

아빠는 다시 위층으로 올라가 어마의 밀주를 게걸스레 퍼마셨고 우리 넷은 모두 침대에 들었다. 브라이언이 날 웃기려고 내 발가락을 깨물었지만 난 그 애를 발로 차버렸고, 우리는 고요한 어둠 속에 누워 있었다.

"아빠 진짜 이상해." 내가 말했다. 누구건 그 말은 해야 할 것 같았다.

"어마 같은 엄마를 뒀다면 너도 이상해졌을걸." 언니가 말했다.

"어마가 브라이언한테 한 짓을 아빠한테도 했을까?" 내가 물었다.

누구도 입을 열지 않았다.

생각만 해도 역겹고 소름이 끼쳤지만 여러 가지를 설명해주는 실마리이기도 했다. 아빠가 철들기 무섭게 고향을 떠난 것도. 아빠가 폭음을 하고 분노에 차 있는 것도. 우리가 지금보다 더 어렸을 때 웰치에 발조차 들이고 싶지 않아 했던 것도. 처음엔 웨스트버지니아에 오지 않으려고 기를 쓰다 마지막 순간에 마지못해 차에 탄 것도. 좀전에 어마가 브라이언에게 하던 짓을 내가 설명하려 했을 때 두 손으로 귀를 틀어막고 싶은 사람처럼 그렇게 격하게 머리를 흔든 것도.

"그런 건 생각하지도 마." 로리 언니가 내게 말했다. "그럼 돌아버릴 거야."

언니 말대로 난 그 생각을 마음속에서 몰아냈다.

피닉스에 다녀온 엄마 아빠는 빨랫줄에 빨래를 넣어놓는 엄마의 책략이 침입자를 막진 못했다는 비보를 전해주었다. 노스 서드 스트리트의 우리 집은 약탈당했다. 집에 있던 거의 모든 게 사라졌다. 두말 할 것 없지만, 우리 자전거도 마찬가지였다. 그나마 몇 개 남은 것들을 가져오려고 엄마 아빠는 트레일러를 빌렸는데, 엄마 말론 멍청한 도둑놈들이 보는 눈이 없어서 외할머니의 30년대 산 최고급 승마바지를 비롯한 몇몇 고급품들은 남아 있었다. 그러나 그것도 내슈빌에서 올즈모빌의 엔진이 멈춰버리는 바람에 할머니의 승마바지와 트레일러를 모두 버리고 웰치까지 버스를 타고 와야 했다.

나는 엄마와 아빠가 돌아오면 어마와 화해할 수 있게 될 거라 생각했다. 하지만 어마는 우리 셋을 절대 용서할 수 없다면서 우리가 지하실에서 교회의 쥐처럼 조용히 지낸다 한들 더는 자기 집에 둘 수 없다고 말했다. 우리는 추방당했다. 아빠가 한 말은 그랬다.

"너희가 잘못한 거야." 아빠가 말했다. "그래서 이제 우리 가족 모두가 추방당한 거야."

"거기가 무슨 에덴동산도 아닌데." 로리 언니가 말했다.

어마가 우릴 쫓아낸 것보다 자전거가 없어진 게 더 속상했던 나는 엄마에게 말했다.

"우리 그냥 피닉스로 돌아가면 안 돼?"

"우린 이미 거기서 살아봤잖니." 엄마가 말했다. "여긴 아직 우리가 찾아내지 못한 기회가 얼마든지 있어."

엄마와 아빠는 새로 살 곳을 찾아나섰다. 맥도웰 스트리트에 있는 한 식당 위층에 월세 75달러의 아파트가 있었고 웰치에서 가장 싼 집이었지만, 우리 사정엔 어림도 없었다. 그런데다 엄마와 아빠는 우리 집이라 부를 만한 야외공간을 바랐기 때문에 결국 집을 사기로 결정했다. 계약금을 낼 돈도, 안정적인 수입원도 없는 우리가 선택할 수 있는 범위는 지극히 좁았지만, 이틀이 지났을 때 엄마 아빠가 우리 형편에 맞는 집을 찾아냈다고 했다.

"궁궐은 아니라서 좀 복작대고 살아야 할 거야." 엄마가 말했다. "그리고 좀 시골이야."

"얼마나 시골인데?" 로리 언니가 물었다.

엄마는 대답을 끌었다. 어떤 표현을 동원해야 할지 머리를 굴리는 게 보였다. 마침내 엄마가 입을 열었다.

"실내 배관이 없어."

아빠는 그때까지도 올즈모빌을 대신할 차를 찾고 있었다(우리의 예산은 두 자릿수에 불과했다). 주말에 우리 가족은 새집을 보러 갔는데 숫제 하이킹에 가까웠다. 마을 중심가를 거쳐 골짜기로 걸어 내려간 다음 산허리를 돌아 광산 조합이 생긴 후 지어진 작고 산뜻한 벽돌집들이 모인 곳을 지났다. 그런 다음 터그 강으로 흘러드는 샛강을 건

너가서야 리틀 호바트 스트리트라는 이름의 1차선 포장도로로 겨우 들어섰다. 지그재그로 이루어진 가파른 산길을 한없이 올라가니 깎아지른 듯 가팔라져서 발끝이 아니라 발바닥으로 걸으면 종아리가 땅겨서 아팠다.

그 위까지 올라가 보니 골짜기의 벽돌집들보다 허름한 집들이 있었다. 목재로 지은 집들은 포치가 한쪽으로 기울어져 있었고, 지붕도 무너져내리고 있었으며, 홈통은 녹이 슬어 있고, 타르지도 껍질이 벗겨지고 있는데다 지붕 마감재가 벽에서 천천히 그러나 확연히 떨어져나가고 있었다. 마당마다 거의 빠짐없이 잡종 개 한두 마리가 나무나 빨랫줄 기둥에 묶여 있었는데, 우리가 지나가자 미친 듯이 짖어댔다. 웰치의 집들이 다 그렇듯, 여기 집들도 석탄을 때서 난방을 했다. 부잣집에선 석탄을 쌓아두는 광이 있었고, 그럭저럭 사는 집에선 석탄을 문 앞에 쌓아두었다. 포치마다 하나같이 가구들이 놓여 있었는데 녹 얼룩이 진 냉장고, 접이식 카드테이블, 깔개를 비롯해 장난하는 게 아니라 현관에 앉을 셈으로 가져다놓은 소파나 자동차 시트도 있었고, 고양이들이 푸근하게 잘 수 있도록 옆면에 구멍을 뚫어놓은 찌그러진 대형 옷장도 나와 있었다.

그 길의 거의 끝까지 갔을 때 아빠가 우리의 새집을 가리켰다.

"아가들, 리틀 호바트 스트리트 93번지에 온 것을 환영한단다." 엄마가 말했다. "행복이 넘치는 즐거운 집에 온 것을 환영해."

우리는 그 집을 빤히 쳐다보았다. 깎아지른 듯 가파른 산중턱 길 위에 걸쳐져 있는 그 집은 땅과 닿아 있는 면이 뒤쪽 말고는 없었다. 축 처진 포치를 포함한 집 앞쪽은 크지만 약해 보이는 콘크리트 블록 기둥에 의지한 채 허공에 툭 튀어나와 있는 게 아슬아슬해 보였다. 페인트칠을 한 지 매우 오래돼서 거의 다 벗겨지다시피 했는데 남아 있는 곳은 음울한 회색으로 변해 있었다.

"너희를 강하게 키우길 잘했지." 아빠가 말했다. "여긴 심장 약한 사람이 살 수 있는 집이 아니거든."

아빠가 우릴 이끌고 바윗돌에 시멘트를 덕지덕지 발라 만든 계단을 내려갔다. 바닥이 내려앉고 부식된데다 말 그대로 마구잡이로 지은 집이라서 계단이 길 쪽을 향해 위태롭게 기울어져 있었고, 돌계단의 끝까지 가자 각목으로 만들어 숫제 사다리에 가까운 낡아빠진 계단이 정문 포치로 이어졌다.

집 안에 들어서자 가로세로 3미터 남짓한 크기의 방 세 개가 현관 포치와 마주하고 있었다. 욕실은 없었고, 아래층 콘크리트 블록 기둥 뒤편에 옷장 크기의 방이 하나 있었는데 시멘트 바닥 위에 변기가 놓여 있었다. 하수구도, 정화 시스템도 연결되어 있지 않은 변기는 그냥 깊이 2미터가량의 구멍 위에 놓여 있을 뿐이었다. 집 안에는 수돗물이 나오지 않아서 아래층 변기 부근 바닥에 박혀 있는 수도꼭지에서 양동이로 물을 받아 위층까지 날라야 했다. 전기는 들어왔지만 아빠는 전기세를 낼 형편이 못 된다고 털어놓았다.

뒤집어 생각해보면 가격이 1,000달러뿐인데다 계약금을 내지 않아도 되는 집이라고 아빠가 말했다. 집주인에겐 월세로 50달러를 줘야 했다. 그 돈을 꼬박꼬박 내면 2년 안에 우리 집이 될 것이었다.

"언젠가는 여기가 우리 집이 될 거라니, 믿기 힘드네." 로리 언니가 말했다. 그즈음 언니는 부쩍 "냉소적인 경향"이라고 엄마가 말한 말투가 늘어가고 있었다.

"복 받은 줄 알아." 엄마가 말했다. "에티오피아 사람들은 이런 집을 천국으로 여길 거야."

그러면서 엄마는 이 집이 새록새록 매력적인 데가 있다고 말했다. 가령, 거실에 있는 난방과 요리를 겸하는 항아리 모양의 무쇠 석탄 스토브는 묵직한 곰 발톱처럼 생긴 발이 달린 모양새가 크고 멋져서 골동품을 좋아하는 사람들에게 보여주면 값을 높이 칠 거라는 것이었다. 하지만 그 집엔 굴뚝이 없어서 뒤쪽 창문을 뚫어 연통을 냈고, 뚫린 창문 위쪽엔 누군가 합판을 댄 다음 연통의 연기가 집 안으로 흘러들어오지 못하도록 은박지로 막아놓았지만, 꼼꼼히 막지 못해 천장이 검댕으로 까매져 있었다. 같은 사람의 소행인 듯 그렇게 된 천장을 닦았다가 오히려 검댕이 번지고 스며들면서 군데군데 희끄무레해진 바람에 천장의 나머지 부분이 더 꺼멓게 도드라져 보였다.

"이 집 자체는 별 볼 일 없어." 아빠가 해명했다. "하지만 여기서 오래 살진 않을 거야."

중요한 건, 아빠와 엄마가 굳이 이런 집을 산 이유가 대지가 넓어서 새집을 지을 수 있다는 것이었다. 아빠는 당장 집을 지을 계획이었다. 유리성의 청사진에 따라 지을 생각이었지만, 이제 양쪽이 산으로 둘러싸인 산의 북쪽에 있으니 햇빛을 받으려면 심각한 변경작업과 함께 태양전지의 크기를 키우지 않으면 안 되었다.

우리는 그날 오후에 이사했다. 옮길 짐은 많지 않았다. 아빠는 스탠리 삼촌이 일하는 가전제품 가게에서 빌린 픽업트럭으로 할아버지 친구가 내다버린 소파 겸용 침대를 가져왔다. 그리고 테이블과 의자도 몇 개 주워 왔다. 그리고 임시로 쓸 옷장도 만들었는데, 긴 파이프를 철사로 연결해 천장에 단 모양새가 근사했다.

엄마와 아빠는 스토브가 있는 방을 차지했다. 그 방은 거실, 부부 침실, 아트 스튜디오, 작가의 서재를 겸하게 되었다. 소파 겸용 침대를 그 방에 가져다 놓았지만, 한 번 펼치니 죽어도 접히질 않아 소파로 쓸 수가 없었다. 아빠는 네 개의 벽 위쪽에 빼곡히 선반을 만들어 달아 엄마가 미술도구들을 보관할 수 있게 해주었다. 엄마는 뒤쪽 창문 바로 옆 스토브 연통 아래에 이젤을 놓았다. 거기가 자연광이 들어오기 때문이라는 이유였는데, 상대적으로 말하면 그랬다. 엄마는 다른 창문 밑엔 타자기를 놓았다. 원고와 쓰고 있는 작품들까지 선반에 놓기 무섭게 엄마는 작품의 아이디어가 적힌 색인카드들을 압핀으로 꽂기 시작했다.

우리 넷은 모두 중간 방에서 잤다. 처음엔 이전에 살았던 사람이 두고 간 큰 침대 하나에서 모두 같이 잤지만, 아빠는 그러기엔 이제 우리가 좀 컸다고 생각했다. 그렇다고 마분지 상자에 들어가 자기엔 터무니없이 커버렸고 바닥이 좁아 놓을 수도 없어서 우리와 함께 이층 침대 두 개를 만들었다. 각목으로 침대의 틀을 짠 다음 모서리마다 드릴로 구멍을 뚫어 밧줄을 꿰었다. 그리고 밧줄 위에 마분지를 놓아 매트리스를 깔았다. 다 하고 나니 좀 평범한 것 같아서 화려한 빨간색 페인트로 칠한 다음 검정색 페인트로 소용돌이 장식을 그렸다. 아빠는 또 버려진 4단 서랍장을 주워 와서 각자 한 칸씩 쓰게 했다. 뿐만 아니라 우리가 개인용품을 보관할 수 있도록 미닫이문이 달린 나무 상자도 하나씩 만들어주었다. 우리는 그 상자를 각자의 침대 위쪽 벽에 못으로 박아 고정시켰다. 나는 그 상자에 정동석을 넣어두었다.

리틀 호바트 스트리트 93번지의 세 번째 방인 부엌은 어느 범주에도 집어넣을 수 없을 만큼 독특했다. 전기 스토브가 있었지만, 배선공사를 규정에 맞게 하지 않아 연결장치도 잘못된데다 전선은 노출돼 있었고 스위치에선 윙윙 소리가 났다.

"헬렌 켈러가 와서 해도 이것보단 낫겠다." 아빠는 그렇게 말했고, 전선들이 있는 대로 엉켜 있어서 손댈 수 없는 지경이라고 했다.

우리는 그 부엌을 "알코올주스 방"이라고 불렀다. 어쩌다 전기료를 낼 수 있게 되어 집에 전기가 들어오면, 부엌의 물기 있거나 금속으로 된 표면을 만질 때마다 심한 전기충격을 받았기 때문이었다. 처음 감전됐을 때 나는 숨도 못 쉬고 바닥에 쓰러져 온몸을 움찔거렸다. 얼마 후 목숨을 걸고 부엌에 들어갈 일이 있을 때마다 우린 바짝 마른 양말이나 걸레 따위로 두 손을 감싸는 법을 터득했다. 감전당한 사람이 있으면 일기예보를 하듯 모두에게 알렸다.

"오늘 스토브를 건드렸다가 엄청난 전기충격을 받았어. 손을 더 두툼하게 감싸야 해."

부엌 한쪽 구석은 체에서 쏟아지는 것처럼 물이 샜다. 비가 올 때마다 석고보드 천장은 물을 흠뻑 먹어 묵직해졌고, 그렇게 부푼 중심에서 물이 끊임없이 흘렀다. 그해 봄, 유난히 비바람이 심하게 몰아치던 날, 천장이 불룩하게 부풀다 급기야 터지는 바람에 빗물과 함께 석고보드가 바닥으로 떨어져 산산조각 난 적도 있었다. 아빠가 손도 까딱하지 않아서 우리들이 직접 지붕에 타르지, 은박지, 나무, 엘머스 접착제로 때워봤지만, 어떻게 해도 물은 새어나올 틈새를 찾아냈다. 결국 우리도 포기했고, 비가 내릴 때마다 부엌에서도 비가 내렸다.

리틀 호바트 스트리트 93번지로 처음 이사 왔을 때 엄마는 모험처럼 살아보려고 노력했다. 먼저 살았던 사람이 두고 간 발판으로 돌아가는 구식 재봉틀을 발견한 엄마는 전기가 들어오지 않아도 옷을 지어 입을 수 있으니 편리하겠다고 말했다. 창의력을 발휘해 즉흥적으로 만들어내면 되니까 옷본도 필요 없다고 했다. 그리고 얼마 안 가서 로리 언니와 나와 함께 서로 치수를 재고 직접 옷을 만들어보려 했다.

엄청난 시간이 소요되었고, 정작 그렇게 만든 옷도 자루처럼 헐렁하고 균형이 안 맞았고 소매 길이도 다른데다 겨드랑이 구멍이 등에나 있는 등 엉망이었다. 내 옷에 머리를 집어넣어봤지만 들어가지 않아 엄마가 가위로 몇 땀을 잘라내야 했다.

"눈부신데!" 엄마는 그렇게 말했지만, 난 양쪽에 코끼리 코가 달린 커다란 베갯잇을 뒤집어쓰고 있는 것 같다고 말했다. 로리 언니는 그런 옷을 입고 외출은커녕 집 안에서도 입지 않겠다고 했고, 결국 엄마도 재봉틀이 우리의 창의적인 에너지와 소비에 최적의 물건이 될 수 없다는 사실에 동의하게 되었다. 우리가 구할 수 있는 제일 싼 천이 1미터에 79센트였는데, 옷 한 벌을 만들려면 2미터 이상은 있어야 했다. 그럴 바엔 중고품 할인점을 이용하는 편이 더 말이 되었다. 그런데다 거기 옷은 제자리에 겨드랑이 구멍이 뚫려 있었다.

엄마는 집 안을 발랄하게 꾸미려고 애썼다. 거실 벽엔 색인카드를 넣어두는 타자기 위 선반 자리만 빼고 유화들이 빼곡히 걸려 있었다.

해 질 녘의 색감이 강렬한 사막, 우르르 질주하는 말들, 잠자는 고양이들, 눈 덮인 산, 과일이 든 그릇, 활짝 핀 꽃, 우리 넷을 그린 그림들은 모두 엄마가 그린 것이었다.

엄마의 그림들을 걸기엔 벽의 공간이 모자라서 아빠가 벽에 긴 선반 받침대들을 달아주자 엄마는 그 위에 그림을 서너 점씩 겹쳐 걸었다. 그런 후 주기적으로 그림을 바꿔 걸었다.

"조금씩만 다시 바꿔줘도 집 안 분위기가 확 달라지지."

엄마는 그렇게 말했지만, 속으론 자식 같은 그림들을 공평하게 대우해주고 싶은 마음이 컸던 거라고 생각한다. 그 외에도 엄마는 창문마다 선반을 단 다음 색색의 빈 병들을 올려두고 빛을 받게 했다.

"이렇게 하니 스테인드글라스 같지 않니?"

엄마는 의기양양하게 말했다. 그런 것 같긴 했지만, 춥고 축축한 집이라는 사실은 여전했다. 처음 이사 온 몇 주 동안은 밤마다 마분지 매트리스에 누워 부엌에서 비가 새는 소리를 들으면서, 사막과 태양, 그리고 앞마당에 야자나무가 있고 뒷마당엔 오렌지 나무와 서양협죽도가 있는 피닉스의 대저택을 꿈꾸었다. 온전하게 우리 집이라 말할 수 있는 집이었다. 지금도 우리 집이었다. 그 생각이 끊이질 않았다. 우리 집, 그렇게 말할 수 있는 진정한 우리의 보금자리.

"우리 집엔 언제 가?"

어느 날 난 아빠에게 물었다.

"집?"

"피닉스."

"이젠 여기가 집이야."

웰치가 우리의 새 보금자리가 된 마당에 브라이언과 나는 그 집을 십분 활용하기로 마음먹었다. 아빠가 집 근처에 유리성의 토대와 최하부를 놓을 자리를 우리에게 보여준 적이 있었다. 땅을 측량해 말뚝을 박고 줄을 쳐서 표시해두었지만, 정작 집을 지을 짬이 도저히 나지 않았다. 아빠 말론 이리저리 연락을 해서 전미 광산 조합을 조사하는 일 때문에 공사할 엄두도 못 내고 있다는 것이었다. 그래서 브라이언과 내가 아빠를 돕기로 했다. 우리는 버려진 농장에서 삽과 곡괭이를 구해다가 시간이 남을 때면 어김없이 구덩이를 팠다. 크고 깊게 파야 한다는 건 알고 있었다. "토대를 제대로 다지지 않으면 좋은 집은 꿈도 꿀 수 없거든." 아빠가 누누이 했던 말이었다.

일은 고됐지만 한 달 후, 우리는 사람이 들어가면 보이지 않을 만큼 깊은 구덩이를 팠다. 비록 가장자리를 네모나게 다듬거나 바닥을 편평히 다지진 못했지만 그래도 꽤 뿌듯했다. 아빠가 토대만 다지고 나면 골조 만드는 일을 도울 수 있을 것이다.

한편, 쓰레기 수거비도 내지 못하는 형편이어서 쓰레기가 하루가 다르게 쌓여가던 어느 날, 아빠가 쓰레기를 모조리 구덩이에 버리라고 말했다.

"하지만 그건 유리성을 지을 자리인데." 내가 말했다.

"임시적인 조치야." 아빠가 말했다. 그러면서 트럭을 빌려서 한 번에 쓰레기를 다 처리할 거라고 설명했다. 정작 아빠는 그럴 짬조차 내지 못했고, 브라이언과 나는 유리성의 토대가 될 구덩이가 서서히 쓰레기장으로 변해가는 걸 지켜보았다.

그즈음, 아마도 쓰레기 때문에 큼직하고 흉측하게 생긴 쥐가 리틀 호바트 스트리트 93번지에 터를 잡았다. 처음에 내가 발견한 놈은 설탕단지 안에 있었다. 보통 크기의 설탕단지였다면 꽉 낄 만큼 덩치가 큰 놈이었다. 차 한 잔에 적어도 여덟 스푼의 설탕을 집어넣을 정도로 단것이라면 사족을 못 쓰는 엄마 때문에 우리 집에선 설탕을 부엌 테이블 위 펀치볼에 담아두었다.

쥐는 설탕을 먹는 것에서 끝내지 않았다. 설탕 속에서 목욕을 하고 뒹구는 꼴을 보니 제대로 사치를 누리고 있는 게 분명했다. 펀치볼 가장자리에 걸쳐진 꼬리를 살랑살랑 흔들며 테이블에 설탕을 흩뿌려대는 놈을 처음 봤을 때 나는 얼어붙은 듯 꼼짝도 못했다. 이내 부엌에서 물러나선 브라이언에게 말한 다음, 둘이서 함께 조심조심 부엌문을 열었다. 쥐가 설탕단지에서 기어 나와 스토브 위로 훌쩍 뛰어올라갔다. 스토브 위 접시에 담겨 있던 우리의 저녁식사인 감자에 놈이 이빨 자국을 남겨놓은 게 우리 눈에도 보였다. 브라이언이 무쇠 프라이팬을 놈에게 던졌다. 팬은 놈을 맞힌 후 바닥에 떨어져 쨍그렁 소리를 냈지만, 놈은 도망치긴커녕 우릴 향해 침입자에게 하듯 식식거렸다. 우리는 냉큼 달려 나와 부엌문을 꽝 소리 나게 닫은 후, 문 틈새를 걸레로 틀어막았다.

그날 밤, 다섯 살 난 모린은 무서워서 잠을 설쳤다. 계속 쥐가 자길 잡으러 온다는 것이었다. 쥐가 점점 가까이 기어오는 소리가 들린다고 했다. 나는 겁쟁이 같은 소리는 집어치우라고 말했다.

"진짜 쥐 소리가 들린다니까." 모린이 말했다. "바로 옆에 있는 것 같아."

나는 모린에게 무서워서 그런 생각이 드는 것이라고 말하면서, 마침 집에 전기가 들어오던 때여서 이를 증명하려고 불을 켰다. 그런데 모린의 연보라색 담요 위, 모린의 얼굴 바로 옆에 그놈이 떡하니 웅크리고 있는 것이었다. 모린은 비명을 지르며 이불을 잡아당겼고, 쥐는 바닥으로 풀쩍 뛰어내렸다. 나는 빗자루를 가져와 손잡이로 놈을 때리려 했지만, 놈은 홱 몸을 피했다. 브라이언이 야구방망이를 가져오자 우리의 기동작전이 시작되었고, 식식대며 잽싸게 몸을 놀리는 놈을 구석으로 몰 수 있었다.

그때였다. 팅클—어느 날 브라이언을 따라온 우리 집 개로 잭 러셀 테리어 잡종이었다—이 쥐를 덥석 물더니 죽을 때까지 바닥에 패대기를 쳤다. 엄마가 방으로 뛰어들어왔다. 팅클은 짐승을 잡은 자부심에 한껏 흥분해선 이리저리 활보하고 있었다. 엄마는 쥐가 좀 불쌍하다면서 말했다.

"쥐들도 먹고살아야지."

그러면서 죽긴 했어도 이름을 가질 자격이 있으므로 '루퍼스'라는 세례명을 지어주었다. 브라이언은 책에서 원시시대 전사들이 희생양의 시체 일부를 말뚝에 걸어 적을 위협했다는 걸 읽은 기억을 떠올리고선, 다음 날 아침 집 앞 포플러 나무에 루퍼스를 매달았다. 그날 오후, 집 밖에서 총소리가 들렸다. 옆집에 사는 프리먼 아저씨가 거꾸로 매달린 루퍼스의 커다란 몸뚱이를 보고 주머니쥐라고 착각해선 사냥용 라이플을 가져와 놈을 한 방에 날려버린 것이다. 루퍼스는 꼬리 일부만 남긴 채 온데간데없이 사라져버리고 말았다.

루퍼스 사건이 있은 뒤로 나는 머리맡에 야구방망이를 두고 자는 버릇이 생겼다. 브라이언은 마체테*를 두고 잤다. 하지만 모린은 거의 매일 잠을 설쳤다. 하루가 멀다고 쥐에 잡아먹히는 악몽에 시달렸고, 별별 핑계를 다 대며 친구네 집에서 자려고 했다. 엄마 아빠는 어깨를 으쓱하는 것으로 루퍼스 사건을 잊어버렸다. 다만, 우리가 예전엔 더 막강한 적과 맞서 싸웠고, 언젠가 또 그렇게 될 거라는 말은 했다.

"쓰레기 구덩이는 어떻게 할 거야? 거의 다 찼어." 내가 물었다.

"더 크게 파." 엄마가 말했다.

"거기에 계속 쓰레기를 버릴 순 없잖아. 사람들이 뭐라고 생각하겠어?" 내가 말했다.

"다른 사람들 생각까지 챙기고 살기엔 인생은 너무 짧아." 엄마가 말했다. "어쨌거나, 그 사람들이 받아들여야 할 문제야."

리틀 호바트 스트리트 93번지의 모양새를 좀 더 그럴듯하게 보이도록 노력을 기울이면 다른 사람들이 우릴 포용해줄 거라고 나는 믿어 의심치 않았다. 돈 한 푼 들이지 않고도 할 수 있는 게 얼마든지 있다는 게 내 생각이었다. 웰치에는 타이어를 반원형으로 잘라 흰색 페

---

* 날이 넓고 무거운 칼.

인트칠을 해서 정원 울타리로 대신하는 집도 있었다. 형편이 나아져서 유리성을 짓게 될 날이 요원할진 몰라도, 페인트칠한 타이어를 앞마당에 둘러 말쑥하게 집을 꾸미는 건 지금도 얼마든지 할 수 있지 않을까.

"그러면 다른 사람들도 우릴 조금은 좋아해줄 거야." 나는 엄마에게 애원했다.

"물론 그렇겠지." 엄마는 말은 그렇게 했지만 웰치에 관해서라면 사람들과 어울리는 문제에 전혀 관심이 없었다. "쓰레기 같은 장식으로 잔디밭을 꾸미느니 진짜 쓰레기 마당에서 살래."

나는 집을 좋게 꾸밀 다른 방법을 부단히 모색했다. 하루는 아빠가 일하던 곳에서 버린 5갤런들이 가정용 페인트를 가져왔다. 다음 날 아침 페인트통을 열어보니 밝은 노란색 페인트가 가득 차 있었다. 아빠가 페인트붓도 몇 개 가져다 놓은 터였다. 노란색 페인트를 한 겹 칠하는 것만으로도 우중충한 회색 집이 몰라보게 달라질 것 같았다. 적어도 밖에서만 보면 다른 사람들이 사는 집과 그다지 달라 보이지 않을 터였다.

그날 밤, 발랄한 노란색 집에서 살게 될 생각에 나는 잠을 자는 둥 마는 둥 했다. 다음 날 아침 일찍 일어난 나는 머리를 뒤로 동여매고 페인트칠에 나섰다.

"우리가 힘을 합치면 하루 이틀이면 다 끝날 거야." 나는 식구들 모두에게 말했다.

하지만 아빠는 유리성에 쏟을 시간과 에너지를 개똥 같은 리틀 호바트 스트리트 93번지에 쏟아선 안 된다고 말했다. 엄마는 밝은 노란색 집은 조잡해 보인다고 했고, 브라이언과 로리 언니는 사다리와 발판이 있어야 한다고 말했다.

아빠의 유리성 프로젝트는 진척될 기미가 전혀 보이지 않았고, 내가 나서지 않으면 노란색 페인트는 포치에서 썩어갈 게 불 보듯 뻔했다. 나는 우선 사다리를 빌리던가 아예 하나 만들자고 마음먹었다. 일단 집이 몰라보게 변신하는 걸 보면 식구들도 도와줄 거라고 확신했다.

포치로 나선 나는 뚜껑을 열고, 표면에 뜬 기름이 잘 섞이도록 미나리아재비색 페인트가 크림처럼 부드러워질 때까지 막대로 휘저었다. 두툼한 붓을 담갔다가 낡은 미늘판 벽을 따라 길고 반드럽게 붓칠을 해나갔다. 화사하고 반짝거리는 게 생각보다 훨씬 더 근사해 보였다. 나는 포치의 먼 끝에서 시작해 부엌문 주변까지 칠을 했다. 두어 시간 만에 손을 뻗으면 닿는 모든 부분의 칠이 끝났다. 집 정면의 일부와 옆면은 아직 그대로였지만, 페인트의 4분의 1도 안 되는 양으로 끝낸 것이다. 모두가 도와준다면 내 손이 닿지 않는 곳을 다 칠할 수 있을 것이고, 발랄한 노란색 집을 갖는 것도 시간문제일 것이다.

그러나 엄마도 아빠도, 심지어 브라이언, 로리 언니, 모린 중 누구도 별 감흥이 없어 보였다.

"이제 집 한 군데는 노란색이 된 거네." 로리 언니가 말했다. "우리 주위 분위기가 확 달라지겠는데?"

아무래도 나 혼자서 끝까지 다 해야 할 모양이었다. 자투리 목재로 사다리를 만들어보려 했지만, 발을 디디면 어김없이 부서졌다. 며칠간 튼튼한 사다리를 만들어보려고 동분서주하는데 급작스레 한파가 몰아닥치면서 페인트가 통째로 꽁꽁 얼어버리고 말았다. 날이 풀려서 페인트가 녹은 후에 통을 열어보니 얼었던 사이 화학성분이 분리되는 바람에 한때는 반드러웠던 페인트액이 응유처럼 덩이지고 물컹물컹해져 있었다. 나는 막대기로 한껏 저어댔고, 못 쓰게 되었음을 알고 난 후에도 계속 휘저었다. 우리 형편에 구할 수 있는 페인트는 이것 한 통뿐이니, 산뜻한 노란색으로 칠한 집은커녕 예전의 우중충한 회색 집도 아닌, 바야흐로 반쯤 칠하다 만 괴상한 꼬락서니의 집이 될 것이고, 애초 수리를 하려다가 흥을 잃어 손을 놔버린 사람이 살고 있다고 사람들이 대놓고 떠들어댈 게 뻔했기 때문이었다.

리틀 호바트 스트리트를 따라가다 보면 지형이 몹시도 깊고 좁은 곳이 나왔는데, 햇빛을 쬐려면 파이프로 전송해야 할 곳이란 농담이 오갈 정도로 어두웠다. 그 동네엔 어린애들이 많았고, 그 덕에 모린은 생전 처음 진짜 친구들을 사귈 수 있었다. 우리는 모두 그곳 산자락에 있는 주방위군 훈련소에서 자주 놀았다. 남자애들은 훈련장에서 풋볼을 했고, 내 또래 여자애들은 대개 훈련소를 에워싼 벽돌담에 기대 앉아 머리를 빗고, 립글로스를 고쳐 바르고, 상고머리 예비군들이 휘파람을 불며 지분거리면 분개한 척 은근히 즐기면서 오후시간을 보냈다. 개중 하나인 신디 톰슨이 나와 친해지려고 꽤 열심이었는데, 나중에 알고 보니 어디까지나 날 청소년 KKK단에 가입시키려고 그랬던 거였다. 화장을 하거나 침대 시트 같은 옷을 걸치는 것에 그다지 매력을 느끼지 못한 나는 남자애들과 풋볼을 하며 놀았다. 남자애들은 선수가 모자랄 경우, 남자만 한다는 경기 규칙을 보류하고 나를 팀에 받아주기도 했다.

웰치의 잘사는 집들은 우리 동네에 살지 않았다. 광부들이 도로변 집에 살긴 했지만, 대부분의 어른들은 전혀 일을 하지 않았다. 남편 없는 여자들도 있었고, 몇몇 남자들은 진폐증을 앓고 있었다. 그 밖에 거의 모든 사람들은 자기들 사는 문제에 치어서, 아니면 아득바득 살 이유를 찾지 못해서, 어쩔 수 없이 정부 보조에 기대어 살고 있었다. 그러나 리틀 호바트 스트리트에서 제일가는 가난뱅이인 우리 엄마 아빠는, 생활보호도 식량배급권도 일절 신청하지 않았다. 두 분은 늘 자선을 거부했다. 선생님이 우리에게 교회 자선행사에서 받은 옷이 든 가방을 주었을 때 엄마는 우릴 시켜 돌려보냈다.

"우리가 알아서 잘 살 수 있으니까." 엄마 아빠는 입버릇처럼 말했다. "우린 거지가 아니니까."

당장 입에 풀칠도 못할 지경이 되면 엄마는 리틀 호바트 스트리트엔 우리보다 더 힘들게 사는 아이들이 있음을 줄곧 일깨웠다. 그래디 집안의 열두 아이들은 아빠가 없었다. 탄광이 무너져 죽었다고 하는 사람도 있고, 창녀와 도망쳤다고 하는 사람도 있었다. 그래디 아줌마는 편두통 때문에 종일 드러누워 있었다. 그래서 그 집 남자애들은 손도 대지 못할 정도로 제멋대로였다. 그 애들은 모두 청바지와 찢어진 티셔츠를 입었고, 머리는 이가 생기지 않게 빡빡 밀어서 누가 누군지 분간이 안 됐다. 그중 맏이가 엄마 침대 밑에서 아빠의 오래된 산탄총을 발견했을 때, 브라이언과 나를 과녁으로 삼아 사격연습을 하겠다며 산탄을 쏴대는 바람에 우린 죽지 않으려고 숲으로 달려 도망쳐야 했다.

홀 가족 이야기도 빼놓을 수 없다. 그 집의 여섯 자녀는 모두 정신지체가 있어서 중년의 나이에도 엄마 아빠와 같이 살고 있었다. 그중 맏이로 마흔두 살인 케니 홀은 내가 친절하게 대해주자 내게 홀딱 반하게 되었다. 동네 아이들이 케니더러 1달러를 주거나 팬티를 내리고 고추를 보여주면 나와 데이트할 수 있게 해주겠다며 놀려댔다. 어느 토요일 밤, 그렇게 성사가 된 건지 케니가 우리 집 앞에 선 채로 흐느껴 울며 왜 자기랑 데이트해주지 않느냐고 소리소리 질러댔다. 결국 나는 내려가서 그에게 다른 애들이 장난을 친 것이고, 그가 장점이 많은 사람인 건 알고 있지만 난 나이 든 남자와는 데이트를 하지 않는다고 설명해야 했다.

리틀 호바트 스트리트에서 제일 힘들게 사는 경우를 꼽으라면 패스터 가족이라고 말해야 할 것 같다. 그 집 엄마 지니 수 패스터는 동네 창녀였다. 서른세 살의 지니 수 패스터에겐 딸이 여섯, 아들이 하나였는데, 이름이 모두 Y자로 끝자돌림이었다. 남편 클래런스 패스터는 진폐증에 걸려 하루 종일 그 큰 집의 기울어져가는 포치에 앉아 있었지만 지나가는 사람에게 미소를 짓거나 손을 흔드는 일은 일절 없었다. 얼어붙은 것처럼 마냥 그 자리에 앉아 있을 뿐이었다. 동네 사람들은 하나같이 그가 발기불능이 된 지 오래돼서 자식들 중 그의 피붙이는 하나도 없다고 떠들어댔다.

지니 수 패스터는 다른 사람들과 어울리는 일이 거의 없었다. 처음에 난 그 여자가 하루 종일 레이스 잠옷 차림으로 누워 담배를 피우며 남자 손님의 전화를 기다리는지 궁금했다. 배틀마운틴 시절에 그린랜턴 포치에서 빈둥대던 여자들—그들이 실제로 하는 일이 뭔지는 이미 오래전부터 알고 있었다—은 흰색 립스틱을 바르고 검은색 마스카라를 칠한 얼굴에 브래지어 윗부분이 보이게 블라우스 윗단추를 푼 모습이었다. 그러나 지니 수 패스터는 창녀처럼 보이지 않았다. 노랗게 염색한 머리에 행색이 추레했고, 이따금씩 앞마당에 나와 장작을 패거나 석탄더미에서 석탄을 통에 담는 걸 볼 수 있었다. 평소에는 리틀 호바트 스트리트의 여느 여자들처럼 앞치마를 두르고 있었다. 어딜 봐도 평범한 주부처럼 보였다.

나는 그녀가 창녀 일을 하면서 그 많은 애들은 어떻게 돌보는지도 궁금했다. 어느 날 밤, 그 집 앞에 멈춰 선 차가 헤드라이트를 두 번 깜빡이는 걸 보았다. 1분 후 지니 수가 문을 열고 달려 나오더니 조수석에 탔고, 차는 그대로 떠나버렸다.

캐시는 지니 수 패스터의 첫째 딸이었다. 다른 애들은 그 애를 숫제 부랑아 취급을 했고, 그 애 엄마는 "갈보"이고 그 애는 "이투성이"라고 놀려댔다. 그 애 머리에 이가 들끓었던 건 사실이다. 캐시는 나랑 친해지려고 무던히도 노력했다. 어느 날 오후 학교가 끝나고 집으로 오면서 내가 캘리포니아에서 산 적이 있다고 말하자 그 애는 환해진 표정으로 엄마가 늘 가고 싶어 하는 곳이라고 말했다. 그러면서 자기 집에 가서 엄마에게 캘리포니아에서 살 때 어땠는지 이야기해달라는 것이었다.

당연히 나는 갔다. 그린랜턴 안에 들어가본 적은 없었지만 바야흐로 진짜 창녀를 가까이에서 보게 된 것이다. 알고 싶은 게 많았다. 몸을 파는 게 쉽게 돈을 벌 수 있는 방법일까? 몸을 파는 건 재미있을까? 아니면 구역질이 나는 일일까? 캐시와 여동생들과 그 애 아빠는 지니 수가 창녀라는 걸 알고 있을까? 그렇다면 그걸 어떻게 생각할까? 대놓고 그렇게 물어볼 생각은 없었지만 그 집에 들어가 지니 수를 만나면 대답에 준하는 사실들을 알게 될 거라고 생각했다.

클래런스 패스터는 예의 포치에 앉아 있었고, 캐시와 내가 지나가도 눈 하나 깜짝하지 않았다. 집 안에 들어가니 유개 화물차처럼 연결된 작은 방들이 보였다. 개네 집이 침식하는 산허리에 자리 잡고 있어서인지 바닥도 천장도 창문도 제각기 다른 각도로 기울어져 있었다. 벽엔 그림 한 점 걸려 있지 않았지만, 시어스 로벅 카탈로그에서 찢어낸 근사하게 차려입은 여자 사진들을 테이프로 붙여 놓았다.

캐시의 여동생들이 반쯤 벗은 채 요란하게 뛰어다니고 있었다. 서로 닮은 데라곤 찾아볼 수 없는 애들이었다. 하나는 빨간 머리, 하나는 금발, 하나는 검은 머리였고, 나머지 애들은 색조가 다 다른 갈색 머리였다. 막내 '스위트맨'이 뭉툭한 피클 조각을 빨면서 거실 바닥을 기어 다니고 있었다. 지니 수 패스터는 부엌 테이블에 앉아 있었다. 팔꿈치께에 커다란 구이용 고기가 놓여 있었다. 우리 집 형편으론 도저히 사 먹을 수 없을 만큼 비싼 거였다. 그녀는 피로에 찌든 주름진 얼굴이었지만 발랄하고 너그러운 미소를 지었다.

"만나서 반가워." 그녀가 셔츠 자락에 두 손을 문질러 닦으며 내게 말했다. "손님은 통 온 적이 없어서."

지니 수가 우리에게 테이블 의자를 권했다. 그녀가 움직일 때마다 거대한 가슴이 출렁거렸다. 금색으로 염색한 머리 뿌리 부분은 검은색이었다.

"닭 요리 하는데 너희들 모두의 도움이 필요해. 그럼 내가 지니 수의 특제 치킨롤을 만들어줄게." 그녀가 나를 돌아보았다. "닭살을 깨끗하게 발라낼 줄 아니?"

"그럼요." 내가 말했다. 하루 종일 아무것도 못 먹은 터였다.

"아, 그럼 해볼래?" 지니 수가 말했다.

나는 먼저 날개를 잡고 가늘고 긴 뼈를 뜯어내 그 안에 들어 있는 살점을 남김없이 발라냈다. 그런 다음 다리와 대퇴골 작업에 들어갔다. 관절을 딱 소리 나게 꺾은 다음 힘줄을 뜯어내고 골수를 파냈다. 같이 살을 발라내던 캐시와 지니 수가 손을 놓고 나를 지켜보았다. 나는 다들 놓치는 꼬리 부분의 맛 좋은 살점까지 발라낸 후, 닭고기를 뒤집어서 젤리 같은 지방과 살점들을 손톱으로 파냈다. 닭의 뱃속에 팔꿈치까지 집어넣어 흉곽에 붙어 있는 살점들을 남김없이 발라냈다.

"어머, 얘." 지니 수가 말했다. "내 평생 너처럼 닭고기 살을 잘 발라내는 애는 처음 봐."

나는 대부분은 먹지 않는 닭 가슴뼈에 달린 작살 모양 연골을 들고 흡족하게 오도독오도독 소리를 내며 깨물어 먹었다.

지니 수가 그릇에 닭살을 모아 담고, 마요네즈, 치즈위즈와 섞은 후 감자칩 한 줌을 부숴서 넣었다. 그걸 원더브레드 식빵 두 조각에 바른 다음 원통형으로 돌돌 말아서 우리에게 건네주었다.

"담요를 덮은 새란다." 그녀가 말했다. 맛이 정말 좋았다.

"엄마, 저넷이 캘리포니아에서 산 적이 있대." 캐시가 말했다.

"그래?" 지니 수가 말했다. "캘리포니아에 살면서 스튜어디스가 되는 게 아줌마 꿈이었는데." 그녀가 한숨을 내쉬었다. "블루필드 이상은 가지 못했네."

나는 그들에게 캘리포니아에서 어떻게 살았는지를 이야기해주었다. 버려진 탄광촌 이야기엔 전혀 관심이 없는 것을 금세 눈치챈 나는 샌프란시스코와 라스베이거스 이야기를 했다. 캘리포니아에 있는 덴 아니었지만, 그들은 상관하지 않는 것 같았다. 나는 거기서 오랫동안 살았던 것처럼, 또 멀찍이서 본 적이 있는 쇼걸들이 내 친한 친구이자 이웃들인 것처럼 꾸며냈다. 번쩍번쩍한 카지노와 매력적이고 부유한 도박꾼들, 야자수와 수영장, 에어컨에서 얼음처럼 찬 바람이 나오는 호텔과 흰 장갑을 낀 여자가 아이스크림에 불을 붙여주던 식당 이야기도 했다.

"와, 세상에서 제일 멋진 곳이구나!" 지니 수가 말했다.

"그럼요, 아줌마. 정말 그래요." 내가 그녀에게 말했다.

'스위트맨'이 울면서 들어왔다. 지니 수가 그를 안아 들고선 손가락에 묻은 마요네즈를 빨아먹게 했다.

"너 살코기를 정말 잘 발라내더라. 보아하니 이담에 커서 구운 치킨과 불꽃 디저트를 원하는 만큼 먹을 수 있게 될 거 같은데." 지니 수가 그렇게 말하더니 내게 윙크했다.

집으로 돌아올 때에야 비로소 애초 품었던 궁금증을 전혀 해결하지 못했음을 깨달았다. 그 집에서 지니 수와 이야기하는 동안은 그녀가 창녀라는 사실조차 떠올리지 못했었다. 한 가지, 매춘에 대해 알게 된 건, 닭고기를 식탁에 올릴 수 있다는 것이었다.

웰치에서 살면서 우린 참 많이 싸웠다. 비단 적의 공격을 막는 것만이 아니라 웰치 사람들과 어울리기 위해서 싸워야 했다. 웰치에선 달리 할 일이 거의 없었기 때문에 그랬는지도 모르겠다. 거기서 사는 게 힘겨워 사람들이 드세진 건지도 모르겠다. 어쩌면 모든 게 광산 노조화를 둘러싼 유혈싸움 때문에 비롯된 건지도 모른다. 탄광 일이 워낙에 험하고 갑갑하고 지저분해서 광부들이 기분을 잡친 상태로 집에 돌아와 아내에게 분풀이하고, 아내는 애들에게 분풀이하고, 그 애들은 우리 형제자매에게 분풀이했기 때문인지도 모른다. 이유를 막론하고, 웰치에선 남녀노소 가리지 않고 싸우는 걸 즐기는 것 같았다.

거리의 말다툼, 술집의 칼부림, 주차장의 난투, 아내 폭행, 아동 학대가 심심치 않게 일어났다. 때로는 누군가 주먹을 잘못 놀렸다가 사태를 파악하기도 전에 끝나는 경우도 있었다. 또 어떨 땐 12회전 권투 시합 버금가는 싸움이 벌어져서 구경꾼들이 몰려들어 피땀 범벅이 된 선수들을 응원하기도 했다. 몇 년이 되도록 끝나지 않는 원한과 반목도 존재했다. 1950년대에 자기 아버지를 때렸다는 이유로 그의 아들을 구타한 형제가 있었다. 자기 남편과 잤다는 이유로 절친한 친구를 총으로 쏜 여자가 있었는데, 그 남편은 나중에 총 맞은 여자의 오빠에게 칼을 맞았다. 맥도웰 스트리트를 걸으면 오가는 사람의 반이 국지전에서 얻은 상처를 간직하고 있는 것 같았다. 시퍼렇게 멍든 눈, 찢어진 입술, 부어오른 광대뼈, 멍든 팔, 까진 손가락 마디, 깨물린 귓불 등등. 사막에 살 때도 툭하면 싸움이 일어났지만, 엄마 말론 웰치만큼 싸움꾼이 많은 동네는 처음이었다.

브라이언, 로리 언니, 모린과 나는 평범한 아이들보다 더 많이 싸움에 휘말렸다. 디니티아 휴잇 일당의 경우, 우리와 싸움을 벌인 첫 번째 패거리에 지나지 않았다. 다른 애들은 우리가 빨간 머리라서, 아빠가 술주정뱅이라서, 우리가 넝마 같은 옷을 입고 다녀서, 목욕을 제때 하지 않아서, 한쪽만 노란색인 다 무너져가는 집에 살아서, 마당에 쓰레기 구덩이가 있어서, 밤에 와보니 집에 불도 들어오지 않을 만큼 가난해서, 우리와 싸우려 들었다.

하지만 우리는 거의 매번 합심해 맞서 싸웠다. 우리의 싸움 기록에서 가장 볼 만했을 뿐만 아니라 가장 대담무쌍한 전술로 승리를 거둔 건 '리틀 호바트 스트리트 전투'였다. 어니 고드와 그의 친구들에게 맞서 싸웠던 그때 내가 열 살, 브라이언이 아홉 살이었다. 어니 고드는 들창코에 목이 굵고 고래처럼 눈이 양쪽 관자놀이께에 붙어 있는 애였는데, 웰스가 사람을 동네에서 몰아내는 것이 자기 명예가 걸린 사명이나 되는 것처럼 굴었다. 어느 날 내가 훈련소 옆 탱크 위에서 다른 애들과 놀고 있을 때 어니 고드가 나타나 내게 돌멩이를 던지면서 웰스 것들한테서 나는 냄새 때문에 살 수가 없다며 전부 웰치에서 꺼지라고 말한 것이 싸움의 발단이었다.

이에 나도 돌멩이를 두 개 집어 던지면서 날 건드리지 말라고 말했다.

"안 건드리게 해보시지." 어니가 말했다.

"난 쓰레기는 남기지 않아." 나는 소리쳤다. "태워버리지."

독창성은 떨어지지만 거의 언제나 먹혀들어서 써먹는 말이었다. 하지만 이번 경우는 도리어 역효과를 낳았다.

"너희 월스 것들은 쓰레기를 안 태우잖아!" 어니가 큰 소리로 되받아쳤다. "집 바로 옆 구덩이에 던져버리잖아! 쓰레기 속에 파묻혀 사는 주제에!"

반박할 말을 생각해봤지만 헛수고였다. 어니가 한 말은 사실이었으니까. 우리는 쓰레기에 파묻혀 살았다.

어니가 내게 불쑥 얼굴을 들이밀었다.

"쓰레기! 쓰레기라서 쓰레기에 파묻혀 사는 거야!"

나는 그를 힘껏 밀쳤고, 다른 애들이 도와주길 바라며 고개를 돌려보았지만 슬슬 물러서며 땅바닥만 쳐다보는 것이 쓰레기 구덩이를 끼고 사는 집의 여자애랑 놀다 들킨 게 부끄러운 모양이었다.

그 주 토요일에, 브라이언과 소파에서 책을 읽고 있는데 집 유리창 하나가 박살이 나면서 돌멩이 하나가 집 안 바닥에 떨어졌다. 문으로 달려가 보니 어니와 그의 친구 셋이 자전거를 타고 리틀 호바트 스트리트를 내려가면서 미친 듯이 함성을 질러대고 있었다.

"쓰레기! 쓰레기! 너네 집 사람들은 쓰레기야!"

브라이언이 포치로 나갔다. 그 패거리 중 한 명이 집어 던진 돌멩이가 브라이언의 이마를 맞혔다. 브라이언은 휘청대며 뒷걸음질을 치다가 이내 계단을 달려 내려갔지만, 어니 패거리는 함성을 지르며 자전거를 타고 가버린 뒤였다. 브라이언이 다시 계단으로 돌아왔을 때, 피가 뺨을 타고 티셔츠까지 흘러내리고 있었고, 눈썹 위에는 벌써 혹이 부풀어 오르고 있었다. 몇 분 후 어니 패거리가 돌아와 또다시 돌멩이를 던져댔다. 그러면서 월스네 애들이 사는 돼지우리를 진짜로 봤으니 학교에 가서 소문보다 훨씬 더 더럽더란 말을 할 거라고 소리쳤다.

이번엔 브라이언과 나 둘이서 그들을 쫓아갔다. 그들의 수가 더 많았지만 우리를 놀려먹는 게 재미있어서 맞대응하진 않았고, 첫 번째 급커브 길을 돌아 사라져버렸다.

"다시 올 거야." 브라이언이 말했다.

"어떻게 하지?" 내가 물었다.

잠시 앉아서 생각하던 브라이언이 계획이 있다고 말했다. 그러고는 집 아래에서 밧줄을 찾아내 리틀 호바트 스트리트 너머 산허리의 공터로 날 데려갔다. 몇 주 전, 브라이언과 나는 야영을 할 생각에 낡은 매트리스를 끌어다 놓은 터였다. 브라이언은 내게 그 매트리스에 돌멩이를 쌓고, 밧줄을 매트리스에 연결해 나뭇가지에 걸면 책에서 읽은 중세시대의 투석기처럼 쓸 수 있다고 설명했다. 곧바로 그 기묘한 장치를 만들어 한 번 테스트를 해보았다. 셋을 세고 밧줄을 뒤로 확 잡아당기자, 정말 됐다. 길 아래쪽으로 돌멩이들이 우르르 쏟아진 것이다. 우리는 쾌재를 불렀다. 이거면 어니 고드 일당을 죽일 수도 있을 거라고 믿어 의심치 않았다. 우리는 정말로 그들을 죽이고 자전거를 빼앗을 것이며, 그들의 시체는 본보기로 길 위에 내버려둘 작정이었다.

우리는 매트리스에 돌멩이를 쌓고 투석기를 장착한 다음 기다렸다. 몇 분 지나자 어니 일당이 급커브 길목에 다시 나타났다. 다들 한 손으로 자전거를 타며 다른 손엔 달걀만 한 돌멩이를 쥐고 있었다. 그리고 진군하는 포니족 전사들처럼 서로 살짝 거리를 두고 일렬종대로 전진해왔다. 그들을 일망타진하는 건 불가능했기 때문에 우린 두목인 어니를 겨눴다. 그가 사정거리 안으로 들어왔을 때 브라이언의 명령과 동시에 밧줄을 뒤로 홱 당겼다. 매트리스가 쏜살처럼 앞으로 쏠리면서 돌멩이 포탄들이 허공을 날았다. 돌들이 어니의 몸에 퍽퍽 부딪히고, 땅에 딱딱 떨어지는 소리가 들렸다. 어니가 비명을 질렀고, 자전거가 미끄러지자 욕지기를 해댔다. 뒤에서 오던 애 하나가 어니와 부딪히더니 둘 다 넘어졌다. 다른 둘은 자전거의 방향을 돌려 재빨리 도망쳤다. 브라이언과 나는 손에 잡히는 대로 돌팔매를 던졌다. 걔네들이 내리막에 있어서 돌을 던지기가 수월했고, 몇 번은 정통으로 맞히기도 했다. 돌들은 땡 소리를 내며 그들의 자전거 도료에 흠집을 냈고 펜더를 찌그러뜨렸다.

"돌격!"

브라이언이 소리쳤다. 우리는 무서운 속도로 언덕을 내달렸다. 어니 일당은 얼른 자전거에 껑충 올라타선 죽어라 페달을 밟아댔고, 간신히 우리의 공격을 면했다. 그들이 굽잇길을 돌아 사라졌을 때 브라이언과 나는 돌들이 흩어진 길에서 승리의 춤을 추며 전사의 함성을 질렀다.

날이 따뜻해지자 리틀 호바트 스트리트를 둘러싼 가파른 산에 메부수수한 아름다움이 깃들었다. 천남성과 금낭화가 야생의 싹을 틔웠다. 길가엔 흰색 야생당근꽃과 보라색 풀협죽도와 주황색의 큼지막한 원추리들이 피어났다. 겨울의 숲에선 버려진 자동차와 냉장고와 폐가의 골조들이 보였는데, 봄이 되니 덩굴과 잡초와 이끼가 자라나 순식간에 덮어버려 자취를 찾아볼 수 없었다.

여름이라서 좋은 점 하나는 빛이 많이 들어서 책을 읽을 수 있다는 점이었다. 엄마는 말 그대로 책을 쌓아놓고 살았다. 1, 2주에 한 번은 웰치 공립도서관에 갔고, 베갯잇 두 장에 소설, 전기, 역사책을 가득 채워서 집에 왔다. 그러고는 그 책들을 들고 침대에 드러누웠고, 이따금씩 눈을 들어 미안하다고, 더 생산적인 일을 해야 하는 건 알지만 아빠와 마찬가지로 자기도 중독증세가 있는데 그중 하나가 책 중독이라고 말했다.

우리 셋도 책을 읽었지만 배틀마운틴 시절 기차역을 개조한 집 안에 다 함께 둘러앉았을 때와 같은 일체감은 결코 느낄 수 없었다. 웰치에선 각자 집 안의 다른 구석으로 사라져버렸으니까. 밤이 되면 우리는 밧줄과 마분지로 만든 침대에 누워, 미리 나무 상자에 놔둔 손전등이나 양초 불이 만든 각자의 작고 칙칙한 빛 웅덩이 속에서 책을 읽었다.

로리 언니는 책이라면 자다가도 일어날 정도의 책벌레였다. 판타지와 SF소설의 매력에 흠뻑 빠진 언니는 특히 『반지의 제왕』에 열광했다. 책을 읽지 않을 때면 늘 오크나 호빗을 그렸을 정도니까. 언니는 모든 식구에게 그 책을 전도하려고 했다. "이 책을 읽으면 다른 세계로 보내준다니까." 그렇게 말하면서.

나는 다른 세계로 가고 싶은 마음은 없었다. 나는 역경과 맞선 사람들에 관한 책을 가장 좋아했다. 『분노의 포도』, 『파리대왕』, 특히 『나를 있게 한 모든 것들A Tree Grows in Brooklyn』이 좋았다. 이 책의 주인공 프랜시 놀란과 내가 꽤 비슷하다는 생각이 들었다. 딱 하나, 그녀는 50년 전에 브루클린에서 살았고, 그녀의 어머니는 늘 집을 정갈하게 유지했다는 건 다르지만. 프랜시 놀란의 아버지는 우리 아빠 같았다. 프랜시가 자신의 아버지에게서 변변치 못한 주정뱅이라고 세상이 아는 것 이상의 좋은 면을 봤는지는 잘 모르겠다. 하지만 난 아빠를 믿을 만큼 구제 불능의 멍청이는 아니었던 것 같다. 아니, 믿으려는 노력도 하지 않았다. 클수록 그러기가 힘들었다.

그해 여름 어느 날 밤, 나는 침대에 누워 있고 다른 식구들이 모두 잠들어 있을 때, 현관문이 열리더니 어둠 속에서 누군가 투덜대며 들어오다가 발을 헛디뎌 넘어지는 소리가 들렸다. 아빠가 집에 온 것이었다. 거실로 나가 보니 아빠가 제도용 테이블에 앉아 있었다. 창으로 들어온 달빛에 비친 아빠의 얼굴과 머리가 피범벅이었다. 무슨 일이 있었느냐고 묻자 아빠가 대답했다.

"산과 한판 떴는데 졌어."

나는 소파베드에 누워 머리를 베개 아래 묻고 잠든 엄마를 보았다. 엄마는 한 번 자면 누가 업어가도 모를 정도로 깊은 잠을 잤다. 등유 램프를 켜고 보니 아빠의 오른쪽 팔뚝엔 크게 벌어진 상처가 있었고, 머리엔 두개골이 허옇게 드러나 보일 정도로 깊게 팬 상처가 있었다. 난 이쑤시개와 족집게를 가져다가 상처에 박힌 자잘한 돌조각들을 빼낸 다음 소독용 알코올을 부었다. 아빠는 미동도 하지 않았다. 머리에 붕대를 감으려니 머리카락 때문에 어떻게 해도 감아지지 않아서 아빠에게 상처 주위의 머리를 밀어야겠다고 말했다.

"얼씨구, 얘, 그럼 내 이미지가 망가진다고." 아빠가 말했다. "나 정도의 사회적 지위에 있는 사람은 외모가 훌륭해야 하거든."

아빠가 자기 팔뚝의 상처를 유심히 살펴보더니 팔 위쪽 지혈대를 조이고선 엄마의 반짇고리를 가져오게 했다. 그리고 뒤적거리며 비단실을 찾아봤지만 안 나오자 면실로 결정했다. 검은 실을 바늘에 꿴 아빠는 내게 건네면서 상처를 가리켰다.

"꿰매다오." 아빠가 말했다.

"아빠! 나 못 해!"

"해! 얼른, 아가야." 아빠가 말했다. "왼손으로 할 수 있으면 아빠가 할 텐데." 아빠가 미소 지었다. "아빠 걱정은 하지 말고. 아빤 지금 술에 완전히 쩔어서, 감각이 아예 없어."

아빠가 담배에 불을 붙이고 상처 난 팔을 테이블 위에 놓았다. 그리고 말했다.

"시작해."

나는 바늘을 밀어 넣었다. 바늘이 살갗을 뚫을 때 미약하게 잡아당기는 것 같은 느낌이 들었다. 눈을 감고 싶었지만 보면서 해야 했다. 좀 더 세게 바늘을 밀어 넣자 아빠의 살이 저항하는 느낌이 들었다. 꼭 고기를 꿰매는 것 같았다. 아니 고기를 꿰매는 게 맞았다.

"못 하겠어, 아빠. 미안해, 정말 못 하겠어." 내가 말했다.

"아빠랑 같이 해." 아빠가 말했다.

아빠가 왼손으로 바늘을 잡고 있는 내 손가락을 잡아 깊이 찔러 넣었고 다른 쪽으로 빼냈다. 피 몇 방울이 비쳤다. 나는 바늘을 잡아 뺀 다음 실을 가만히 잡아당겨 실밥을 단단히 조였다. 아빠가 시키는 대로 실밥의 양쪽 끝을 묶은 다음, 두 번째로 바늘을 뜨고 앞의 과정을 반복했다. 상처가 워낙 크게 벌어져 있어서 몇 바늘 더 꿰매야 할 것 같았지만 더는 아빠의 팔에 바늘을 찌를 용기가 나지 않았다.

우리는 검고 피로 질척해진 두 개의 실땀을 쳐다보았다.

"수공예 솜씨가 대단한데." 아빠가 말했다. "정말 자랑스럽다, 산양아."

다음 날 아침 집을 나설 때 보니 아빠는 계속 자고 있었다. 저녁에 집에 돌아왔을 때 아빠는 사라지고 없었다.

아빠는 한 번 나가면 며칠씩 돌아오지 않았다. 집에 온 아빠에게 어딜 다녀왔냐고 물으면 아빠는 늘 애매하거나 앞뒤가 맞지 않는 대답을 해서, 결국 묻지 않게 되었다. 집에 올 때면 아빠는 으레 식료품이 든 봉지를 양팔에 안고 왔다. 우리가 맵게 양념한 햄에 양파를 두껍게 썰어 넣은 샌드위치를 게걸스레 먹는 동안 아빠는 전미 광산 조합을 조사하는 일의 진척상황과 함께 가장 최근에 세운 돈벌이 계획을 이야기했다. 다들 일자리를 주겠다고 하지만 다른 사람 밑에서 일하면서 인사하고 알랑방귀 뀌고 명령대로 하는 것엔 관심이 없다고 했다.

"남 밑에서 일하면 큰돈은 절대 못 만지거든." 아빠가 말했다.

아빠는 일확천금에 집중했다. 웨스트버지니아에 황금이 없을 수도 있지만, 큰돈을 모을 방법은 얼마든지 있다고 했다. 예를 들어 아빠는 석탄을 좀 더 효율적으로 태우는 기술을 개발 중이었다. 성공하면 최저급 석탄도 캐내서 팔 수 있을 것이고, 그 시장이 정말 크기 때문에 우린 꿈꾸던 것보다 더 부자가 될 거라는 것이다.

나는 아빠의 계획을 열심히 들어주었고 그 말이 사실이길 바라면서 응원해주려고 애썼지만, 실상은 전혀 거리가 멀었다. 돈이 들어오는 건 아빠가 극히 드물게 임시직으로 일하거나 엄마가 텍사스 땅 채

유권을 임대해준 원유회사에서 보내줄 때뿐이었다. 문제의 땅이 얼마나 큰지, 정확히 어디에 있는지 엄마는 한 번도 제대로 말해준 적이 없었고, 팔 생각도 없었다. 우리가 아는 건 두 달에 한 번씩 수표가 생겼고, 그러면 며칠간은 실컷 먹을 수 있다는 것이었다.

전기가 들어오면 우린 콩 요리를 많이 해 먹었다. 큰 자루에 가득 든 강낭콩을 1달러도 안 되는 돈에 살 수 있었고, 그걸로 며칠을 연명할 수 있었다. 마요네즈를 듬뿍 한 스푼 넣으면 맛이 좋았다. 엄마가 두뇌에 좋다고 말한 꽁치 볶음밥도 많이 먹었다. 꽁치는 참치보다는 맛이 떨어졌지만 형편이 끔찍하게 안 좋을 때 가끔 먹었던 고양이 사료보다는 나았다. 때로 엄마는 저녁식사라며 커다란 봉지에 든 팝콘을 튀겨주기도 했다. 엄마는 팝콘에 섬유질이 많다고 했고, 갑상선종을 예방해준다는 이유로 소금을 엄청나게 뿌렸다.

"우리 애들이 펠리컨처럼 보이는 건 싫어." 엄마가 말했다.

엄청난 액수의 로열티 수표가 덤으로 들어왔을 때 엄마가 햄 통조림을 사준 적이 있었다. 우리는 그걸 두껍게 썰어 샌드위치에 넣어서 며칠 동안 먹었다. 집에 냉장고가 없어서 남은 햄은 찬장에 놔두었는데, 일주일쯤 지나서 저녁식사로 한 조각 잘라 먹으려고 봤더니 작고 하얀 애벌레들이 붙어 기어 다니고 있었다.

엄마가 소파베드에 앉아 막 잘라낸 햄을 먹고 있었다.

"엄마, 햄에 구더기가 들끓어." 내가 말했다.

"까다롭게 굴지 마." 엄마가 내게 말했다. "구더기 붙은 부분만 잘라내. 안쪽은 괜찮으니까."

그즈음 브라이언과 나는 약탈 전문가가 되었다. 여름과 가을엔 사과와 블랙베리, 파파야를 따먹었고, 올드맨 윌슨 농장에서 옥수수자루를 훔쳤다. 옥수수—올드맨 윌슨 농장에서 가축을 먹이려고 재배하던 것이었다—는 거칠었지만 열심히 씹으면 삼킬 수 있었다. 한 번은 다친 지빠귀를 보고 담요를 뒤집어씌워 잡은 적이 있었다. 동요에 나오는 것처럼 지빠귀 파이를 만들어 먹을 생각이었지만, 우리 손으로 차마 새를 죽일 수 없었다. 그게 아니더라도, 새가 너무 앙상해서 먹을 수 없을 것 같았다.

미국자리공 샐러드라는 게 있다는 얘기를 주워들은 브라이언과 나는 집 뒤에 미국자리공이 한 뙈기 자라고 있으니 한 번 만들어보자고 마음먹었다. 먹을 만하면 완전히 다른 먹거리가 생길 거라는 계산이었다. 처음엔 생으로 먹어봤는데 혀가 아릴 정도로 써서 삶게 되었고, 삶는 동안 기대에 부풀어 '자리공 샐러드 애니*'를 불렀다. 정작 삶은 자리공 맛은 시큼하고 질겼고 며칠 동안 혀가 아려 고생했다.

먹거리 사냥에 나선 어느 날, 버려진 집의 창문을 통해 안으로 들어간 적이 있었다. 방은 하나같이 작았고 바닥도 더러웠지만, 부엌에 가보니 통조림이 부엌 선반에 쭉 놓여 있는 게 보였다.

"대박!" 브라이언이 큰 소리로 외쳤다.

"축제를 벌이자!" 내가 말했다.

통조림은 먼지 더께를 입은 채 녹슬어가고 있었지만, 음식을 장기간 보존하려고 통조림을 만드는 거니까 먹어도 괜찮을 거라고 우리는

---

* Poke Salad Annie. 1968년 미국의 싱어송라이터 토니 조 화이트가 발표해 히트한 포크송으로 가난한 남부의 소녀와 가족을 주제로 한 노래.

생각했다. 내가 토마토 통조림 하나를 건네자 브라이언은 주머니칼을 꺼냈다. 깡통에 구멍을 뚫는 순간, 눈앞에서 내용물이 폭발했고 우리 둘 다 거품이 이는 갈색 과즙을 뒤집어썼다. 몇 개를 더 뚫어봤지만 마찬가지로 폭발했고, 우린 결국 아무것도 못 먹고 셔츠고 얼굴이고 할 것 없이 썩은 토마토 즙으로 칠갑한 채 집으로 돌아왔다.

6학년이 되자 브라이언과 나는 너무 말랐다는 이유로 놀림을 받았다. 애들은 우리더러 거미다리, 해골소녀, 담배 파이프 소제기, 각목, 뼈궁둥이, 작대기아줌마, 키다리, 기린이라 불렀고 내게 비 사이로 막가도 안 젖겠다고 말했다.

점심시간이 되어 다른 애들은 샌드위치 포장을 뜯거나 따뜻한 밥을 사 먹을 때, 브라이언과 나는 책을 꺼내 읽었다. 브라이언은 고등학교에 들어가면 레슬링팀에 들어갈 거라서 체중이 늘지 않도록 관리해야 한다고 애들에게 말했다. 나는 깜빡하고 도시락을 안 가져왔다고 말했다. 아무도 내 말을 믿지 않자 나는 점심시간 동안 화장실에 숨었다. 화장실 칸 안에 들어가 문을 잠근 다음, 행여 누가 내 신발을 볼까 봐 두 발을 벽에 디디고 있었다.

다른 여자애들이 쓰레기통에 버린 도시락을 수거하기도 했다. 사과, 삶은 계란, 피넛버터 크래커, 얇게 자른 피클, 우유 반 병, 피망가루를 넣은 치즈가 들어 있어서 한 입만 먹고 버린 샌드위치 등등. 나로선 애들이 그렇게 훌륭한 음식을 버리는 것이 도통 이해되지 않았다. 나는 화장실 칸 안으로 들어가 내가 손에 넣은 맛있는 음식을 재빨리 먹어 치웠다.

가끔이었지만 쓰레기통에서 내가 먹을 수 있는 양 이상의 음식을 발견할 때도 있었다. 푸짐한 볼로냐-치즈 샌드위치를 발견했을 때 집에 가서 브라이언에게 주려고 가방에 집어넣었다. 교실로 돌아오고 나서야 브라이언에게 어디서 그게 났는지 설명할 일이 걱정되기 시작했다. 브라이언도 쓰레기를 뒤지는 게 틀림없다는 생각은 했지만, 그런 얘긴 서로 절대 하지 않았다.

브라이언을 납득시킬 만한 구실을 생각하며 앉아 있는데, 볼로냐 냄새가 나기 시작했다. 그 냄새가 교실에 꽉 찬 것 같았다. 다른 애들도 그 냄새를 맡을까 봐 겁이 났다. 그래서 뒤돌아 내 가방이 불룩한 것을 볼까 봐, 내가 점심을 먹지 않는다는 걸 아는 그 애들이 내가 쓰레기를 뒤져 찾아낸 걸 알아차릴까 봐 겁이 났다. 수업이 끝나자마자 나는 화장실로 달려가서 샌드위치를 다시 쓰레기통에 버렸다.

모린은 늘 먹을 게 넘쳐났다. 동네방네 돌아다니며 친구들을 사귀었고, 저녁을 먹을 때가 되면 걔네들 집에 간 덕이었다. 엄마와 로리 언니는 어떻게 챙겨 먹고 사는지 전혀 알 수 없었다. 엄마의 경우는 이상하게도 날이 갈수록 살이 쪘다. 아빠도 없고 집엔 먹을 게 하나도 없이 다 함께 거실에 모여 있던 어느 날 저녁, 먹을 걸 생각하지 않으려고 애쓰는 와중에 엄마가 자꾸만 소파베드 밑 담요 속으로 들어가는 것이었다. 어느 순간 브라이언이 건너다보았다.

"엄마 뭐 씹고 있어?" 브라이언이 물었다.

"이가 아파서 그래." 엄마는 말은 그렇게 했지만, 의뭉스러운 눈빛으로 방을 흘긋 둘러보면서 우리의 시선을 피했다.

"잇몸이 안 좋아서 그래. 턱을 움직여야 혈액순환이 되거든."

브라이언이 담요를 홱 뒤집었다. 엄마 옆 매트리스에 반짝거리는 은박 포장지가 뜯겨나간 커다란 패밀리사이즈 허시 초콜릿 바가 놓여 있었다. 엄마가 이미 반을 먹어 치운 뒤였다.

엄마가 울기 시작했다. "어쩔 수 없어." 엄마는 흐느껴 울며 말했다. "설탕 중독이라 그래. 네 아빠가 알코올 중독인 것처럼."

그러면서 아빠의 음주벽을 용서했듯 자기도 용서해야 한다고 말했다. 우리는 아무 말도 하지 않았다. 브라이언이 초콜릿 바를 낚아채서 네 등분했다. 엄마가 지켜보는 가운데 우린 게걸스레 먹어 치웠다.

그해 겨울은 모질었다. 추수감사절이 지나자마자 나비만 한 크기의 굵고 축축한 눈발이 날리면서 첫 폭설이 시작되었다. 처음엔 느릿느릿 내리다가 점차 작고 물기가 덜한 눈발로 바뀌며 며칠을 계속 내렸다. 처음 웰치에 살 땐 겨울이 좋았다. 눈이 담요처럼 검댕을 덮어 감추면서 동네가 깨끗하고 포근한 느낌이 들었다. 우리 집도 리틀 호바트 스트리트의 다른 집과 엇비슷해 보였다.

하지만 혹한을 견디지 못한 어리고 여린 나뭇가지들이 뚝뚝 부러지면 바로 내 차례가 되었다. 나는 여전히 단추가 사라진 얇은 양모코트만 입고 있었다. 집에 있어도 추운 건 나아지지 않았다. 석탄 난로가 있었지만 석탄이 없었다. 웰치 전화번호부에 실려 있는 석탄 가게는 마흔두 곳이었다. 석탄 1톤이면 그럭저럭 겨울을 날 수 있었는데, 배달비까지 합쳐서 50달러는 있어야 했다. 저급 석탄은 30달러 선이었다. 엄마는 미안하지만 우리는 석탄을 살 형편이 아니라고 말했다. 난방을 하려면 다른 수를 내지 않으면 안 되었다.

석탄 배달 트럭을 보면 지나가면서 꼭 몇 개씩 석탄을 떨어뜨리곤 했다. 이에 브라이언은 내게 양동이를 들고 나가서 떨어진 석탄을 주워 오자고 했다. 우리는 리틀 호바트 스트리트를 따라 걸으면서 석탄

조각들을 주웠다. 잠시 후 한동네 사는 노우 가족이 스테이션 왜건을 타고 지나갔다. 그 집의 두 딸, 캐런과 캐럴이 보조석과 마주한 역방향 좌석에 앉아 뒷창문을 내다보고 있길래 나는 소리쳤다.

“우린 돌 수집 중이야!”

우리가 모은 석탄조각은 크기가 너무 작아서, 한 시간을 돌아다녔는데도 양동이의 반밖에 채우지 못했다. 하룻밤 저녁이라도 불을 때려면 최소한 한 양동이는 있어야 했다. 그래서 어쩌다 한 번 석탄 수집 원정에 나설 때도 있지만 대개는 나무를 땠다. 석탄과 마찬가지로 땔나무를 살 돈이 없기는 마찬가지였고 장작을 패고 쪼갤 아빠도 없는 상황이라 결국 애들인 우리가 숲에서 죽은 나뭇가지와 통나무들을 얼마나 모아 오느냐가 관건이었다.

적당하고 잘 마른 나무를 구하는 건 일종의 도전이었다. 산허리를 따라가며 물에 젖어 무거워지거나 썩지 않은 나무를 찾아 나뭇가지의 눈을 털어내는 고된 행군을 해야 했다. 그렇게 구한 나무는 겁날 만큼 빨리 타버렸다. 석탄은 뜨겁게 타오르기라도 하지만 나무는 태워봤자 그리 따뜻하지가 않았다. 우리는 모두 담요를 감싼 몸을 옴츠리고 스토브를 에워싼 채 두 손을 연기 나는 미약한 열기에 가까이 댔다. 엄마는 우리에게 유리창과 무쇠 난로 같은 현대적 이기 없이 살았던 개척시대 사람들보다 나은 처지를 감사해야 한다고 말했다.

어느 날 불이 활활 타오르는데도 서로의 입김이 보이고 창문 양면에 얼음이 맺힌 것을 보고 브라이언과 나는 불을 더 때야겠다는 일념으로 땔나무를 구하러 밖으로 나갔다. 돌아오는 길에 브라이언이 멈춰 서더니 우리 집을 쳐다보며 말했다. “지붕에 눈이 없네.” 맞는 말이었다. 지붕 위 눈은 완전히 녹아 있었다. “다른 집 지붕엔 눈이 있어.” 브라이언이 말했다. 역시 맞는 말이었다.

“이 집엔 단열재가 눈곱만큼도 없어.” 집 안으로 들어오자 브라이언이 엄마에게 말했다. “그래서 열기가 지붕으로 곧장 올라가버리는 거야.”

다시 난로에 다 모이자 엄마가 말했다.

“단열재는 없지만 우리에겐 서로가 있잖니.”

집 안이 어느 정도로 추웠냐면 부엌 천장엔 고드름이 매달렸고 싱크대에 고인 물은 단단한 얼음덩이가 되어서 지저분한 설거지 그릇들이 시멘트에 박혀 굳은 것처럼 보였다. 심지어 세수하려고 거실에 두는 냄비 안의 물조차 살얼음이 덮여 있었다. 우리는 집 안에서 코트를 껴입는 것도 모자라 그 위에 담요까지 두르고 다녔다. 잘 때도 코트를 입고 잤다. 침실에 난로가 없어서 담요란 담요를 다 끌어다 덮어도 추워서 밤마다 잠에서 깨어나 두 손으로 언 발을 비벼대야 했다.

밤이 되면 잭 러셀 테리어 팅클, 어느 날 숲속을 헤매다 온 털이 곱슬곱슬한 잡종 개 피핀과 서로 자겠다고 다퉜다. 개들을 안고 자면 따뜻해서였다. 대개는 엄마가 두 마리를 다 차지하고 뒤엉켜 잤다. 엄마가 우리보다 몸집이 크고, 개들도 추워서였다. 브라이언이 맥도웰 스트리트의 싸구려 잡화점인 G. C. 머피에서 이구아나 한 마리를 산 적이 있었다. 사막 생각이 났던 것이다. 브라이언은 ‘이기’라는 이름을 붙여준 그 도마뱀이 온기를 유지할 수 있도록 가슴에 품고 잤지만, 어느 날 밤 얼어 죽고 말았다.

우리 집 밑에 있는 수도꼭지는 물이 뚝뚝 듣게 해놓지 않으면 파이프의 물이 얼어버렸다. 날이 너무 추우면 어떻게 해도 얼어서 아침에 일어나 보면 수도꼭지에 커다란 고드름이 매달려 있었다. 그래서 나뭇조각에 불을 붙여 파이프를 녹여보려고 했지만 어찌나 꽝꽝 얼었는지 소용이 없었고 날이 풀릴 때까지 기다려야 했다. 파이프가 그렇게 얼어버리면 우린 난로 위 양철팬에 눈이나 고드름을 넣어 녹여 써야 했다.

눈이 그리 많이 쌓이지 않았을 때 두어 번 엄마가 시켜서 옆집에 가서 물 한 동이를 빌린 적이 있었다. 옆집엔 은퇴한 광부 프리먼 씨와 다 자란 아들 피넛과 딸 프리시가 살았다. 그는 날 보자마자 괄대하진 않았지만 아무 말 없이 한 1분을 쳐다보다가 고개를 절레절레 저으며 집 안으로 들어갔다. 그리고 물동이를 건네줄 때, 내가 봄이 오면 우리 집에서 얼마든지 물을 가져가도 된다고 말해도 또 한 번 재수 없이 고개를 절레절레 젓는 것이었다.

"겨울이 정말 싫어." 나는 엄마에게 말했다.

"계절마다 얻는 게 있어." 엄마가 말했다. "추운 날씨는 건강에 이로워. 병균을 죽여주니까."

우리 넷 모두 병에 걸린 적이 없는 걸 보면 일리 있는 말이었다. 하지만 온몸이 불덩이가 되어 잠에서 깨어나더라도 난 엄마에게 한마디도 하지 않았을 것이다. 아프면 뜨끈뜨끈한 교실이 아니라 얼음장 같은 집에서 한나절을 보내야 했기 때문이다.

날이 추워 좋은 점이 또 있다면 악취를 최소화할 수 있다는 것이었다. 11월에 첫눈이 내리면 우린 새해가 될 때까지 옷을 딱 한 번만 빨아 입었다. 여름에 엄마는 피닉스에서 썼던 것과 비슷한 탈수 겸용 세탁기를 사서 부엌에 들여놓은 터였다. 전기가 들어오면 옷을 빨아 현관 포치에 널었다. 산의 북쪽 분지의 날씨가 늘 눅눅한 탓에 날이 따뜻해도 며칠을 밖에 널어놓아야 빨래가 겨우 말랐다. 그렇지만 날이 추울 때 현관에 널었더니 빨래가 얼어버려서 집으로 들여왔다. 양말은 물음표 모양으로 딱딱해졌고, 바지는 너무 빳빳해서 벽에 기대 놓아도 될 정도였다. 우리는 언 빨래를 녹이려고 난로에 대고 퍽퍽 두드려댔다.

"풀을 먹일 필요는 없겠네." 로리 언니가 말했다.

그러나 1월쯤 돼서 추위도 감당 못할 정도로 우리 몸에서 고약한 냄새가 나면 그제야 엄마는 돈을 물 쓰듯 쓸 때라고 결정했고, 우린 빨래방에 갈 수 있었다. 더러워진 옷가지를 잔뜩 쑤셔 넣은 베갯잇을 질질 끌고 산을 내려가 스튜어트 스트리트까지 갔다.

엄마는 아프리카 여자들처럼 빨래 꾸러미를 머리에 이고선, 우리에게도 그렇게 하라고 했다. 자세도 편하고 척추에도 더 낫다는 이유였지만, 절대 안 될 말이었다. 행여 머리에 빨래 꾸러미를 이고 좀비처럼 걷다가 다른 애들이 볼까 봐서였다. 빨래 꾸러미를 어깨에 짊어지고 엄마를 따라가면서 사람들을 지나칠 때면 우리도 그들과 마찬가지 심정이라는 걸 보여주려고 어이없어하는 표정을 지어 보였다. 머리에 빨래를 이고 가는 저 아줌마 진짜 이상하죠?

창문에 김이 뿌옇게 서린 빨래방은 터키탕마냥 따뜻하고 축축했다. 우리는 엄마가 시키는 대로 세탁기계에 동전을 집어넣은 다음, 그 위로 올라가 앉았다. 덜컹거리는 기계가 뿜어내는 열기가 엉덩이를 데우며 온몸을 따뜻하게 덥혀주었다. 빨래가 다 끝나면 우린 젖은 빨래를 한 아름 안아 건조기에 집어넣었다. 그리고 빨래들이 재미난 놀이기구라도 탄 것처럼 이리 뒹굴 저리 뒹굴 굴러다니는 걸 구경했다. 건조까지 다 끝나면 타는 듯 뜨거운 옷들을 꺼내선 거기에 얼굴을 묻었다. 잠시 후 빨래를 테이블 위에 펼치고 셔츠 소매와 바지 솔기를 맞춰 정성스레 갰고, 양말은 짝을 맞춰 돌돌 말았다. 집에선 일절 빨래를 개는 법이 없었건만, 그렇게 해서라도 따뜻하고 아늑한 빨래방에 더 있고 싶은 마음에 온갖 핑계를 동원했다.

1월이 되어 한동안 날씨가 풀리면 좋을 것 같았지만, 정작 눈이 녹으면서 숲의 땔나무들이 흠뻑 젖어버렸다. 그런 건 불을 때 봐도 연기만 피울 뿐이었다. 땔나무가 젖으면 우린 램프를 밝히는 데 쓰는 등유를 끼얹었다. 아빠는 등유로 불을 붙이는 걸 경멸했다. 진정한 개척자는 그런 걸 써서 품격을 떨어뜨리지 않는다는 것이었다. 등유는 값이 싸지도 않은데 뜨겁게 타지도 않아서 나무에 불을 붙이려면 많은 양을 부어야 했다. 뿐만 아니라 위험했다. 아빠는 등유를 조심스럽게 다루지 않으면 폭발할 수도 있다고 했다. 그렇지만 추워 죽겠는데 땔나무가 젖어서 불이 붙지 않으면 등유를 붓는 것 말고 달리 할 수 있는 게 없었다.

어느 날 브라이언과 나는 마른 땔감을 구하러 산허리로 올라가고, 로리 언니는 집에 있으면서 불을 지피고 있었을 때였다. 젖지 않은 것처럼 보이는 나뭇가지에서 눈을 털어내고 있는데 집에서 펑 하고 크게 폭발하는 소리가 들렸다. 고개를 돌려보니 창문 안에서 불길이 치

솟고 있었다.

우리는 땔나무를 던져버리고 산허리를 달려 내려갔다. 로리 언니가 비틀대며 거실을 돌아다니고 있었다. 언니의 눈썹과 앞머리가 다 그슬렸고 머리 타는 냄새가 진동했다. 언니가 불이 잘 붙게 하려고 등유를 부었다가 아빠가 말했던 것처럼 폭발한 것이었다. 언니의 머리에 불이 붙은 것 말고 집 안은 멀쩡했지만, 불길이 코트와 치마에 번져 올라가면서 언니는 허벅지에 화상을 입었다. 브라이언이 밖으로 나가서 눈을 떠왔고, 우린 짙은 분홍색이 된 언니의 다리에 대주었다. 다음 날 보니 물집이 가득했다.

"명심해." 물집을 살피고 난 엄마가 말했다. "너희를 죽이지 못한 건 너희를 더 강하게 만들 거야."

"그게 사실이면 난 지금쯤 헤라클레스가 되어 있게?" 로리 언니가 말했다.

며칠이 지나자 물집이 터지면서 맑은 진물이 언니의 발까지 흘러내렸다. 그렇게 언니의 허벅지 앞쪽 상처들이 아물지 않은 채 몇 주를 갔고, 건드리기만 해도 아파서 언니는 담요조차 덮을 수 없었다. 설상가상 기온이 다시 뚝 떨어졌고, 언니는 담요를 걷어차는 족족 얼어버릴 듯 추위에 시달렸다.

그해 겨울 어느 날, 과제를 하러 같은 반의 캐리 매 블랭큰십이란 애의 집에 간 적이 있었다. 아빠가 맥도웰 카운티 병원관리자였던 캐리 매 가족은 맥도웰 스트리트의 견고한 벽돌집에서 살았다. 그 집 거실은 주황색과 밤색조로 꾸며져 있었고, 커튼과 소파는 격자무늬로 맞춰 놓았다. 벽엔 졸업가운 차림의 캐리 매의 큰언니 사진이 걸려 있었고, 박물관처럼 앙증맞은 조명이 비추고 있었다.

거실문 옆엔 플라스틱으로 된 작은 상자가 놓여 있었는데, 레버가 달린 윗면에 작은 숫자들이 일렬로 적혀 있었다. 캐리 매가 잠시 방을 비운 사이 그 상자를 유심히 바라보는 나를 보고 캐리 매의 아빠가 말했다.

"온도조절장치란다. 레버를 움직이면 집 안 온도를 높이거나 낮출 수 있어."

그가 날 놀린다고 생각했지만, 그가 레버를 움직이자 지하실에서 나지막하게 우르릉 소리가 나는 게 들렸다.

"지금 들리는 소리는 보일러에서 나는 거야."

캐리 매의 아빠가 말했다. 그리고 내 손을 잡아 바닥 통풍구 위에 대자, 따뜻한 바람이 위로 올라오는 게 느껴졌다. 이루 말할 수 없는 감동을 받았지만, 난 아무 말도 하지 않았다. 그러나 그 후 며칠이 지나도록 온도조절장치가 있는 리틀 호바트 스트리트 93번지의 꿈을 꾸었다. 레버만 움직이면 보일러의 따뜻하고 깨끗한 온기가 우리 집을 가득 채우는 꿈이었다.

웰치에서 맞이한 두 번째 겨울, 눈이 매섭게도 왔던 그 겨울의 끝자락에 어마가 죽었다. 아빠 말론 어마의 간이 완전히 뻗어버렸다고 했다. 엄마는 어마가 죽은 건 술 때문이라는 입장을 견지했다.

"그건 오븐에 머리를 처박고 있는 것과 조금의 차이도 없는 자살이야." 엄마는 말했다. "더 늦게 죽을 뿐이지."

이유야 어쨌건, 생전의 어마는 자기 장례식을 세세히 준비해뒀었다. 몇 년 동안 〈웰치 데일리 뉴스〉의 부고란과 검은 테를 두른 추도식 광고만 들여다보며 마음에 드는 걸 오려내 모아두었다. 그 예시문에 착안해 자신의 부고문을 직접 작성하고 퇴고를 거듭했다. 또, 자기가 바라는 대로 장례식이 진행될 수 있도록 몇 페이지에 걸친 설명서를 썼고, 찬송가와 기도문과 제일 좋아하는 장례식장도 직접 골랐다. 그리고 수의로 J. C. 페니에서 연보라색 레이스 나이트가운을 주문했고 장의사의 카탈로그에서 반짝거리는 크롬 손잡이가 달린 두 가지 색조의 연보라색 관을 골라두었다.

어마의 죽음은 엄마에게 신앙심을 고취시켰다. 우리가 목사를 기다리는 동안, 엄마는 묵주를 꺼내 어마의 영혼을 위해 기도했다. 어마는 자살한 것과 다름없으므로 구원받지 못할 거라는 걱정이 앞섰던 것이다. 그리고 우리에게 어마의 시신에 입을 맞추라고 했다. 우리는 죽어라고 거부했지만 엄마는 조문객들 앞으로 나가선 한껏 과장되게 한쪽 무릎을 꿇고선 예배당에 소리가 울릴 정도로 쪽 소리 나게 어마의 뺨에 입을 맞추었다.

나는 아빠 바로 옆에 앉아 있었다. 넥타이를 두른 아빠를 보는 건 생전 처음이었다. 넥타이를 늘 올가미라 부르던 아빠였다. 바늘 끝도 안 들어갈 것같이 표정이 굳어 있었지만 나는 아빠가 심란해하는 걸 알았다. 그렇게 심란해하는 아빠는 처음 봤기 때문에 사실 놀란 터였다. 어마는 아빠에게 악의 마수를 뻗치고 있었고, 이제 풀려나서 한시름 놓을 거라고 생각했던 것이다.

집으로 걸어가면서 엄마는 우리에게 세상을 떠난 어마를 위해 한마디씩 하라고 말했다. 우리가 말없이 발걸음을 옮기는데 로리 언니가 말을 꺼냈다.

"딩동, 마녀가 죽었다."

브라이언과 나는 킥킥거렸다. 아빠가 홱 돌아서더니 로리 언니를 싸늘하고 분노에 찬 눈으로 쳐다보았다. 순간 아빠가 언니를 두들겨 팰 거란 생각이 들 정도였다.

"어마는 아빠의 엄마였어. 어떻게 애들이…." 아빠가 이글거리는 눈으로 우릴 노려보며 말했다. "너희가 부끄럽다. 내 말이 뭔 뜻인지 알아? 부끄럽다고!"

그러고는 발길을 돌려 주니어 술집을 향했다. 우리는 그런 아빠를 빤히 쳐다보았다.

"우리가 부끄럽다고?" 로리 언니가 아빠 등 뒤에서 소리쳤다.

아빠는 걷기만 했다.

나흘이 지났다. 아빠가 돌아오지 않자 엄마는 나더러 아빠를 찾아 오라고 했다.

"왜 맨날 내가 아빠를 찾으러 가야 해?" 내가 물었다.

"아빠가 널 제일 좋아하니까." 엄마가 말했다. "네가 집에 오라고 하면 올 거야."

아빠를 추적하는 첫 단계는 옆집에 가는 것이었다. 프리먼 씨는 10센트를 주면 자기네 전화를 쓸 수 있게 해주었다. 할아버지에게 전화를 걸었지만, 아빠가 어디 있는지 전혀 모른다고 했다.

"너흰 언제쯤 전화를 놓을 거니?" 전화를 끊자 프리먼 씨가 말했다.

"엄마가 전화는 비인간적인 소통수단이라며 놓질 않으시네요."

나는 그의 커피테이블에 동전을 놓으며 말했다.

내가 제일 먼저 들르는 곳은, 언제나 주니어 술집이었다. 웰치에선 제일 좋은 술집인 그곳엔 전망창이 있었고, 햄버거와 프렌치프라이를 파는 그릴도 있었고, 핀볼 게임기도 있었다.

"왔니!"

내가 들어가자 단골 중 한 명이 큰 소리로 외쳤다.

"렉스 딸내미가 왔네. 잘 지내니, 아가?"

"잘 지내요. 감사합니다. 아빠 여기 왔나요?"

"네 아빠?" 그가 옆 사람을 돌아보며 말했다. "우리 늙은 스컹크 렉스가 어디 있지?"

"오늘 아침에 하우디 하우스에 있는 걸 봤어."

"아가, 보니까 좀 쉬어야겠구나." 바텐더가 말했다. "여기 앉아. 아저씨가 공짜로 코카콜라 줄게."

"괜찮아요. 지금 중요한 일이 있어서요."

나는 하우디 하우스로 갔다. 주니어보다 급이 하나 낮았고, 더 어두웠으며, 파는 음식은 계란절임뿐이었다. 그곳 바텐더가 퍼브로 갔다고 말해줬다. 하우디 하우스보다 급이 하나 더 낮은 곳으로, 한 치 앞도 안 보일 정도로 어둡고, 바 윗면은 끈적끈적하고, 먹을 건 전혀 팔지 않는 곳이었다. 그리고 비로소 거기서 아빠를 보았다. 다른 단골들 몇몇과 섞여 공군 시절 이야기를 떠들어대고 있었다.

그러나 날 본 아빠는 말을 멈추었고, 내가 아빠를 찾아 술집까지 왔을 때 으레 짓는 표정이 되었다. 아빠도 나도 그 순간은 늘 어색하기만 했다. 다 떨어진 옷을 걸친 딸이 비행청소년을 선도하듯 데리러 오는 상황을 달갑지 않아 하는 아빠 못지않게, 나도 더는 아빠를 데리러 오고 싶지 않았다. 채 1분도 되지 않아 날 냉랭하고 생경하게 쳐다보던 아빠가 갑자기 기운 찬 미소를 지으며 큰 소리로 말했다.

"아이고, 우리 산양! 이런 거지 같은 지하술집에서 보다니!"

"엄마가 집에 오래." 내가 말했다.

"엄마가 그러디?" 아빠가 내게 코카콜라를 시켜주더니 자기가 먹을 위스키도 한 잔 시켰다. 계속 집에 가자고 말했지만, 아빠는 집에 갈 용기를 내려면 세상의 온갖 술을 다 마셔도 시원치 않은 사람처럼 더 시켜댔다. 그리고 비틀거리며 화장실을 갔다가 와선 다시 한 잔을 더 시켰다. 술잔을 쾅 소리 나게 내려놓고 문 쪽으로 걸어가던 아빠는 문을 열려다가 발을 헛디뎌 바닥에 나자빠졌고, 내가 일으키려 해도 계속 엎어졌다.

"얘, 그래서 어디 아빨 데려가겠니." 내 뒤에 있던 한 남자가 말했다. "자, 내가 집에 데려다줄게."

"감사합니다, 선생님." 나는 말했다. "같은 방향이면 좋겠는데요."

다른 단골들까지 거들어 그의 픽업트럭 뒷칸에 아빠를 실었고, 공구상자에 기대게 해주었다. 초봄의 늦은 오후라 어둑어둑해지기 시작했고, 맥도웰 스트리트의 사람들은 가게 문을 닫고 집으로 가고 있었다. 아빠가 좋아하는 노래를 부르기 시작했다.

달려 내려오네, 아름다운 전차가
달려오고 있네, 날 집으로 데려가려

아빠는 힘과 음색과 음역이 살아 있는 근사한 바리톤의 목소리였고, 몹시 취한 와중에도 지붕이 들썩거릴 정도로 힘차게 성가를 불렀다.

요단 강 너머를 바라보네
날 집으로 데려가려 달려오는 전차를 보네
천사들이 나를 따라 날아오네
날 집으로 데려가려

난 운전석 옆에 올라탔다. 집으로 가는 내내 아빠는 뒷칸에서 계속 노래를 불렀고, '내려오네'를 지나치게 길게 뽑아서 소가 음메 우는 소리처럼 들렸다. 그 남자가 학교에 대해 물어봐서, 나는 공부를 열심히 하고 있고, 장래에 수의사나 서부의 산지가 형성된 마이오세기를 연구하는 지질학자가 될 거라고 말했다. 용암거품에서 정동석이 생겨난 경위를 이야기하는데 그가 내 말을 가로막았다.

"동네 제일가는 주정뱅이 딸치곤 꿈이 아주 원대하구나."

"차 세워주세요." 내가 말했다. "여기서부터 아빠랑 저랑 걸어갈 수 있어요."

"아, 이런, 기분 나쁘게 할 의도는 전혀 없었어." 그가 말했다. "그리고 너 혼자서 아빠를 데리고 갈 수 없다는 걸 너도 알잖니."

그래도 그는 차를 세웠다. 나는 트럭 뒷문을 열고 아빠를 끌어내려고 했지만 그 남자 말이 맞았다. 나로선 도저히 무리였다. 그래서 다시 그 남자 옆자리에 타고선 두 팔을 앞으로 꼰 채, 앞만 똑바로 쳐다보았다.

차가 리틀 호바트 스트리트 93번지에 도착했을 때, 그가 아빠를 끌어내리는 걸 도와주었다.

"아저씨 말 때문에 화났지?" 그가 내게 말했다. "실은, 칭찬으로 한 말이야."

고맙다는 인사를 했어야 했는지 모른다. 하지만 난 그가 떠날 때까지 기다리기만 하다가, 브라이언을 불러 함께 아빠를 부축해 언덕 위의 집까지 갔다.

어마가 죽고 두 달이 지났을 때, 스탠리 삼촌이 지하실에서 담배를 피우며 만화책을 읽다 잠드는 바람에 그 큰 미늘판 집이 잿더미가 되어버렸다. 할아버지와 삼촌은 용케 빠져나와 살았고, 언덕 부근의 낡은 집 지하의 창문도 없는 방 두 개짜리 아파트로 이사했다. 그 전에 살았던 마약밀매상이 벽과 천장에 스프레이페인트로 욕설과 환각적인 문양들을 그려놓았는데, 집주인은 새로 페인트칠을 해주지 않았고, 할아버지와 스탠리 삼촌도 그대로 내버려두었다.

할아버지와 삼촌 집엔 욕실이 있어서 우린 주말마다 가서 목욕을 했다. 어느 날, 차례를 기다리는 동안 스탠리 삼촌 방에서 같이 소파에 앉아 〈히 호〉*를 보고 있을 때였다. 할아버지는 하루의 태반을 무스 로지에서 지냈기 때문에 집에 없었고, 로리 언니는 목욕을 하고, 엄마는 할아버지 방의 테이블에 앉아 십자말풀이를 하던 중이었다. 문득 스탠리 삼촌의 손이 내 허벅지를 더듬는 것을 느꼈다. 나는 삼촌을 쳐다보았지만, 삼촌은 줄곧 '히 호 허니즈**'만 쳐다보고 있어서 고의로 그런 건지 아닌지 알 수 없었다. 나는 아무 말 하지 않고 그의 손을 쳐냈다. 몇 분 후, 삼촌의 손이 다시금 내 허벅지를 더듬어서 보니 스탠리 삼촌이 바지 지퍼를 내리고 수음을 하고 있었다. 그를 후려치고 싶은 심정이었지만 로리 언니가 어마랑 싸운 후 상황이 골치 아파졌던 것을 떠올리니 그러기가 두려웠다. 나는 황급히 엄마에게 갔다.

"엄마, 스탠리 삼촌이 이상한 짓을 하고 있어." 내가 말했다.

"아, 네가 그렇게 상상하는 거겠지!" 엄마가 말했다.

"날 더듬었어! 그리고 자위를 하고 있다고!"

---

* 1970년대 후반 미국에서 방영된 버라이어티 쇼.

** 〈히 호〉 쇼에 등장한 여성 출연자들.

엄마가 고개를 삐딱하게 세우고 걱정스런 표정을 지었다.

"가엾은 스탠리. 지독하게 외로웠던 거야."

"토할 거 같아!"

엄마가 내게 괜찮으냐고 물었다. 나는 어깨를 으쓱하곤 고개를 끄덕였다.

"그럼 됐어." 엄마가 말했다. 성폭행은 인지범죄라면서 말을 이었다. "다쳤다고 생각하지 않으면 다치지 않은 거야. 이런 일로 큰일 난 것처럼 구는 여자들이 얼마나 많은지. 하지만 넌 강한 거지." 말을 끝낸 엄마는 다시 십자말풀이를 하기 시작했다.

그 일이 있고 난 뒤 나는 할아버지 집에 가지 않게 되었다. 강한 건 좋지만, 또 갔다가 삼촌이 내가 자기의 추저분한 짓거리를 좋아한다고 오해할까 봐 진저리가 쳐졌다. 그래서 리틀 호바트 스트리트에서 몸을 씻을 방법을 있는 대로 강구하기 시작했다. 부엌에 다리를 접어 가슴에 딱 붙이면 그럭저럭 들어갈 수 있는 알루미늄 통이 하나 있었다. 날씨가 따뜻해지면 집 아래 수도꼭지에서 물을 가득 받아 부엌에서 목욕할 수 있었다. 목욕을 하고 나면 통 옆에 쭈그리고 앉아 머리를 물속에 담그고 머리를 감았다. 하지만 양동이에 물을 받아 부엌까지 몇 번을 오가는 게 고생스러워서, 나는 몸에서 썩는 냄새가 난다는 생각이 들 때까지 목욕을 안 하고 버텼다.

봄이 되자 며칠 동안 내린 비가 계곡을 폭포수처럼 흘러내리며 흠뻑 적셨다. 빗물은 산허리의 골짜기를 타고 내리며 바윗돌과 작은 나무들을 잡아당겼고, 길 위로 넘쳐흘렀으며, 아스팔트를 덩이지게 뜯어냈다. 샛강까지 밀려들어가 불어난 강물에선 초콜릿 밀크셰이크처럼 갈색 거품이 일었다. 샛강은 이윽고 터그 강물로 흘러들었고, 강둑을 넘어 맥도웰 스트리트의 집과 가게를 덮쳤다. 진흙이 120센티미터 넘게 들어찬 집도 있었고, 픽업트럭과 이동주택들이 쓸려가 버렸다. 버팔로 크리크 할로우에선 광산 인공호가 터지는 바람에 수심 9미터에 달하는 시커먼 물살에 쓸려 126명이 사망하기도 했다. 엄마는 땅을 수탈하고 숲을 베어내고 노천광산에서 채굴하며 자연 그대로의 배수체계를 짓밟은 인간에 대한 자연의 복수라고 말했다.

리틀 호바트 스트리트는 분지이긴 해도 워낙 고지대에 있어서 홍수 피해는 없었지만, 길 일부를 집어삼킨 빗물이 우리 집 바로 아래쪽 집들의 마당까지 치고 들어왔다. 그 물이 우리 집을 지탱하는 기둥을 둘러싼 땅까지 파헤치면서 집은 위험천만한 상태가 되었다. 부엌 천장 구멍이 점점 커지더니 침실에서 브라이언과 모린이 자는 쪽 천장으로 물이 새기 시작했다. 위쪽 침대를 쓰는 브라이언은 비가 올 때면 뚝뚝 떨어지는 물을 피하려고 방수천을 뒤집어쓰고 있어야 했다.

집 안의 모든 게 축축해졌다. 방을 가로지르는 것조차 힘들 정도로 높고 빽빽이 쌓여 있던 책과 종이와 그림 위로 미세한 푸른곰팡이가 퍼져나갔다. 한쪽 구석엔 작은 버섯들이 피어났다. 습기 때문에 집 위로 오르는 나무 계단이 부식되면서 계단을 올라가는 게 일상의 모험이 되었다. 엄마가 썩은 계단을 밟았다가 산허리로 굴러 떨어지는 바람에 몇 주 동안 팔다리에 멍 자국이 생긴 적도 있었다.

"남편한테 맞아서 이런 게 아니에요." 사람들이 쳐다볼 때마다 엄마는 이렇게 말했다. "계단을 고쳐주지 않아서 이런 거예요."

포치도 썩기 시작했다. 난간의 대부분이 무너졌고, 마룻널은 곰팡이와 녹조 때문에 누글누글하니 미끄러워졌다. 밤에 화장실을 가는 게 심각한 문제가 되었고, 모두 적어도 한 번씩은 포치에서 미끄러져 떨어졌다. 땅바닥까지 좋이 3미터는 되어 보였다.

"포치 문제를 어떻게든 해결해야 해." 나는 엄마에게 말했다. "밤에 화장실 갈 때마다 정말 너무 위험하다고."

그것도 모자라 집 아래 화장실은 물이 넘치는 바람에 전혀 쓸 수 없게 되었다. 산허리 어딘가에 직접 구멍을 파고 일을 해결하는 편이 나았다.

"맞는 말이야." 엄마가 말했다. "손을 쓸 때가 됐어."

엄마가 노란색 플라스틱 양동이를 사서 부엌 바닥에 두었다. 우리는 화장실을 가야 할 때마다 그걸 변기로 썼다. 양동이가 다 차면 용감한 정신의 소유자가 그걸 들고 밖으로 나가 구멍을 파고 양동이를 비웠다.

어느 날, 브라이언과 함께 먹을 걸 찾아 집에서 좀 떨어진 곳까지 갔을 때였다. 브라이언이 썩은 목재 하나를 집어 들었을 때 쥐며느리와 큰 지렁이들이 우글대는 곳에 다이아몬드 반지 하나가 있었다. 보석이 꽤 큼직했다. 처음에 우린 솜씨 좋게 만든 가짜라고 생각했지만, 침으로 닦아보고 아빠가 예전에 가르쳐준 대로 유리조각으로 긁어보니 진짜 다이아몬드 같았다. 근처에 살았던 노부인의 것이 분명했다. 부인은 우리가 이사 오기 전에 죽었는데 다들 정신이 돈 여자라고 했었다.

"값어치가 얼마나 나갈 것 같아?" 내가 브라이언에게 물었다.

"집 한 채를 사고도 남을걸." 브라이언이 말했다.

우리는 그걸 팔면 먹을 걸 사고 집세도 다 낼 수 있을 거라고 생각했다. 엄마 아빠는 툭하면 집세를 빼먹어서 조만간 우리가 쫓겨날 거란 말들이 오가던 터였다. 식비와 집세를 내고 각자 새 운동화 같은 특별한 걸 살 수 있을 만큼 돈이 남을지도 몰랐다.

우리는 반지를 가지고 집에 가서 엄마에게 보여주었다. 엄마가 반지를 빛에 비추어보더니 감정을 받아야겠다고 말했다. 다음 날, 엄마는 블루필드행 트레일웨이즈 버스를 탔고, 돌아왔을 때 그게 진짜

2캐럿짜리 다이아몬드라고 말했다.

"그럼 값이 얼마래?" 내가 물었다.

"그건 중요하지 않아." 엄마가 말했다.

"왜?"

"안 팔 거니까."

엄마는 할머니에게 물려받았지만 아빠가 결혼하자마자 전당포에 맡겨버린 결혼반지 대신 그걸 간직하겠다고 했다.

"하지만 엄마, 그걸 팔면 우리가 잘 먹고 잘 살 수 있는데." 내가 말했다.

"맞는 말이야." 엄마가 말했다. "동시에 내 자긍심을 높여주기도 하지. 때로는, 먹는 것보다 자긍심이 생존에 훨씬 더 중요할 때가 있어."

과연 엄마는 자긍심을 높일 필요가 있었다. 가끔씩 엄마는 완전히 무너져버렸다. 며칠을 소파베드에 드러누워 엉엉 울었고, 이따금씩 우리에게 물건을 집어 던지면서 자식만 없었어도 지금쯤 유명한 예술가가 되었을 텐데, 정작 이렇게 희생한 자길 알아주는 자식새끼 하나 없다고 소리쳤다. 다음 날이 되어 우울한 기분이 사라지면 언제 그런 일이 있었냐는 듯 그림을 그리고 콧노래를 불렀다.

새 다이아몬드 반지를 낀 지 얼마 지나지 않은 어느 토요일, 날아갈 것 같은 기분이 된 엄마는 다 함께 대청소를 할 때라고 마음먹었다. 나는 대찬성이었다. 그래서 엄마에게 집 안의 모든 가구를 들어내고 구석구석 말끔히 치운 후 꼭 필요한 것만 들여놓자고 말했다. 내 딴엔 자질구레한 것들을 치울 방법이라고 생각한 것이다. 하지만 엄마는 그러려면 시간이 너무 많이 든다고 말했고, 종이더미를 잘 정돈해 쌓고 지저분한 옷가지는 서랍 속에 개켜 넣는 선에서 끝냈다. 엄마는 우리에게 청소하는 동안 아베 마리아를 부르라고 했다.

"집 청소를 하면서 우리의 영혼도 청소할 수 있어. 일석이조인 셈이지."

오후가 되자 엄마는 자기가 조금 침울해 있었던 건 운동부족 때문이었다고 실토했다.

"그래서 앞으로 미용체조를 할 거야. 순환이 잘 되면 인생에 대한 전망도 180도 바뀌기 마련이거든." 엄마는 그 선언과 함께 허리를 수그려 두 손을 발가락에 닿도록 뻗었다.

그러곤 허리를 펴며 벌써 기분이 달라졌다면서 또 한 번 발가락에 두 손을 뻗었다. 나는 책상에서 팔짱을 낀 채 그 모습을 지켜보았다. 순환이 잘 안 되는 게 우리의 문제가 아님을 나는 알고 있었다. 굳이 허리 굽히기 운동을 할 필요가 없었다. 우리에게 필요한 건 과감한 조치였다. 열두 살이었던 나는 우리가 무엇을 선택할 수 있을지 진지하게 생각한 터였고, 공공도서관에 가서 조사를 하다가 우연히 리틀 호바트 스트리트의 다른 주민들이 생계를 유지하는 방법을 스크랩한 책자를 발견하게 되었다. 그러면서 한 가지 계획이 떠올랐고 엄마에게 이야기를 꺼낼 때만을 기다리고 있던 참이었다. 바야흐로 때가 된 것 같았다.

"엄마, 더는 이런 식으로 살 수 없어."

"나쁠 게 뭐 있니?" 엄마가 발가락에 손을 뻗었다가 다시 허공에 높이 쳐들기를 반복하면서 말했다.

"사흘 동안 팝콘만 먹고 살았잖아." 내가 말했다.

"넌 어쩜 그렇게 늘 부정적이니?" 엄마가 말했다. "꼭 네 할머니 같아. 늘 트집 잡고, 잡고 또 잡고."

"난 부정적인 게 아니야." 내가 말했다. "현실적이 되려는 거지."

"난 이 상황에서 최선을 다하고 있어." 엄마가 말했다. "네 아빠에 대해선 싫은 소리 한 번 안 하면서. 네 아빠가 성인군자도 아닌데."

"알아." 나는 그렇게 말하고 손가락으로 책상 가장자리를 훑었다. 늘 그 자리에 피던 담배를 두는 아빠 때문에 까맣게 탄 담배 자국들이 한 줄로 골이 져 있는 게 마치 가장자리 장식 같았다.

"엄마, 엄마가 아빠와 헤어져야 해." 내가 말했다.

엄마가 허리 굽히기 운동을 멈추었다.

"네가 그런 말을 할 줄은 몰랐다." 엄마가 말했다. "하고 많은 사람들 중에서 네가 아빠를 배신하다니 믿을 수가 없네."

엄마는 내가 아빠를 마지막까지 옹호해야 할 사람이고, 아빠의 모든 변명과 거짓 이야기를 믿어주고 미래의 계획이 이루어질 거라 응원하는 척할 유일한 사람이라고 말했다.

"그런 네가 어떻게 이럴 수 있니?" 엄마가 말했다.

"아빠를 탓하는 게 아냐." 나는 말했다. 아빠를 탓하는 게 아니었다. 하지만 내 눈에 아빠는 스스로를 파괴하기로 작정한 사람처럼 보였고, 우리마저 그 지경으로 몰고 갈까 두려웠다.

"우린 벗어나야 해."

"하지만 난 네 아빠를 떠날 수 없어!" 엄마가 말했다.

나는 엄마에게 아빠를 떠나면 정부 보조를 받을 수 있다고, 지금은 신체 건강한 남편이 있기 때문에 받을 수 없다고 말했다. 리틀 호바트 스트리트 주민의 절반은 물론 학교에도 몇 명이 정부 보조를 받아가며 살고 있었는데 나쁘지 않았다. 엄마가 정부 보조를 받는 것에 반대하는 건 나도 알지만, 그 아이들은 식량배급권과 피복수당을 받았다. 주 정부가 그들에게 석탄을 사주고 학교의 점심식사 비용도 대주었다.

엄마는 들으려고도 하지 않았고, 정부 보조는 애들에게 만회할 수 없는 심리적 손상을 가한다고 말했다.

"가끔은 배를 곯을 수도 있어. 하지만 먹고 나면 괜찮아져. 한동안 추울 수 있어. 하지만 언제든 따뜻해지지. 한 번 정부 보조에 의지하기 시작하면 사람이 변해. 정부 보조를 받는 신세에서 벗어나더라도 한때 자선에 의지해 살았다는 치욕에서 결코 벗어나지 못할 거야. 한평생 그 흉터를 안고 살게 될 거야."

"알았어." 내가 말했다. "자선에 의지할 수 없다면, 그럼 취직을 해."

배틀마운틴처럼 맥도웰 카운티도 교사가 부족했기 때문에 엄마는 곧바로 교사 일을 할 수 있을 것이고, 월급이 들어오면 시내에 작은 아파트로 이사할 수 있을 것이었다.

"그런 인생은 정말 끔찍할 거 같은데." 엄마가 말했다.

"이보다 더 끔찍할까?" 내가 반문했다.

엄마는 침묵했다. 생각에 잠긴 것 같았다. 잠시 후 고개를 든 엄마의 얼굴엔 잔잔한 미소가 어려 있었다.

"난 네 아빠를 떠나지 못해." 엄마가 말했다. "가톨릭 신앙에 위배되는 일이야." 그리고 엄마는 한숨을 내쉬었다. "어쨌거나, 너도 네 엄마가 어떤 사람인지 알잖니. 난 스릴 중독자라는 거."

엄마는 아빠를 떠나라고 한 내 말을 아빠에게 언급조차 하지 않았다. 그해 여름까지도 아빠는 내가 자기의 제일 든든한 조력자라고 생각했고, 그 방면에서 날 앞지르려는 경쟁자가 없었다는 걸 생각하면 실상 그러했을 것 같다.

6월의 어느 오후, 나는 아빠와 함께 포치의 양옆에 다리를 대롱거리며 앉아서 집 아래쪽을 내려다보고 있었다. 그해 여름은 숨이 잘 쉬어지지 않을 정도로 더웠다. 평소 37도를 웃도는 피닉스나 배틀마운틴보다 더 더운 것 같았다. 그래서 아빠가 32.2도라고 말했을 때, 난 온도계가 고장 난 게 분명하다고 말했을 정도였다. 하지만 아빠는 우리가 이런 습한 열기와 달리 건조한 사막의 열기에 익숙해서 그런 거라고 말했다.

아빠는 스튜어트 스트리트를 따라 난 계곡의 아랫동네가 훨씬 더 덥다고 말했다. 산뜻한 사각형 잔디밭과 골 진 알루미늄 지붕의 통로가 딸린 귀여운 벽돌집들이 늘어선 동네였다. 계곡은 열기를 가두었다. 우리 집은 산허리에서 가장 높은 곳에 있었다. 고로, 웰치에서 가장 시원한 곳이었다. 그리고 이미 눈으로 확인한 바, 홍수가 날 경우 가장 안전한 곳이기도 했다.

"우리가 살게 될 곳을 정하면서 이 아빠가 얼마나 심사숙고했는지 이제 알겠니?" 아빠가 내게 물었다. "부동산은 결국 세 가지만 따지면 된단다, 산양아. 위치, 위치, 위치."

아빠는 웃기 시작했다. 그것은 소리 없이 어깨만 들썩이는 웃음이었고, 웃을수록 아빠 딴엔 더 재미난 모양인지 점점 더 격해졌다. 그 바람에 나도 웃기 시작했고, 이내 우리는 신경증적으로 웃어대며 포치에 드러누웠다. 눈물이 두 뺨을 타고 흘러내렸다. 우리는 포치에 발을 굴러댔다. 숨이 안 쉬어질 만큼 옆구리가 결려 더는 웃을 수 없을 지경이 되어서야 비로소 웃음의 발작이 끝났다고 생각했지만, 그때 또 둘 중 하나가 낄낄대면 다른 하나도 웃음이 터져서 또다시 둘 다 하이에나처럼 소리를 지르며 웃어댔다.

웰치의 아이들이 더위를 피하기 위해 주로 가는 곳은 에소 주유소 부근 철로 옆에 있는 공공 수영장이었다. 브라이언과 나도 한 번 갔었지만, 어니 고드 일당과 맞부딪쳤고, 그들은 쓰레기에 파묻혀 사는 월스가 애들이 수영장에 들어가면 냄새나는 똥물이 될 거라고 모두에게 떠들어댔다. 어니 고드로선 지난 '리틀 호바트 스트리트 전투'에 대한 앙갚음을 할 기회를 잡은 셈이었다. 그의 일당 중 하나가 '보건 전염병'이란 말을 떠올리자, 그들은 그곳에 와 있는 부모들과 안전요원에게 수영장의 병원균 감염을 예방하려면 우릴 쫓아내야 한다고 말했다. 우리가 나가기로 마음먹고 걸어서 나오려는데 어니 고드가 철조망 쪽으로 다가왔다.

"너희 쓰레기장으로 가버려!" 그가 소리쳤다. 그의 목소리는 승리

감에 젖어 날카롭게 울렸다. "가! 그리고 다신 오지 마!"

일주일 후, 여전히 더위가 극성을 부리던 날, 난 시내에서 디니티아 휴잇과 우연히 마주쳤다. 막 수영을 하고 나와 스카프 아래의 머리칼이 젖어 있었다.

"친구야, 물놀이 죽여줘." 그 애는 '죽여줘'를 '~~주우우우우우우우우우우우우우우우욱~~여줘'라고 말했다. "넌 수영 안 해?"

"사람들이 우리가 가는 걸 싫어해서." 내가 말했다.

내가 자초지종을 얘기하지도 않았는데 디니티아는 고개를 끄덕였다. 그러고는 이내 말했다.

"아침에 우리랑 같이 할래?"

'우리'라는 말은 다른 흑인들이란 뜻임을 나는 알았다. 수영장은 인종차별을 하지 않았기 때문에 누구나 언제든지 즐길 수 있었다. 말은 그랬지만 흑인들은 모두 수영장 이용이 무료인 아침시간을 이용했고, 백인들은 모두 50센트의 입장료를 내야 하는 오후시간을 이용하는 것이 실상이었다. 이런 식으로 배치한 사람도 없었고, 규칙을 강요한 경우도 없었지만, 어쩌다 보니 그렇게 되었다.

나는 물론 수영장에 다시 가고 싶었지만 디니티아의 제안을 받아들일 경우 모종의 금기를 위반하는 거라고 생각하지 않을 수 없었다.

"누가 화내는 거 아닐까?" 내가 물었다.

"네가 백인이라서?" 디니티아가 말했다. "너희 백인들이야 그럴지 모르지만 우린 안 그래. 그리고 너희 백인은 안 올 거야."

다음 날 아침, 수영장 입구에서 디니티아를 만났다. 중고품 할인점에서 산 원피스 수영복을 다 해진 회색 수건에 돌돌 말아 들고서. 수영장 입구 부스의 백인 여자 직원이 우리가 문을 지날 때 놀란 눈으로 날 쳐다보았지만 아무 말 하지 않았다. 콘크리트 블록과 젖은 시멘트 바닥의 여자 탈의실은 어두침침했고 탈취제 냄새가 났다. 8트랙 테이프 플레이어에선 소울 음악이 쾅쾅 울려 나왔고, 칠이 벗겨져가는 나무 벤치 사이마다 흑인 여자들이 모여 음악에 맞춰 노래하고 춤추고 있었다.

예전에 탈의실에 들어갔을 때 백인 여자들은 늘 벗은 몸이 부끄러운 듯 허리에 수건을 두르고 나서야 팬티를 벗었었다. 하지만 이번에 보니 흑인 여자들은 대개 벌거벗고 있었다. 몇몇은 골반뼈가 도드라지고 쇄골이 툭 튀어나올 정도로 깡말랐다. 몇몇은 커다란 베개 같은 엉덩이를 부딪치고 출렁이는 거대한 가슴을 서로 밀며 춤을 추었다.

그러다 날 본 그녀들은 일제히 춤을 멈췄다. 벌거벗은 여자 하나가 내 앞에 서더니 내 엉덩이에 두 손을 얹었다. 그녀가 가슴을 너무 가까이 디밀어서 젖꼭지가 내게 닿을까 봐 겁이 났다. 디니티아가 나서서 자기가 날 데려왔고 내가 좋은 아이라고 말했다. 그녀들은 서로를 쳐다보더니 어깨를 으쓱했다.

바야흐로 열세 살 생일을 앞둔 난 남의 시선을 의식했기 때문에 치마 밑으로 수영복을 입을 생각이었지만, 더 튀어 보일까 봐 심호흡을 하고 옷을 벗었다. 그 즉시 디니티아는 내 늑골 쪽의 손바닥 크기만 한 흉터를 보았다. 그래서 세 살 때 생긴 상처로 6주 동안 병원에 입원해 있으면서 피부이식 수술을 받았으며, 그런 이유로 절대 비키니는 입지 않는다고 설명했다. 디니티아가 손가락으로 내 흉터를 가볍게 훑었다.

"그리 흉한 것도 아니네." 그 애가 말했다.

"헤이! 니티아!" 한 여자가 소리쳤다. "네 백인 친구 불그스름한 거웃이 자라기 시작했네!"

"뭘 기대했는데?" 디니티아가 물었다.

"그러게." 내가 말했다. "칼라와 소매는 같은 색으로 맞춰야지."

다름 아닌 디니티아가 하던 말을 내가 써먹자 그 애는 미소를 지었고, 거기 있던 여자들이 왁자하게 웃음을 터뜨렸다. 춤추던 여자 한 명이 엉덩이로 날 툭 쳤다. 그들이 날 환영해준다는 생각이 들자 나도 유쾌하게 엉덩이로 맞받아쳐주었다.

디니티아와 나는 오전 내내 수영장에서 물을 튀기고 배영과 접영을 연습하며 보냈다. 그 애도 나 못지않게 신이 나서 물놀이를 했다. 우리는 물구나무를 하며 두 다리를 물 밖으로 불쑥 내밀었고, 물속 트위스트 춤을 추었으며, 다른 애들과 어울려 마르코 폴로 게임과 담력 겨루기를 즐겼다. 그리고 수영장 가장자리에 앉은 가능한 많은 사람들에게 간헐천 같은 엄청난 물벼락을 끼얹을 셈으로 인간대포알 다이브, 수박 다이브를 하기도 했다. 파란 물이 반짝이고 흰 거품을 일으키며 일렁였다. 무료 수영 시간이 끝날 즈음, 손가락과 발가락이 완전히 쪼글쪼글해졌고, 물에 하도 많이 넣어서 증기가 피어오르는 게 눈으로 보일 정도로 강력한 염소 성분 때문에 눈은 벌겋고 따끔거렸다. 그때만큼 내 몸이 깨끗하단 생각이 든 적도 없었다.

그날 오후, 집에 혼자 있으면서 염소로 때를 한 꺼풀 벗긴 덕분에 간질간질 팽팽해진 피부와 오랜 시간 운동하고 나서 뼈가 노글노글해지는 나른한 기분을 만끽하고 있는데, 문을 두드리는 소리가 들렸다. 리틀 호바트 스트리트 93번지를 찾는 사람은 없었기 때문에 나는 화들짝 놀랐다. 그래서 문을 조금만 열고 밖을 힐끗 내다보았다. 팔에 서류철을 낀 대머리 남자가 포치에 서 있었다. 풍기는 분위기가 아빠가 피해야 한다고 가르쳐준 공무원 같았다.

"이 집의 가장이 누구지?" 그가 물었다.

"누구세요?" 내가 말했다.

그가 좋지 않은 소식을 그럴듯하게 포장하는 듯한 미소를 지었다.

"아저씨는 아동복지센터에서 나왔어. 렉스 월스 씨 아니면 로즈 월스 씨를 만나려고." 그가 말했다.

"두 분 다 지금 안 계신데요." 내가 말했다.

"넌 몇 살이니?" 그가 물었다.

"열두 살이요."

"좀 들어가도 될까?"

그가 내 뒤의 집 안을 들여다보려고 해서 나는 틈새만 남기고 문을 거의 다 닫다시피 했다.

"그랬다간 엄마 아빠한테 혼날 거예요. 두 분이 변호사와 상의하기 전까진 들어오시면 안 돼요." 그에게 강한 인상을 심어주려는 마음에 나는 이렇게 덧붙였다. "무슨 일로 오신 건지 말씀해주시면 부모님께 전해드릴게요."

그러자 그는 이름을 밝힐 수 없는 사람이 전화로 리틀 호바트 스트리트 93번지에 부양 아동들이 방치되고 있으니 조사해달라고 부탁해서 왔다고 말했다.

"우릴 방치하는 사람은 없는데요." 내가 말했다.

"확실하니?"

"확실해요, 아저씨."

"아빠는 일하시니?"

"당연하죠. 임시직 일을 하세요. 그리고 기업가시고요. 저급 역청탄을 안전하고 효율적으로 태울 수 있는 기술을 개발하고 계세요."

"엄마는?"

"엄마는 화가예요. 또 작가이고, 선생님이기도 해요."

"정말이니?" 남자가 서류철에 메모했다. "어디서?"

"엄마 아빠가 안 계시는데 이렇게 이야기하면 혼나요. 계실 때 오세요. 부모님한테 물어보세요."

"알았다." 그가 말했다. "다시 올게. 부모님께 말씀 드려놔."

그가 문 틈새로 명함을 건넸다. 나는 그가 아래로 내려가는 것을 지켜보다가 큰 소리로 외쳤다.

"그 계단 조심해서 내려가세요. 새 계단을 만드는 중이거든요."

그가 떠난 후, 나는 화가 있는 대로 치밀어 올라서 산허리를 달려 올라가 두 손으로 들어야 할 만큼 큰 돌을 집어 들어 쓰레기 구덩이에 집어 던지기 시작했다. 그 아동복지사가 미웠다. 그렇게 미운 건 어마 이후 처음이었다. 어니 고드보다 더 미웠다. 적어도 어니 고드 일당은 우릴 쓰레기라고 부르면 돌을 던지며 맞서 싸울 수 있었다. 하지만 아동복지센터의 남자가 우릴 부적격 가정으로 생각하면 우리가 그를 쫓아낼 방법은 없었다. 그는 조사에 착수할 것이고, 결국 나와 브라이언과 로리 언니와 모린을 다른 위탁 가정에 보낼 것이다. 우리가 공부를 잘하고 모스 부호를 안다고 해도 소용없을 것이다. 그런 일이 일어나선 안 되었다. 하늘이 무너져도 브라이언과 언니와 모린과 헤어질 순 없었다.

나는 우리 가족이 즉시 도망칠 수 있길 바랐다. 나도 브라이언도 로리 언니도 조만간 웰치를 떠날 거라고 생각한 지도 꽤 되었다. 두 달에 한 번씩 아빠에게 언제 떠날 거냐고 물으면 아빠는 호주나 알래스카를 얘기할 때도 있었지만 정작 손 하나 까닥하지 않았다. 그래서 엄마에게 물으면 엄마는 '팔팔했던 옛날 같지 않아 이젠 기력이 없네' 같은 노래를 흥얼거리곤 했다. 아무래도 아빠는 웰치로 돌아오면서 동에 번쩍 서에 번쩍하던 시절의 자신을 아예 지워버린 듯했다. 실상, 우린 오도 가도 못할 처지였던 것이다.

엄마가 집에 돌아왔을 때, 나는 명함을 건네며 아동복지사가 왔었다고 말했다. 그때도 흥분이 가시지 않았던 나는 엄마도 아빠도 일할 생각을 하지 않기 때문에, 엄마가 아빠를 떠나지 않고 버티고 있기 때문에, 정부에서 엄마를 대신해 우리 가족을 갈라놓으려는 거라고 말했다.

특유의 독설로 받아칠 줄 알았던 엄마는 내가 주저리주저리 떠드는 내내 말없이 귀 기울여 듣더니 가능한 방법을 고민해보겠다고 말하고선 이젤 앞에 앉았다. 캔버스가 다 떨어져서 합판에 그리기 시작한 터라 나무판때기를 하나 집어 들고, 팔레트를 꺼내어 물감을 짜낸 다음 붓을 골랐다.

"뭐 하는 거야?" 내가 물었다.

"생각하는 중이야." 엄마가 말했다.

엄마는 그리고 싶은 주제를 명확히 아는 건지 빠르고 거침없는 손놀림으로 그려나갔다. 나무판 가운데 형체 하나가 모습을 드러냈다. 두 팔을 든 여자의 상반신이었다. 허리 주변에 파란색 동심원들이 나타났다. 파란색은 물이었다. 엄마는 풍랑이 이는 호수에 빠져서 죽을 지경인 여자를 그리고 있었다. 다 그리고 난 후 엄마는 한참 동안 말없이 앉아서 그림을 빤히 쳐다보았다.

"그래서 우리 어떻게 되는 거야?" 내가 마침내 물었다.

"저넷, 넌 너무 집요해서 겁이 다 난다."

"내 질문에 대답하지 않았잖아." 내가 말했다.

"엄마가 일자리를 구할게, 저넷." 엄마가 날카롭게 쏘아붙이더니 붓을 테레빈유 단지에 집어 던졌다. 그리고 계속 그렇게 빠져 죽어가는 여자를 바라보며 앉아 있었다.

맥도웰 카운티에 자격요건을 갖춘 교사는 극히 드물었다. 웰치 고등학교에서 내가 만난 교사 중 두 명은 대학을 구경도 못 했을 정도였다. 그래서 엄마는 주말쯤 일자리를 구할 수 있었다. 우리는 며칠 동안 아동복지사가 또다시 찾아올 것을 대비해 미친 듯이 집을 청소했다. 산더미처럼 쌓인 엄마의 허섭스레기들과 천장에 뚫린 구멍과 부엌의 역겨운 노란 양동이를 생각하면 부질없는 짓이었지만, 어떤 연유에선지 그 남자는 다시 오지 않았다.

엄마는 웰치에서 20킬로미터 남짓 떨어진 탄광촌 데이비의 한 초등학교에서 독서지도 교사 일을 하게 되었다. 그때도 차가 없었기 때문에 교장이 다른 교사인 루시 조 로즈에게 부탁해 엄마를 태워주게 했다. 루시 조는 당시 블루필드 주립대학을 갓 졸업한 교사였고, 갈색 도지 다트 자동차의 운전석에 몸을 끼워 넣어야 할 정도로 뚱뚱한 여자였다. 교장 때문에 이런 봉사를 하게 된 그녀는 대번에 엄마를 싫어했다. 그래서 통근 길 내내 바버라 맨드렐의 노래 테이프를 틀어놓은 채 필터 달린 쿨 담배를 피우며 엄마와는 말을 섞지 않으려 했다. 엄마가 차에서 내리기 무섭게 여봐란듯이 엄마가 앉았던 자리에 리졸 소독제를 뿌려대는 쇼를 벌이기도 했다. 엄마 쪽에선 루시 조가 애처로울 만큼 무지하다고 생각했다. 한 번은 엄마가 잭슨 폴락을 언급하자 루시 조는 자기에게 폴란드인의 피가 흐른다면서 폴란드인을 깎아내리는 이름을 입에 올린 엄마를 좋게 생각할 수 없다고 말했다.*

배틀마운틴에서도 그랬지만 여기에서도 엄마는 서류를 정리하거나 학생들의 기강을 바로잡는 일엔 젬병이었다. 적어도 일주일에 한 번은 짜증을 내며 출근하지 않겠다고 버텼고, 로리 언니와 브라이언과 내가 다독여야만 오만상을 찌푸린 루시 조가 녹슨 배기통에서 퍼런 연기를 내뿜는 다트에 탄 채 기다리고 있는 길까지 걸어 내려갔다.

그래도 돈은 생겼다. 그 전까지 나는 베이비시터 일을 하고, 브라이언은 다른 집의 잡초를 없애고, 로리 언니는 신문을 배달해서 얼마 안 되는 돈을 보태긴 했지만 턱없이 부족했던 터였다. 그러다 엄마가 한 달에 700달러 정도 벌어오게 된 것이다. 맨 처음, 점선을 따라 뜯어낼 수 있고 자동 서명이 된 엄마의 회녹색 월급지급 수표를 보았을 때, 나는 이제 고생은 끝났다고 생각했다. 월급날, 엄마는 우릴 데리고 관청 건너편에 있는 커다란 은행에 가서 수표를 현금으로 바꿨다. 출납원에게서 돈을 받으면 엄마는 한쪽 구석으로 가서 브래지어에 옷핀으로 고정해둔 양말 속에 쑤셔 넣었다. 그런 후 우린 전력회사와 수도기관과 집주인을 찾아 이리 뛰고 저리 뛰며 청구서에 명시된 돈을 10달러와 20달러짜리 지폐로 냈다. 엄마가 브래지어에서 양말을 꺼내며 소매치기를 피할 묘안이라고 설명하면 가까이 있는 직원들은 모두 눈을 피했다.

---

* 폴락이라는 성을 폴란드인을 비하하는 은어로 착각한 것.

엄마는 또 예약할부제로 전기히터와 냉장고를 샀고, 우린 매달 가전제품점에 가서 몇 달러씩 내면서 겨울이 오면 온전한 우리 것이 될 거라고 생각했다. 엄마는 예약할부제를 이용해 장식 술이 달린 실크 스카프나 크리스털 세공 꽃병처럼 우리에게 딱히 필요하지 않은 '사치품'을 적어도 하나씩은 늘 샀다. 생활에 필요하지 않은 고급품에 투자하는 것이야말로 부자가 된 기분을 만끽하는 가장 확실한 방법이라는 것이었다. 그런 후 우린 산 아래 식료품점에 가서 쌀, 분유, 통조림 같은 기본 식품을 사서 쟁여두었다. 엄마는 통조림을 살 때면 늘 찌그러진 걸 골랐는데 할인을 해주지 않을 때도 마찬가지였다. 찌그러진 통조림도 사랑받아야 한다는 지론 때문이었다.

집에 오면 우린 엄마의 소파베드 위에 지갑을 비우고 남은 돈을 셌다. 수백 달러가 남았고, 그 정도면 월말까지 생활하고도 남을 거라고 생각했다. 하지만 매달, 다음번 월급날이 오기 전에 돈은 온데간데없이 사라져버렸고, 난 또다시 먹을 걸 찾아 학교 쓰레기통을 뒤지는 신세가 되었다.

그해 가을, 월말이 다 됐을 무렵, 엄마가 저녁 먹을 돈으로 1달러밖에 없다고 공표했다. 그러면서 1달러면 맛있고 칼슘도 풍부해서 우리의 뼈에도 좋은 나폴리 아이스크림을 1갤런 살 수 있다고 말했다. 우리는 아이스크림을 사가지고 왔고, 브라이언이 마분지 상자를 뜯어내고 아이스크림 덩어리를 똑같이 다섯 등분했다. 내가 첫 번째 선택권을 찜했다. 엄마가 다음 날 저녁 사먹을 돈이 없으니 맛을 음미하라고 했다.

"엄마, 그 돈이 다 어디 간 거야?" 아이스크림을 먹으면서 내가 엄마에게 물었다.

"사라졌지, 사라졌어, 사라졌다고!" 엄마가 말했다. "다 사라져버렸어."

"어디로?" 로리 언니가 물었다.

"스펀지처럼 술을 빨아들이는 남편과 집 안에 득시글거리는 애들이 있는데 수지를 맞추는 게 너희 생각만큼 쉬운 줄 아니?"

그리 어려울 것도 없다는 게 내 생각이었다. 다른 엄마들은 그렇게 하니까. 그래서 난 엄마에게 이러저러한 질문들을 던졌다. 엄마 개인 돈으로 쓰고 있는지, 아빠에게 주는 건 아닌지, 아빠가 돈을 훔쳐가는 건지, 아니면 우리가 그렇게 빨리 돈을 써버리는 건지. 어떻게 물어봐도 엄마는 시원하게 대답해주지 않았다.

"앞으로 돈을 우리한테 줘." 내가 말했다. "그럼 예산을 짜서 그에 맞춰서 살아볼게."

"말이야 쉽지." 엄마가 말했다.

그래도 나는 로리 언니와 함께 예산을 짰고, 엄마가 대형 허시 초콜릿 바와 크리스털 세공 꽃병 같은 사치품을 살 수 있는 비용도 넉넉하게 포함시켰다. 우리 딴엔 예산에 맞게 살아가면 새 옷과 새 신발과 새 코트도 사고, 비수기에 할인된 가격으로 석탄도 들여놓을 수 있을 거라고 믿었다. 그리고 언젠가는 단열 공사도 하고, 집 안에 수도관도 들이고, 잘하면 온수기도 설치할 수 있을 거라고 믿었다. 그러나 엄마는 우리에게 돈을 맡기는 법이 일절 없었다. 그래서 안정된 직장을 다니는데도 우리는 예전과 별다를 바 없이 궁핍을 면하지 못했다.

그해 가을, 나는 7학년이 되었다. 다시 말해 웰치 고등학교에 다니게 되었다. 가파른 길로 이어진 산꼭대기 부근에 있어서 시내가 한눈에 내려다보이는 큰 학교로, 동네가 작아서 고등학교가 없는 데이비와 헴필 같은 위쪽 분지와 탄광촌의 아이들이 버스를 타고 통학했다. 몇몇 애들은 집에서 자른 머리에 발가락 부분에 구멍 뚫린 신발을 신고 다니는 걸 보면 우리만큼이나 가난한 것 같았다. 그래서인지 웰치 초등학교 때보다 적응하기가 훨씬 더 쉬웠다.

디니티아 휴잇도 같은 학교를 다녔다. 디니티아와 함께 공공 수영장에서 함께 놀았던 그해 여름 아침은 내가 웰치에서 보낸 가장 행복한 날이었다. 하지만 그 뒤로 그 애가 날 초대한 적은 한 번도 없었고, 공공 수영장이라고 해도 그 애가 초대해주지 않으면 무료로 수영을 할 수 없을 거라는 게 내 생각이었다. 학기 초에 그 애를 다시 보게 됐지만 우리 둘 다 수영장에서 보낸 그날 이야기는 꺼내지 않았다. 다른 인종끼리 어울리는 것에 대한 웰치 주민들의 사고방식을 생각하면 우리 둘이 친해지는 게 정말 해괴한 일임을 그 애도 나도 알았던 것 같다. 점심시간에 디니티아는 다른 흑인 애들과 어울렸지만, 학교 자습실에선 서로 쪽지를 주고받았었다.

웰치 고등학교에 입학했을 때 디니티아는 변해 있었다. 총기가 사라져버린 모습이었다. 학교에서 맥주를 마시기 시작했고, 수업시간에도 소다 캔에 매드독20/20을 몰래 담아 들어왔다. 그 애에게 무슨 문제가 생긴 건지 물어봤지만 그 애 엄마의 새 남자친구가 집에 들어와 살게 되면서 스트레스받고 있다는 것 말고는 달리 알아낸 게 없었다.

크리스마스 직전의 어느 날, 자습교실에 있을 때 디니티아가 내게 쪽지로 D로 시작하는 여자 이름을 알려달라고 했다. 나는 생각나는 이름을 모두 적어 보냈다. 다이앤, 도나, 도라, 드러마, 디안드라까지 쓴 후 "왜?"라고 썼다. 그 애가 답장으로 보내온 쪽지엔 "나 임신한 것 같아"라고 써 있었다.

크리스마스가 지나서 디니티아는 학교에 돌아오지 않았다. 한 달이 지난 어느 날 나는 산을 돌아 그 애 집에 가서 문을 두드렸다. 문이 열리고 한 남자가 날 쳐다보았다. 피부가 무쇠 냄비 같았고 두 눈은 니코틴에 찌들어 누랬다. 그가 방풍문은 열어주질 않아서 나는 차단막을 사이에 두고 그와 이야기해야 했다.

"디니티아, 집에 있나요?" 내가 물었다.

"왜 묻는데?"

"만나고 싶어서요."

"걘 안 그래." 그 말을 끝으로 그는 문을 닫았다.

그런 후 시내에서 한두 번 그 애를 보았고 우린 서로에게 손을 흔들었지만 말을 섞진 않았다. 그런 후 그 애가 엄마의 남자친구를 칼로 찔러 죽였다는 소문이 파다하게 돌았다.

여학생들은 저들끼리 남자경험이 없는 애들을 들먹이며 그런 애들이 남자친구를 어느 선까지 받아줬는지 끝도 없이 쑥덕거렸다. 그들에게 세상은 남자친구가 있는 여자와 없는 여자로 나뉘어 있는 듯했다. 그게 가장 중요한 구분방식이자 실제로 유일하게 중요한 문제였다. 하지만 나는 남자애들이 위험한 존재임을 알았다. 그들은 말론 사랑한다고 하지만 늘 다른 속셈이 있었다.

남자애들을 신뢰하진 않았지만 나는 내게 관심을 보이는 남자애가 있었으면 싶었다. 나 때문에 잠 못 이루는 동네의 늙은 아저씨 케니 홀은 생각하고 싶지도 않았다. 누구건 내게 관심을 보이는 남자애가 있다면, 그가 너무 깊은 관계를 시도하려고 할 때 난 내가 그런 여자가 아니라는 걸 말할 깜냥이 될지 궁금했다. 그러나 정작 현실은 남자애가 다가오는 걸 막지 못할까 봐 걱정할 필요가 없었다. 어니 고드가 날 볼 때마다 누누이 말하듯, 난 돼지갈비 추녀였으니까. 그 말은 하물며 강아지에게 환심을 살 때도 나 같은 애는 목에 돼지갈비를 달고 있지 않으면 안 된다는 뜻이었다.

나는, 엄마 말을 빌리면, 개성 있는 외모였다. 그렇게 말할 수도 있겠다. 키는 거의 180센티미터에 달했고, 피부는 개구리 배처럼 창백한데다 머리는 밝은 빨간색이었다. 팔꿈치는 쐐기처럼 뾰족했으며, 두 무릎은 찻잔 받침 같았다. 그러나 제일 눈에 띄는, 제일 못난 데는 이였다. 이가 썩거나 치열이 고르지 않은 건 아니었다. 오히려 크고 건강했다. 하지만 완전히 앞으로 뻐드러져 있었다. 윗니는 어찌나 열광적으로 뻐드러졌는지 입이 다 다물어지지 않을 정도여서 윗니를 덮으려고 윗입술을 내리는 게 버릇이 되었고, 웃을 땐 한 손으로 입을 가렸다.

로리 언니는 이에 대한 내 생각이 지나치다면서 말했다.

"살짝 삐드러진 걸 갖고 뭘 그래. 삐삐 롱스타킹처럼 매력 있어."

엄마는 윗니가 튀어나온 덕분에 내 얼굴에 개성이 생겼다고 말했다. 브라이언은 울타리 구멍 사이로 사과를 먹을 일이 있으면 참 편할 거 같다고 말했다.

내게 필요한 건 치아교정기였다. 거울을 볼 때마다 난 다른 애들이 철조망 친 이빨이라 부르는 게 있으면 얼마나 좋을까 생각했다. 엄마 아빠에게 치아교정기를 해줄 돈이 없는 건 두말하면 잔소리였다. 우리 넷 중 누구도 치과에 가본 적이 없었으니까. 하지만 난 그때 베이비시터 일을 하고 있었고, 다른 애들 숙제를 대신해주고 돈을 받고 있었기 때문에 그 돈을 저금해서 내 힘으로 교정을 하자고 마음먹었다.

치아교정을 하는 데 드는 돈이 얼마나 되는지 몰라서 나는 우리 반에서 유일하게 치아교정기를 끼고 있는 여자애에게 가서 치아교정이 정말 잘됐다고 칭찬하며 돈이 얼마나 들었느냐고 물었다. 그 애가 1,200달러라고 말했을 때 나는 기절할 뻔했다. 당시 나는 베이비시터 일로 시간당 1달러를 벌고 있었고, 한 주에 보통 대여섯 시간만 일했다. 다시 말해 매주 한 푼도 쓰지 않고 모은다 해도 4년은 기다려야 그 돈을 모을 수 있다는 것이었다.

그래서 나는 직접 치아교정기를 만들어야겠다고 마음먹었다.

도서관에 가서 사서에게 치아교정에 관한 책을 찾아달라고 말했다. 사서는 다소 어이없어하는 표정으로 날 쳐다보더니 그런 책은 없다고 말했고, 도서관을 걸어 나오면서 스스로 방법을 터득해야 한다는 걸 깨달았다. 그래서 모종의 실험 끝에 실행에 옮겼지만 몇 번은 시작부터 잘못되었다. 처음엔 단순하게 고무밴드를 써봤다. 자기 전에 고무밴드를 있는 대로 늘려 윗니 전체를 감아주었다. 고무밴드는 작지만 두꺼워서 감아놓으니 제법 팽팽했다. 하지만 혀를 누르는 느낌이 영 불편했고 밤사이에 풀리면서 목 안쪽으로 튕겨 들어가는 바람에 자다가 깨어날 때도 있었다. 그래도 밤새 잘 버텨주는 편이어서 아침이 되면 이를 누르는 압력으로 인해 잇몸이 얼얼했다.

성공으로 가는 신호처럼 느껴지면서도 고무밴드가 내 윗니를 밀어내긴커녕 뒤쪽의 멀쩡한 이들이 빼드러지는 건 아닐까 걱정되기 시작했다. 그래서 나는 좀 더 큰 고무밴드로 머리통을 감싼 다음 앞쪽 이들을 감아 눌러주었다. 이 방법의 문제점은 팽팽히 당겨진 고무밴드 때문에 잠에서 깨면 머리가 아프고 얼굴 양쪽에 고무밴드 자국이 붉게 남는 것이었다.

기술면에서 보다 진일보할 필요가 있었다. 나는 금속으로 된 코트걸이를 내 뒤통수에 딱 맞게 편자 모양으로 구부린 다음 옷걸이 양쪽 끝을 바깥쪽으로 둥글게 구부려서 코트 걸이를 내 머리에 씌울 때 그 끝이 얼굴에 닿지 않고 고무밴드를 걸어 고정시킬 수 있도록 했다. 그렇게 해서 머리에 써보니 코트 걸이가 뒤통수를 파고들어가는 느낌이 싫어서 코텍스 생리대를 덧댔다.

이 기묘한 장치는 제구실을 했다. 한 가지, 잘 때 등을 똑바로 펴고 자지 않으면 안 된다는 단점은 있었다. 그 자세를 유지하며 자느라 고생스러웠는데 특히 추울 때가 더 고역이었다. 나는 담요 속에 폭 파묻혀 자는 걸 좋아했기 때문이다. 그런데다 여전히 한밤중에 고무밴드가 튕겨나가기 일쑤였다. 또 다른 단점은 이 장치를 제대로 잘 쓰는데 시간이 꽤 많이 든다는 점이었다. 그래서 행여 누가 보게 될까 봐 불을 끌 때까지 기다렸다.

어느 날 밤, 이 정교한 코트 걸이 치아교정기를 쓰고 침상에 누워 있는데 침실 문이 열리고 어둠 속에서 희미한 형체가 보였다.

"누구세요?" 나는 큰 소리로 외쳤다. 하지만 교정기를 끼고 있으니 "우구대여?"로 들렸다.

"늙은 아빠다." 아빠가 대답했다. "말을 왜 그렇게 하니?" 아빠가 내가 누워 있는 곳까지 와서 지포 라이터를 치켜들더니 탁 튀겼다. 불꽃이 확 일었다.

"머리에 뒤집어쓰고 있는 게 뭐니?"

"내 거덩기." 내가 말했다.

"네 뭐?"

나는 장치를 벗고선 앞니가 너무 심하게 삐드러져서 치아교정기를 껴야 하는데 1,200달러나 해서 내가 직접 만들었다고 말했다.

"다시 껴." 아빠가 말했다. 그리고 내가 수작업으로 완성한 장치를 유심히 살펴보더니 고개를 끄덕였다.

"공학천재 납셨네. 치아교정기로 끝내주는 위업을 달성했구나." 아빠가 말했다. "늙은 아빠의 딸답다."

그러더니 내 턱을 잡고 입을 벌리게 했다.

"효과가 진짜 빵치게 좋은 것 같은데?"

그해 나는 학교신문 〈머룬 웨이브〉를 만드는 일을 하기 시작했다. 소속감을 느낄 수 있는, 내가 옆에 앉아도 사람들이 다른 자리로 피하지 않는 동호회나 단체에 몸담고 싶어서였다. 원래는 달리기를 잘해서 육상부에 들어갈까 했지만 유니폼을 살 돈이 없다는 엄마의 말에 포기했다. 〈웨이브〉에서 일하면 유니폼이나 악기를 살 필요도, 회비를 낼 필요도 없었다.

고등학교 영어교사 중 한 분인 저넷 바이븐스 선생님이 〈웨이브〉의 지도교사였다. 말이 없고 매사에 똑 부러지는 그녀는 아빠가 웰치 고등학교를 다니던 시절에도 영어를 가르쳤을 정도로 그 학교의 터줏대감이었다. 그리고 아빠 인생에서 처음으로 그를 믿어준 사람이었다는 걸 아빠에게 들어서 알고 있었다. 아빠에게 글재주가 있다고 생각한 그녀는 아빠가 쓴 '여름 폭풍'이라는 24행시를 주에서 주최하는 시 경연대회에 출품하도록 추천하기도 했다. 그 시로 1등상을 탔을 때, 테드, 어마 월스 부부 같은 하층민에 알코올 중독자의 아들이 설마 그런 시를 썼겠느냐고 의구심을 품은 교사가 있었고, 아빠는 모욕감에 못 이겨 학교를 떠나버렸다. 이때 아빠에게 졸업장을 따야 한다고, 아빠가 장차 훌륭한 사람이 될 거라고 말해준 사람도 바이븐스 선생님이었다. 내 이름도 아빠가 선생님의 이름을 따서 지은 것으로, 엄마가 좀 더 우아하게 프랑스풍으로 N자를 하나 더 넣자고 했다.

바이븐스 선생님은 내게 7학년생 중에 〈웨이브〉에서 일한 학생은 내가 처음일 거라고 말했다. 나는 교정 일부터 시작했다. 겨울철 저녁 시간 때 나는 더 이상 리틀 호바트 스트리트 93번지의 난로 옆에 쭈그려 앉아 있는 게 아니라, 〈머룬 웨이브〉의 조판, 레이아웃, 인쇄가 이루어지는 따뜻하고 건조한 〈웰치 데일리 뉴스〉 사무실로 가게 되었다. 목적의식이 충만한 그곳의 분위기가 좋았다. 벽에 붙여놓은 텔레타이프 기계들이 덜그럭거리면서 세계 곳곳의 뉴스를 바닥에 수북이 쌓아놓았다. 줄줄이 매달린 형광등에서 50센티미터쯤 아래 유리를 깐 데스크엔 원고와 사진이 쌓여 있었고, 초록색 보안용 챙을 쓴 사람들이 의논을 했다.

그 책상 중 하나에 〈웨이브〉 교정쇄를 놓고 앉은 나는 등을 쭉 펴고 귀 뒤에 연필을 꽂은 채 한 페이지, 한 페이지 살펴보며 오자가 있나 확인했다. 엄마가 가르치는 학생들의 숙제에서 맞춤법을 확인한 시절이 이 일의 밑거름이 되었다. 내가 인쇄 페이지를 찍는 카메라에 잡히지 않는 밝은 파란색 펠트 마커로 교정하면 식자공들이 내가 교정한 대로 반영해 다시 조판과 인쇄를 거쳤다. 뜨거운 밀랍기계에서 뒷면에 접착지가 발라져 나온 수정자들을 연결한 다음, 이그젝토 나이프로 문장들을 잘라내 수정할 문장 위에 붙였다.

뉴스 편집실에 있을 때면 다른 사람 눈에 띄지 않으려고 조심했지만, 식자공 중에 늘 헤어네트를 쓰고 줄담배를 피우며 성격이 까다로운 여자는 날 좋아하지 않았다. 나를 더럽다고 생각한 그 여자는 내가 지날 때마다 다른 식자공을 돌아보며 큰 소리로 이렇게 말했다.

"어디서 이상한 냄새 안 나?"

루시 조가 엄마한테 했듯, 그 여자도 내가 있는 쪽을 향해 소독제와 방향제를 뿌려댔다. 급기야 편집자인 머큰퍼스 선생님에게 내게 이가 있는 것 같아서 전 직원이 옮을지 모른다고 불만을 늘어놓았다. 이에 머큰퍼스 선생님이 바이븐스 선생님에게 의논했고, 바이븐스 선생님은 내게 청결을 유지한다면 날 위해 싸워주겠다고 말했다. 나는 다시 일주일에 한 번씩 할아버지와 스탠리 삼촌이 사는 아파트에 가서 목욕을 하게 되었다. 단, 거기 있는 동안은 삼촌이 가까이 있지 않은지 반드시 확인했다.

〈데일리 뉴스〉에 있을 때마다 나는 뉴스 편집실에서 일하는 편집자와 기자들을 관찰했다. 그들은 언제나 경찰 무전기를 켜놓았고, 사고나 화재나 범죄와 관련한 호출이 울리면 편집자는 기자를 보내 취재하게 했다. 두 시간쯤 지나 기자가 돌아와 기사를 작성하면 다음 날 신문에 실렸다. 그 과정이 내겐 더없이 매혹적으로 보였다. 그때까지 나는 작가하면 제일 먼저, 구부정한 자세로 앉아 탁탁 소리나게 타자기를 두들기며 소설과 희곡과 인생철학을 집필하고, 가끔은 출판사의 이름이 적힌 거절 편지를 받는 엄마를 떠올렸다. 그러나 신문기자는 혼자 처박혀 있는 게 아니라 세상과 교류했다. 기자가 쓴 기사는 바로 다음 날 사람들의 사고방식과 대화의 주제에 영향을 끼쳤다. 기자는 지금 이 세상에서 벌어지고 있는 일을 아는 사람이었다. 나는 실제 세상사를 꿰뚫어보는 사람이 되겠다고 결심했다.

일을 끝마치면 난 뉴스 통신사의 기사들을 읽었다. 우리 집에선 신문도 잡지도 구독한 적이 없었기 때문에 나는 엄마와 아빠가 치우친 시각으로 소화한 사안들 말고는 세상사에 완전히 무지했었다. 엄마 아빠의 시각에서 정치인은 죄다 사기꾼이었고, 경찰은 죄다 폭력배였으며, 모든 범죄자는 편견의 희생양이었다. 나는 생전 처음, 퍼즐에서 빠져나간 조각들을 건네받아 온전한 사실을 접하게 된 기분이었다. 비로소 세상이 좀 더 이해되기 시작했다.

모린을 생각하면 제대로 챙겨주지 못한다는 생각이 들 때가 있었다. 그 애를 잘 보살펴주겠다던 약속을 제대로 지키지 못한다는 생각이. 그 애가 태어난 후 병원에서 집으로 데려오면서 약속했었지만, 정작 그 애에게 가장 필요한 것—뜨거운 물에 목욕하기, 따뜻한 잠자리, 학교 가기 전에 김이 모락모락 나는 크림 오브 휘트 차려주기—은 해준 적이 없었다. 그래도 소소한 것이나마 해주려고 애썼다. 모린의 일곱 살 생일을 앞두고 나는 브라이언과 로리 언니에게 특별한 생일을 맞게 해주자고 말했다. 엄마나 아빠가 모린에게 선물을 줄리 만무했기 때문에 우리끼리 몇 달 동안 돈을 모은 후, 달러 제너럴 마트에 가서 부엌 소꿉놀이 세트를 샀다. 실물과 꽤 비슷해서 세탁기의 세탁봉이 돌아갔고, 냉장고 안엔 금속 선반이 들어 있었다. 우리 딴엔 그 애가 놀 때만큼은 깨끗한 옷을 입고 끼니를 거르지 않은 척할 수 있을 거라 생각했다.

"캘리포니아 얘기해줘." 선물을 열어본 모린의 입에서 나온 말이었다. 모린도 캘리포니아에서 살았지만 기억하지 못했다. 그래서 캘리포니아 사막에서 살던 시절을 이야기해주면 좋아라 했다. 우리는 했던 얘길 또 해주었다. 해가 늘 쨍쨍했고 늘 따뜻해서 한겨울에도 맨

발로 뛰어다녔다는 이야기부터 농장에서 양상추를 따 먹고 청포도를 자동차 한 가득 딴 이야기, 별을 보며 담요를 덮고 잔 이야기도 해주었다. 또 모린이 황금이 많이 나는 주에서 태어났기 때문에 금발이고 캘리포니아 백사장으로 밀려오는 바다 같은 파란색 눈을 가진 거라고 말했다.

"이담에 크면 난 캘리포니아에서 살 거야." 모린이 말했다.

빛과 따뜻함이 매력적인 곳, 캘리포니아를 이토록 열망하면서도 모린은 웰치에서 우리보다 더 행복하게 지내는 것 같았다. 긴 금발머리와 반짝거리는 파란 눈이 동화에서 나온 것처럼 아름다운 모린은 자기 친구네서 살다시피 해서 때론 한 식구인가 싶은 생각이 들 때가 많았다. 그 애 친구들의 부모는 태반이 펜테코스트파*로, 우리 엄마 아빠가 남부끄러울 정도로 무책임하다고 생각했고, 모린의 영혼을 자기들이 책임지겠다고 결심했다. 그래서 모린의 대리부모를 자처하며 졸로**에서 열리는 부흥회를 비롯해 뱀 만지기 예배***에 데리고 다녔다.

그들의 영향을 받아 모린은 종교적 성향이 강한 아이가 되었다. 한 번 이상 세례를 받았을 뿐만 아니라 집에 와선 다시 태어났노라 선포했다. 한 번은 꼬리를 입에 문 후프뱀의 탈을 쓴 악마가 자기 영혼을 빼앗으려 산을 데굴데굴 굴러 내려왔다고 우겼다. 브라이언은 엄마에게 그 정신 나간 펜테코스트 신자들과 모린을 떼어놓아야 한다고 말했지만, 엄마는 다른 사람들의 신앙행위를 존중해줘야 한다면서 무릇

* 성령의 힘을 강조하는 기독교 교파.
** 웨스트버지니아 주 맥도웰 카운티 내 펜테코스트파의 공동체.
*** 펜테코스트파에서 행하는 예배의식의 일종.

모든 인간은 나름대로 천국에 가는 길을 찾아내야 한다고 말했다.

엄마는 철학자 못지않게 현명할진 몰라도 변덕이 심해서 내 신경을 거스를 때가 많았다. 어떨 땐 며칠씩 행복한 기분에 젖어선 긍정적으로 생각하면 긍정적인 일만 일어나니 이제부터 긍정적으로만 생각하며 살겠다고 선언했다. 정작 긍정적인 생각은 부정적인 생각에 자릴 내주기 마련이었다. 검은 까마귀들의 거대한 무리가 나무와 울타리, 잔디밭에 앉아 불길한 기운을 뿜어내며 말없이 쳐다보며 풍경을 압도하듯, 부정적인 생각이 엄마의 마음 위로 덮치듯 내려앉는 것 같았다. 그럴 때면 엄마는 꼼짝도 않고 침대에 누워 있었고, 루시 조가 데리러 와서 조급하게 경적을 울려대도 나갈 생각을 하지 않았다.

1년을 다 채워가던 어느 날 아침, 엄마는 완전히 무너져내리고 말았다. 학생들의 학습진척평가서를 써야 할 시간에 틈만 나면 그림을 그려댔고, 마감이 임박했을 때도 평가서는 백지 상태였다. 재활독서 프로그램의 재정지원이 끊길 판이어서 교장이 노발대발하거나 대놓고 넌더리를 낼 게 분명한데, 엄마는 그 여자와 마주할 엄두를 내지 못했다. 다트를 몰고 와서 엄마를 기다리던 루시 조는 혼자 가버렸고, 엄마는 담요로 몸을 둘둘 감은 채 소파베드에 누워 팔자를 한탄하며 흐느껴 울었다.

아빠는 없었고, 모린도 없었다. 브라이언이 늘 그렇듯 엄마가 감정에 못 이겨 흐느껴 우는 걸 흉내 냈다. 하지만 아무도 웃지 않자 브라이언은 책을 들고 집 밖으로 나갔다. 로리 언니는 엄마 옆에 앉아 위로를 해주려고 애쓰고 있었다. 나는 팔짱을 끼고 문간에 서서 엄마를 빤히 쳐다보기만 했다.

담요에 머리를 처박고 자기가 불쌍해 다섯 살 난 애처럼 엉엉 울어 대는 이 여자가 내 엄마라는 사실을 믿을 수가 없었다. 엄마는 서른여덟 살이었다. 어리지도 늙지도 않은 나이였다. 나는 속으로 중얼거렸다. "25년 후면 나도 엄마 나이가 될 거야." 그때 어떻게 살고 있을지 감도 안 잡히지만, 교과서를 챙겨들고 문을 나서면서 커서 절대로 엄마처럼 살지 않겠다고 다짐했다. 엄마처럼 얼음장 같은 오두막에 남아 버림받아 울부짖는 일은 없을 거라고.

리틀 호바트 스트리트를 따라 걸어 내려갔다. 전날 비가 온 터라 산허리의 침식된 골짜기마다 물이 콸콸 쏟아져 내리는 소리만 들렸다. 가는 흙탕물 줄기가 길에 넘쳐흘렀고 내 신발 속으로 스며들어 양말을 적셨다. 오른쪽 신발 밑창이 너덜너덜해져서 걸을 때마다 펄럭거렸다.

로리 언니가 날 뒤따라왔고, 우린 한동안 말없이 걷기만 했다.

"엄마, 불쌍해서 어떻게 해." 로리 언니가 마침내 입을 열었다. "너무 힘들어하네."

"우리만큼 힘들진 않아." 내가 말했다.

"그렇지 않아. 아빠랑 결혼했잖아." 로리 언니가 말했다.

"그거야 엄마 선택이지." 내가 말했다. "엄만 더 단호하게 굴어야 해. 맨날 저렇게 신경질을 부릴 게 아니라 아빠한테 확실하게 말해야 해. 아빠에겐 강한 여자가 필요해."

"카리아티드도 아빠는 못 버틸걸."

"그게 뭐야?"

"여자를 본떠 만든 기둥." 로리 언니가 말했다. "머리로 그리스 신전을 떠받치고 있는 여인상. 얼마 전에 그 사진들을 보면서 그런 생각이 들더라. 이 여자들은 세상에서 두 번째로 힘든 일을 하고 있구나."

나는 로리 언니의 말에 동의하지 않았다. 강한 여자라면 아빠를 다룰 수 있어야 한다는 게 내 생각이었다. 아빠에겐 최후통첩을 내리고 그대로 고수할 정도로 집요하고 과단성이 있는 사람이 필요했다. 나야말로 아빠를 단속할 만한 적임자란 생각이 들었다. 엄마가 전에 너무 집요한 내가 무섭다고 말했을 때 칭찬이 아니란 걸 알면서도 칭찬으로 받아들였던 나였다.

그해 여름, 방학이 되면서 아빠가 단속이 가능하다는 사실을 증명할 기회가 왔다. 엄마가 교사자격증을 갱신하는 대학과정을 밟기 위해 8주 동안 찰스턴에 가야 했다. 엄마 말로는 그랬지만, 난 엄마가 한동안이라도 우리 모두에게서 벗어나려고 그런 건 아닐까 하는 생각이 들었다. 로리 언니는 우수한 성적과 그림 포트폴리오로 특별한 소질을 갖춘 학생들을 대상으로 정부가 후원하는 여름캠프에 가 있었다. 그래서 열세 살인 내가 집을 책임지게 되었다.

엄마는 떠나기 전에 내게 200달러를 주었다. 그 정도면 브라이언과 모린과 나 셋이서 두 달 동안 먹고, 수도세와 전기세를 내고도 남을 거라고 말했다. 계산을 해보니 일주일에 25달러씩, 하루에 3달러 50센트 좀 넘게 써야 했다. 예산을 짜보니 아이를 봐주고 받는 돈을 더하면 간신히 버틸 수는 있을 것 같았다.

첫 주에는 모든 게 계획대로 흘러갔다. 나는 먹을 걸 샀고 남은 셋의 끼니를 만들었다. 아동복지사 때문에 겁을 먹고 집을 치우고 난리를 친 지 1년이 다 될 무렵이었고, 집 안은 또다시 발도 들일 수 없을 만큼 엉망진창이 되어 있었다. 엄마는 내가 버리기만 하면 있는 대로 성질을 부렸지만 나는 거대한 쓰레기더미를 정리정돈하는데만 몇 시간을 들였다.

아빠는 우리가 잠들 때가 되어도 집에 오지 않는 때가 태반이었고, 아침이 되어 우리가 집을 나설 때까지도 자고 있었다. 하지만 엄마가 찰스턴에 간 지 일주일 정도 지난 어느 오후, 용케 집에 혼자 있는 나를 붙잡아 세웠다.

"야, 아빠 돈 좀 주라."

"어디 쓰려고?"

"맥주랑 담배 사게."

"예산이 아주 빡빡해, 아빠."

"큰돈 달라는 거 아냐, 5달러만."

5달러면 이틀을 먹고살 돈이었다. 5달러면 우유 반 갤런에, 빵 한 덩이에, 계란 열두 개에, 꽁치 통조림 두 개, 작은 봉지에 담긴 사과와 팝콘을 살 수 있었다. 그런데다 아빠는 생활에 필요한 걸 산다는 거짓말이라도 해서 날 존중해줄 생각조차 없었다. 날 설득하거나 알랑거리며 좋은 말을 늘어놓지도 않았고, 그럴듯한 말로 날 넘어오게 만들려는 노력도 하지 않았다. 그냥 내가 돈을 꺼내주기만 기다리는 태도가 마치 나는 "안 돼요"란 말을 못 하는 사람이라고 생각하는 모양이었다. 과연 그랬다. 나는 초록색 비닐 동전지갑을 꺼내 꼬깃꼬깃한 5달러 지폐를 꺼내 아빠에게 느릿느릿 건네주었다.

"우리 딸 최고." 아빠는 그렇게 말하며 내게 입을 맞췄다.

나는 머리를 뒤로 젖혔다. 아빠에게 그 돈을 준 게 짜증이 났다. 나 자신에게도 화가 났지만 아빠에겐 더 화가 났다. 내가 가족 중에 제일 마음이 약해지는 사람이 자기인 걸 알고서 노린 것이다. 이용당한 기분이 들었다. 학교에서 여자애들은 틈만 나면 이 남자가 저 여자를 이용했느니, 저 여자가 이용당했느니 떠들어댔는데 그제야 마음 깊은 곳에서 그 뜻을 이해할 것 같았다.

며칠 뒤 아빠가 몇 달러 더 달라고 했을 때, 난 또 돈을 내주었다. 예산에서 10달러가 빈다고 생각하니 이가 갈릴 지경이었다. 그리고 며칠 되지 않아서 아빠가 20달러를 달라고 했다.

"20달러?" 아빠가 이 정도까지 날 궁지로 몰아가다니 믿을 수가 없었다. "왜 20달러씩이나 필요한데?"

"젠장, 언제부터 아빠가 자식들에게 일일이 다 설명하고 살았냐?"

아빠는 그렇게 말하자마자 친구한테서 차를 빌렸는데 개리네 가서 사업상 회의를 하려면 차에 기름을 넣어야 한다고 설명했다.

"돈을 벌려면 돈이 필요해. 나중에 갚을게." 그렇게 말하면서 아빠는 어떤 불신도 허용하지 않겠다는 뜻이 담긴 눈으로 날 쳐다보았다.

"청구서들이 쌓여 있어." 나는 말했다. 내 목소리가 점점 날카로워지는 걸 알면서도 억누를 수가 없었다. "동생들 밥도 해 먹여야 해."

"밥이건 청구서건 걱정하지 마." 아빠가 말했다. "그건 아빠가 알아서 걱정할 테니까, 알았어?"

나는 호주머니에 한 손을 집어넣었다. 돈을 꺼내려는 건지 돈을 내주지 않으려는 건지 나 자신도 알 수 없었다.

"아빠가 언제 널 실망시킨 적 있니?" 아빠가 물었다.

적어도 이백 번은 들은 말이었고 그럴 때마다 난 아빠가 바라는 대답을 들려줬었다. 지금껏 살아오면서 아빠가 버틸 수 있었던 것도 내가 아빠를 믿어주었기 때문이라고 생각했기 때문이었다. 바야흐로 처음으로 아빠에게 진실을 말하려 했다. 아빠에게 우리 모두 실망한 게 한두 번이 아니라는 사실을 말하려 했다. 그러나 난 입을 다물어버렸다. 말할 수가 없었다.

그러는 동안 아빠는 자긴 돈을 달라고 부탁하는 게 아니라 명하는 거라고 말하고 있었다. 아빠에겐 돈이 필요하다고 했다. 갚겠다고 말하는 자기 말이 거짓말 같으냐고 되물었다. 나는 아빠에게 20달러를 주었다.

그 주 토요일에 아빠가 돈을 갚으려면 먼저 돈을 벌어야 한다면서 내게 같이 사업차 여행을 떠나자고 말했다. 그 전에 예쁜 옷을 입고 가야 한다고 말했고, 침실에서 파이프에 걸린 원피스들을 이리저리 뒤지다가 앞에 단추가 달린 파란색 꽃무늬 원피스를 골랐다. 아빠가 빌린 차는 조수석 창이 깨진 낡은 연두색 플리머스였다. 우리는 그 차를 타고 산을 지나 부근 시내로 들어갔고, 노변의 술집에 멈춰 섰다.

그곳은 어두침침했고 담배연기 때문에 전쟁터처럼 뿌옜다. 펩스트 블루 리본과 올드 밀워키 네온사인 광고판이 벽에서 반짝거렸다. 수척하고 뺨이 쭈글쭈글한 남자들과 검붉은색 립스틱을 바른 여자들이 바에 나란히 앉아 있었고, 금속 코가 달린 부츠를 신은 남자 둘이 당구를 치고 있었다.

아빠와 나는 바에 자리를 잡고 앉았다. 아빠는 내가 스프라이트를 마시겠다고 했는데도 무시하고 버드와이저 두 병을 시켰다. 잠시 후, 아빠가 당구를 치겠다면서 자리에서 일어나기 무섭게 한 남자가 다가와 그 자리에 앉았다. 검은 콧수염이 양쪽 입가를 둥글게 에워싼 턱수염과 이어지게 길렀고 손톱 밑이 까만 그가 자기 맥주에 소금을 뿌렸다. 맥주 거품을 풍성하게 하려고 소금을 뿌리는 남자들이 있다는 얘길 아빠한테 들은 적이 있었다.

"로비라고 해." 그가 말했다. "저기 저 남자는?" 그가 아빠를 가리켰다.

"제 아빠예요." 내가 말했다.

그는 맥주 거품을 한 번 핥고선 나에 대해 이것저것 묻기 시작했고, 그러면서 점점 더 내게 몸을 가까이 기댔다. "몇 살이지, 아가씨?"

"몇 살 같아요?" 내가 물었다.

"한 열일곱 살?"

나는 한 손으로 드러난 이를 가리며 미소 지었다.

"춤출 줄 알아?" 그가 물었고 나는 고개를 저었다. "출 줄 알면서." 그는 그렇게 말하며 날 의자에서 끌어냈다. 내가 아빠를 쳐다보자 아빠는 씩 웃으며 손을 흔들었다.

주크박스에선 키티 웰스의 노래가 흘러나오고 있었다. 유부남과 술집 여자들에 관한 노래였다. 로비가 한 손을 내 등에 두르더니 날 끌어안았다. 우리는 두 번째 노래까지 춤을 추었고, 의자로 돌아와 바에 등을 기대고 앉아 당구대를 마주 보았다. 로비가 한 팔을 내 등에 둘렸다. 나는 바짝 긴장했지만 그 느낌이 아주 싫지만은 않았다. 빌리 딜 이후, 케니 홀을 빼고 내게 지분댄 사람은 아무도 없었다.

나는 로비의 속셈이 뭔지 알았고, 그에게 난 그런 여자가 아니라고 말하려 했지만 그랬다가 나 혼자 착각하는 거라고 말할까 봐 관두었다. 어쨌거나, 그는 나와 느리게 춤을 추었고 팔을 두른 게 전부였으니까. 나는 아빠와 눈을 맞추려고 애썼다. 당장 이리로 와서 자기 딸에게 치근덕댄 로비를 큐대로 혼내줄 거라 생각하면서. 정작 아빠는 로비에게 큰 소리로 말했다.

"그 버릇 나쁜 손모가지로 쓸모 있는 일 좀 해보지 그래? 이리 와서 나랑 한판 하자고."

그들은 위스키를 주문하고, 초크로 큐를 문질렀다. 첫판엔 아빠가 져서 로비에게 약간의 돈을 잃었지만 그런 후 판돈을 올리면서 이기기 시작했다. 내기 게임이 한 판 끝날 때마다 로비는 나랑 춤을 추려고 했다. 그런 식으로 두 시간이 지나면서, 로비는 곤드레만드레 취해갔고 계속 아빠에게 졌다. 그리고 게임 사이사이 나와 춤을 추거나 바에 앉을 때마다 내 몸을 더듬었다. 그런데도 아빠는 내게 "다리 꼬고 있어, 아가. 바늘 끝도 안 들어가게 단단히 꼬고 있어"라는 말만 할 뿐이었다.

아빠가 로비한테서 80달러 정도 땄을 때 로비는 화가 나서 혼잣말로 투덜대기 시작했고, 파란색 가루가 훅 날릴 만큼 큐 초크를 딱 소리 나게 내려놓았다. 그렇지만 마지막 일격의 기회마저 놓치고 말았다. 그는 이제 끝이라고 선언하고 내 옆에 앉았다. 두 눈이 흐리멍덩했고, 저런 늙다리 자식에게 80달러나 되는 돈을 잃은 게 믿어지지 않는다는 말을 되풀이했지만 화가 난 건지 감탄한 건지 자기도 알지 못하는 것 같았다.

이윽고 그는 내게 술집 위 아파트가 자기 집이라면서 주크박스엔 없는 로이 아커프의 앨범이 있으니 같이 위층에 가서 듣자고 했다. 그가 바라는 게 춤을 더 추고 내게 키스를 하고 싶은 거라면 감당할 수 있을 것 같았다. 하지만 어쩐지 큰돈을 잃은 보상으로 당당하게 요구할 자격이 있다고 생각하는 것 같은 태도가 느껴져서 나는 말했다.

"글쎄요."

"아, 내숭 떨지 말고." 그가 말했다. 그러더니 이내 아빠에게 소리쳤다. "네 딸을 위층에 데려갈 거야!"

"얼마든지." 아빠가 말했다. "내가 하지 않을 짓은 너도 하지 말라고." 그러더니 큐대로 날 겨누었다. "아빠가 필요하면 소리 질러." 그렇게 말하며 윙크하는 아빠는 마치 내 일은 스스로 알아서 할 수 있고, 내가 할 일의 일부라고 말하는 것 같았다.

그렇게 아빠의 축복을 받으며 나는 위층으로 올라갔다. 아파트 안으로 들어가 맥주 캔 뚜껑을 줄줄이 이어서 만든 주렴을 헤치고 지나갔을 때 소파에 앉아 텔레비전으로 레슬링 경기를 보고 있는 두 남자가 눈에 들어왔다. 그들은 날 보더니 로비를 향해 늑대 같은 미소를 지었다. 로비는 텔레비전 소리를 줄이지도 않고 로이 아커프의 레코드를 올렸다. 그러곤 날 누를 듯 끌어안고 다시 춤을 추기 시작했다. 상황이 예상대로 흘러가지 않는다는 생각에 나는 저항했다. 그가 두 손을 축 늘어뜨렸다. 그러더니 내 양 엉덩이를 움켜쥐었고 침대로 밀치더니 내게 입을 맞추기 시작했다.

"옳거니!" 한 남자가 소리쳤다.

"끝까지 가는 거야!" 다른 남자가 소리쳤다.

"난 그런 여자가 아니에요!" 나는 말해봤지만, 그는 아랑곳하지 않았다. 몸을 옆으로 빼려고 하자 그가 내 두 팔을 뒤로 빼서 옴짝달싹 못 하게 했다. 아빠가 필요하면 소리를 치라고 했지만 난 그러고 싶지 않았다. 아빠에게 너무도 화가 나서 그가 날 구출할 거라는 생각만 해도 치가 떨렸다. 한편, 로비는 내가 너무 말라서 빠구리할 맛이 안 난다고 말하고 있었다.

"그래요, 그래서 남자들이 절 싫어해요." 나는 말했다. "마른 게 다가 아니에요. 여기 흉터도 있어요."

"아, 그러셔?" 그는 말은 그렇게 하면서도 동작을 멈췄다. 나는 침대에서 굴러 나와 얼른 원피스 단추를 허리까지 풀어 열어선 오른쪽의 흉터를 보여주었다. 그의 눈에 내 상반신은 거대한 흉터조직 덩어리로 보였을 것이다. 로비가 머뭇거리며 친구를 돌아보았다. 울타리에 뚫린 구멍을 보는 심정이었을 것이다.

"아빠가 부르시는 것 같네요." 나는 그렇게 말하고 문으로 나섰다.

차로 돌아왔을 때 아빠가 딴 돈을 꺼내 40달러를 세서 내게 건네며 말했다.

"우린 멋진 팀이야."

나는 그 돈을 아빠 얼굴에 집어 던지고 싶었지만, 우리는 먹고살아야 했다. 그래서 잠자코 지폐를 지갑에 집어넣었다. 우리가 로비에게 사기를 친 건 아니지만 말할 수 없이 천박한 방식으로 등쳐먹은 것이고, 그로 인해 나는 하마터면 큰일이 날 뻔했다. 로비가 아빠에게 걸려든 거라면 나도 마찬가지였다.

"산양, 왜 그리 심란해하는 거니?"

한순간, 아빠에게 말하지 말자고 생각했다. 내게 손가락 하나라도 대는 놈이 있으면 죽여버릴 거라고 늘 으름장을 놓던 아빠였기 때문에 자칫 칼부림이라도 날까 걱정됐던 것이다. 하지만 그 남자가 얻어터지는 꼴을 봐야 속이 시원하겠다는 생각이 들었다.

"아빠, 위층에 올라갔을 때 그 변태자식이 날 덮쳤어."

"그냥 좀 세게 나온 거겠지." 주차장에서 차를 빼면서 아빠가 말했다. "난 네가 알아서 잘 처리할 줄 알았어."

웰치로 돌아오는 길은 어두웠고 인적 하나 없었다. 내 쪽의 깨진 차창으로 바람이 휘휘 소릴 내며 밀려들어왔다. 아빠가 담배에 불을 붙이더니 말했다.

"아빠가 네게 수영을 가르치려고 유황온천에 던졌을 때와 똑같은 거야. 넌 빠져 죽을 거라고 생각했지만 아빤 네가 잘 해낼 줄 알았어."

다음 날 저녁, 아빠는 사라졌고 이틀 후에 돌아와선 내게 다른 술집에 가자고 말했고, 내가 싫다고 하자 화를 내며 한 팀이 되지 않겠다면 최소한 포켓볼 칠 돈은 줘야 한다고 말했다. 나는 어느새 지갑에 손을 넣어 20달러를 건네주었고, 며칠 후 20달러를 더 내주었다.

그 전에 엄마가 7월 초에 텍사스 토지 임대료가 수표로 올 거라면서 아빠가 손댈 거라고 경고했었다. 아니나 다를까, 아빠는 수표가 오는 날 언덕 밑에서 기다리다 우체부에게서 가로챘다. 하지만 우체부에게 자초지종을 전해들은 나는 리틀 호바트 스트리트를 달려 내려가 아빠가 시내로 들어가기 전에 붙잡았다. 그리고 엄마가 돌아올 때까지 수표를 감춰두기로 했다고 말했다.

"같이 숨기자."

아빠는 그렇게 말하고선 엄마가 도서관에서 공짜로 받은 『1933 월드북 백과사전』의 '통화' 편에 숨기자고 했다.

다음 날 내가 다시 숨기려고 책을 펼쳤을 때 수표는 사라지고 없었다. 아빠는 맹세코 전혀 모른다고 했지만 거짓말하는 걸 내가 모를 리 없었다. 하지만 아빠를 탓해봤자 아빠는 계속 오리발을 내밀 거고 큰 소리로 싸워봤자 내게 득 될 게 없다는 것도 알았다. 그때 처음으로 엄마가 처한 현실이 분명히 와닿는 기분이었다. 강한 여자가 되는 건 내가 생각한 것보다 어려운 일이었다. 엄마가 찰스턴에서 오려면 한 달도 더 남았는데 식료품 살 돈은 바닥나기 직전이었고, 베이비시터 일로 버는 돈으로 버티기엔 어림도 없었다.

문득 일전에 맥도웰 스트리트의 '베커의 보석상자'라는 보석상 쇼윈도에서 본 구인 광고가 떠올랐다. 나는 화장을 짙게 하고 제일 좋은 원피스를 입었다. 자주색 바탕에 자잘한 흰색 물방울무늬가 있는, 허리끈을 뒤에서 매는 원피스였다. 여기에 나랑 발 사이즈가 똑같은 엄마의 하이힐을 신고서 일자리를 구하러 산을 돌아 내려갔다.

상점 문을 밀어 열자 문 위에 달린 종들이 딸랑거렸다. 베커의 보석상자는 나 같은 사람은 들어갈 일이 일절 없을 정도의 고급 상점이었다. 들어가자 에어컨이 윙윙 돌아가는 소리, 형광등에서 지직거리는 소리가 들렸다. 자물쇠가 채워진 유리장 안엔 반지와 목걸이와 브로치가 진열돼 있었고, 제품이 단조로워 보이는 걸 피하려고 걸어둔 소나무 패널 벽엔 기타와 밴조 몇 대가 보였다. 베커 씨는 두 손을 깍지 낀 자세로 카운터에 기대 있었다. 어마어마하게 튀어나와 있는 배 때문에 두르고 있는 얇은 검정색 벨트가 지구본의 적도처럼 보였다.

내가 열세 살밖에 안 되는 걸 알면 일자리를 내주지 않을 것 같아서 열일곱 살이라고 말했다. 그는 그 자리에서 주급 40달러에 날 채용했다. 나는 가슴이 설레었다. 인생 최초의 진짜 직장을 다니게 된 것이다. 베이비시터 일, 과외, 다른 애들의 숙제를 해주는 일, 잔디 깎기, 빈 병과 고철 줍는 게 직장이 될 수는 없었다. 그리고 주급 40달러는 큰돈이었다.

나는 베커의 보석상자에서 일하는 걸 즐기게 되었다. 보석을 사는 사람들은 늘 행복했고, 웰치가 가난한 동네임에도 베커의 보석상자엔 늘 손님이 많았다. 아내에게 '엄마의 핀', 즉 아이들의 탄생석이 박힌 브로치를 사주는 나이 든 광부들, 약혼반지를 사러 온 십대 연인도 있었다. 들떠서 키득거리는 소녀와 거들먹거리며 남자다운 티를 내려는 소년.

손님이 뜸할 땐 베커 씨와 난 작은 흑백 텔레비전으로 워터게이트 청문회를 보았다. 베커 씨는 존 딘의 아내에게 반했다. 남편이 증언하는 동안 우아한 옷을 입고 금발머리를 뒤로 단단히 동여맨 모린 딘을 보며 베커 씨는 줄곧 이렇게 말했다.

"죽여주네. 세련된 년이야."

가끔 모린 딘을 보고 난 베커 씨가 흥분해서 진열장을 청소하고 있는 내 뒤로 다가와 내 엉덩이를 슬쩍 만질 때도 있었다. 나는 그의 손을 잡아 내뿌리곤 아무 말 없이 자리를 떴고, 그러면 그 발정난 개자식은 아무 일 없었다는 듯 다시 텔레비전을 보는 것이었다.

베커 씨는 길 건너편 마운티니어 식당에 점심을 먹으러 갈 때면 언제나 다이아몬드 반지가 들어 있는 진열장의 열쇠를 잊지 않고 가져갔다. 그 사이에 손님이 와서 반지를 보고 싶어 하면 나는 길 건너편으로 달려가 그를 데려오지 않으면 안 되었다. 한 번은 열쇠를 가져가는 걸 깜빡 잊고 식당을 다녀온 적이 있었는데, 내 앞에서 과장된 몸짓으로 진열장의 반지 수를 하나하나 세는 것이었다. 그의 식대로 날 조금도 신뢰하지 않는다는 걸 알린 셈이었다. 어느 날, 점심을 먹고 온 베커 씨가 여봐란듯이 진열장을 검사했을 때, 나는 화가 머리끝까지 치밀어선 이 망할 놈의 가게에 훔칠 만한 것이 하나라도 있는지 살펴보았다. 목걸이, 브로치, 밴조, 하나같이 내겐 쓸모없는 것들이었다. 바로 그 순간 시계 진열장이 눈에 들어왔다.

나는 늘 시계를 갖고 싶었다. 다이아몬드와 달리, 시계는 쓸모가 있었다. 시계는 분주한 사람들, 지켜야 할 약속과 만나는 일정이 있는 사람들을 위한 물건이었다. 내가 바라는 삶이기도 했다. 수십 개의 시계가 금전등록기 뒤 카운터에서 똑딱거렸다. 그 가운데 간절히 갖고 싶은 게 하나 있었다. 옷 색깔에 맞춰 두를 수 있도록 시계줄이 검정색, 갈색, 파란색, 흰색, 네 개가 있는 시계로 29달러 95센트라는 가격표가 붙어 있었다. 내 주급에서 10달러 정도 적은 가격이었다. 하지만 내가 원한다면 당장, 그것도 공짜로 손에 넣을 수 있었다. 그 시계를 생각하면 할수록 시계도 날 소리쳐 부르는 것만 같았다.

어느 날, 워 스트리트에 있는 베커 씨의 또 다른 가게에서 일하는 여자가 왔다. 베커 씨의 부탁으로 내게 화장법을 가르쳐주러 온 것이었다. 뻣뻣한 백금발에 마스카라로 떡칠한 눈썹의 그 여자는 내게 여러 화장도구들을 보여주면서 수수료를 엄청나게 벌어서 좋겠다고 말했다. 무슨 뜻이냐고 내가 묻자 그 여자는 주급 40달러 외에도 한 번 판매할 때마다 10퍼센트의 수수료를 받는다고 했다. 가끔은 수수료가 주급의 두 배가 되기도 한다고 했다.

"흥, 정부 보조금도 일주일에 40달러를 넘게 주는데. 베커가 네 돈을 떼먹고 있구나."

내가 베커 씨에게 수수료에 대해 묻자 그는 그거야 판매원 이야기고 나는 직원에 불과하다고 대답했다. 다음 날, 베커 씨가 마운티니어

식당에 가고 없을 때 나는 진열장을 열고 예의 줄이 네 개 딸린 시계를 꺼냈다. 시계를 내 지갑 안에 넣은 후 진열장의 다른 시계들의 배열을 이리저리 바꿔 빈자리를 채웠다. 그간 베커 씨가 바쁠 때 내가 판 물건들이 꽤 됐다. 그런데도 그는 수수료를 한 푼도 주지 않았으니, 이제라도 받아야 할 걸 받는 것뿐이었다.

베커 씨가 점심을 먹고 돌아왔을 때 여느 때와 마찬가지로 그는 다이아몬드 반지가 든 진열장을 살펴봤지만 시계 쪽은 쳐다보지도 않았다. 지갑 안에 시계를 감춘 채 집으로 돌아오면서 나는 유쾌하면서도 어질어질했다. 저녁을 먹은 후 침대로 가서 아무도 보지 않는 가운데 시계를 꺼내선 줄을 달리 바꿔가며 손목에 찼고, 내가 생각하는 부자들의 태도를 흉내 내보았다.

물론 그 시계를 차고 가게에 나갈 생각은 추호도 없었다. 동네를 돌아다니다가 베커 씨와 우연히 마주칠 수도 있기 때문에 학기가 시작될 때까지는 집에서만 그 시계를 차기로 마음먹었다. 문득 브라이언과 로리 언니와 엄마 아빠에겐 뭐라고 말해야 하나 싶었다. 베커 씨가 내 표정에서 제 발 저린 도둑을 찾아내면 어쩌나 걱정도 되었다. 조만간 그가 시계가 없어진 걸 알아차리고 내게 물어보면 난 시치미 뚝 떼고 거짓말을 해야 할 텐데 난 그런 쪽으론 젬병이었다. 들키기라도 하면 난 빌리 딜 같은 사람들이 있는 소년원에 보내질 것이고, 베커 씨는 그간 날 믿지 않았던 게 잘한 일이었다고 생각하며 흡족해할 것이다.

그에게 그런 만족감을 안겨주진 않을 작정이었다. 다음 날 나는 정동석을 보관해두는 나무 상자에서 시계를 꺼내 지갑에 넣어가지고 가게로 갔다. 아침 내내 나는 베커 씨가 얼른 점심을 먹으러 나가길 기다렸고, 마침내 그가 자리를 비웠을 때 진열장을 열어 시계를 밀어 넣고선 주변에 진열된 다른 시계들의 배치를 다시 바꾸었다. 내 손놀림은 빨랐다. 한 주 전엔 눈 하나 깜짝 안 하고 시계를 훔쳤던 나였다. 하지만 그 순간엔 누군가 시계를 도로 가져다 놓는 날 볼까 봐 무서웠다.

8월 말에 거실에서 양철 냄비에 빨래를 하고 있는데 누군가 노래하며 계단을 올라오는 소리가 들렸다. 로리 언니가 거실로 뛰어들어왔다. 어깨에 더플백을 멘 언니는 소리 내 웃으면서 캠프파이어 때 애들이 부르는 바보 같은 여름캠프 송을 부르고 있었다. 그렇게 들떠 있는 언니의 모습은 생전 처음이었다. 따뜻한 식사와 뜨거운 물로 한 샤워와 새로 사귄 친구들 이야기를 하는 언니는 정말로 빛이 났다. 심지어는 남자친구까지 사귀어서 키스까지 했다는 것이었다.

"모두가 날 보통 사람으로 대해줬어." 언니가 말했다. "기분이 묘하더라."

그러면서 언니는 웰치를 벗어나 가족과 떨어져 살게 되면 행복하게 살아볼 만하겠다는 생각이 들더라고 했다. 그때부터 언니는 리틀 호바트 스트리트를 떠나 혼자 사는 날을 학수고대하게 되었다.

며칠이 지나 엄마도 돌아왔다. 엄마도 달라진 것 같았다. 대학 캠퍼스 기숙사에서 네 아이를 돌볼 필요도 없는 삶을 만끽한 터였다. 강의도 듣고 그림도 그렸으며 자기계발서를 여러 권 읽은 끝에 그간 자신이 다른 사람들을 위해 살아왔음을 깨닫게 되었다고 했다. 그래서 교사직을 그만두고 예술에 매진하기로 결심했다고 말했다.

"이제 나 자신을 위해 노력할 때가 됐어. 나를 위한 인생의 첫걸음을 걸을 때야."

"엄마, 여름 내내 거기 있었던 이유는 교사자격증을 갱신하려던 거였잖아."

"그러지 않았다면, 난 이런 돌파구를 찾지 못했을 거야."

"일을 관두면 안 돼." 내가 말했다. "우리에겐 돈이 필요해."

"왜 항상 내가 돈을 벌어야 하는 거니?" 엄마가 말했다. "네가 해. 너도 돈 벌 수 있잖아. 로리도 돈을 벌 수 있고. 난 더 중요한 일을 해야 해."

나는 엄마가 또 울화를 터뜨리는 거라고 생각했다. 개학날이 되면, 우리가 살살 달래긴 해야겠지만, 결국엔 루시 조의 다트를 타고 데이비 초등학교로 출근할 거라고 생각했다. 그러나 등교 첫날, 엄마는 침대에서 꿈쩍도 하지 않았다. 로리 언니, 브라이언, 내가 이불을 벗기고 엄마를 끌어내려고 했지만, 엄마는 죽어라 버텼다.

나는 엄마에게 책임을 져야 한다고 말했다. 일하지 않으면 아동복지사가 또 한 번 불시에 쳐들어올 거라고 말했다.

"학교에 가지 않을 거야." 엄마가 말했다.

"왜?" 내가 물었다.

"아파."

"어디가 아픈데?"

"누런 콧물이 나와."

"누런 콧물이 나온다고 다 집에서 쉬면 학교가 텅텅 비겠네." 내가 말했다.

엄마가 고개를 발딱 쳐들더니 내게 말했다.

"나한테 그렇게 말하지 마. 난 네 엄마야."

"엄마 대접을 받고 싶으면 엄마답게 굴어." 내가 말했다.

엄마는 어지간해선 화를 내지 않는 사람이었다. 대개는 노래를 하거나 우는 쪽이었지만, 그때 엄마는 분노로 얼굴을 일그러뜨렸다. 내가 도를 넘어섰음을 엄마도 나도 알았지만, 난 개의치 않았다. 나도 여름 동안 변해 있었다.

"어떻게 네가 이럴 수 있니?" 엄마가 고래고래 소리 질렀다. "너 문제가 심각하구나. 아주 심각해. 네 아빠한테 말할 거야. 아빠가 집에 오기만 해봐."

엄마의 협박에도 나는 걱정하지 않았다. 내가 아는 한, 아빠는 내게 진 빚이 있었다. 여름 내내 브라이언과 모린을 돌봤고, 맥주와 담배를 살 돈을 주었으며, 광부 로비의 돈을 뜯어내는 데 도움을 줬으니까. 아빠는 내 손안에 있다고 생각했다.

그날 오후 학교에서 집에 돌아왔을 때 엄마는 여전히 소파베드에 웅크리고 누워 있었고, 옆엔 문고판 책들이 몇 권 쌓여 있었다. 아빠는 제도용 테이블에 앉아 담배를 말고 있다가 내게 부엌으로 따라오라고 손짓했다. 엄마는 우리 둘이 부엌으로 가는 걸 지켜보았다.

아빠는 부엌문을 닫더니 근엄한 표정으로 날 쳐다보았다.

"엄마에게 말대답을 했다면서."

"응." 나는 말했다. "맞아."

"네,라고 대답해."

나는 아무 말도 하지 않았다.

"너한테 실망했다." 이윽고 아빠가 말했다. "자식은 부모를 존경해야 한다는 건 말하지 않아도 잘 알 텐데."

"아빠, 엄마는 아프지 않아. 엄만 땡땡이치려는 거야." 나는 말했다. "엄마는 부모의 의무를 좀 더 진지하게 지킬 필요가 있어. 엄마는 철이 좀 들어야 해."

"네가 뭔데?" 아빠가 물었다. "네 엄마야."

"엄마면 엄마답게 굴어야지." 나는 아빠를 쳐다보았다. 시간이 참으로 더디게 흐르는 것 같았다. 그러다 무심결에 내뱉고 말았다.

"그리고 아빠도 아빠답게 굴어야지."

아빠 얼굴에 피가 쏠리는 게 보였다. 아빠가 내 팔을 움켜쥐었다.

"잘못했다고 빌어!"

"안 하면 어쩔 건데?"

내 말에 아빠는 날 벽에 밀어붙였다.

"이 집의 가장이 누군지 아주 확실하게 보여주지."

아빠가 내게 얼굴을 바짝 들이댔다.

"무슨 벌을 주려고?" 나는 물었다. "이제 술집에 안 데려가는 벌?"

아빠가 날 때리기라도 할 것처럼 한 손을 뒤로 들어올렸다.

"아가씨, 말 조심해. 엉덩짝 맞고 싶지 않으면. 못할 거라고 생각하면 착각이야."

"진담이야?"

아빠가 손을 내리더니 작업복 바지에서 허리띠를 풀어선 손에 두 번 감았다.

“아빠 엄마한테 잘못했다고 빌어.”

“싫어.”

아빠가 허리띠를 쳐들었다.

“빌어.”

“싫어.”

“그럼 엎드려.”

아빠는 나와 문 사이에 서 있었다. 아빠를 지나치지 않고선 방에서 나갈 수가 없었다. 그렇지 않다 해도 도망치거나 맞서 싸우겠다는 생각 같은 건 할 수가 없었다. 내가 보기에 아빠는 나보다 더 궁지에 몰려 있었다. 아빠가 항복하는 편이 현명했다. 엄마 편을 들고 내게 매질을 한다면 두 번 다시 내 마음을 얻지 못할 테니까.

우리는 서로를 노려보았다. 아빠는 내가 눈을 내리깔고 잘못했다고 빌기를 기다리고 있는 것 같았다. 그러면 예전으로 돌아갈 수 있을 거라고 생각하는 것 같았다. 하지만 난 한순간도 아빠의 눈을 피하지 않았다. 마침내 해볼 테면 해보란 심정으로 나는 뒤를 돌아 무릎에 두 손을 대고 몸을 살짝 굽혔다.

아빠가 돌아서 걸어 나가버릴 거라고 생각했다. 그때 허공을 가르는 소리와 함께 내 허벅지에 여섯 번의 고통스러운 채찍질이 가해졌다. 허리를 펴기도 전에 맞은 곳이 부풀어 오르는 게 느껴졌다.

나는 아빠를 쳐다보지도 않고 부엌을 나섰다. 엄마가 문 밖에 서 있었다. 이제까지 거기 서서 모든 걸 낱낱이 들은 것이다. 엄마를 쳐다보진 않았지만 곁눈질로 의기양양해하는 엄마의 표정이 보였다. 울지 않으려고 입술을 깨물었다.

밖으로 나가자마자 난 숲으로 달려갔다. 나뭇가지와 야생 포도덩굴이 얼굴을 스치고 지나갔다. 집에서 멀어졌으니 이제야말로 울음이 터질 거라고 생각했다. 그러나 대신 속을 게워냈다. 입 안의 쓴 내를 없애기 위해 야생박하를 먹은 후, 고요한 언덕을 몇 시간이나 걸어 다녔다. 공기는 청명하고 시원했으며, 숲의 바닥은 침엽수와 포플러 나무에서 떨어진 나뭇잎들이 두텁게 쌓여 있었다. 늦은 오후가 되었는데도 여전히 허벅지 뒤가 쓰라려서 엉덩이만 걸치듯 나무의 밑동에 앉았다. 오랜 시간 그렇게 걸으면서 고통은 생각에 생각을 불러왔고, 나무 밑동에 도착할 즈음, 나는 두 가지 결심을 하게 되었다.

첫 번째는 그날이 내 인생에서 마지막으로 매를 맞은 날이 될 거라는 것이었다. 세상 누구도 내게 그런 짓을 할 수 없을 것이다. 두 번째는 로리 언니처럼 나도 웰치를 벗어날 거라는 결심이었다. 빠를수록 좋다. 할 수 있다면 고등학교를 졸업하기 전에 탈출할 작정이었다. 어디로 갈지는 알 수 없지만, 떠나리라는 것만큼은 확실히 알았다. 쉽지 않으리라는 것도 알았다. 웰치에서 사람들은 발이 묶여버렸다. 엄마 아빠가 우릴 데리고 여길 떠날 거라고 믿었지만 이제 내 힘으로 해야 한다는 걸 알게 되었다. 나는 다음 날 G. C. 머피에 가서 일전에 봐둔 분홍색 플라스틱 저금통을 사야겠다고 마음먹었다. 그리고 베커의 보석상자에서 일하며 어렵게 모아둔 75달러를 집어넣을 것이다. 그 돈이 내 '탈출 펀드'의 씨앗이 되어줄 것이다.

그해 가을, 웰치에 두 남자가 나타났다. 나로선 생전 처음 보는 부류였으니 시골인 애팔래치아의 문화향상을 위한 정부 프로그램의 일환으로 뉴욕에서 온 영화제작자들이었다. 그들의 이름은 켄 핑크와 밥 그로스였다.

처음에 난 그들이 농담한다고 생각했다. 켄 핑크와 밥 그로스라니? 켄 스투피드와 밥 어글리라고 하면 웃기기라도 하지. 그러나 켄과 밥은 농담을 하는 게 아니었다. 그들은 자기 이름이 웃기다고 생각하지 않았고, 날 놀리는 거냐고 물었을 때도 웃지 않았다.

켄과 밥은 둘 다 말을 정말 빨리 하는데다 스탠리 큐브릭이니 우디 앨런이니 하는, 내가 생전 처음 들어보는 이름들을 많이 언급해서 가끔은 알아듣기가 힘들었다. 자기들 이름에 관해선 유머감각을 발휘할 줄 전혀 몰랐지만 농담은 꽤 많이 하는 사람들이기도 했다. 내가 익히 잘 아는 웰치식 고등학교 유머와는 거리가 멀었다. 인종차별적인 농담과 겨드랑이에 손을 집어넣고 방귀 소리를 흉내 내는 남자애들과는 차원이 달랐다. 켄과 밥은 A가 재치 있는 말을 하면 B가 받아치고, 이를 다시 A가 받아치는 식의 민첩한 대결구도의 농담을 할 줄 알았다. 그것도 듣는 내 머리가 핑핑 돌 때까지 계속해서 할 수 있었다.

어느 주말, 켄과 밥이 학교 강당에서 스웨덴 영화를 상영한 적이 있었다. 흑백영화로 자막이 있고 상징주의를 다룬 심각한 영화여서, 무료였는데도 관객은 열두 명이 채 되지 않았다. 로리 언니가 켄과 밥에게 직접 그린 일러스트를 몇 장 보여주었다. 그러자 그들은 언니에게 재능이 있다면서 정말로 화가가 되고자 한다면 뉴욕으로 가라고 말했다. 뉴욕은 에너지와 창의성이 넘치고, 우리가 한 번도 경험한 적이 없는 지적 자극이 존재하는 도시라고 했다. 그리고 어딜 가도 섞이지 못할 만큼 개성 넘치는 사람들이 넘쳐난다고 했다.

그날 밤, 로리 언니와 나는 밧줄 침대에 누워 뉴욕에 대해 이런저런 이야기를 나눴다. 뉴욕에 관한 이야기를 들을 때마다 나는 늘 공해 문제가 심각하고 거리에선 정장 차림의 사람들이 서로 팔꿈치를 부딪치는 크고 시끄러운 도시라는 인상을 받았었다. 하지만 로리 언니는 뉴욕을 에메랄드 시티처럼 생각하기 시작했다. 기나긴 길의 끝에서 만나는 그 강렬하고 북적대는 곳에서 언니는 자기가 되고자 하는 사람이 될 수 있을 거라고 생각했다.

켄과 밥이 뉴욕에 대해 해준 이야기 중에서도 언니 마음에 쏙 들었던 건 유별난 사람들이 매혹을 느끼는 도시라는 점이었다. 로리 언니는 웰치에서 온 힘을 다해 유별나게 굴 작정이었다. 대부분의 애들이 청바지에 컨버스 운동화와 티셔츠를 입을 때, 언니는 군화를 신고 빨간색 물방울무늬의 흰 원피스에 등에 암울한 시를 직접 그려 넣은 청재킷을 걸치고 다녔다. 그런 언니에게 애들은 비누를 집어 던지거나 언니가 지나갈 때 서로 떠밀어 갈 길을 막기도 했고, 화장실 벽에 언니를 흉보는 낙서를 하기도 했다. 그러면 언니는 라틴어로 그들을 욕하는 것으로 보복했다.

집에 있을 땐 밤늦게까지 책을 읽고 그림을 그렸으며, 전기가 나가면 촛불이나 등유램프에 의지해서라도 읽었다. 언니는 고요한 호수에 걸린 안개, 비비 꼬이며 올라오는 마디 진 나무뿌리, 바닷가 앙상한 나뭇가지에 홀로 앉아 있는 까마귀 같은 고딕풍의 묘사를 좋아했다. 나는 언니가 대단한 사람이라고 생각했고, 훌륭한 예술가가 될 거라 믿어 의심치 않았다. 하지만 뉴욕에 가지 않으면 불가능했다. 나 역시 뉴욕에 가고 싶었기 때문에 그해 겨울, 언니와 나는 계획을 세웠다. 우선 로리 언니가 졸업 후 6월에 혼자 뉴욕에 가서 먼저 정착하고, 우리 둘이 살 곳을 찾으면 나도 빨리 뒤따라가는 것이다.

나는 언니에게 '탈출 펀드'와, 모아놓은 75달러에 대해 이야기했다. 그런 후 지금 시점부터는 우리의 공동 펀드가 되는 거라고 말했다. 학교가 끝난 후 일을 하면서 우리가 번 돈을 한 푼도 쓰지 말고 저금통에 저금하기로 했다. 언니가 뉴욕에 갈 때 그걸 가지고 가서 정착하는 데 쓰면 내가 도착할 즈음 새 출발을 할 수 있을 것이었다.

로리 언니는 포스터를 만드는 데 발군의 능력을 발휘했다. 그래서 일찍부터 풋볼 경기, 연극부에서 상연하는 연극, 학생회 출마 후보를 위한 포스터들을 도맡아 작업했고, 그즈음 포스터당 1달러 50센트를 받고 제작하기 시작했다. 하지만 워낙 수줍음을 타는 성격이라 주문을 받으러 다닐 엄두를 못 내서 내가 대신했다. 웰치 고등학교의 많은 학생들이 자기네 침실 벽에 붙일 남자친구나 여자친구의 이름, 자기 자동차나 별자리나 좋아하는 밴드가 들어간 포스터를 주문하고 싶어 했다. 언니는 록 음악 앨범에서 많이 본 크고 두꺼운 입체 글자들이 서로 겹쳐지게 디자인했고, 형광색 물감으로 칠한 후 먹으로 테두리를 그려준 다음 글자 주변을 별과 물방울과 구불구불한 곡선으로 채워 글자가 움직이는 것 같은 효과를 주었다. 포스터가 너무나 멋져서 입소문을 탄 지 얼마 안 가 매일 밤 한두 시까지 작업해야 할 정도로 주문이 밀려들었다.

나는 베이비시터 일과 다른 애들의 숙제를 해주는 일로 돈을 벌었다. 독서감상문, 과학에세이, 수학과제물을 대신해주면서 과제당 1달러씩 받았는데 A 마이너스 이하의 점수를 받을 경우 전액환불을 보장했다. 학교가 끝나면 시간당 1달러를 받고 아이를 봐주었고, 그러는 동안 숙제를 했다. 또 시간당 2달러를 받고 과외도 해주었다.

언니와 난 브라이언에게도 '탈출 펀드'에 대해 이야기해주었다. 브라이언은 그때 고작 7학년이어서 계획에 껴줄 생각이 없었지만, 그 애 쪽에서 돈을 보태겠다고 나섰다. 그래서 잔디를 깎거나 장작을 패거나 낫으로 산허리의 잡초 베는 일을 했다. 학교가 끝나면 해가 질 때까지, 주말엔 하루 종일 일하고 돌아온 그 애의 팔과 얼굴은 잡초를 쳐내다 생긴 생채기가 가득했다. 그러고도 고맙다는 말이나 칭찬을 바라는 법 없이 묵묵히 우리가 '오즈'라고 이름 붙인 저금통에 번 돈을 집어넣었다.

우리는 오즈를 침실의 낡은 재봉틀 위에 올려두었다. 오즈는 밑바닥에 마개 달린 구멍도 없고 위쪽 투입구도 너무 좁아서 칼을 넣어도 지폐를 빼기 힘들었다. 그래서 한 번 돈을 집어넣으면 절대 뺄 수 없었다. 우리는 직접 시험해보기도 했다. 돈을 셀 수는 없었지만 오즈가 반투명해서 빛에 비추어보면 집어넣은 돈이 쌓여 있는 게 보였다.

그해 겨울 어느 날, 수업이 끝나고 집에 왔을 때 집 앞에 황금색 캐딜락 쿠페 드빌이 주차되어 있었다. 복지기관에서 우릴 데려갈 백만장자 수양부모를 찾아낸 걸까 생각해봤지만, 집에 와 있는 건 아빠였다. 열쇠 뭉치를 손가락에 걸고 휙휙 돌리고 있던 아빠는 캐딜락이 월스 집안의 새로운 공식자동차라고 말했다.

엄마는 잔뜩 흥분해선 비록 전기도 안 들어오는 방 세 개짜리 판잣집에서 살 정도로 가난해도 어느 정도는 품위 있게 살 수 있지만, 방 세 개짜리 판잣집에 사는 주제에 황금색 캐딜락을 타는 건 골수까지 백인 쓰레기들이나 하는 짓이라고 말했다.

"돈이 어디서 났어?" 내가 아빠에게 물었다.

"신이 내린 포커 실력과 하느님도 놀라 자빠질 만큼 엄청난 허풍 덕이지."

웰치에 온 후 세 번째 차였지만, 예전 차들은 엔진이 털털거렸고, 앞 유리는 금이 가 있었으며, 차를 타고 가면 녹슨 바닥 패널 사이로 언뜻 아스팔트가 보일 정도로 심각한 고물이었다. 그래서 두 달만 지나면 폐차해야 해서 피닉스에서 타고 온 올즈모빌처럼 이름을 붙여주긴커녕 차량등록을 한 적도, 점검을 한 적도 없었다. 하지만 쿠페 드빌엔 기한이 남아 있는 점검 스티커가 붙어 있었다. 아빠는 바야흐로 이렇게 근사한 차가 생겼으니 차에 이름을 지어주는 가족의 전통을 되살릴 때라고 선언했다.

"아빠는 저 캐디를 볼 때마다 엘비스란 이름이 떠올라."

그때 아빠가 엘비스를 팔아서 실내에 화장실을 설치하고, 우리 모두에게 새 옷을 사줘야 한다는 생각이 설핏 스쳤다. 달러 제너럴 마트에서 50센트에 산 내 검정색 가죽 신발은 벌어진 부분을 옷핀으로 고정해놓았는데 눈에 띌까 봐 매직 마커로 검게 칠했다. 구멍 난 바지는 천 조각을 덧대 기우는 것보다 매직 마커로 구멍 뒤 속살을 칠하는 게 눈에 덜 띄었다. 바지 두 벌 중 하나는 파란색이었고 다른 하나는 초록색이어서, 바지를 벗으면 다리에 파란색과 초록색 점들이 찍혀 있었다.

그러나 아빠는 엘비스를 끔찍하게 아꼈기 때문에 팔 생각은 전혀 없었다. 사실 나도 아빠 못지않게 엘비스가 좋았다. 엘비스는 레이싱 요트처럼 길고 매끈했다. 에어컨부터 황금색 천으로 꾸민 실내장식, 버튼만 누르면 올렸다 내릴 수 있는 차창은 물론, 깜빡이도 제대로 켜져서 아빠는 더 이상 차창 밖으로 팔을 뻗을 필요가 없었다. 엘비스를 타고 시내로 나갈 때면 나는 인도를 오가는 사람들을 향해 마치 상속자나 되는 것처럼 우아하게 고개를 끄덕이며 미소를 지어 보였다. 그러면 아빠는 이렇게 한마디 했다.

"진정한 노블레스 오블리주가 뭔지 아는구나, 산양아."

엄마도 엘비스를 좋아하게 되었다. 교사 일을 그만둔 엄마는 그림 그리는 일로 소일했고, 주말이 되면 다 함께 엘비스를 타고 웨스트버지니아 전역에서 열리는 공예박람회에 다니기 시작했다. 그곳에 가면 턱수염이 난 남자들이 작업복 차림으로 덜시머를 연주하고, 할머니처럼 옷을 입은 여자들이 옥수수 속대로 만든 등긁개와 흑곰과 광부의 석탄 조각상을 파는 걸 볼 수 있었다. 우리는 엘비스의 트렁크에 엄마의 그림들을 싣고 박람회에 가서 팔아보았다. 엄마는 18달러를 내는 사람에게 즉석에서 파스텔로 초상화를 그려주었는데 가끔이지만 그려달라는 사람들이 있었다.

그런 여행을 다닐 때면 우린 모두 엘비스 안에서 잤다. 돈을 벌어봤자 자동차 기름 값만 겨우 건지거나 그보다 못 벌 때가 태반이었기 때문이다. 그래도 다시 옮겨 다니는 기분은 좋았다. 엘비스와 여행하는 동안 나는 충동이 일면 훌쩍 차를 타고 떠나는 게 정말 쉽다는 걸 새삼 깨달았다. 일단 떠나겠다고 결심하면 아무것도 걸릴 게 없었다.

봄이 다가오자 로리 언니가 졸업할 날이 더 가까워졌다. 밤에 뜬눈으로 누워 언니의 뉴욕 생활에 대해 생각하던 나는 언니에게 말했다.

"딱 석 달만 지나면 언니는 뉴욕에서 살게 되네."

다음 주에는 이렇게 말했다.

"딱 두 달하고 삼 주만 지나면 언니는 뉴욕에서 살게 되네."

"부탁인데 그 얘기 좀 그만할래?" 언니가 말했다.

"떨려서 그런 거 아니지?" 내가 물었다.

"어떤 거 같아?"

언니는 겁을 내고 있었다. 뉴욕에 간다 해도 이후에 뭘 할지 알 수 없어서였다. 우리의 탈출 계획에서 가장 막연한 부분이기도 했다. 가을이 될 때까지만 해도 나는 언니가 뉴욕에 있는 대학에 장학금을 받고 갈 거라고 확신했다. 언니는 내셔널 메릿 장학금* 최종 후보에 올랐지만, 블루필드에 시험을 보러 가는 길에 히치하이킹을 했다가 태워준 트럭 운전사가 지분거리는 바람에 식겁했고, 한 시간이나 늦게 도착하는 바람에 시험을 망치고 말았다.

* 비영리기관 '내셔널 메릿 장학금 코퍼레이션(NMSC)'에서 주관하는 대학 진학 예정 고등학생을 대상으로 수여하는 장학금 제도.

로리 언니의 뉴욕 계획을 지지하면서 자기도 대도시에 가고 싶다는 말을 입에 달고 살던 엄마는 로리 언니에게 쿠퍼 유니언 아트 스쿨에 응시해보라고 말했다. 이에 언니는 스케치와 그림을 포트폴리오로 만들었지만, 제출 마감 직전에 주전자에 든 커피를 엎질렀다. 엄마는 그런 언니에게 성공 공포증이 있는 건 아닌지 단단히 의심하게 되었다.

그러다 한 문학단체에서 영문학 위인을 소재로 최고의 예술작품을 만든 학생에게 장학금을 후원한다는 소식을 듣고 점토로 셰익스피어의 흉상을 만들겠다고 결심했다. 언니는 일주일 동안 매달렸고, 뾰족하게 깎은 아이스캔디의 막대기로 살짝 튀어나온 두 눈과 염소수염과 귀걸이와 긴 머리칼을 빚어냈다. 영락없는 셰익스피어였다.

그날 밤 다 함께 제도용 테이블에 모여 앉아 언니가 마지막으로 셰익스피어의 머리칼을 다듬고 있는 걸 지켜보는데, 아빠가 술에 취해 귀가했다.

"늙은 빌리* 판박이네." 아빠가 품평했다. "딱 하나만 빼고. 내가 늘 말했지. 셰익스피어는 사기꾼 새끼라고."

지난 몇 년 동안 엄마가 셰익스피어의 책을 살 때마다 아빠가 늘 하는 얘기가 있었다. 셰익스피어의 작품은 에이번의 윌리엄 셰익스피어가 쓴 게 아니라 옥스퍼드의 백작을 포함한 다른 사람들이 쓴 거라고 했다. 엘리자베스 시대의 영국에서 셰익스피어처럼 단독으로 3,000개의 어휘를 사용한 사례가 없다는 이유였다. 그리고 그래머스쿨**만 다니고 라틴어 실력도 형편없었던데다가 그리스어는 일자무식

---

* 윌리엄의 애칭으로 윌리엄 셰익스피어를 의미한다.

** 과거 영국의 중등학교.

에 가까웠던, 이 어쭙잖은 빌리 셰익스피어를 둘러싼 허풍의 8할은 감상적인 신화라고 일갈하기도 했다.

"넌 이 사기꾼을 불멸의 존재로 만드는 데 일조하는 거야." 아빠가 로리 언니에게 말했다.

"아빠, 이건 그냥 흉상이야." 로리 언니가 말했다.

"그래서 문제인 거야."

그렇게 말하며 조각상을 유심히 쳐다보던 아빠가 갑자기 손을 쓱 뻗어선 엄지로 셰익스피어의 입 부분을 문댔다.

"뭐 하는 짓이야!" 로리 언니가 버럭 소리쳤다.

"시시껄렁한 조각상이 이제야 작품이 됐네." 아빠가 말했다. "상징적인 가치가 생겨났어. 제목을 '벙어리 음유시인'이라고 해도 되겠다."

"이거 만드느라 며칠을 매달렸는지 알아?" 로리 언니가 소리쳤다. "그런데 이렇게 망쳐놓으면 어떻게 해!"

"아빠가 걸작으로 만들어준 줄 알아."

그러면서 아빠는 언니에게 셰익스피어의 희곡 작품들은 렘브란트의 회화와 마찬가지로 다른 여러 작가들이 썼다는 주장을 담은 논문을 쓰도록 도와주겠다고 말했다.

"아빠가 장담하는데 문단이 한바탕 들썩거릴 거야."

"문단이 들썩거리는 건 내가 바라는 게 아니야!" 로리 언니가 고래고래 소리 질렀다. "멍청하고 쪼잔한 장학금을 받으려는 것뿐이라고!"

"집어치워. 경마대회에 출전해서 소갈머리가 양보다도 좁아서 되겠어?" 아빠가 말했다. "양은 죽었다 깨어나도 경마대회에서 이길 수 없어."

로리 언니는 진이 빠져 흉상을 손볼 엄두를 내지 못했다. 다음 날, 제도용 테이블 위엔 언니가 뭉개서 커다란 덩어리가 되어버린 흉상이 놓여 있었다. 나는 언니에게 졸업과 함께 아트 스쿨에 가지 못하게 되더라도 뉴욕엔 가야 한다고 말했다. 우리가 그간 모아둔 돈이면 뉴욕에서 직장을 구할 때까지 살 수 있을 것이고, 그런 다음에 학교에 응시해도 된다고 했다. 그것이 우리의 새 계획이 되었다.

한편, 다들 아빠에게 화가 나서 아빠와 마주할 때마다 표정이 험악해졌다. 이에 아빠는 애써 아이디어를 냈는데, 조금도 고마워할 줄 모르는 가족을 보러 굳이 집에 올 필요가 없을 것 같다고 말했다. 로리가 뉴욕에 가지 못하게 막으려 했던 건 아니지만 바보천치가 아니라면 잠자코 여기에 눌러 살라고 했다.

"온갖 잡쓰레기가 모이는 하수구가 뉴욕이야. 호모와 강간범들이 득시글하다고." 아빠는 이 말을 한 번만 한 게 아니었다. 노상강도에게 다 털려서 길거리에 나앉게 될 것이고, 가출한 십대들이 다 그렇듯 어쩔 수 없이 몸을 팔다 약물중독자가 될 거라고 경고했다.

"아빠가 다 널 사랑해서 얘기하는 거야. 네가 상처받는 걸 보고 싶지 않아서."

5월의 어느 날 저녁, 우리가 저금한 지 9개월이 다 되었을 무렵이었다. 평소처럼 베이비시터 일을 마치고 집에 돌아와 그날 번 2달러를 오즈에 넣으려고 침실로 들어갔는데, 재봉틀 위에 있던 저금통이 보이지 않았다. 침실의 온갖 허섭스레기들을 다 뒤진 끝에 바닥에서 오즈를 발견했다. 그리고 누군가 칼로 배를 갈라 돈을 남김없이 가져가버린 것을 알게 되었다.

직감적으로 아빠임을 알았다. 동시에 그가 이 정도까지 저열한 인간이 되었다는 걸 믿을 수가 없었다. 로리 언니는 아직 눈치채지 못하고 있었다. 거실에서 콧노래를 부르며 포스터를 만들고 있었으니까. 제일 먼저 오즈를 감춰야 한다는 생각이 들었다. 언니가 돈이 몽땅 사라져버린 걸 알아차리기 전에 내가 어떻게든 돈을 채워 넣을 수 있지 않을까 하는 무모한 생각도 떠올랐다. 그게 말도 안 된다는 것도 알았다. 우리 셋이 1년 가까이 일해 모은 돈이었다. 언니가 졸업하기 한 달 전에 그 돈을 다 채워 넣는 건 불가능했다.

나는 거실로 가서 언니 옆에 선 채 할 말을 골랐다. 포스터에 형광색 물감으로 '태미!'라고 쓰던 언니가 고개를 들어 날 보았다.

"왜?"

내 표정을 보고 뭔가 잘못됐음을 눈치챈 언니가 갑자기 자리에서 일어섰다. 그 바람에 먹물이 담겨 있던 병이 엎어졌고, 언니는 침실로 뛰어들어갔다. 곧 비명 소리가 들릴 거라고 생각하며 나는 마음을 다져먹었지만, 정작 침묵만이 흘렀다. 그리고 잠시 후, 작게, 띄엄띄엄 흐느껴 우는 소리가 흘러나왔다.

로리 언니는 아빠와 담판을 지으려고 밤새도록 기다렸지만 아빠는 집에 오지 않았다. 그 다음 날이라도 올지 모른다는 생각에 언니는 결석까지 했지만 아빠는 감감무소식이다가 사흘째 되는 날에 비로소 포치의 찌그러진 계단을 밟는 소리와 함께 등장했다.

"이 개새끼!" 로리 언니가 소리쳤다. "우리 돈을 훔쳤지!"

"어디서 그런 돼먹지 못한 말본새를 배운 거니?" 아빠가 물었다. "말조심해."

아빠는 문에 기대어 담배에 불을 붙였다. 로리 언니는 배가 갈라진 돼지저금통을 있는 힘을 다해 아빠에게 던졌지만, 속이 텅 비어 무게가 나가지 않는 저금통은 아빠의 어깨를 가볍게 툭 치고선 바닥에 떨어졌다. 아빠는 발을 디디고 있는 바닥이 언제고 움직이기라도 할 것처럼 조심스럽게 몸을 수그리더니 찢겨 갈라진 돼지저금통을 집어 들어선 두 손 안에서 뒤집어보았다.

"언놈이 우리 늙은 오즈의 내장을 다 발라낸 거야?" 그러더니 날 쳐다보았다. "저녓, 무슨 일이 있었는지 아니?"

아빠는 뻔뻔하게도 날 향해 빙글빙글 웃고 있었다. 매질 이후 날 더 쥐락펴락해온 터라 내가 집을 떠날 계획임에도 날 얼마든지 웃길 수 있고 내가 여전히 자기의 동지라고 여기고 있었다. 하지만 난 이제 아빠를 때려눕히고 싶을 뿐이었다.

"우리 돈을 가져갔지. 그게 아빠가 묻는 무슨 일이야."

"어이구, 생전 처음 듣는 이야기네." 아빠는 시치미를 뗐다. 그러고는 가족을 지키고자 용을 때려잡고 집에 돌아온 사내는 그런 노고와 희생의 대가로 작은 사랑과 존중 말고는 달리 바라는 게 없건만, 요즘 세상은 그것도 언감생심인 거냐고 말했다. 자기는 우리의 뉴욕 자금을 훔치지 않았지만, 로리 언니가 죽어도 그런 시궁창에서 살고 싶은 마음이라면 돈을 대주겠다고도 말했다.

아빠는 호주머니에 손을 집어넣더니 꼬깃꼬깃해진 달러 몇 장을 꺼냈다. 우리가 그저 쳐다만 보고 있자, 아빠는 구겨진 지폐를 바닥에 떨어뜨리더니 말했다.

"마음대로 해."

"우리한테 왜 이러는 거야, 아빠?" 나는 물었다. "왜?"

아빠가 분노로 얼굴을 일그러뜨리더니 휘청거리는 걸음으로 소파에 가 그대로 뻗어버렸다.

"난 절대 여길 못 벗어날 거야." 로리 언니는 계속 같은 말만 되풀이했다. "난 절대 여길 못 벗어날 거야."

"벗어날 거야." 내가 말했다. "내가 장담할게."

나는 언니가 이곳을 벗어나게 될 거라고 믿었다. 로리 언니가 웰치를 벗어나지 못하면 나 역시 마찬가지일 것이었기 때문이다.

다음 날 나는 G. C. 머피에 다시 갔고, 돼지저금통들이 쭉 놓여 있는 매대를 뚫어져라 쳐다보았다. 전부 다 플라스틱이나 도자기, 유리여서 깨려면 얼마든지 깰 수 있었다. 이번엔 자물쇠와 열쇠가 달린 철제함을 유심히 살펴보았다. 경첩이 너무 얇아서 아빠가 능히 뜯어낼 수 있을 것 같았다. 결국 나는 파란색 동전지갑을 샀다. 그리고 자나 깨나 내 옷 속의 허리띠에 차고 다녔다. 동전이 터질 정도로 가득 차면 돈을 양말에 넣어선 침대 밑 벽에 뚫린 구멍 안에 감추었다.

우리는 다시 돈을 모으기 시작했다. 그러나 로리 언니는 희망을 잃은 나머지 그림을 제대로 그리지 못했고 돈도 빨리 모이지 않았다. 학기가 끝나기 일주일 전에, 양말에 모은 돈은 37달러 20센트밖에 되지 않았다. 그때 마침 내가 아이를 돌봐주는 집 엄마이자 교사인 샌더스 부인이 자기 가족의 고향인 아이오와로 돌아간다면서 여름 한철 동안 같이 가 있자고 제안해왔다. 여름 동안 이제 막 걷기 시작한 부인의 두 아이를 돌봐줄 경우 200달러를 주고, 여름이 끝나고 웰치로 돌아올 때 버스표도 사주겠다는 것이었다. 나는 부인의 제안에 대해 생각하다가 말했다.

"저 대신 로리 언니를 데려가주세요. 그리고 여름이 끝날 때 언니에게 뉴욕행 버스표를 사주세요."

샌더스 부인은 그러마고 약속했다.

로리 언니가 떠나던 날 아침, 웰치의 산꼭대기엔 백랍색의 구름이 낮게 걸려 있었다. 아침마다 볼 수 있는 풍경이었지만, 눈에 들어올 때면 새삼 웰치가 정말 세상에서 동떨어져 잊혀진 곳이라고, 구름 속에서 이리저리 떠도는 슬픈 외톨이 같은 곳이라고 생각하게 되었다. 아침이 반쯤 지나 가파른 언덕 위로 해가 뜨면 구름은 대개 사그라들어버렸지만, 로리 언니가 떠나던 날 아침처럼 구름이 산에 달라붙은 채 곱고 엷은 안개를 뿌리는 때도 가끔 있었고, 그런 날이면 머리와 얼굴이 축축이 젖었다.

샌더스 가족이 탄 스테이션 왜건이 도착했을 때, 로리 언니는 떠날 준비가 되어 있었다. 옷과 좋아하는 책과 미술용품을 마분지 상자 하나에 다 챙겨 넣은 후였다. 언니는 아빠를 빼고 우리 모두와 포옹했다. 아빠가 오즈를 약탈한 날부터 언니는 아빠와 말을 섞지 않았다.

우리는 모두 그 자리에 서서 차가 리틀 호바트 스트리트를 내려가 사라지는 걸 지켜보았다. 로리 언니는 한 번도 뒤돌아보지 않았다. 나는 좋은 신호로 받아들였다. 계단을 올라가는데 아빠가 포치에 서서 담배를 피우는 게 눈에 들어왔다.

"우리 가족이 뿔뿔이 헤어지고 있구나." 아빠가 말했다.

"정말 그래." 내가 말했다.

그해 가을, 나는 10학년을 앞두고 있었다. 그리고 바이븐스 선생님은 나를 〈머룬 웨이브〉의 새 편집자로 임명했다. 7학년 때 교정 일부터 시작한 나는 8학년 때는 페이지 레이아웃 일을 맡았고, 9학년 때는 취재와 기사 작성 및 사진 촬영을 하기 시작했다. 마침 엄마가 자기 작품들을 사진으로 찍어 뉴욕에 있는 로리 언니를 통해 그곳 미술관에 보여줄 셈으로 사둔 미놀타 카메라가 한 대 있었다. 엄마가 쓰지 않을 때면 내가 늘 들고 다녔다. 언제 어디서 뉴스에 쓸 만한 사건이 터질지 알 수 없으니까. 자칭 기자가 된 후 제일 좋은 건 어떤 곳이든 당당히 갈 수 있게 된 것이었다. 웰치에 살면서 친구를 많이 만난 적이 한 번도 없었기 때문에 학교의 풋볼 경기나 댄스파티나 집회에 가 본 적도 거의 없었다. 간다 해도 다들 친하게 구는 가운데 나 혼자만 외따로 떨어져 앉아 있는 게 어색하게 느껴졌다. 하지만 〈웨이브〉에서 일을 하면서 나는 당당히 그런 곳에 갈 수 있게 되었다. 현재 발행되고 있는 언론사의 일원으로서 한 손에 수첩을 들고 목에 카메라를 걸고 임무를 받아간 거니까.

학교에서 열리는 모든 활동에 참석하기 시작하면서 그 전까지 날 피했던 아이들도 날 받아줬을 뿐만 아니라 날 일부러 찾아선 포즈를 취하거나 웃긴 행동을 해 보이며 내가 신문에 사진을 실어주길 바랐다. 자기를 유명인사로 만들어줄지 모를 나는 더 이상 우습게 볼 존재가 아니었다.

〈웨이브〉의 발행주기는 한 달에 한 번이었지만, 난 매일 일했다. 점심시간이 되면 더 이상 화장실에 숨어 있는 게 아니라 바이븐스 선생님의 교실에 남아서 기사를 썼고, 다른 학생들이 쓴 글을 편집했으며, 헤드라인이 지면에 맞는지 확인하기 위해 자수를 셌다. 마침내 점심을 먹지 않는 그럴듯한 핑계가 생긴 셈이었다.

"마감이야."

누가 물어보면 난 이렇게 대답했다. 수업이 끝나면 암실에 남아 사진을 현상하는 일도 이점이 있었다. 다들 구내식당을 나가고 아무도 없으면 나는 몰래 들어가 쓰레기통을 뒤질 수 있었고, 거의 손도 대지 않은 업소용 옥수수 통조림과 매우 큰 용기에 담긴 코울슬로와 타피오카 푸딩을 찾아내곤 했다. 더 이상 화장실 쓰레기통을 뒤지지 않아도 되었고, 배를 곯는 일도 거의 없었다.

11학년이 되었을 때, 바이븐스 선생님은 날 편집장으로 임명했다. 원래 졸업생에게만 주어지는 자리였다. 〈머룬 웨이브〉에서 일하려는 학생이 극히 적어서 내가 부담해야 할 기사량이 상당했고, 필자 이름까지 빼버려야 했다. 1면에 내 이름이 네 번이나 등장하는 게 좀 우스워 보여서였다.

신문은 한 부에 15센트였고, 나는 교실마다 돌아다니거나 복도에 서서 신문배달원처럼 외치며 팔았다. 웰치 고등학교의 학생 수는

1,200명 정도였지만, 우리의 판매부수는 고작 200부 정도였다. 나는 발행부수를 늘리려고 온갖 방법을 동원했다. 시 경연대회를 개최하는 것부터 패션 칼럼을 신설했고 논쟁적인 사설을 썼다. 한 번은 획일적인 시험의 유효성에 의문을 제기하는 사설을 썼다가 주 교육부장의 항의서를 받기도 했다. 정작 효과는 전무했다.

어느 날, 한 남학생에게 한 번 사보라고 〈웨이브〉를 내밀었을 때, 그는 매일 같은 이름들만 보이는 신문 따윈 아무짝에도 쓸모없다고 말했다. 학교의 운동선수와 치어리더, 우등상을 도맡아 타서 계산기란 별명이 붙은 학생들 얘기만 나온다는 것이었다. 이에 나는 '생일코너'라는 칼럼을 신설, 다음 달에 생일을 맞이하는 학생 80여 명의 이름을 게재하기 시작했다. 대개 신문에 이름을 올린 적이 전무했던 터라 자기 이름이 신문에 올랐다는 사실에 몹시도 흥분한 그들은 몇 부씩 사갔고, 발행부수는 두 배로 뛰었다. 바이븐스 선생님은 '생일코너'가 진지한 저널리즘인가 의문을 표했지만 난 상관없다고 말했다. 그 덕에 신문이 팔렸으니까.

그해 척 예거가 웰치 고등학교를 방문했다. 척 예거라면 아빠에게 귀가 따갑게 들은 터였다. 웨스트버지니아 주 링컨 카운티의 머드 강 유역 마이러 시에서 태어난 예거는 제2차세계대전 때 공군에 입대했고, 스물두 살에 독일군 비행기 열한 대를 격추시켰고, 이후 캘리포니아 모하비 사막 고지에 위치한 에드워드 공군기지로 가서 시험 비행조종사가 되었으며, 1947년 어느 날 X-1로 음속 장벽을 깼다. 그 전날 밤, 술을 마시고 말을 타고 가다 떨어져 갈빗대 몇 대가 금이 갔는데도 그런 기록을 세운 사람이었다.

자기 사전에 영웅은 없다고 큰소리친 아빠였지만, 담력 넘치고 냉철하게 타산적인 애주가 척 예거는 아빠가 세상 누구보다 더 우러러보는 사람이었다. 웰치 고등학교에서 척 예거의 강연회와 이후 인터뷰가 있을 예정이라는 소식을 전해들은 아빠는 흥분을 감추지 못했다. 그 엄청난 인터뷰를 하기 전날, 수업을 마치고 집에 돌아왔을 때, 펜과 종이를 들고 포치에서 날 기다리는 아빠와 마주쳤다. 아빠는 날 끌어 앉히더니 웨스트버지니아가 낳은 가장 위대한 아들 앞에서 내가 쩔쩔매는 일이 없도록 지적인 질문들을 작성하게 했다.

처음 마하 1을 앞질렀을 때 든 생각은?
A. 스콧 크로스필드가 마하 2를 앞질렀을 때 든 생각은?
가장 좋아하는 항공기종은?
광속으로 비행하는 것이 가능하다고 생각하는지?

아빠는 그런 식으로 25개에서 30개의 질문을 작성하고 나더니 인터뷰 예행연습을 해야 한다면서 자기를 척 예거라고 생각하고 써준 질문에 소상히 대답했다. 음속을 돌파해 비행하는 순간을 묘사하면서 아빠의 눈이 몽롱해졌다. 연습이 끝나고 나서도 아빠는 항공역사에 대해 막힘 없는 기초지식을 갖고 있어야 한다면서 새벽까지 등유램프를 켜놓고 시험 비행 프로그램, 기초 공기역학, 오스트리아의 물리학자 에른스트 마흐에 대해 떠들어댔다.

다음 날, 강당에 모인 전교생 앞에서 교장이 척 예거를 소개했다.

그는 걸음걸이도, 가죽 같은 수척한 얼굴도 웨스트버지니아 출신보다는 카우보이에 가까워 보였다. 하지만 입을 연 순간부터 강당이 쩌렁쩌렁 울릴 정도로 우렁찬 목소리로 말했고, 좀처럼 가만히 앉아 있을 줄 모르는 학생들도 접이식 의자에 앉아 황홀한 마음으로 귀를 기울이게 만들었다. 종횡무진으로 전 세계를 돌아다닌 이 전설적인 존재는 자신의 뿌리가 웨스트버지니아라는 사실이 자랑스럽다면서 우리 역시 우리의 뿌리를 자랑스러워해야 한다고 말했다. 그리고 출신을 떠나서, 자기가 그랬던 것처럼, 누구나 각자의 꿈을 추구할 수 있고 또 그래야만 한다고 말했다. 그의 말이 끝났을 때 모두가 유리창이 부서질 기세로 박수갈채를 보냈다.

학생들이 일렬로 강당을 나서기 전에 나는 무대로 올라가 그에게 한 손을 내밀며 말했다.

"〈머룬 웨이브〉의 저넷 월스라고 합니다."

척 예거가 내 손을 잡아주며 미소 지었다.

"내 이름 철자를 틀리지 않게 써주세요. 그래야 내 일가친척이 내가 나온 기사를 읽을 테니까."

우리는 접이식 의자에 앉아 한 시간 가까이 이야기를 나눴다. 예거 씨는 내가 던지는 모든 질문에 진지하게 임했을 뿐만 아니라 내게 세상의 모든 시간을 내줄 것처럼 전폭적으로 협조했다. 아빠가 요약해준 대로 그가 조종한 갖가지 항공기를 언급하자 그는 또 한 번 예의 미소를 지으며 말했다.

"와, 여기 만만치 않은 항공 전문가가 계셨네."

인터뷰가 있은 후, 복도를 지날 때마다 애들이 내게 다가와선 운이 좋다고 부러워했고 줄기차게 물어댔다. "직접 말해보니까 어때?" "그 사람이 뭐라고 해?"

모두가 내게 경외심을 표했는데 그건 학교 최고의 운동선수만이 기대할 수 있는 대우였다. 심지어 대표팀 쿼터백까지도 나와 굳이 눈을 맞추며 고개를 끄덕여 보였다. 나는 척 예거와 실제로 대화를 나눈 학생이었다.

인터뷰가 어땠는지 알고 싶어 안달복달하고 있던 아빠는 집에 있었을 뿐만 아니라 술도 안 마신 멀쩡한 상태였다. 그리고 기술적으로 정확해야 한다는 이유로 내가 기사를 쓰는 것까지 도와주겠다고 고집을 피웠다.

이미 전문을 어떻게 쓸지 생각해둔 나는 엄마의 레밍턴 타자기 앞에 앉아서 머릿속의 문장들을 꺼내놓았다.

이번 달을 기점으로 세상의 역사책은 몇 페이지를 더하게 되었다. 척 예거, 사상 최초로 음속을 돌파한 그가 웰치 고등학교를 방문했다.

내 어깨 너머로 지켜보던 아빠가 한마디 했다.

"멋져. 하지만 좀 더 흥을 살려보자."

뉴욕에 간 로리 언니는 우리에게 꼬박꼬박 편지를 썼다. 언니는 뉴욕 생활을 만끽하고 있었다. 그리니치빌리지에 있는 여성 전용 호텔에 살면서, 독일 식당에서 웨이트리스 일을 하고, 미술 강의를 들을 뿐만 아니라, 펜싱 수업까지 받고 있었다. 또 하나같이 매혹적인 괴짜 천재들을 만나고 있었다. 언니는 편지에서 뉴욕 사람들은 예술과 음악을 지극히 사랑해서 길거리에서 모차르트를 연주하는 현악사중주단 바로 옆에 그림을 파는 화가들을 볼 수 있다고 썼다. 또 센트럴파크는 웨스트버지니아 사람들이 생각하는 것만큼 위험하진 않다고 했다. 주말이면 롤러스케이트를 타고 원반 던지기를 즐기는 사람들, 저글링하는 사람들, 얼굴을 하얗게 칠한 판토마임 예술가들로 붐빈다고 했다. 언니는 나도 뉴욕에 오면 이곳을 사랑하게 될 거라고 했는데, 정말 그럴 것 같았다.

11학년이 된 후로 나는 로리 언니에게 갈 날을 손꼽아 계산하고 있었다. 스물두 달을 더 기다려야 했다. 계획은 이미 다 세운 터였다. 먼저 고등학교를 졸업하고 뉴욕에 가서 시립대학에 등록한다. 그런 후 〈웰치 데일리 뉴스〉의 텔레타이프 기계로 뉴스를 전송해주던 통신사인 AP나 UPI에 일자리를 얻는다. 안 되면 뉴욕의 유수 신문사 중 한 군데에 자리를 알아본다. 〈웰치 데일리 뉴스〉 기자들이 뉴욕 신문사에 기고하는 콧대 높은 필자들에 대해서 농을 떠는 걸 엿들은 적이 있었다. 나도 그런 필자가 되어야겠다고 결심했다.

학기 중반에 나는 고등학교 진로상담교사인 카토나 선생님을 찾아가 뉴욕에 어떤 대학들이 있는지 알려달라고 했다. 카토나 선생님은 목에 체인으로 매단 안경을 들어 눈에 대고 날 쳐다보았다. 그리고 블루필드 주는 60킬로미터 정도만 가면 있고, 내 성적이면 전액장학금을 받을 수 있을 거라고 말했다.

"전 뉴욕에 있는 대학에 가고 싶어요." 내 말에 카토나 선생님은 당황한 듯 얼굴을 찌푸렸다.

"뭣 때문에?"

"거기서 살고 싶어서요."

카토나 선생님은 좋지 않은 생각 같다고 말했다. 고등학교를 다닌 주에 있는 대학을 가는 게 더 쉽다는 것이었다. 같은 주에 사는 학생이라서 입학 특혜가 주어지며, 등록금도 더 싸다고 했다.

나는 잠깐 고민한 끝에 말했다.

"아무래도 지금 당장 뉴욕에 가서 거기 고등학교를 졸업해야 할까 봐요. 그러면 같은 주 사람으로 받아주겠죠."

카토나 선생님은 눈을 가늘게 뜨고 나를 보았다.

"하지만 넌 여기 살잖니. 여기가 네 집이야."

카토나 선생님은 뼈가 가는 체형에 늘 단추 달린 스웨터를 입고 튼튼한 신발을 신고 다녔다. 웰치 고등학교를 다녔기 때문인지 다른 데서 산다는 생각을 해본 적이 없는 것 같았다. 웨스트버지니아는 둘째 치고 웰치를 떠나는 걸 가족을 저버리는 배신행위로 생각해 재고조차 하지 않는 것 같았다.

"지금 여기 산다고 다른 데로 갈 수 없는 건 아니죠." 내가 말했다.

"그런 실수로 큰코다치고 싶니? 여기서 살아야지. 네가 놓치게 될 걸 생각해봐. 네 가족, 네 친구들. 그리고 졸업반은 고등학교 시절의 절정이야. 졸업생의 날을 놓치게 되잖니. 졸업 댄스파티도 못 가고."

그날 저녁, 느릿느릿 걸어서 집에 돌아오면서 카토나 선생님이 한 말을 곱씹어보았다. 사실 웰치의 많은 사람들이 고등학교 졸업반 시절이 인생의 절정이라는 말을 했다. 졸업생의 날은 학생들이 자퇴하지 않도록 학교에서 취한 특단의 조처로, 그날 졸업생들은 우스꽝스러운 옷을 입고 수업을 빼먹어도 되었다. 그것만으론 웰치에 1년 더 머물 강력한 이유가 되지 못했다. 졸업 댄스파티라면, 그때까지 내가 함께 갈 남자를 찾아낼 확률은 아빠가 광산 노동조합의 부패를 청산할 확률만큼이나 희박했다.

그때까지도 나는 1년 일찍 뉴욕에 간다고 가정하고 있었다. 하지만 걸어가면서 문득 내가 원한다면 얼마든지 갈 수 있음을 깨달았다. 정말로 그렇게 할 힘이 내겐 있었다. 학기 중간인 지금 당장은 안 되겠지만, 11학년을 마칠 때까지만 기다리면 되었다. 그러면 열일곱 살이 될 것이고 100달러에 가까운 돈을 모아놨으니, 뉴욕에 가서 얼마든지 새 출발을 할 수 있을 것이다. 다섯 달이 가기 전에 웰치를 떠날 수 있을 것이다.

나는 잔뜩 들떠선 달려가기 시작했다. 빨리, 더 빨리 달리면서 앙상한 나뭇가지들이 드리워진 올드로드를 지났고, 그랜드뷰를 넘어 리틀호바트 스트리트를 올라, 개들이 짖어대는 마당과 서리가 덮인 석탄더미를 지나, 노우 가족과 패리시 가족과 홀 가족과 랭코 가족의 집들을 지나, 숨을 가쁘게 쉬며 우리 집 앞에서 멈춰 섰다. 몇 년 만에 처음, 예전에 반쯤 칠하다 만 노란색 페인트가 눈에 들어왔다. 웰치에서의 삶이 조금이라도 나아질까 싶은 마음에 그토록 많은 시간을 들여 노력했지만 허사였다.

사실 집 꼴은 점점 더 험악해지고 있었다. 집을 지탱하는 기둥 하나가 휘어지고 있었다. 브라이언의 침대 쪽 천장의 누수가 너무 심해서 비가 내릴 때마다 공기주입식 보트 밑으로 들어가 잤다. 심지어 그 고무보트도 우리가 쓰레기를 뒤지다 발견한 벤슨앤헤지스100 담뱃갑으로 엄마가 이벤트에 응모해서 탄 경품이었다. 내가 떠나면 브라이언이 내 침대를 쓸 수 있었다. 내 마음은 정해졌다. 학기가 끝나는 대로 뉴욕으로 갈 것이다.

나는 집 뒤의 산허리로 올라갔다. 집 계단이 완전히 썩어버려서 그즈음 뒤쪽 창문을 문 삼아 드나들고 있었다. 아빠가 제도용 테이블에서 뭔가 계산하고 있었고, 엄마는 그림들을 뒤적이고 있었다. 내가 뉴욕행 계획을 이야기했을 때, 아빠가 피우던 담배를 비벼 끄더니 자리에서 일어나 아무 말 없이 뒤창을 통해 밖으로 나갔다. 엄마는 고개를 끄덕이고 눈을 내리깔더니 그림 하나를 골라내 먼지를 털어내면서 혼자 뭐라고 중얼거렸다.

"어떻게 생각해?" 내가 물었다.

"좋아, 가."

"왜 그래?"

"아무것도 아니야. 꼭 가. 좋은 계획이야."

엄마는 금방이라도 울 것 같았다.

"슬퍼하지 마, 엄마. 편지 쓸게."

"네가 보고 싶을까 봐 심란해하는 거 아니야." 엄마가 말했다. "넌 뉴욕에 가게 됐는데, 난 여기 처박혀 있는 게 심란한 거야. 이건 공정하지 못해."

나는 로리 언니에게 전화를 걸어 이야기했고, 언니도 내 계획에 찬성했다. 내가 일자리를 구해 함께 집세를 내면 같이 살 수 있을 거라고 말했다. 브라이언도 내 계획을 듣고 기뻐해주었다. 내 침대에서 잘 수 있다는 말엔 더 기뻐하면서 어금니를 앙다물고선 내가 모피를 두르고 다닐 거라는 둥, 새끼손가락을 꼿꼿이 세우고 다닐 거라는 둥, 그렇게 콧대가 하늘을 찌를 듯한 뉴요커가 될 거라는 둥, 신랄한 농담을 하기 시작했다. 그리고 로리 언니가 떠나는 날을 손꼽아 세어보았던 예전의 나처럼 내가 떠날 때까지 몇 주일이 남았는지 세기 시작했다.

"16주가 지나면 누나는 뉴욕에 있겠네."

그 다음 주가 되자 브라이언은 또 말했다.

"석 달하고 3주 더 있으면 뉴욕에 있겠네."

아빠는 내 결심을 발표한 후부터 내게 말을 거는 일이 거의 없었다. 그러다 그해 봄 어느 날 밤, 내가 침대에서 공부하고 있을 때 아빠가 침실로 들어왔다. 아빠는 둘둘 만 종이들을 팔 아래 끼고 있었다.

"잠깐 좀 봐줄래?" 아빠가 물었다.

"응."

나는 아빠를 따라 거실로 갔고, 아빠는 제도용 테이블에 그 종이들을 펼쳐놓았다. 그건 오래전 유리성의 청사진으로 이젠 얼룩지고 모서리들이 접혀 있었다. 마지막으로 그걸 언제 봤는지도 기억이 나지 않았다. 우리가 토대를 위해 판 구덩이가 쓰레기로 가득 찼을 때 더 이상 유리성에 대해 이야기하지 않게 되었다.

"여기 산비탈에 햇빛이 들지 않는 문제를 드디어 해결한 것 같아." 아빠가 말했다. 태양전지에 특수한 곡면 거울을 설치하면 된다고 했다. 하지만 아빠가 내게 말하려던 건 내 방에 관한 것이었다.

"로리가 가고 없으니까, 레이아웃을 다시 짜려고 해. 그러면 네 방이 훨씬 더 커질 거야."

다른 청사진을 펼치는 아빠의 두 손이 살짝 떨렸다. 그것은 아빠가 유리성의 정면, 옆면, 조감도를 그려놓은 것이었다. 배선과 배관을 도표로 표시해놓았고, 각 방의 실내도를 그려놓았으며, 각 치수를 인치화해서 명확하고 뭉툭한 필체의 손글씨로 써놓았다. 나는 그 평면도를 뚫어져라 쳐다보다가 말했다.

"아빠, 아빠는 절대로 유리성을 짓지 못할 거야."

"늙은 아빠를 믿지 않는다는 말이니?"

"짓는다 한들 난 없을 거야. 석 달 내로 뉴욕에 갈 거니까."

"아빠 생각은 당장 떠날 것까진 없다는 거야." 아빠가 말했다. 여기 계속 살면서 웰치 고등학교를 졸업한 후 카토나 선생이 제안한 대로 블루필드 주립대학에 입학해서 〈웰치 데일리 뉴스〉에서 일자리를 얻을 수 있다는 것이었다. 척 예거 기사 때처럼 다른 기사를 쓰는 걸 도와주겠다고도 했다.

“그리고 아빠는 유리성을 지을 거야. 맹세할게. 우리 모두 유리성에서 살게 될 거야. 뉴욕의 어떤 아파트와도 비교할 수 없을 만큼 죽여주게 멋진 곳이 될 거야. 안 그러면 이 아빠의 성을 갈게.”

“아빠.” 나는 말했다. “학기가 끝나면 버스를 타고 여길 뜰 거야. 버스가 멈춰 서면 히치하이크라도 할 거야. 안 되면 걸어서라도 갈 거야. 유리성을 짓건 말건 마음대로 해. 하지만 날 위해서 짓지는 말아줘.”

아빠가 청사진을 둘둘 말고선 방을 나갔다. 잠시 후, 황급히 산허리를 걸어 내려가는 아빠의 발걸음 소리가 들렸다.

그해 웰치의 겨울은 따뜻했고, 여름은 이르게 찾아왔다. 5월 말이 되자 야생금낭화와 철쭉이 피어났고, 인동덩굴의 향기가 산허리를 흘러내려 와 집 안까지 들어왔다. 학기가 끝나기 전에 첫 무더위가 찾아왔다.

마지막 2주를 보내면서 나는 몇 분 간격으로 흥분했다가 초조해했다가 완전히 겁을 집어먹었다가 다시 흥분하기를 반복했다. 학기의 마지막 날, 사물함을 말끔히 비우고 바이븐스 선생님에게 마지막 인사를 했다.

"넌 뉴욕에 가서도 잘 해낼 거라는 예감이 든다. 하지만 골칫거리를 남겨놓고 가면 어떻게 하니? 네가 없으니 내년 〈웨이브〉 편집은 누구에게 맡기지?"

"적임자를 찾으실 거예요. 제가 장담할게요."

"네 동생을 꼬드겨볼까 생각하는 중이야."

"사람들이 월스 집안이 왕조를 세운다고 생각할 거 같은데요."

바이븐스 선생님이 미소 지었다.

"너라면 정말 그럴지도 몰라."

그날 저녁, 엄마가 무용화를 모아두는 데 썼던 여행가방을 비워주었고, 나는 옷가지와 〈머룬 웨이브〉 장정본을 거기에 집어넣었다. 과거의 것들은 모두 남겨두고 떠나고 싶었다. 좋은 것까지도. 그래서 모린에게 내 정동석을 주었다. 먼지가 껴서 색이 탁해져 있었지만, 나는 모린에게 열심히 문질러 닦으면 다이아몬드처럼 반짝거릴 거라고 말했다. 침대 바로 옆 상자를 비우는데 브라이언이 말했다.

"알아? 하루만 있으면 누나는 뉴욕에 있을 거야."

그러더니 브라이언은 프랭크 시나트라를 흉내 내면서 '뉴욕, 뉴욕'을 부르기 시작했다. 정작 음정도 틀리고 춤도 건들거리며 추는 그 애의 어깨를 한 대 세게 때리면서 나는 말했다.

"집어치워, 이 바보야."

"누나가 바보다!"

브라이언도 날 세게 치며 말했다. 그렇게 우린 서로 몇 번 더 치고받다가 이내 어색한 분위기에서 서로 마주 보았다.

웰치에서 나가는 버스는 아침 일곱 시 십 분에 출발했다. 일곱 시엔 정류장에 가 있어야 했다. 엄마는 아침에 일찍 일어날 수 없는 체질이라서 날 배웅하기 위해 일어나지 않겠다고 말했다.

"네가 어떤 표정을 지을지 알고, 버스 정류장이 어떤지도 알아. 그리고 호들갑 떨며 이별을 고하는 것도 너무 감상적이어서 나랑은 안 맞아."

그날 밤, 나는 뜬눈으로 지새다시피 했다. 브라이언도 마찬가지였다. 이따금씩 그 애는 침묵을 깨고 일곱 시간이 지나면 내가 웰치를 떠날 거라고, 여섯 시간이 지나면 내가 웰치를 떠날 거라고 알려주었고, 그럴 때마다 우리 둘 다 낄낄거렸다. 그러다 동틀 무렵이 되어서야 겨우 잠이 들었는데, 엄마처럼 일찍 일어나지 못하는 체질인 브라이언이 팔을 잡아당기며 나를 깨웠다.

"농담은 이제 그만. 두 시간 후에 여길 떠나야지."

그날 밤 아빠는 집에 오지 않았지만, 가방을 들고 뒤창을 기어 넘어가자 돌계단 아래 앉아 담배를 피우고 있는 아빠가 눈에 들어왔다. 아빠가 가방을 들어주겠다고 고집을 피워서 우린 함께 리틀 호바트 스트리트를 내려갔고 올드로드를 돌았다.

거리엔 사람이 없었고 공기가 습했다. 아빠는 이따금씩 날 건네다보았고 윙크를 하거나 내가 말이나 되는 것처럼 재촉해 가듯 혀를 끌끌 차는 소리를 냈다. 아버지로서 딸에게 용기를 북돋아주고 미지의 세계에 대한 두려움에 맞서도록 해줘야 한다고 생각하는 것 같았다.

정류장에 도착했을 때, 아빠가 나를 돌아보더니 말했다.

"아가, 뉴욕에서 사는 게 생각만큼 쉽지 않을 수도 있어."

"감당할 수 있어요." 내가 말했다.

아빠가 호주머니에 손을 넣더니 애지중지하는 잭나이프를 꺼냈다. 옛날에 함께 '악마 사냥'을 나섰을 때 썼던 파란색 독일제 강철 날과 뿔 손잡이가 달린 것이었다.

"이걸 갖고 있으면 아빠 마음이 놓일 것 같아서."

아빠는 그 말과 함께 내 손에 잭나이프를 밀어 넣었다.

버스가 길을 돌아 내려와 압축공기가 빠지는 칙 소리를 내며 트레일웨이즈 정류장에 정차했다. 버스 운전사가 짐칸을 열고 내 가방을 다른 가방 옆에 밀어 넣었다. 나는 아빠를 껴안았다. 서로의 뺨이 닿았을 때, 아빠의 담배, 바이탈리스, 위스키 냄새를 맡던 나는 문득 아빠가 날 위해 면도했다는 걸 알아차렸다.

"일이 잘 안 풀리면 언제든 집으로 와." 아빠가 말했다. "아빤 널 기다리며 여기 있을 거니까. 너도 알고 있지?"

"알아." 아빠의 방식대로 그러리라는 걸 나는 알았다. 그리고 내가 절대 돌아오지 않으리라는 것 또한 알았다.

버스를 탄 사람이 거의 없어서 나는 창가의 좋은 자리에 앉을 수 있었다. 운전사가 문을 닫자 차가 출발했다. 처음에 나는 돌아보지 않겠다고 마음먹었었다. 내가 가고 있는 앞만 바라보고 싶다고, 내가 떠나는 뒤는 보고 싶지 않다고 생각해서였지만, 결국 나는 돌아보고 말았다.

아빠가 담배에 불을 붙이고 있었다. 내가 손을 흔들자 아빠도 손을 흔들었다. 그러곤 담배를 입에 문 채 두 손을 호주머니에 집어넣었고, 뒤숭숭해 보이는 표정으로 구부정하게 서 있었다. 나처럼 열일곱 살의 나이에, 나처럼 결코 돌아오지 않을 거라 자신만만해하며 웰치를 떠났던 시절을 생각하고 있을지 궁금했다. 제일 아꼈던 딸이 다시 돌아오길 바랄지, 아니면 그의 전철을 밟지 않고 영원히 떠나게 되길 바랄지도 궁금했다.

나는 손을 뻗어 호주머니 속 뿔 손잡이가 달린 잭나이프를 만져보고선 다시 손을 흔들었다. 아빠는 그대로 서 있기만 했다. 그러다 점점 작아졌고, 버스가 모퉁이를 돌면서 사라지고 말았다.

4.

뉴욕

땅거미가 질 무렵, 저 멀리 산마루 너머에 나타났을 때, 나는 잠깐이나마 처음으로 그곳을 보았다. 내 눈에 보이는 건 건물들의 뾰족하거나 뭉툭한 꼭대기뿐이었다. 버스가 산마루 꼭대기에 이르렀을 때, 넓은 강 건너편, 저무는 태양 속에서 유리의 불꽃처럼 타오르는 고층 건물들로 가득한 거대한 섬이 나타났다.

심장이 두방망이질 치기 시작했고, 손바닥이 축축이 젖어들었다. 나는 버스 뒤쪽 작은 화장실로 들어가 철제 세면대에서 손을 씻었다. 거울 속의 얼굴을 유심히 살펴보다가 뉴요커들이 날 보면 무슨 생각을 할지 궁금해졌다. 애팔래치아 시골뜨기? 키 큰 얼뜨기 소녀? 팔다리와 툭 튀어나온 치아만 있는 말라깽이? 내면이 아름다운 아이라는 말은 아빠한테서 몇 년이나 들었지만, 그걸 알아보는 사람은 거의 없었다. 나 스스로도 발견할 수 없는 그 아름다움을, 아빠만큼은 눈에 확 띄게 잘 보인다고, 그거야말로 중요한 것이라고 늘 말해줬었다. 아빠가 본 게 뭔지 도무지 알 수 없지만, 뉴요커의 눈에는 보이길 바랐다.

버스가 터미널에 정차했고, 나는 여행가방을 들고 터미널 중앙으로 걸어갔다. 분주한 사람들 무리가 한 줄기의 물결이 되어 옆을 휙휙 지나갔고, 개울 속 돌멩이가 된 것 같은 기분이 들었다. 그때 누군가 내 이름을 부르는 소리가 들렸다. 안색이 창백하고 두꺼운 검은색 안경테 때문에 눈이 작아 보이는 남자였다. 에번이라고 이름을 밝힌 그는 로리 언니의 친구였다. 로리가 일하는 중이라 부탁을 받고 날 데리러 왔다고 했다. 내 가방을 들어주겠다는 말과 함께 에번이 날 이끌고 거리로 나갔다. 사람들은 교차로를 건너려고 가득 모여 있고, 자동차들은 체증을 빚고 있으며, 사방에 종잇장들이 날아다니는 시끄러운 거리에 섞인 채 나는 그를 따라갔다.

한 블록을 걸어갔을 때 에번이 내 가방을 내려놓았다.

"무겁네." 그가 말했다. "안에 뭐가 들어 있어요?"

"석탄이요."

그가 멍한 표정으로 날 보았다.

"농담한 거예요." 나는 그렇게 말하고 그의 어깨를 주먹으로 툭 쳤다. 에번은 곧바로 이해하는 것 같진 않았지만 난 좋은 신호로 받아들였다. 뉴요커의 재기와 지성에 지레 기죽을 이유는 하등 없었으니까.

나는 가방을 들었고, 에번도 자기가 들 테니 내려놓으라는 말은 하지 않았다. 실은 은근히 안심하는 눈치였다. 우리는 다시 블록을 따라 걸어 내려가기 시작했고, 그는 곁눈으로 날 흘끔흘끔 쳐다보았다.

"웨스트버지니아 여자들은 군센 것 같아요." 그가 말했다.

"잘 아네요." 내가 대답했다.

에번이 날 데려다준 곳은 줌줌이라는 독일 식당이었다. 로리 언니가 양손에 네 개의 맥주잔을 들고 카운터 뒤에 서 있었다. 언니는 머리 양쪽을 롤빵 모양으로 묶고 있었고, 억센 독일식 억양으로 떠들고 있었다. 언니가 나중에 설명해준 바에 따르면 그래야 팁을 더 많이 받는다고 했다.

"Dees ees mein seester!(이 아가 내 동상이에요!)"

언니가 담당하고 있는 한 테이블의 남자 손님들에게 큰 소리로 말했다. 그들이 각자의 맥주잔을 들고 큰 소리로 외쳤다.

"Velkomen to New Yorken!(뉴욕에 온 걸 환영해!)"

독일어는 전혀 알지 못하는 나는 "그라찌"라고만 말했다.

내 말에 그들은 낄낄거리며 웃어댔다. 로리 언니의 교대근무가 끝나려면 한참을 기다려야 해서 나는 길거리를 돌아다녔다. 두 번이나 길을 잃는 바람에 지나가는 사람들에게 방향을 물어야 했다. 지난 몇 달 동안 뉴요커를 조심하라는 말을 귀가 따갑게 들었는데, 그날 밤에 절감했다. 거리에서 멈춰 세우려 하면 태반은 고개를 저으며 가던 길을 계속 갔다. 멈춰 선다 해도 처음엔 내 얼굴을 보는 법 없이, 무뚝뚝한 표정으로 땅바닥만 쳐다볼 뿐이었다. 하지만 내가 호객을 하거나 돈을 구걸하려는 게 아니라는 걸 깨달으면 언제 그랬냐는 듯 친절하게 나왔다. 나와 눈을 맞추면서, 아홉 블록을 쭉 가서 우회전한 다음 다시 두 블록을 가로질러 가면 엠파이어스테이트 빌딩이 나온다는 식으로 자세히 길을 알려주었다. 심지어 약도를 그려주는 사람도 있었다. 뉴요커는 그냥 친절한 태도를 드러내지 않을 뿐이라고 나는 생각하게 되었다.

그날 밤, 로리 언니를 따라 지하철을 타고 그리니치빌리지까지 갔고, 걸어서 언니가 살고 있는 여성용 호스텔인 에반젤린에 갔다. 뉴욕에 온 첫날 밤, 나는 새벽 세 시에 잠에서 깨어나 하늘이 환한 오렌지 빛으로 빛나는 것을 보았다. 근처 어딘가 큰 불이 난 건가 생각했는데 아침에 로리 언니 말이 문제의 오렌지 빛은 대기오염 때문에 거리와 빌딩들의 조명 빛이 굴절되어서 생긴 거라고 했다. 그래서 뉴욕의 하늘은 늘 오렌지 빛이라고 했다. 다시 말해 뉴욕에선 결코 별을 볼 수 없다는 뜻이었다. 하지만 금성은 별이 아니니까 보일지도 모른다고 나는 생각했다.

바로 다음 날, 나는 포틴스 스트리트에 있는 한 햄버거 체인점에서 일자리를 구했다. 세금과 사회보장연금을 제하고도 80달러가 넘는 돈을 집에 가져갈 수 있게 되었다. 뉴욕이란 도시에 대해 이런저런 상상을 하며 참 많은 시간을 보낸 나였지만, 이렇게 손쉽게 기회를 얻을 수 있으리라고는 전혀 생각지 못했다. 빨간색과 노란색의 유니폼과 헐렁한 모자를 쓰는 건 민망했지만, 다른 건 다 마음에 들었다. 손님들이 몰려드는 점심과 저녁시간이면 카운터에 줄줄이 늘어선 사람들, 마이크로 주문사항을 큰 소리로 전하는 출납원들, 불꽃이 이글거리는 컨베이어벨트에서 햄버거 패티를 퍼내는, 그릴을 담당하는 남자 직원들, 사이드메뉴 전용 카운터와 음료대와 프렌치프라이 적외선 보온기 사이에서 이리 뛰고 저리 뛰며 주문을 받는 모든 직원들, 돌발사태가 벌어지는 족족 뛰어들어 문제를 해결하는 지점장까지, 매장은 늘 스릴이 넘쳤다. 직원은 20퍼센트 할인된 가격으로 메뉴를 먹을 수 있었고, 나는 처음 몇 주 동안 점심으로 치즈버거와 초콜릿 밀크셰이크를 먹었다.

그해 여름 중반, 로리 언니는 사우스브롱크스에 우리 형편으로 감당할 수 있는 아파트를 구했다. 노란색 아르데코풍의 건물은 막 지어졌을 때는 참 예뻤을 테지만, 바야흐로 외벽은 그래피티로 뒤덮이다시피 했고, 로비에 걸린 금이 간 거울엔 헝겊 테이프가 덕지덕지 붙어 있었다. 그래도 엄마가 봤으면 뼈대가 옹골차다고 말했을 것이다.

우리가 사는 아파트는 리틀 호바트 스트리트에 있는 어느 집보다도 컸고, 비교할 수 없을 정도로 근사했다. 바닥은 쪽모이세공을 한 반질반질한 오크나무로 되어 있었고, 현관에서 두 계단을 올라가면 내가 자는 곳으로 정한 거실이 나왔고, 거기서 옆으로 로리 언니의 침실이 있었다. 부엌엔 제대로 작동되는 냉장고와 점화장치가 달려 있어서 성냥으로 불을 켤 필요 없이 다이얼을 돌리면 탁탁 소리와 함께 버너에 뚫린 앙증맞은 구멍에서 푸른 불꽃이 원을 그리며 확 피어오르는 가스 스토브도 있었다. 내가 그 집에서 제일 좋아한 건 욕실이었다. 검정색과 흰색 타일을 깐 바닥에 레버를 누르면 힘차게 쉭 소리를 내며 물이 내려가는 변기, 온몸이 완전히 잠길 정도로 바닥이 깊은 욕조가 있었고, 언제나 뜨거운 물이 나왔다.

아파트가 험한 동네에 있다는 사실은 내겐 전혀 문제가 되지 않았다. 우리는 언제나 험한 동네에서 살았으니까. 낮이나 밤이나 우리 집 앞 블록엔 푸에르토리코 애들이 나와 놀면서 음악을 틀었고 춤을 추었으며, 버려진 차 위에 앉아 있거나, 지상 전철역 입구나 담배를 낱개로 파는 루비즈라는 잡화점 앞에 모여 있었다. 나는 시도 때도 없이 습격을 받았다. 강도를 만나면 괜히 목숨 걸지 말고 돈을 다 내주라는 말을 들었다. 하지만 내가 피땀 흘려 번 돈을 일면식도 없는 사람에게 내준다면 돌아버릴 것 같았다. 뿐만 아니라 이 동네에서 '봉'으로 소문나는 것도 달갑지 않았다. 그래서 나는 늘 맞서 싸웠다. 이길 때도 있고, 질 때도 있었다. 안 당하려면 빈틈을 보여주지 않는 게 상책이었다. 한 번은, 전철을 타는데 한 남자가 내 가방을 잡아채려 했지만, 내가 확 잡아당기는 바람에 가방끈이 끊어지고 말았다. 그는 빈손으로 플랫폼에 남겨졌고, 전철이 출발했을 때 나는 창밖의 그에게 냉소적으로 손을 흔들어 작별을 고했다.

그해 가을, 로리 언니의 도움으로 나는 학생들이 수업을 듣는 대신에 시 전역에서 인턴으로 일할 수 있게 해주는 공립학교를 찾아냈다. 그렇게 해서 인턴으로 일하게 된 곳 중의 하나가 〈더 피닉스〉라는 주간지 발행사였다. 낡은 '엑스 랙스*' 공장 근처의 브루클린 시내 애틀랜틱애버뉴에 있는 거무스름한 점포가 사무실이었는데, 마이크 암스트롱이라는 남자가 사장이자 발행인이자 편집장이었다. 자신의 사명을 '추문을 캐고 다니는 쇠파리'로 설정한 그는 〈더 피닉스〉를 발행하려는 일념으로 브라운스톤으로 지은 자기 집을 다섯 번 저당 잡혔었다. 직원들은 다 해진 헝겊 리본과 노란 자판이 달린 언더우드 수동 타자기를 썼다. 내 타자기는 E 버튼이 깨져서 E를 쳐야 할 땐 대신 @ 버튼을 쳤다. 뿐만 아니라 원고지도 없어서 쓰레기통에서 주워 온 버

* 미국의 설사약 브랜드.

려진 보도자료 종이를 썼다. 못 해도 한 달에 한 번 누군가의 월급 수표는 부도가 났다. 이런 상황에 넌더리를 낸 기자들은 하루가 멀다 하고 일을 그만두었다. 이듬해 봄에 암스트롱 씨가 신문방송학과 졸업생을 대상으로 채용면접을 보고 있었을 때였다. 어디선가 쥐 한 마리가 튀어나와선 졸업생의 발 위로 달음질쳐갔고, 그녀는 비명을 질렀다. 그녀가 떠났을 때 암스트롱 씨는 나를 쳐다보았다. 그날 오후 브루클린 지역구 위원회 회의가 열릴 예정이었는데, 거기 갈 직원이 한 명도 없었다.

"이제부터 날 암스트롱 씨라고 부르지 말고 마이크라고 부른다면 정식으로 채용할게."

그때 막 열여덟 살이 된 나는 다음 날로 햄버거 체인점 일을 그만두고 〈더 피닉스〉의 정식기자가 되었다. 그때만큼 내 인생에서 행복한 시절이 있었나 싶다. 나는 일주일에 90시간을 일했다. 전화기는 쉼 없이 울렸고, 인터뷰 장소로 달려가며 혹여 늦을까 봐 길거리에서 10달러 주고 산 롤렉스 시계로 시간을 확인했으며, 재빨리 달려와 기사를 작성했고, 식자공이 그만뒀을 때는 새벽 네 시까지 잠을 자지 않고 활자를 조판했다. 그리고 매주 125달러를 받았다. 수표가 부도나지 않을 경우에 한해서.

나는 브라이언에게 뉴욕에서 만끽하는 행복한 생활을 담은 긴 편지를 썼다. 브라이언은 답장에서 웰치에서 사는 게 여전히 내리막길이라고 했다. 아빠는 늘 술에 절어 있지 않으면 구치소 신세였다. 엄마는 자기만의 세계에 완전히 침잠해 있었고, 모린은 이웃에서 사는 것이나 다름없었다. 침실의 천장이 무너져서 브라이언은 포치로 침대를 옮겼고, 난간을 따라 판자들을 덧대어 벽을 만들었지만 그래도 물이 줄줄 새어 들어서 아직도 공기주입식 보트 밑에서 잔다고 했다.

나는 로리 언니에게 브라이언을 데려와 뉴욕에서 같이 살자고 말했다. 언니도 동의했지만, 한편으론 브라이언이 웰치에서 계속 살길 바라면 어쩌나 싶어 걱정도 됐다. 브라이언에겐 도시보다 시골이 천성에 맞아 보였기 때문이다. 브라이언은 늘 숲속을 돌아다니면서 버려진 2행정 엔진을 주워다가 어설프게 수리하거나, 장작을 패거나, 나뭇조각으로 동물 머리를 조각하기도 했다. 웰치에서 살면서 싫은 소리를 한 적은 단 한 번도 없었고, 로리 언니나 나와 달리 친구들도 많았다. 하지만 장기적으로 볼 때 그곳을 떠나는 게 브라이언의 신상에도 좋을 거라는 게 내 생각이었다. 그래서 나는 동생을 설득해 뉴욕에 꼭 오게 할 명분을 만들었다.

브라이언이 할아버지네에 있을 때 전화를 걸어 내 입장을 이야기했다. 뉴욕에 오면 일자리를 구해야 하고 네 몫의 집세와 생활비를 내야 한다고 말했다. 하지만 뉴욕엔 일이 넘쳐나고, 거실이 아주 넓으니 침대 하나만 더 들여놓고 나와 함께 써도 되며, 화장실 물도 콸콸 나오고, 천장이 샐 일은 절대 없다고 말했다.

내가 말을 다 마치고 났을 때 브라이언은 한동안 말이 없었다. 그러다 잠시 후 입을 열었다.

"지금 당장 가도 돼?"

브라이언 역시 나처럼 11학년을 마친 바로 다음 날 아침 트레일웨이즈 버스에 올랐다. 그리고 뉴욕에 도착한 바로 다음 날, 〈더 피닉스〉에서 멀지 않은 브루클린의 한 아이스크림 가게에 일자리를 구했다. 맨해튼이나 브롱크스보다 브루클린이 더 좋다고 말했지만, 일이 끝나면 으레 〈더 피닉스〉 사무실에 들렀고, 새벽 서너 시까지 기다렸다가 나와 함께 지하철을 타고 사우스브롱크스로 귀가했다. 그 이유를 입 밖으로 꺼내 말한 적은 한 번도 없었지만, 어렸을 적에 그랬듯 혼자보다는 둘이 합심해 세상에 맞서면 더 나을 거라고 생각한 것 같다.

대학이라면, 나는 가야 할 이유를 찾을 수가 없었다. 학비는 비싼데다 애초 졸업장을 따려 했던 것도 저널리스트로 일할 자격을 얻기 위해서였는데 이제 〈더 피닉스〉 기자가 되었으니 말이다. 배움을 얻는 일이라면, 세상 돌아가는 일을 알기 위해 대학졸업장을 딸 필요는 없다고 생각했다. 관심을 기울이면 스스로 알아낼 수 있었다. 그리고 내가 알지 못했던 말—코셔* 지키기, 태머니홀**, 오뜨 꾸뛰르—을 듣게 되면 나중에라도 찾아보고 익혔다. 어느 날은 지역 사회운동가와 인터뷰를 하는데 그가 특정 직업 프로그램을 이야기던 중에 '진보시대***'로 거슬러 올라가는 것이 하나의 목적이라고 말했다. '진보시대'라는 말을 생전 처음 들은 나는 사무실로 돌아와 『월드북 백과사전』부터 꺼내 들었다. 마이크 암스트롱이 까닭을 물어서 이야기해줬더니 대뜸 대학에 갈 생각을 해본 적이 없느냐고 물었다.

---

* 유대교 율법에 따라 만든 음식.

** 태머니파의 본거지가 된 맨해튼의 회관.

*** 20세기 초, 미국의 활동가들이 이상주의, 도덕적 열정, 건설적인 변화의 시대를 말하며 당시 극심했던 불황과 사회적 불안을 타개하고자 했던 운동. 역사적으론 1900년부터 1917년으로 기록된다.

"대학 때문에 이 일을 포기할 이유가 있나요?" 내가 반문했다. "여기서 대학졸업생들이 할 일을 지금 제가 하고 있잖아요?"

"내 말을 안 믿을지 모르겠는데, 세상엔 지금 네가 여기서 하는 일보다 더 좋은 일자리가 많아. 그런 일을 하게 될 날이 올 거야. 하지만 대학졸업장이 없으면 어림도 없어."

마이크는 내게 대학에 가더라도 언제고 원하면 〈더 피닉스〉에서 일해도 된다고 말했다. 그러면서 내가 그럴 것 같진 않다는 말도 덧붙였다.

로리 언니 친구들 말론 뉴욕에서 제일 좋은 대학은 컬럼비아 대학교였다. 당시 컬럼비아 대학교는 남자들만 들어갈 수 있었기 때문에 나는 자매대학인 바너드에 응시했고 합격했다. 입이 떡 벌어질 정도로 비싼 학비 대부분을 보조금과 대출금에 의존했다. 〈더 피닉스〉에서 일하면서 모은 돈이 얼마 되지 않아서, 1년 동안 월 스트리트의 한 회사에서 전화상담 일을 했다.

학기가 시작된 후엔 내 몫의 집세를 내지 못했지만 한 심리학자가 자기의 어린 두 아들을 돌봐주는 조건으로 어퍼 웨스트사이드에 있는 자기 아파트의 방 하나를 내주었다. 이후 주말에 미술관에서 일하면서 수강일정을 일주일에 이틀로 다 몰아넣었고, 〈바너드 학보〉의 보조 편집자가 되었다. 하지만 뉴욕에서 가장 큰 잡지사 중 한 곳에서 보조 편집자로 주 3일을 일하게 되면서 3일 만에 그만두었다. 그곳 필자들은 책을 출간하고, 전쟁에 관한 기사를 썼으며, 기업 회장들과 인터뷰하기도 했다. 그들의 우편물을 보내고, 그들의 경비 지출 내역서를 점검하고, 그들이 쓴 원고의 자수를 계산하는 일을 하면서 목표를 이뤘다는 생각이 들었다.

이따금씩 엄마 아빠가 할아버지네서 우리에게 전화를 걸어 웰치의 근황을 알려주었는데, 얼마 지나지 않아 우리는 엄마 아빠한테서 전화가 올까 봐 전전긍긍하게 되었다. 산사태가 나서 계단이 다 쓸려 내려가버렸다는 둥, 이웃 프리먼 씨가 우리 집을 철거하려고 한다는 둥, 모린이 포치에서 떨어져 머리가 깨졌다는 둥, 전화통화를 할 때마다 새로운 고생담을 들어야 했기 때문이다.

모린 이야기를 들은 로리 언니는 개도 뉴욕으로 데려오자고 했지만, 나는 고작 열두 살 난 아이가 집을 떠나도 될지 걱정스러웠다. 우리가 웨스트버지니아로 처음 이사 갔을 때 네 살이었던 모린에겐 웰치가 세상의 전부였다.

"누가 걜 돌볼 건데?" 내가 물었다.

"내가." 로리 언니가 말했다. "나랑 같이 있으면 돼."

그래서 언니가 모린에게 전화를 걸었고, 모린은 그 계획에 좋아서 어쩔 줄을 몰라 했다. 언니가 엄마 아빠에게 이야기하자 엄마는 정말 좋은 생각이라고 받아들인 반면, 아빠는 자기 자식을 다 뺏어간다며 비난했고 언니와 의절하겠다고 으름장을 놓았다. 초겨울이 되자 모린도 뉴욕에 왔다. 그즈음 브라이언이 포트 오소리티 버스 터미널 근처의 엘리베이터가 없는 건물로 이사한 터여서, 우린 그의 집주소를 써서 모린을 맨해튼의 좋은 공립학교에 입학시켰다. 주말이 되면 우리 넷은 로리 언니의 아파트에 모였고, 프라이드 폭찹이나 스파게티와

미트볼을 잔뜩 요리해 함께 둘러앉아 먹었다. 으레 웰치 시절 이야기가 나왔고, 우린 사는 게 미칠 것 같았던 그 시절을 되돌아보며 눈물이 날 정도로 웃어댔다.

뉴욕에서 산 지 3년째 되던 어느 날 아침, 강의 들으러 갈 준비를 하는데 라디오에서 아나운서가 뉴저지 유료고속도로의 교통체증이 심각한 수준임을 알렸다. 승합차 한 대가 고장 났는데 옷가지를 비롯해 가구가 차도에 쏟아져 나오면서 엄청난 정체를 빚고 있다는 것이었다. 경찰이 나서서 고속도로를 정리하고 있지만, 개 한 마리가 승합차에서 뛰쳐나와 뛰어다니고 경찰관 둘이 잡으려고 쫓아다닌다고 했다. 아나운서는 물 만난 고기마냥 고물차를 끌고 온 시골뜨기와 미친 듯 짖어대는 개 때문에 출근길의 뉴요커 수천 명이 지각하게 되었다고 떠들어댔다.

그날 밤 아파트 주인인 심리학자가 내게 전화가 왔다고 말했다.

"내 딸 저넷!" 엄마였다.

"놀라지 마." 엄마는 흥분해서 잔뜩 들뜬 목소리로 말했다. "네 아빠랑 뉴욕으로 이사 왔어!"

그 순간 내 머리에 맨 처음 떠오른 건 그날 아침 유료고속도로에서 고장 난 승합차였다. 엄마에게 물어보니 맞다면서 차에 살짝 기술적인 문제가 생겼다고 했다. 차로 붐비는 고속도로 한복판에서 벨트가 갑자기 탁 끊어지더니 갇혀 있는 게 이골이 났던 팅클이 냅다 도망쳤다. 오죽했을까. 거기에 경찰이 나타났고, 아빠와 언쟁을 벌이다가 체포하겠다고 위협까지 했으니, 맙소사, 그런 난장판도 없었을 것이다.

"어떻게 알았니?" 엄마가 물었다.

"라디오에 나왔으니까."

"라디오에?" 엄마가 반문했다. 믿어지지 않았던 것이다. "요지경인 세상에서 벨트가 끊어진 고물 승합차가 뉴스가 된다고?" 하지만 엄마의 목소리엔 순수한 기쁨이 어려 있었다. "오자마자 스타가 됐네!"

엄마와 통화한 후 나는 내 방을 둘러보았다. 애초 부엌에 딸린 하녀의 방이었던 곳으로 폭이 좁은 창문 하나와 벽장을 겸하는 욕실 하나만 있는 매우 작은 공간이었다. 이제 내겐 방도 생겼고 나만의 삶이 있었다. 거기엔 엄마나 아빠를 위한 자리는 없었다.

그래도 다음 날, 나는 엄마와 아빠를 보러 로리 언니의 아파트에 갔다. 온 식구가 모여 있었다. 엄마와 아빠가 날 껴안았다. 아빠는 종이봉지에서 1파인트짜리 위스키 병을 꺼냈고, 엄마는 뉴욕까지 오면서 겪은 온갖 모험담을 늘어놓았다. 그날 아침 일찍 뉴욕 구경을 다녀온 두 분은 처음 지하철을 탔는데, 아빠가 망할 놈의 땅구멍이라고 했단다. 엄마는 록펠러센터의 아르데코 벽화가 실망스러웠고, 자기 작품만큼도 못 하다고 했다. 우리 넷 가운데 누구도 두 분의 말에 가타부타 말하지 않았다.

"그래서, 앞으로 계획이 어떻게 되는데?" 브라이언이 마침내 물었다. "뉴욕으로 이사 오게?"

"이미 이사했지." 엄마가 말했다.

"아주?" 내가 물었다.

"그래." 아빠가 말했다.

"왜?" 나는 엉겁결에 날카롭게 묻고 말았다.

아빠는 당연한 걸 뭘 물어보냐는 듯 어리둥절한 표정이 되었다.

"그래야 우리 가족이 다시 하나가 될 수 있으니까." 아빠가 술병을 들어 올리며 말했다. "가족을 위하여."

엄마와 아빠는 로리 언니 아파트에서 몇 블록 떨어진 하숙집에 방을 하나 빌렸다. 이사할 때만 해도 머리칼이 철사 같은 집주인 여자가 도와줬지만, 두 달 만에 집세가 밀리자 엄마 아빠의 소지품을 모두 거리에 내놓고 그들의 방을 자물쇠로 잠가버렸다. 그래서 두 분은 더 열악한 동네의 6층짜리 싸구려 여인숙으로 거처를 옮겼다. 하지만 그곳에서도 몇 달 안 가 아빠가 불붙은 담배를 든 채 잠이 들었다가 방에 불이 난 후에 쫓겨나고 말았다. 브라이언은 강제로라도 엄마 아빠가 자기들 힘으로 살게 하지 않으면 우리에게 영원히 빌붙어 살 거라는 생각에 그들을 받아들이지 않았다. 하지만 사우스브롱크스를 나와 브라이언이 사는 건물로 이사한 로리 언니가 모린과 함께 엄마 아빠도 받아들였다. 엄마 아빠는 1, 2주, 길어야 한 달만 있을 거고, 그 후엔 둘이서 모은 돈으로 새 집을 구하겠다고 큰소리쳤다.

그렇게 로리 언니 집에서 보낸 한 달은 두 달이 되었고, 석 달, 넉 달이 되었다. 내가 갈 때마다 아파트는 점점 더 발 디딜 틈이 없어져 갔다. 엄마는 벽마다 자기 그림들을 걸어놓았고, 길에서 주워 온 것들을 거실에 쌓아두었으며, 색색의 병들을 스테인드글라스 분위기로 꾸민답시고 창가에 늘어놓았다. 허섭스레기들이 천장에 닿을 정도로 쌓여서 거실이 꽉 차자 엄마의 수집품과 길거리에서 수거한 예술품들은 급기야 부엌까지 침범해 들어갔다.

하지만 로리 언니를 정말로 괴롭힌 건 아빠였다. 안정된 직장을 구하지도 못했는데 신통할 정도로 빠르게 용돈을 마련해선 만취해 집에 들어와 시비를 걸며 싸우려 들었다. 로리 언니가 더는 견딜 수 없는 지경에 이르렀다고 생각한 브라이언이 아빠에게 같이 살자고 했다. 브라이언은 이후 술병이 든 캐비닛을 자물쇠로 잠가놓았지만 아빠는 일주일도 안 돼 용케 문을 땄다. 어느 날 브라이언이 집에 돌아와보니 아빠가 드라이버로 경첩을 뜯어내고 그 안에 들어 있는 술을 한 방울도 남김없이 다 마셔버렸던 것이다.

브라이언은 평정심을 잃지 않았다. 아빠에게 술을 아파트에 둔 자신의 실수라고 말하면서, 앞으로도 아빠가 함께 살아도 좋지만 그러려면 몇 가지 규칙을 지켜야 한다고 말했다. 첫 번째는 자기 집에 사는 한, 술을 마셔선 안 된다는 것이었다.

"이 성의 왕은 너니까 그래야겠지." 아빠가 말했다. "하지만 두 눈에 흙이 들어간다 해도 내가 아들놈에게 고개를 숙이는 일은 없을 거다."

그 말을 한 날부터 아빠는 웨스트버지니아에서 올라올 때 탄 흰색 승합차 안에서 잠을 자기 시작했다.

한편, 로리 언니가 아파트를 청소하라며 최종기한까지 정해줬음에도, 엄마는 첫 번째 기한도, 두 번째, 세 번째 기한도 어겼다. 그런데다 시도 때도 없이 엄마를 찾아온 아빠와 매번 언성을 높이며 싸워대는 바람에 옆집 사람들이 벽을 쿵쿵 두드려댔다. 그러면 아빠는 그들과도 싸웠다.

“더는 못 참겠어.” 어느 날 로리 언니가 내게 말했다.

“아무래도 엄마를 내보내야 하지 않을까? 내가 말했다.

“우리 엄마야.”

“무슨 상관이야. 엄마 때문에 언니가 미칠 지경인데.”

결국 언니도 내 말에 동의했다. 그리고 정말 죽지 못한 심정으로 엄마에게 나가달라는 말을 하면서 엄마가 다시 자리를 잡을 수 있도록 뭐든 돕겠다고 했다. 하지만 엄마는 괜찮다고 했다.

“로리는 잘하고 있는 거야.” 엄마는 내게 말했다. “아드레날린을 뿜어내서 스스로의 잠재력에 눈을 뜨려면 약간의 위기가 도움이 될 때가 있는 법이지.”

엄마는 그 후 팅클을 데리고 아빠가 사는 승합차로 옮겼다. 거기서 셋은 몇 달을 살았지만, 어느 날 주차금지구역에 세워둔 승합차가 견인되어버렸고, 미등록차량이라 찾아오지 못하게 되었다. 그날 밤, 그들은 공원 벤치에서 잤다. 노숙자가 된 것이다.

엄마 아빠는 정기적으로 공중전화로 우리에게 전화를 걸어 근황을 물었고, 한 달에 한두 번은 로리 언니네서 온 가족이 모였다.

"지지리 궁상으로 사는 거 아니야." 두 달째 노숙자로 살게 된 어느 날, 엄마가 우리에게 말했다.

"우리에 대해서라면 아무 걱정 마." 아빠가 이어 말했다. "우리 살 길은 늘 우리가 알아서 찾았으니까."

엄마는 그간 노숙자 생활을 몸에 익히느라 정신없었다고 말했다. 무료급식소를 수소문해 찾아다녔고, 괜찮은 음식을 내는지 시식해본 후에 입맛에 맞는 걸 먹었다고 했다. 이젠 언제 어느 교회에 가면 샌드위치를 먹을 수 있는지 안다고도 했다. 또 화장실 시설이 좋아서 꼼꼼히 씻을 수 있고 이도 닦고 면도도 할 수 있는 공립도서관도 알아냈단다. 엄마 말을 그대로 옮기자면 이렇다.

"위아래 샅샅이 다 씻으려고 노력은 하지만, 가급적 안 씻는 방향을 택하지."

그들은 쓰레기통에서 꺼내온 신문에서 무료 행사들에 관한 정보를 찾았다. 그래서 공원에서 열리는 연극과 오페라와 콘서트를 찾았고, 사무실 건물 로비에서 현악4중주단과 피아노 리사이틀의 연주를 경청했으며, 영화 시사회와 박물관에 가기도 했다. 그들이 처음 노숙을 시작했을 때는 초여름이어서 공원 벤치나 공원 산책로에 늘어선 수풀 속에 들어가 잤다. 경찰이 깨워 나가라고 할 때도 있었지만, 그러면 다른 데를 찾아가 자면 됐다. 침구는 낮 동안 덤불 밑에 돌돌 말아 숨겨두었다.

"계속 그런 식으로 살 순 없어." 내가 말했다.

"어째서?" 엄마가 말했다. "노숙자 생활은 모험이라고."

가을이 되어 낮이 짧아지고 날씨가 쌀쌀해지자 엄마 아빠는 도서관에서 더 많은 시간을 보내기 시작했다. 따뜻하고 편안한데다 몇몇 도서관은 저녁까지 개방했기 때문이다. 엄마는 발자크를 독파하고 있었다. 아빠는 카오스 이론에 관심이 생겨서 「로스 앨러모스 사이언스」와 「통계 물리학 저널」을 읽었는데, 당구 칠 때 덕을 봤다고 말했다.

"겨울이 오면 어떻게 하려고?" 내가 엄마에게 묻자 엄마는 미소를 지으며 말했다.

"내가 가장 좋아하는 계절을 말하는 거야?"

나는 어떻게 해야 할지 알 수 없었다. 한편으론 내가 할 수 있는 한 엄마와 아빠를 보살피고 싶었지만, 한편으론 그들에게서 손을 떼고 싶기도 했다. 그해 추위는 일찍 찾아왔고, 심리학자의 아파트를 나와 거리를 걸을 때마다 나는 은연중에 지나치는 노숙자들의 얼굴을 살피며 엄마나 아빠가 아닐까 확인하고 있었다. 노숙자들을 마주칠 때마다 갖고 있는 푼돈을 내주었지만, 나는 안정적인 직장과 집이라 부를 따뜻한 방에서 살고 있는데 정처 없이 거리를 헤매고 있을 엄마 아빠에 대한 죄책감을 쉽게 덜려 한다는 생각을 지울 수가 없었다.

어느 날, 캐럴이라는 학교 친구와 브로드웨이를 걷다가 나이 어린 노숙자에게 푼돈을 건네준 적이 있었다.

"그러면 안 돼." 캐럴이 말했다.

"왜?"

"그래 봤자 그들을 부추길 뿐이야. 저들은 다 사기꾼이야."

'네가 뭘 알아?' 나는 그렇게 묻고 싶었다. 나의 부모님도 길거리에 나앉은 신세라고, 무일푼 신세로 갈 곳도 먹을 것도 하나 없는 게 어떤 건지 네가 알기나 하냐고 말하고 싶은 마음이 굴뚝같았다. 하지만 그랬다간 내 상황을 알리는 꼴이 될 테니 그럴 수는 없었다. 그래서 다음 모퉁이까지 아무 말도 하지 않고 걸어갔다.

엄마 아빠를 옹호해야 한다는 건 알았다. 어렸을 때 나는 투지가 만만한 아이였고, 우리 가족 역시 서로를 위해 싸웠지만, 그땐 별다른 선택의 여지가 없었다. 실은 우리가 살아온 방식을 조롱해온 사람들에게 맞서는 데 지쳐 있었다. 세상에 대고 엄마 아빠의 삶의 태도를 변호할 여력이 없었다.

푹스 교수 앞에서 엄마 아빠에 대한 사실을 털어놓을 수 없었던 것도 그래서였다. 나는 푹스 교수를 좋아했다. 체구가 작고 다크서클이 있는 그 유색인 여성은 열정적인 성격의 정치학 교수였다. 어느 날 그녀가 강의 중에 노숙자가 보수파 주장대로 약물중독과 오도된 사회보장계획의 결과물인가, 아니면 사회복지사업 프로그램의 예산 삭감과 빈곤층을 위한 경제적 기회 창출에 실패해서인가라는 질문을 던지더니 나를 호명했다. 나는 주저했다.

“때로, 둘 다 아닌 것 같다는 생각이 듭니다.”

“설명해볼 수 있을까?”

“때로 원해서 노숙자로 사는 사람들도 있는 것 같아서요.”

“노숙자가 거리에서 사는 걸 원한다는 말인가?” 폭스 교수가 물었다. “따뜻한 침대와 머리 위 지붕을 일부러 마다한다는 얘길 하는 건가?”

“그런 건 아니고요.” 나는 적절한 말을 고르려 애쓰면서 말했다. “당연히 원하죠. 그렇지만 열심히 일하고 타협할 생각이 있는 사람을 제외하고, 이상적인 생활을 누릴 수 없더라도 그럭저럭 살 수 있는 사람도 있을 겁니다.”

폭스 교수가 강단 뒤에서 걸어 나왔다.

“학생이 혜택받지 못한 사람들의 삶에 대해 뭘 알지?” 그녀는 흥분한 나머지 부들부들 떨면서 내게 반문했다. “하층민이 당면한 곤경과 장애에 대해서 뭘 알지?”

다른 학생들이 날 뚫어져라 쳐다보고 있었다.

“교수님 말씀도 일리가 있습니다.” 나는 말했다.

그해 1월은 허드슨 강에 자동차만 한 얼음덩어리들이 떠다닐 정도로 맹추위가 몰아닥쳤다. 한겨울 밤마다 노숙자 쉼터는 금세 만원이 되었다. 엄마 아빠는 노숙자 쉼터를 질색해했다. 인간 똥간. 기생충의 염병할 온실. 아빠가 그렇게 부르는 곳이었다. 엄마 아빠는 교회에서 노숙자들에게 개방하는 신도석에서 자는 쪽을 더 좋아했지만, 교회 신도석이란 신도석도 다 차는 날 밤이면 아빠는 하는 수 없이 쉼터로 가고, 엄마는 팅클을 데리고 로리 언니네로 갔다. 그런 때면 엄마는 발랄한 외면에 금이 가면서 울기 시작했고, 로리 언니에게 거리의 삶이 힘겨울 때도 있다고, 아니 너무 힘들다고 토로했다.

잠깐이었지만, 나는 바너드를 중퇴할까 고민하기도 했었다. 엄마 아빠는 거리를 전전하고 있는데 나 혼자 고급 사립대학에서 인문교양 수업을 받는 호사를 누리는 게 참기 힘들 정도로 이기적이고 말도 안 되는 짓이란 생각이 들어서였다. 하지만 그럴 때마다 언니는 중퇴는 어리석은 생각이라고, 뿐만 아니라 중퇴를 하면 아빠가 속상해할 거라고 힘주어 말했다. 대학을, 그것도 아이비리그에 다니는 딸이 있다는 것을 아빠는 이루 말할 수 없을 정도로 자랑스러워했다. 새로운 사람을 만나 대화를 나누기라도 하면 채 몇 분도 안 돼서 그 얘기를 어떻게든 하고야 마는 아빠였다.

브라이언은 엄마 아빠가 충분히 다른 길을 선택할 수 있다는 점을 강조했다. 두 분은 웨스트버지니아나 피닉스로 다시 돌아갈 수 있었다. 엄마는 일자리를 얻을 수 있었다. 게다가 엄마는 무일푼이 아니었다. 개인물품 보관소에 가면 그동안 수집해둔 인디언 보석 골동품을 찾을 수 있었다. 웰치에 살 때, 브라이언과 내가 썩은 통나무 밑에서 주운 2캐럿짜리 다이아몬드 반지도 있었다. 뿐만 아니라 피닉스의 집도 여전히 그대로였고, 텍사스엔 채유권으로 임대료가 나오는 땅도 있었다.

브라이언의 말이 옳았다. 엄마는 얼마든지 다른 길을 선택할 수 있었다. 나는 그 문제를 의논하려고 커피숍에서 엄마를 만났다. 제일 먼저, 나처럼 아이들이나 노인을 돌봐주는 조건으로 훌륭한 아파트에 상주하는 방법을 모색해보는 게 어떻겠느냐고 말해보았다.

"한평생을 다른 사람 뒤치다꺼리만 하며 살았어." 엄마가 말했다. "이제 나 자신을 챙기며 살 때야."

"지금 이게 엄마 자신을 챙기는 거라고 생각해?"

"이 얘기 계속해야 하니?" 엄마가 물었다. "요새 엄마가 괜찮은 영화를 몇 편 봤는데, 그런 얘길 하는 게 어떻겠니?"

나는 엄마에게 인디언 보석을 좀 팔라고 했다. 엄마는 재고의 여지조차 없는 듯했다. 그 보석이 마음에 들 뿐만 아니라, 상속받은 거라서 추억을 되새기는 데도 좋다는 것이었다.

그래서 텍사스 땅 이야기를 꺼냈지만, 마찬가지였다.

"그 땅은 대대로 우리 집 땅이었어. 앞으로도 우리 가족의 땅으로 함께 할 거야. 그렇게 팔아치우는 일은 절대 없을 거야."

피닉스의 집에 대해서도 물었다.

"비가 쏟아질 때를 대비해 놔둬야 해."

"엄마, 지금 홍수가 날 지경인데?"

"보슬비 가지고 엄살떨지 마." 엄마가 말했다. "언제고 폭풍우가 몰아닥칠지 몰라!" 엄마가 차를 홀짝거렸다. "끝에 가선 어떻게든 수가 나게 돼 있어."

"안 나면?"

"아직 끝이 안 났다는 뜻이지."

테이블 맞은편에서 날 바라보던 엄마는 상대의 모든 질문에 해답을 갖고 있는 사람 같은 미소를 지어 보였다. 그래서 우린 영화 이야기로 화제를 옮겼다.

그해 겨울, 엄마와 아빠는 어찌어찌 버텨냈다. 그러나 볼 때마다 둘 다 손도 댈 수 없을 정도로 몰골이 처참했다. 나날이 더 지저분해지고, 여기저기 멍이 늘어나고, 머리도 군데군데 엉겨 붙어 있었다.

"조바심칠 거 조금도 없어." 아빠가 말했다. "늙은 아빠가 감당 못 하는 건 세상에 없다는 걸 너도 알잖니."

나는 아빠 말이 옳다고, 두 분은 자기 자신과 서로를 알아서 챙긴다고 마음속으로 되뇌고 또 되뇌었다. 하지만 봄이 되자 엄마가 전화로 아빠가 폐결핵에 걸렸다는 소식을 전해왔다.

아빠는 아픈 적이 거의 한 번도 없었다. 몸이 남아나지 않을 정도로 늘 다쳤지만 언제 그랬냐 싶게 금세 나아서 정말 이 세상에서 아빠를 해칠 건 아무것도 없는 것 같았었다. 그래서 그때까지도 난 어린 시절 자긴 천하무적이라고 말했던 아빠의 말을 얼마간 믿고 있었다. 아빠는 누구도 병문안을 오지 말라고 했지만, 엄마는 내가 들르면 아주 좋아할 거라고 내게 말했다.

병원 간호사가 아빠에게 문병객이 왔음을 알리러 간 사이, 나는 간호사실에서 기다렸다. 아빠가 산소텐트 아래 누워 있거나, 침대에 누워 흰 손수건에 피를 토하고 있을 거라고 생각했다. 웬걸, 잠시 후 아빠가 재빠른 발놀림으로 복도를 따라 내려왔다. 전보다 안색이 창백하고 평소보다 수척해진 모습이었다. 그러나 고생이란 고생은 다 하고 살았음에도 아빠에게선 나이 든 기색을 거의 찾아볼 수 없었다. 머리숱도 젊은 시절 그대로였고 석탄처럼 새카맸으며, 입을 가린 병원용 종이마스크 위에서 검은 눈동자가 반짝이고 있었다.

아빠는 안으려는 날 제지했다.

"아쭈, 이 자식, 저기 떨어져 있어." 아빠가 말했다. "널 보니 눈이 다 즐겁다만, 아가, 너한테 이 잡놈의 균을 옮기고 싶지 않아서 그래."

아빠는 날 데리고 결핵병동으로 가선 거기서 알게 된 친구들에게 소개했다.

"믿거나 말거나, 이 늙은 렉스 월스가 세상 남부러울 것 없는 물건을 하나 만들어냈는데, 바로 이 아이야." 말을 마친 아빠는 기침하기 시작했다.

"아빠, 나을 수 있는 거지?" 내가 물었다.

"여기 언놈도 살아서 이 지옥을 빠져나오진 못할 거야, 아가." 아빠가 말했다. 아빠에겐 입버릇이 되다시피 한 말이었지만, 이제 그 말엔 평소와는 사뭇 다른 만족감이 묻어났다.

아빠를 따라 병상으로 갔다. 침대 옆에 책들이 가지런히 쌓여 있었다. 아빠는 결핵 덕분에 인간의 유한한 삶과 우주의 본질에 대해 사색할 수 있어서 좋았다고 했다. 입원한 후로 술 한 방울 입에 대지 않았고, 카오스 이론에 관한 많은 책을 읽었는데, 특히 질서와 혼돈의 전이에 관해 연구한 로스 앨러모스*의 물리학자 미첼 파이겐바움의 작품을 탐독했다고도 말했다. 그러면서 파이겐바움이 혼돈은 무작위로 일어나는 것이 아니라 다양한 분기의 연속적인 스펙트럼을 따른다는 주장을 설득력 있게 제시하지 않았다면 자긴 망한 인생이었을 거라고 말했다. 그의 말대로 우주의 모든 행동은 우리가 생각하듯 무작위적인 것이 아니라 사리에 맞는 패턴을 따른다는 것이 사실이라면, 창조주가 존재한다는 것을 내포하는 것이며, 그런 점에서 무신론에 근거한 자신의 신념을 재고하기 시작했다고 했다.

"그렇다고 저 하늘 위 구름 속에 '야훼'라는 이름의 괴팍한 늙다리가 있어서 슈퍼볼에서 어느 팀이 이길 건지 관장한다는 말은 아니야." 아빠가 말했다. "하지만 물리학, 특히 양자물리학이 신이 존재한다고 주장한다면, 난 기꺼이 그 개념을 가지고 즐겁게 놀 작정이야."

아빠는 그즈음 계산 중인 연구물을 내게 보여주었다. 그러다 내가 자기의 떨리는 손을 눈여겨보는 것을 알아차리고선 두 손을 들어 보였다.

"술이 부족해서인지, 신이 있다는 두려움 때문인지, 왜 이런지 모르겠다." 그러더니 이내 덧붙였다. "둘 다겠지."

"다 나을 때까지 여기 얌전히 있겠다고 나랑 약속해." 내가 말했다. "얼렁뚱땅 도망치기만 해봐."

아빠는 한바탕 웃음을 터뜨렸지만, 그 웃음은 이내 발작적인 기침이 되었다.

---

* 미국 서부 뉴멕시코 주의 도시로 1942년에 최초로 핵분열과 원자 폭탄을 개발한 연구소가 있다.

아빠는 6주 동안 병원에 있었다. 그동안 폐결핵을 물리쳤고, 피닉스에서 알코올 중독 치료를 위해 금주기간을 가졌던 이래로 어느 때보다 맑은 정신으로 술을 입에 대지 않았다. 거리 생활을 시작하면 다시 술을 마시게 되리라는 걸 아빠도 알았다. 병원 관리자 한 명이 아빠에게 뉴욕 북부의 한 리조트에서 숙식을 제공받는 보수관리직을 구해주었다. 아빠는 엄마에게 같이 가자고 했지만, 엄마는 단칼에 거절했다.

"거긴 깡시골이잖아." 엄마의 말은 그랬다.

그래서 아빠는 혼자 갔고 이따금씩 내게 전화를 걸었는데, 그럭저럭 자기에게 맞는 삶을 사는 것 같았다. 차고 위 원룸 아파트에서 살면서 낡은 숙박업소를 보수유지하고, 인간의 손이 닿지 않은 시골길을 실컷 산책하고, 맨 정신으로 지내는 것에 재미를 붙였다. 그렇게 여름이 가고 가을이 올 때까지 그곳에서 일했다. 하지만 다시 날이 쌀쌀해지고, 엄마가 아빠에게 전화를 걸어 둘이 함께 있어야 따뜻하게 겨울을 나기도 쉽고 팅클도 아빠를 그리워한다고 말하면서 사달이 났다. 첫 서리가 내린 11월, 브라이언이 내게 전화를 걸어선 엄마가 아빠를 설득해 일을 그만두고 시내로 되돌아왔다고 말했다.

"아빠가 술의 유혹을 견뎌낼 수 있을까?" 내가 물었다.

"이미 음주 생활을 재개했다고." 브라이언이 말했다.

아빠가 돌아온 지 몇 주 지나서 나는 로리 언니네 가서 아빠를 만났다. 소파에 앉아 한 팔로는 엄마를 안고 다른 손엔 술병을 든 채 소파에 앉아 있던 아빠가 한바탕 웃어댔다.

"지랄 맞은 너네 엄마를 어쩌면 좋으니? 같이 살 수도 없고 없어도 못 살겠으니. 장담하는데 네 엄마도 나에 대해 똑같이 생각할 거다."

우리 넷은 나름의 삶에 정착한 터였다. 나는 대학을 다니고 있었고, 로리 언니는 만화 출판사 소속 일러스트레이터가 되었고, 모린은 로리 언니와 살며 고등학교를 다니고 있었다. 그리고 피닉스 시절, 부부싸움을 하는 엄마와 아빠를 말릴 생각에 경찰에 신고한 날부터 경찰이 되는 게 소원이었던 브라이언은 창고 감독관이 되었고, 경찰시험을 볼 수 있는 나이가 될 때까지 경찰 보조부대원 일을 겸하고 있었다. 엄마가 온 가족이 로리 언니 집에 모여 크리스마스 파티를 열자고 했다. 나는 엄마 선물로 고풍스러운 은십자가를 샀지만, 아빠의 선물을 사려니 쉽지 않았다. 아빠는 언제나 필요한 건 아무것도 없다고 말했기 때문이다. 문득 아무리 추워도 항공점퍼만 고집하는 아빠에게 따뜻한 옷을 선물하면 좋겠다는 생각이 떠올랐다. 그래서 불용군수품 가게에서 플란넬셔츠, 보온내의, 두툼한 모직양말, 자동차 정비공이 입는 파란색 작업복과 워커 한 켤레를 샀다.

로리 언니가 색전구와 소나무가지와 종이천사 장식들로 아파트를 꾸몄고, 브라이언은 에그노그*를 만들었다. 아빠는 평온한 분위기를 깨지 않기 위해 자기가 얼마나 노력하는지 시위하듯, 알코올이 들어 있지 않은지 몇 번이나 확인을 하고서야 에그노그 잔을 받아들었다. 엄마가 아빠와 함께 신문지에 싸서 식자재용 실로 묶은 선물들을 우리에게 나눠주었다. 로리 언니는 티파니에서 팔았을 법한 금이 간 램프를 받았다. 모린은 오래돼서 머리털이 거의 다 빠진 도자기 인형을, 브라이언은 표지와 처음 몇 페이지가 뜯겨져 나간 19세기 시집을 받았다. 내가 받은 선물은 오렌지색 크루넥 스웨터로, 살짝 얼룩이 졌지만 엄마는 진짜 셔틀랜드산 양모로 만든 거라고 말했다.

내가 아빠에게 정성들여 포장한 상자들을 건네자, 아빠는 또다시 자긴 필요한 것도 바라는 것도 없다고 투덜거렸다.

"됐으니까, 열어나 봐."

내 말에 아빠가 조심스럽게 포장을 벗겼고, 상자 뚜껑을 열고선 그 안에 개켜진 옷들을 뚫어져라 보았다. 세상이 자기 허세를 무시할 때마다 볼 수 있는 상처받은 표정을 짓고 있었다.

"이 늙은 아빠가 그렇게 부끄러웠니?" 아빠가 말했다.

"무슨 소리야?" 내가 물었다.

"이 아빠를 적선해줘야 할 가증스러운 놈으로 생각하나 보지?"

아빠는 자리에서 일어나더니 항공점퍼를 걸쳤다. 그러는 내내 우리 누구와도 눈을 마주치지 않으려 했다.

"어딜 가려고?" 내가 물었다.

---

* 달걀과 우유를 섞은 술.

아빠는 말없이 옷깃을 세우고선 아파트에서 나가버렸다. 계단을 내려가는 아빠의 부츠 소리가 내 귀에 울려왔다.

"내가 뭘 어쨌다고 저러지?" 내가 물었다.

"아빠 입장에서 생각해봐." 엄마가 말했다. "아빠에게 이렇게 고급스러운 새 옷을 사줬는데, 정작 아빠가 네게 준 건 다 길거리에서 주운 쓰레기잖니. 자식을 둔 아빠로서 자기가 널 보살펴야 한다고 생각한 거지."

한동안 침묵이 흘렀다.

"엄마도 내 선물이 마음에 안 들겠네."

마침내 내가 엄마에게 말했다.

"무슨 소리, 안 그래." 엄마가 말했다. "내가 선물 받는 걸 얼마나 좋아하는데?"

이듬해 여름, 엄마와 아빠는 노숙자 생활 3년 차에 접어들었다. 두 분 다 자기에게 맞는 노숙의 노하우를 터득했고, 나도 좋든 싫든 이렇게 될 수밖에 없다는 생각으로 점차 기울게 되었다.

"이 도시 탓도 있어." 엄마가 말했다. "노숙을 해도 얼마든지 살 수 있으니까. 정말 못살겠으면 우리도 뭔가 다른 수를 찾지 않겠니?"

8월에 아빠가 내게 전화해서 가을 학기에 어떤 강의를 들을 거냐고 물었다. 그리고 독서목록 가운데 몇몇 책들에 관해 이야기를 나누고 싶어 했다. 뉴욕에 온 후로 아빠는 내가 읽는 책들을 공공도서관에서 빌려 읽고 있었다. 한 권도 빠짐없이 읽었고, 내가 어떤 질문을 던져도 다 대답할 수 있다고 했다. 엄마 말론 그런 식으로 나와 함께 대학교육을 받고 있는 거였다.

아빠가 수강신청을 어떻게 했느냐고 물었을 때 나는 말했다.

"중퇴할까 생각 중이야."

"제정신이니?"

나는 아빠에게 학비 대부분을 보조금과 대출금과 장학금으로 메꾸고 있는데, 학교에 내는 돈이 1년에 2,000달러나 된다고 말했다. 하지만 여름 내내 모은 돈은 1,000달러밖에 되지 않아서 1,000달러가 더 필요한데 어떻게 해도 마련할 방법이 없다고도 말했다.

"왜 진즉에 아빠한테 말 안 한 거니?"

그렇게 말한 아빠는 일주일 후에 다시 전화해선 로리 언니네서 만나자고 했다. 그리고 커다란 비닐 쓰레기 봉지와 작은 갈색 종이봉지를 팔 밑에 끼고 엄마와 함께 나타났다. 나는 술병이라고 짐작했다. 그때 아빠가 종이봉지를 열어 거꾸로 뒤집었고, 하나같이 꼬깃꼬깃 구겨진 1달러, 5달러, 10달러, 20달러짜리 지폐들 수백 장이 내 무릎 위로 쏟아졌다.

"950달러야." 그렇게 말한 아빠가 비닐봉지를 열자 모피코트 한 벌이 굴러 나왔다.

"여기 밍크도 있고. 전당포에 맡기면 최소한 50달러는 받을 수 있을 거야."

나는 아빠의 노획물을 뚫어져라 쳐다보다가 마침내 입을 열었다.

"이게 다 어디서 난 거야?"

"뉴욕엔 포커 패도 모르면서 포커를 치는 놈들이 수두룩하더라."

"아빠, 이 돈은 나보다 두 분에게 더 필요해."

"네 거야." 아빠가 말했다. "언제부터 아빠가 어린 딸을 챙기는 게 불법이 된 거니?"

"그래도 이 돈 못 받아." 나는 엄마를 쳐다보았다.

엄마가 내 옆에 앉아 내 다리를 어루만져주며 말했다.

"난 언제나 훌륭한 교육가치의 신봉자였단다."

그렇게 해서 나는 버나드 대학 졸업반 때, 아빠가 준 꼬깃꼬깃한 지폐뭉치로 등록금을 낼 수 있었다.

한 달 후, 엄마한테서 전화가 왔다. 엄마는 너무 흥분해서 두서없이 말을 쏟아냈다. 용건인즉 아빠와 함께 살 집을 찾아냈다는 것이었다. 두 분의 새 보금자리는 로어 이스트사이드의 한 버려진 건물에 있었다.

"좀 낡았기는 해." 엄마는 어느 정도 사실을 인정했다. "하지만 거기에 정말로 필요한 건 다정한 사랑의 손길 조금이야. 제일 좋은 건 공짜로 살 수 있다는 거야."

엄마 아빠 말고도 다른 사람들이 그 건물에 이사를 오고 있다고 했다. 이른바 불법거주자들이었고, 따라서 그 건물은 불법점유지가 되었다.

"네 아빠랑 나는 개척자야." 엄마가 말했다. "개척시대의 서부를 사람이 살 만한 곳으로 만든 내 증조부처럼."

몇 주 후, 엄마는 다시 전화해선 현관을 비롯해 몇몇 곳의 마무리가 아직 끝나지 않았지만 공식적으로 손님들을 받고 있다고 했다. 그해 늦은 봄 오후, 나는 애스터플레이스행 지하철을 타고 동쪽으로 향했다. 엄마와 아빠의 아파트는 엘리베이터가 없는 6층짜리 건물이었다. 회반죽이 바스러지고 있었고 벽돌들도 헐거웠다. 1층의 창문이란 창문은 판자로 막혀 있었다. 건물의 정문을 열려고 손을 뻗는데 자물쇠와 손잡이가 있어야 할 곳에 구멍만 뚫려 있었다. 건물 안 복도엔 알전구 하나가 전선에 매달려 있었다. 한쪽 벽은 벽토가 덩이진 채 무너져내려서 목재 골조와 파이프와 배선들이 그대로 노출되어 있었다. 3층에 올라가 엄마 아빠의 아파트 문을 두드렸을 때, 아빠의 목소리가 먹먹하게 들려왔다. 문이 안쪽으로 열리지 않고 양쪽으로 손가락들이 보이더니 이내 문짝이 위로 들려 올라가면서 나타난 아빠가 환한 웃음을 지으며 날 끌어안았다. 그러면서 아직 문의 경첩을 달지 않았다고, 사실 이 문도 다른 버려진 건물 지하실에서 좀 전에 구해온 거라고 말했다.

엄마도 달려 나와 어금니가 보일 정도로 활짝 웃으며 날 힘차게 끌어안았다. 아빠가 의자에 있던 고양이—엄마 아빠는 벌써 길고양이 몇 마리를 들였다—를 밀어내곤 내게 앉으라고 했다. 방은 부서진 가구, 옷 보따리, 책 더미, 엄마의 미술도구들로 발 디딜 틈도 없어 보였다. 너덧 개의 전기 난방기들이 미친 듯 열을 뿜어내고 있었다. 엄마는 아빠가 이 블록 아래쪽의 전신주에서 절연 케이블 하나를 끌어다 건물 안의 모든 집에 연결했다고 말해줬다.

"네 아빠 덕에 여기 사는 모두가 공짜로 전기를 쓸 수 있게 됐어. 아빠가 없으면 이 건물에서 살 수 있는 사람은 아무도 없을 거야."

아빠가 쑥스러운 듯 껄껄 웃었다.

"이렇게 거지 같은 전기 시스템은 내 평생 처음이야. 매뉴얼을 상형문자로 쓴 건지 뭔지."

나는 주변을 둘러보았다. 그러기 무섭게 전기 난방기만 석탄 난로로 바꾸면 로어 이스트사이드의 이 불법점유지나 리틀 호바트 스트리트 시절의 그 집이나 별로 다를 바가 없다는 생각이 들었다. 웰치를 탈출한 후 오랜만에 테레빈유와 개털과 더러운 옷가지와 김빠진 맥주와 담배연기와 냉장보관하지 않아 서서히 썩어가는 음식이 뒤섞인 냄새를 다시 맡게 되자 당장 뛰쳐나가고 싶은 충동이 일었다. 하지만 사뭇 뿌듯해하는 엄마 아빠를 보며, 같은 신세의 이웃들과 동네에서 알고 지내게 된 친구들과 함께 뉴욕의 주택건설청에 맞서 투쟁하는 문제를 놓고 상대의 말을 가로막거나 정정해주거나 막히는 대목을 채워주기도 하면서 열띤 어조로 나누는 두 분의 대화를 들으면서, 차츰 두 분이 자기들처럼 제도화되지 않은 삶을 살면서 권위와 맞서 싸우는 사람들의 온전한 공동체에 발을 들이게 되었음을 깨닫게 되었다. 그토록 오랜 방랑의 세월 끝에 그들은 마침내 보금자리를 찾은 것이다.

그해 봄, 나는 바너드를 졸업했다. 브라이언은 졸업식에 왔지만, 로리 언니와 모린은 일을 해야 했고, 엄마는 길고 험난한 인생길 운운하는 지루한 축사를 듣고 싶지 않다고 했다. 나는 아빠가 왔으면 했지만, 십중팔구 술에 취해 나타나선 졸업식 연사 내용에 트집을 잡을 것 같았다. 그래서 아빠에게 말했다.

"그런 위험은 감수하고 싶지 않아."

"됐다. 우리 산양이 양가죽을 움켜쥐는 걸 봐야만 대학졸업장 딴 걸 알 수 있는 것도 아니고." 아빠가 말했다.

내가 일주일에 이틀씩 일하던 잡지사에서 정규직을 제안해왔다. 남은 건 살 곳을 찾는 것이었다. 그즈음 나는 몇 년째 에릭이란 남자와 사귀고 있었다. 로리 언니가 알고 지내는 괴짜 천재 가운데 한 명이었고, 부유한 집안에서 태어나 중소기업을 운영하고 있는 그는 어려서부터 쭉 살았던 파크애버뉴의 한 아파트에서 혼자 살았다. 무심하지만, 분초까지 따져 일정관리표를 짤 만큼 체계에 대한 강박이 심했고, 야구 통계자료라면 날이 새도록 읊어댈 수 있었다. 하지만 그는 예의 바르고 듬직했으며, 도박 같은 건 일절 몰랐고, 화를 낼 줄도 모르는 사람이었다. 청구서도 제때에 꼬박꼬박 낼 줄 알았다. 내가 아파트에서 함께 지낼 룸메이트를 구한다는 말을 들은 그는 자기 아파트에 들어와 살라고 했다. 내가 그의 아파트 집세를 부담할 형편도 안 되고 내 힘으로 돈을 내지 못하는 곳에서 살고 싶지 않다고 말하자 형편껏 내다가 급료가 오르면 그때 더 내면 된다고 말했다. 거래를 제안하는 사업가 같지만 믿음직한 그의 말에 나는 좀 생각해보다가 그러겠다고 했다.

아빠에게 내 계획을 말했을 때, 아빠는 에릭이 날 행복하게 해주고 아껴주는 사람이냐고 물었다.

"그렇지 않으면 내가 궁둥짝이 어깨에 올라붙게 차줄 거야." 아빠가 말했다.

"잘해주니까 걱정 마, 아빠." 나는 이렇게 말했지만 정작 속으론 다른 말을 하고 있었다. 에릭은 내 월급을 훔쳐가거나 날 창문 밖으로 내던지진 않을걸요. 그간 아빠처럼 술고래에, 지옥에서 보낸 카리스마 넘치는 깡패 같은 남자에게 홀딱 반하면 어쩌나 두려웠는데 다행히 정반대의 남자를 만난 거라고요.

내 짐은 플라스틱 우유 상자 두 개와 쓰레기 봉지 하나에 다 들어갔다. 그걸 길가까지 끌고 내려가선 택시를 불러 싣고서 에릭이 사는 동네로 갔다. 금색 가두리 장식이 된 파란색 제복 차림의 도어맨이 차일 밑에서 얼른 뛰어나오더니 로비까지 우유 상자들을 들어주겠다고 했다.

에릭의 아파트엔 대들보가 놓인 천장에 아르데코 장식의 벽난로가 있었다. 에릭이 날 위해 비워준 벽장에 옷을 걸면서 나는 끝없이 되뇌었다. 난 진짜로 파크애버뉴에 살게 된 거야. 그러다 엄마 아빠를 떠올렸고, 전철을 타고 남쪽으로 15분만 가면 되는 그들의 불법점유지가 몇 광년은 멀리 떨어져 있는 것처럼 느껴졌다. 엄마 아빠는 그곳에서 마침내 보금자리를 찾은 듯했는데, 나도 과연 그런 건지는 알 수 없었다.

나는 엄마와 아빠를 아파트에 초대했다. 아빠는 자기가 있을 자리가 아니라며 한 번도 오지 않았지만 엄마는 냉큼 달려왔다. 그러고는 접시들을 뒤집어보며 제조사를 확인했고, 페르시아 카펫의 한 귀퉁이를 들어 올려선 매듭수를 셌다. 도자기 제품은 빛에 비추어보았고, 양쪽에 손잡이가 달린 고풍스러운 디자인의 서랍장을 손가락으로 쓸듯이 어루만졌다. 그런 다음엔 창가로 가서 길 건너편의 벽돌과 석회암으로 된 아파트를 건너다보았다.

"파크애버뉴라고 해서 대단한 것도 없잖아?" 엄마가 말했다. "건축이 이렇게 무미건조해서야. 여기보단 센트럴파크 웨스트가 내 취향이야."

내가 남의 집에 무단으로 들어가 사는 사람치고 엄마처럼 콧대 높은 사람은 한 번도 본 적이 없다고 말하자 엄마는 웃음을 터뜨렸다. 이윽고 거실 소파에 함께 앉았을 때, 나는 엄마랑 상의하고 싶었던 얘기를 꺼냈다. 이제 좋은 직장도 다니고 있으니 엄마와 아빠를 도와줄 수 있다고, 두 분이 사는 데 도움이 될 만한 것을 사주고 싶다고 말했다. 작은 자동차도 괜찮을 것 같았고, 아파트의 임대보증금과 몇 달치 집세도 괜찮을 것 같았다. 집값이 비싸지 않은 동네에서 집을 얻을 수 있는 계약금도 괜찮을 것 같았다.

“네 아빠와 난 아무것도 필요 없어. 우린 괜찮아.” 엄마가 그렇게 말하며 찻잔을 내려놓았다. “내가 걱정하는 건 너야.”

“내가 걱정이 된다고?”

“그래. 걱정이 태산 같다.”

“엄마, 난 아주 잘 지내고 있어. 정말, 정말, 안락한 생활을 하고 있다고.” 내가 말했다.

“바로 그것 때문에 걱정하는 거야.” 엄마가 말했다. “네가 지금 어떻게 살고 있는지 네 눈으로 봐. 넌 투항한 거야. 얼마 안 있어 공화당 지지자가 될 건 수순일 거고.” 엄마가 고개를 절레절레 흔들었다. “내가 어떤 가치관을 가지고 널 키웠는데 네가 이럴 수 있니?”

편집장이 내게 거물급들의 비화에 관해 주간칼럼을 연재하라고 했을 때, 엄마의 걱정은 한층 더 커졌다. 내가 악덕 집주인, 사회적 불평등, 로어 이스트사이드의 계급투쟁에 관한 글을 써야 한다는 게 엄마의 생각이었지만, 나는 그 일을 기꺼이 맡았다. 그 일을 통해 세상사를 꿰뚫어보는 사람이 될 수 있을 거라고 생각했기 때문이었다. 예전에 웰치에 살 때 주민 대부분이 우리 가족이 얼마나 힘들게 사는지 꽤 잘 알고 있었지만, 그들이라고 해서 문제가 없는 건 아니었다. 다만, 우리보다 감추는 데 더 재주가 있었을 뿐이었다. 나는 완벽한 삶을 누리는 사람은 없으며, 설령 그래 보이는 사람들도 나름의 은밀한 속사정이 있음을 세상에 알리고 싶었다.

아빠는 엄마와 달랐다. 그의 말대로라면 “삐쩍 마른 귀부인들”과

"배부른 자본가들"을 주제로 주간칼럼을 쓰는 일이 훌륭하다고 생각했다. 아빠는 내 칼럼의 열혈독자가 되었고, 도서관에 가서 칼럼의 주인공이 될 만한 사람들을 나름대로 조사해 전화로 알려주곤 했다.

"이 애스터라는 년, 전력이 아주 화려하네." 아빠가 말했다. "우리가 이쪽 방향으로 파고들어가 봐야 할 것 같다."

결국 엄마도 내가 옳은 일을 하고 있음을 인정하게 되었다.

"네가 이 정도까지 대단한 일을 해낼 줄은 몰랐는데. 로리는 머리가 똑똑했고, 모린은 얼굴이 예뻤고, 브라이언은 성격이 용감했지. 하지만 넌 늘 성실했다는 것 말고는 달리 특출한 게 없었거든."

파크애버뉴에 새 주소가 생긴 것보다 새로 도전한 이 일을 나는 훨씬 더 사랑하게 되었다. 미술관 개관식, 자선무도회, 영화 시사회, 출간기념회를 비롯해 대리석이 깔린 연회장에서 열리는 비공개 만찬까지, 일주일에 10여 군데의 파티에 초청을 받았다. 부동산개발업자, 펀드매니저, 법률가, 의상디자이너, 프로야구선수, 사진작가, 영화제작자, 텔레비전 통신원들을 만났다. 수집하듯 많은 집을 소유하고, 우리 가족이 리틀 호바트 스트리트 93번지를 산 액수보다 더 많은 돈을 고급식당의 한 끼 식사에 쓰는 사람들도 만났다.

믿거나 말거나, 이런 부류의 누구건 나의 부모와 내 출신을 알게 되면 그날로 일을 접게 될 거라고 확신했고, 그런 이유로 내 부모에 대한 이야기는 하지 않았다. 부득이하게 해야 할 경우엔 거짓말을 했다.

칼럼을 연재한 지 1년이 되던 어느 날, 나는 아담하면서도 과도한 인테리어를 한 식당에서 '세계 베스트 드레서' 선정 프로젝트를 감독한, 실크터번을 쓴 우아한 노부인과 마주하고 있었다.

"그래, 고향이 어디에요, 저넷?"

"웨스트버지니아요."

"어느 동네?"

"웰치요."

"멋진데요. 웰치의 주요 산업은 뭐죠?"

"광산업이에요."

내게 질문을 던지는 동안에도 그녀는 내가 입고 있는 옷 하나하나의 질을 평가하고 가격을 따져보며 내 취향을 총체적으로 재단하고 있었다.

"그럼 가족 소유의 광산이 있나요?"

"아뇨."

"부모님은 뭘 하시죠?"

"엄마는 화가세요."

"아버지는?"

"사업가세요."

"무슨 사업?"

나는 심호흡을 했다.

"저급 역청탄의 효율성을 높이는 기술을 개발 중이세요."

"지금도 웨스트버지니아에 사시나요?"

나는 끝까지 어떻게든 밀고 나가야겠다고 마음먹었다.

"그곳을 정말 좋아하세요. 언덕 위 유서 깊은 대저택에서 사시는데 바로 앞에 아름다운 강이 보여요. 그 집을 복원하는 데만 몇 년이 걸렸답니다."

에릭과 사는 날들은 무사안일했다. 그래서 좋았다. 그의 아파트로 이사한 지 4년째 되던 해에 우린 결혼했다. 결혼하고 얼마 안 돼서 애리조나에 살던 외삼촌 짐이 세상을 떠났다. 아파트에 와서 부음을 전하며 엄마는 한 가지를 부탁했다.

"우리가 짐의 땅을 사야 돼."

엄마와 삼촌은 할아버지 소유였던 웨스트텍사스 땅을 반씩 물려받았었다. 어렸을 적에 엄마는 이 땅의 규모와 가치에 대해 이상할 정도로 명확히 말한 적이 없었다. 그래서 나는 그냥 도로에서 수 킬로미터 떨어진, 사람이 살 수 없는 사막에 있는 몇백 에이커 정도의 땅덩이에 지나지 않을 거라고만 생각했었다.

"우리 가족의 땅이니 지켜야 해." 엄마가 말했다. "추억을 되새기는 소중한 거니까."

"우리가 살 수 있을지 알아보고." 내가 말했다. "가격이 얼마나 돼?"

"이제 에릭도 한 가족이 됐으니까 네가 좀 빌려봐."

"나도 돈이 좀 있어. 얼마인데?"

웨스트텍사스의 쩍쩍 갈라진 땅이 1에이커에 약 100달러의 헐값으로 팔렸단 말을 들은 적이 있었다.

"에릭한테 빌려봐." 엄마가 같은 말을 반복했다.

"아니, 얼만데 그래?"

"100만 달러야."

"뭐?"

"100만 달러라고."

"외삼촌 땅 크기가 엄마 땅이랑 똑같지 않아?" 엄마가 방금 한 말에 숨은 뜻이 있는데 내가 이해를 못 하는 건가 싶어서 나는 천천히 말했다. "할아버지한테 똑같은 크기의 땅을 물려받은 거 맞지?"

"거의 똑같다고 할 수 있지." 엄마가 말했다.

"그럼 외삼촌 땅이 100만 달러라면, 엄마 땅도 100만 달러겠네?"

"몰라."

"모른다니 무슨 뜻이야? 외삼촌 땅하고 크기가 똑같잖아."

"감정을 받아봤어야 얼마나 나가는지 알지. 아무튼 그 땅은 절대 팔 생각 없어. 네 할아버지가 땅은 절대 팔아선 안 된다고 하셨으니까. 그러니 짐 삼촌의 땅은 우리가 사야 해. 가족의 땅으로 갖고 있어야 해."

"그러니까 엄마는 100만 달러짜리 땅이 있다는 거야?"

나는 벼락을 맞은 기분이었다. 웰치에 먹을 것도 석탄도 배관시설도 없이 버티던 내내 엄마는 100만 달러짜리 땅을 깔고 앉아 있었단 말인가? 엄마 아빠가 거리에 나앉았던 때는 말할 것도 없고 버려진 집에 들어가 살고 있는 현재까지, 그 모든 세월이 엄마의 변덕 때문에 감내해야 했던 역사란 말인가? 엄마조차 본 적 없는 그 땅을 팔았더라면 그 모든 생활고를 단번에 해결할 수 있었단 말인가? 하지만 내 질문에 대답하길 꺼려하는 엄마를 보면서 그 땅에 집착하는 것도 투자전략 차원이 아니라 신념의 문제이며, 엄마에겐 가톨릭 종교만큼이나 도저하고 논의의 여지가 없는 진리임이 점차 분명해졌다. 하지만 내가 아무리 캐물어도 엄마는 그 땅의 시가가 얼마인지 절대로 말해주지 않았다.

"모른다고 말했잖니." 엄마가 말했다.

"그럼 그 땅이 몇 에이커인지, 정확히 어디인지 말해줘. 내가 그 지역 땅이 에이커당 얼마인지 알아볼게."

나는 엄마의 돈엔 관심 없었다. 내 질문에 대한 답이 궁금했고, 알아야만 했다. 그 거지 같은 땅이 도대체 얼마나 하는 걸까? 엄마는 확실히 모르는 것 같았다. 어쩌면 알게 될까 봐 두려운 건지도 모른다. 어쩌면 우리가 알게 돼서 무슨 생각을 할지가 두려운 건지도 모른다. 엄마는 내게 대답하는 대신 삼촌의 땅, 할아버지와 증조부의 땅을 가문 대대로 간직해야 한다는 말만 되풀이했다.

"엄마, 에릭에게 100만 달러를 빌려달라는 말은 못 해."

"저넷, 내가 이제까지 너한테 뭔가 부탁한 적이 있니? 지금 처음으로 한 번 부탁하는 거잖니. 중요한 게 아니면 이렇게 부탁하지도 않았을 거야. 하지만 이건 중요해."

나는 엄마에게 에릭이 텍사스의 땅을 사라고 100만 달러를 빌려주진 않을 거라고, 설령 빌려주겠다 해도 내가 그러지 않을 거라고 말했다.

"어마어마한 돈이야." 내가 말했다. "나더러 그 땅으로 뭘 하란 거야?"

"가족 땅이니 지켜야지."

"엄마가 내게 이런 부탁을 하다니 믿어지지 않아." 내가 말했다. "게다가 난 그 땅을 한 번도 본 적이 없는데."

"저넷," 자기 뜻대로 일이 풀리지 않으리라는 걸 알고 체념한 엄마가 말했다. "너한테 정말 실망했다."

로리 언니는 판타지 장르와 일러스트 달력과 게임보드와 책표지 전문 프리랜스 아티스트가 되어 일하고 있었다. 브라이언은 스무 살이 되자마자 경찰이 되었다. 아빠 입장에선 자기가 뭘 잘못해서 아들이 게슈타포가 되었는지 도통 알 수 없는 노릇이었다. 하지만 난 반짝거리는 황동단추가 달린 군청색 제복을 입고 어깨를 쭉 편 자세로 신임경찰들과 열 맞춰 서서 선서하던 날의 남동생이 그렇게 자랑스러울 수가 없었다.

한편, 모린은 고등학교를 졸업한 후 주립대학에 들어갔지만, 제대로 대학 생활을 하려는 노력을 전혀 기울이지 않았고 결국 엄마 아빠와 함께 살게 되었다. 이따금씩 바텐더나 웨이터 일을 했지만, 그것도 진득이 한 적은 한 번도 없었다. 어렸을 때부터 모린은 자길 돌봐줄 사람을 갈구했었다. 웰치에서는 펜테코스트파인 이웃이 키워주다시피 했었고, 바야흐로 뉴욕으로 와선 긴 금발머리와 커다란 파란 눈을 무기 삼아 자신을 기꺼이 도와줄 남자들을 용케 찾아냈다.

사귀는 남자들은 일보다도 오래가지 못했다. 모린은 말로는 대학을 졸업한 후 로스쿨에 가겠다고 했지만, 바람 잘 날이 하루도 없다시피 했다. 엄마 아빠와 함께 사는 날들이 늘어날수록 점점 더 방향을 잃었고, 얼마 안 가서 대부분의 시간을 아파트에서 담배를 피우고 소설을 읽고 가끔씩 누드 자화상을 그리는 것으로 소일했다. 불법으로 점유한 집엔 방이 두 개밖에 없었고, 모린과 아빠는 핏대가 설 정도로 언성을 높이며 싸울 때가 많았다. 그럴 때 모린은 아빠에게 "아무짝에도 쓸모없는 주정뱅이"라고 욕했고, 아빠는 모린에게 "낳자마자 물에 빠뜨려 죽이지 못한 게 한인 병든 개새끼"라고 소리쳤다.

모린은 결국 책 읽는 것조차 관두고 하루 종일 잠을 잤고, 담배를 사러 갈 때가 아니면 아파트에만 처박혀 있게 되었다. 나는 그 애에게 전화를 걸어 우리 집으로 와서 함께 미래에 대해 의논하자고 말했다. 그런데 집에 온 동생을 하마터면 못 알아볼 뻔했다. 머리와 눈썹을 백금색으로 탈색하고 가부키 배우 뺨치게 두텁고 진한 화장을 했으니 무리도 아니었다. 동생은 줄담배를 피우며 줄곧 집 안을 둘러보았다. 그 애가 가진 조건에서 가능한 직업에 대해 운을 떼자 그 애는 자기가 바라는 건 유타에서 수천 명의 사람들을 납치한 사이비 모르몬교도들과 맞서 싸우는 것이라고 말했다.

"무슨 사이비?" 내가 물었다.

"모르는 척하지 마." 모린이 말했다. "언니도 한 패거리라는 뜻이니까."

모린과 만난 후 나는 브라이언에게 전화를 걸었다.

"모린이 약물을 하는 걸까?"

"안 한다 해도 결국 하고 말걸. 애가 맛이 갔어."

나는 모린이 전문적 치료를 받아야 한다고 엄마에게 말했지만, 그럴 때마다 엄마는 신선한 공기와 햇빛이 부족할 뿐, 아무 문제 없다고 말했다. 그래서 내가 나서서 몇몇 의사들과 상담해봤지만, 의사들은 모린이 제 발로 도움을 구할 생각이 전혀 없어 보이기 때문에 스스로에게나 다른 사람들에게 해가 된다는 사실을 입증한 후 법원 명령 하에 치료를 받는 수밖에는 달리 방도가 없다고 했다.

6개월 후, 모린이 엄마를 칼로 찔렀다. 엄마가 모린에게 이제 자립심을 키울 겸 집을 나가 혼자 살 거처를 구하라고 말한 후에 일어난 일이었다. 하늘은 스스로 돕는 자를 돕는다, 그러니 모린도 둥지를 떠나 세상에서 자기 길을 찾는 게 좋을 거라고 말한 게 화근이었다. 모린은 엄마가 자길 길거리로 내쫓는다는 생각에 내몰려 갑자기 폭발하고 말았다. 엄마는 모린이 작정하고 자길 죽이려 한 게 아니라 다만 황망해 어쩔 줄 몰라 한 것뿐이라고 말했다. 하지만 상처를 몇 바늘이나 꿰매야 했고, 경찰은 모린을 체포했다.

며칠 후 모린은 기소인부절차에 부쳐졌다. 엄마, 아빠, 로리 언니, 브라이언, 나, 모두 그 자리에 있었다. 브라이언은 화가 머리끝까지 나 있었다. 로리 언니는 비탄에 빠진 듯했다. 아빠는 얼큰히 취해서 경호원에게 툭하면 시비를 걸려고 했다. 하지만 엄마는 평소와 다름없었다. 역경 앞에서도 무심한 태도로 일관하며, 우리가 법정 벤치에 앉아 기다리는 동안 고르지 않은 음조로 콧노래를 부르며 다른 구경꾼들을 스케치했다.

모린이 주황색 죄수복 차림에 수갑을 찬 모습으로 지척거리며 법정에 들어섰다. 동생은 퉁퉁 부은 얼굴에 멍한 표정을 짓고 있었지만 우릴 발견하자 미소를 지으며 손을 흔들었다. 동생의 변호사가 판사에게 보석을 신청했다. 내 지갑엔 에릭한테서 빌려온 수천 달러가 들어 있었다. 하지만 검사에게서 상황 설명을 들은 판사는 준엄하게 고개를 저었다.

"보석을 기각합니다."

복도에서 로리 언니와 아빠는 모린을 이 지경까지 몰아넣은 책임이 누구한테 있는지를 놓고 한바탕 시끄럽게 싸워댔다. 언니는 아빠 때문에 열악한 환경에서 살 수밖에 없었다고 했고, 아빠는 모린이란 인간의 배선공사 자체가 잘못됐다고 주장했다. 엄마까지 합세해 모린이 먹은 정크푸드가 화학적 불균형을 일으킨 탓이라고 말하자 급기야 브라이언이 나서서 다들 입 닥치지 않으면 다 감옥에 처넣겠다고 고래고래 소리치기 시작했다. 나는 가만히 서서 식구 중 가장 여린 사람을 갈가리 찢어버린 책임을 서로에게 돌리며 각자 쌓여 있던 불만을 쏟아내는 가운데 그 온 세월 동안 받은 상처와 분노의 감정을 터뜨리는 웰스가 사람들의 일그러진 얼굴들을 바라보았다.

판사는 모린을 뉴욕 북부의 벽촌에 있는 한 병원으로 보냈다. 1년 후 퇴원한 모린은 곧바로 캘리포니아행 편도 버스에 올랐다. 나는 브라이언에게 못 가게 해야 한다고 말했다. 캘리포니아에 아는 사람 하나 없는 모린이 제대로 살 리가 만무했기 때문이다. 하지만 브라이언은 모린이 살아온 중 가장 똑똑한 처신이라고 생각했다. 엄마 아빠에게서, 아니 어쩌면 우리 가족 모두에게서 가급적 멀리 떨어져 있는 게 모린에게도 좋다는 것이었다.

결국 나도 브라이언이 옳다고 생각하기에 이르렀다. 그러면서도 모린이 진정한 보금자리를 찾기 위해 캘리포니아에 갔기를 바랐다. 언제나 날이 따뜻해서 비를 맞으며 춤을 추고 나무에서 포도송이를 따고 밤엔 별이 가득한 하늘을 바라보며 집 밖에서 잘 수 있는 그곳에서 비로소 충만감을 느끼길 바랐다.

모린은 가족 누구의 배웅도 원하지 않았다. 나는 그 애가 떠나는 날 아침 동이 트자마자 일어났다. 모린은 꽤 이른 시간에 출발할 예정이었고, 나는 그 애의 버스가 출발하는 시각에 깨어 있으면서 마음속으로 작별인사를 하고 싶었다. 창가로 가서 쌀쌀하고 비가 내리는 하늘을 바라보는데 문득 모린이 우릴 생각하고 있을지, 우릴 그리워는 할지 궁금해졌다. 모린을 뉴욕에 데려온 것에 대해서라면 나는 늘 만감이 교차했지만, 데려오자고 동의한 것도 사실이었다. 정작 그 애가 온 후론 나 사는 일이 바빠서 제대로 보살펴주지도 못했었다.

"미안해, 모린." 출발시간이 되었을 때 나는 혼잣말을 했다. "전부 다 미안해."

모린이 떠난 이후, 엄마와 아빠를 보는 일도 거의 없었다. 브라이언도 마찬가지였다. 브라이언은 결혼을 했고, 롱아일랜드의 낡아빠진 빅토리아풍 집을 사서 수리해 살았으며 딸을 낳아 길렀다. 이제 아내와 딸이 그의 가족이었다. 로리 언니는 계속 포트 오소리티 근처 아파트에 살았고, 나는 브라이언보다는 엄마 아빠와 자주 연락을 하고 살았지만, 자기만의 삶을 찾아 떠난 건 마찬가지였다. 모린 일로 법정 소동을 벌인 후 가족이 함께 모인 적은 한 번도 없었다. 그날 우리 안의 무언가가 박살이 나면서, 더 이상 가족모임을 이어나갈 의미를 찾지 못하게 된 것 같았다.

모린이 캘리포니아로 떠난 지 1년쯤 된 어느 날, 아빠의 전화를 받았다. 의논할 중대사가 있으니 만나서 이야기하자고 했다.

"전화로 얘기하면 안 돼?"

"얼굴을 보고 얘기했으면 좋겠구나."

아빠는 그날 저녁에 당장 로어 이스트사이드로 와달라고 했다.

"올 때 보드카 한 병만 사다줄래?"

"아, 그것 때문에 오라는 거였구나."

"아냐, 아냐, 아가. 정말 할 말이 있어서 부른 거야. 그래도 보드카

한 병만 사다주면 고맙겠다. 비싼 건 필요 없고 제일 싼 걸로, 1파인트짜리면 돼. 50파인트면 장땡이고."

보드카 때문에 날 교묘하게 구워삶는 아빠에게 화가 났다. 대화 말미에 갑자기 생각난 것처럼 말했지만, 그게 내게 전화한 진짜 이유라는 생각이 들었기 때문이다. 그래서 그날 오후, 물 이외에 마시는 거라면 오로지 차만 고집하는 엄마에게 전화를 걸어 아빠의 응석을 받아줘야 하느냐고 물었다.

"아빠 성격이 어디 가니?" 엄마가 말했다. "이제 와서 아빠를 개조하려는 건 좀 늦지 않았니? 그냥 받아줘."

그날 밤, 나는 주류상점에 들러 아빠가 부탁한 대로 가장 싼 저급 보드카 반 갤런들이 한 병을 산 다음 택시를 타고 로어 이스트사이드로 갔다. 계단을 올라 자물쇠도 잠겨 있지 않은 문을 열자 얇은 담요 더미 아래 누워 있는 엄마와 아빠가 눈에 들어왔다. 보아하니 하루 종일 그렇게 누워 있었던 것 같았다. 나를 본 엄마가 환성을 질렀고, 아빠는 집안 꼴이 엉망이라 미안하다면서 엄마의 쓰레기만 좀 치웠어도 이 정도로 비좁진 않았을 거라고 덧붙였다. 이에 엄마도 지지 않고 아빠에게 부랑자라고 힐난했다.

"이렇게 보니 좋네." 나는 두 분에게 입을 맞추며 말했다. "얼마만이야?"

엄마 아빠가 끙끙대며 일어나 앉았다. 아빠가 갈색 종이봉지를 쳐다보기에 바로 내밀었다.

"대짜네." 아빠는 고마운 마음에 목이 멘 소리로 말하며 봉지에서 커다란 술병을 꺼냈고, 뚜껑을 비틀어 따선 그대로 목구멍에 들이부었다.

"고맙다, 아가. 이 늙은 아빠에게 잘해줘서."

엄마는 두껍게 짠 케이블 니트 스웨터를 입고 있었다. 손등이 심하게 갈라졌고 머리는 헝클어져 있었지만 얼굴엔 건강한 혈색이 돌았고 두 눈도 맑고 밝았다. 그런 엄마 옆에 있어서인지 아빠는 수척해 보였다. 뒤로 빗어 넘긴 머리는 관자놀이께 희끗희끗한 것만 빼면 여전히 시커멨지만, 두 뺨이 푹 꺼졌고 턱수염도 듬성듬성 나 있었다. 노숙자 시절에도 늘 깔끔하게 면도했던 아빠였다.

"수염은 왜 기르고 있어, 아빠?" 내가 물었다.

"사내로 태어났으면 한 번쯤은 수염을 길러봐야지."

"왜 하필 지금?"

"지금 아니면 영영 못 하니까." 아빠가 말했다. "실은 아빠가 살 날이 얼마 안 남았다."

나는 신경증적으로 웃다가 엄마를 보았다. 엄마는 아무 말 없이 자기 스케치북으로 손을 뻗었다.

아빠는 진지한 눈빛으로 날 바라보고 있었다. 그러더니 내게 보드카 병을 넘겼다. 술은 어지간해선 입에 대지 않는 나였지만, 한 모금 마셨다. 술이 불처럼 뜨겁게 목구멍을 타고 넘어가는 것을 느꼈다.

"이거 좋아하게 될 것 같은데." 내가 말했다.

"그러지 마라." 아빠가 말했다.

이윽고 아빠는 내게 나이지리아 출신의 마약밀매상과 피 튀기는 주먹싸움을 한 게 화근이 되어 희귀한 열대병에 걸렸다고 말했다. 병원에서 검사한 결과 불치병 판정을 받았고, 앞으로 살 날이 몇 주에서 최대 몇 달밖에 되지 않는다고 했다.

어이가 없었다. 겨우 쉰아홉 살이긴 했지만, 열세 살 때부터 하루에 담배 네 갑을 피웠고, 그즈음 매일 2쿼트의 술을 마셔대던 사람이었다. 아빠가 입버릇처럼 하던 말을 빌리면 "골수까지 술에 쩐 놈"이었다.

그 오랜 세월 우리의 삶을 지옥에 몰아넣고 짓밟고 휘저었던 장본인임에도 정작 아빠가 없는 삶을 나는 상상조차 할 수 없었다. 아빠가 진저리 치게 싫은 적도 있었지만, 누구도 줄 수 없을 만큼 날 사랑해 준 것도 늘 알고 있었다. 나는 창밖을 바라보았다.

"자, '볼썽사나운 늙다리' 렉스 때문에 눈물 콧물 짜면서 목 놓아 울기 없기야." 아빠가 말했다. "그런 건 질색이야. 지금도 그렇고, 내가 간 후에도 마찬가지야."

나는 고개를 끄덕였다.

"그래도 이 아빠를 변함없이 사랑해줬지, 그렇지?"

"맞아, 아빠." 내가 말했다. "아빠도 그랬고."

"옳거니, 그거야 두말하면 잔소리지." 아빠가 낄낄거렸다. "대단한 시절이었어, 그렇지?"

"그랬지."

"유리성은 끝내 못 지었네."

"그래도 계획을 짜면서 즐거웠잖아."

"진짜 우라지게 멋진 계획이었는데."

엄마는 대화에 끼어들지 않고 가만히 스케치만 했다.

"아빠." 내가 말했다. "미안해. 졸업식에 아빠를 초대했었어야 했는데."

"졸업식은 집어치워." 아빠가 웃음을 터뜨렸다. "내가 기념식 나부랭이를 얼마나 같잖게 생각하는지 알잖니." 아빠는 또 한 번 기세 좋게 보드카를 들이켰다. "돌아보니 참 후회 많은 인생이다. 그래도 우리 산양만큼은 한없이 자랑스럽다. 이렇게 커주다니. 네 생각을 하면 내가 그래도 하나는 제대로 하고 가는구나 싶어서 좋아."

"당연하지."

"그럼 됐어."

우리는 그렇게 옛날 얘기를 좀 더 나누었고, 드디어 갈 시간이 되었다. 나는 엄마 아빠에게 입을 맞춘 후 문까지 갔다가 고개를 돌려 아빠를 한 번 더 보았다.

"아가." 아빠가 한 눈을 찡긋하며 손가락으로 날 가리켰다. "이 아빠가 널 실망시킨 적이 한 번이라도 있니?"

그러더니 아빠는 이내 껄껄대기 시작했다. 내가 할 수 있는 대답이 딱 하나밖에 없다는 걸 알고 있어서였다. 나는 대답 대신 미소만 지었다. 그리고 문을 닫았다.

2주 후, 아빠는 심장마비를 일으켰다. 내가 병원에 갔을 때, 아빠는 두 눈을 감은 채 응급실 침상에 누워 있었다. 바로 옆에 엄마와 로리 언니가 서 있었다.

"기계가 아빠의 생명을 연장하고 있는 것뿐이야." 엄마가 말했다.

아빠라면 생의 마지막 순간을 기계에 연결된 채 병원에서 보내는 건 질색해할 거라는 생각이 들었다. 아빠라면 거친 자연 속으로 나가길 바랄 것 같았다. 생전의 아빠는 늘 자기가 죽으면 시체를 산꼭대기로 가져가 대머리수리와 코요테가 갈가리 찢어 먹게 던져주라고 말했었다. 갑자기 아빠를 두 팔로 안고 병원 밖을 뛰쳐나가고 싶은 엉뚱한 충동이 일었다. 마지막으로 렉스 월스 스타일로 퇴원식을 해주고 싶었다.

대신 아빠의 손을 잡았다. 따뜻하고 묵직했다. 한 시간 후, 병원에서 기계의 전원을 껐다.

그 후 몇 달 동안 나는 내가 거하는 곳이 아닌 다른 어딘가 가고 싶은 마음에 시달렸다. 직장에 있으면 집에 가고 싶었다. 집에 있으면 나가고 싶어 견디기 힘들었다. 택시를 탔는데 1분 이상 정체가 되면 택시에서 내려 걸어갔다. 한 자리에 가만히 있는 것보다 어딘가를 향해 움직이고 있을 때가 가장 마음이 편했다. 스케이트를 타기 시작한 것도 그래서였다. 아침 일찍 일어나 새벽의 고요하고 어슴푸레한 길을 걸어 아이스링크로 갔고, 스케이트화를 신으며 발이 욱신욱신할 정도로 단단히 끈을 여몄다. 몸이 얼얼해질 정도로 맵찬 공기는 물론, 단단하게 젖어 있는 빙판 위로 쿵 넘어질 때의 충격까지 즐기게 되었다. 바람을 쌩쌩 가르며 반복적인 발놀림으로 얼음을 지치고 있으면 생각의 축이 갈라져 흩어지는 게 좋았다. 그래서 밤에 또 한 번 링크를 찾는 때도 있었고, 그럴 때면 밤이 깊어서야 젖은 솜처럼 피곤해진 몸을 끌고 집으로 돌아갔다. 한동안 그렇게 지낸 어느 날, 하릴없이 움직이는 것만으론 충분하지 않다는 것을 깨닫게 되었다. 근본적으로 재고해야 할 때였다.

아빠가 세상을 떠난 지 1년이 되는 해에 나는 에릭과 이혼했다. 좋은 사람이었지만 나와는 맞지 않았다. 파크애버뉴는 내가 있을 곳이 아니었다.

나는 웨스트사이드에 작은 아파트를 구했다. 도어맨도 벽난로도 없었지만, 빛이 잘 드는 큰 창문과 쪽모이세공한 마룻바닥과 작은 현관도 있는 집이었다. 로리 언니와 처음으로 브롱크스에서 살았던 아파트와 똑같았다. 삶이 제자리를 찾은 느낌이었다.

그러면서 아이스링크를 찾는 일도 줄어들었고, 스케이트화를 도둑맞은 후론 발을 끊었다. 계속 움직이지 않으면 견디질 못하는 강박증도 사라지기 시작했다. 하지만 밤에 긴 산책길에 나서는 건 여전히 좋아했고, 틈날 때마다 서쪽 강가로 나가 걸었다. 도시의 불빛에 가려져 별을 보긴 힘들었지만, 날이 맑은 밤이면 검은 강과 하늘이 만나는 곳 위에서 변함없이 빛나는 금성을 볼 수 있었다.

5.
추수감사절

나는 두 번째 남편 존과 함께 플랫폼에 서 있었다. 멀리서 기적 소리가 들리더니 빨간 불빛이 깜빡였고 땡땡 벨이 울리는 소리와 함께 건널목 차단기가 내려갔다. 다시 기적 소리가 울리더니 기차 한 대가 나무들 사이로 굽잇길을 돌아 덜컹거리며 역을 향해 달려왔다. 거대한 헤드라이트 한 쌍이 화창한 11월 오후의 대기 속에서 희미하게 빛을 발하고 있었다.

기차가 천천히 멈춰 서자 전기 엔진이 윙윙 소리를 내며 진동했고, 한참 후에야 문들이 일제히 열렸다. 접은 신문과 캔버스 천으로 된 작은 여행가방을 든 환한 옷차림의 승객들이 쏟아져 나왔다. 기차 뒤쪽에서 엄마와 로리 언니가 내리는 걸 본 나는 손을 흔들었다.

아빠가 세상을 떠난 지 5년 만이었다. 그 후 엄마는 어쩌다 한 번 만나는 게 전부였고, 그마저도 1년 전 내가 오래된 시골 농가를 사서 집을 옮긴 후론 일절 보지 못했을뿐더러, 존하고는 만난 적도 없었다. 추수감사절에 엄마, 로리 언니, 브라이언을 초대하자고 한 건 존의 제안이었고, 그 덕에 아빠의 장례식 이후 처음 월스가의 가족모임을 갖게 되었다.

엄마는 환한 미소를 지으며 우리 쪽으로 달려왔다. 엄마는 코트 대신 숄 아래에 스웨터를 한 네 벌쯤 겹쳐 입고 코듀로이 바지에 낡은 운동화를 신고 있었다. 두 손엔 턱없이 큰 쇼핑백을 들고 있었다. 엄마 뒤에 검정색으로 맞춘 케이프와 페도라를 쓴 로리 언니가 서 있었다. 둘이 그렇게 서 있으니 가히 볼 만했다.

엄마가 날 끌어안았다. 긴 머리는 거의 다 셌지만, 두 뺨은 여전히 장미처럼 발그레했고 두 눈은 그 어느 때보다 또렷또렷했다. 엄마에 이어 로리 언니가 날 안았다.

나는 그들에게 존을 소개했다.

"내 꼬락서니가 이래서 미안해요." 엄마가 말했다. "이건 편하라고 신은 거고 이따 저녁 만찬 땐 예복용 구두를 신을게요." 그러면서 쇼핑백 하나에서 흠집이 난 페니로퍼를 꺼내 보였다.

구불구불한 길을 따라 집으로 가면서 여러 개의 돌다리를 지나고 숲과 마을을 통과해 백조들이 떠다니는 거울 같은 연못들을 지났다. 거의 다 져서 길가에 수북이 쌓인 낙엽들이 바람을 만나 소용돌이를 일으켰다. 벌거벗은 나뭇가지들 사이로 여름엔 보이지 않던 집들이 보였다.

존은 운전하는 틈틈이 엄마와 로리 언니에게 우리가 사는 동네와 오리농장, 화훼농장과 함께 동네 이름의 어원이 된 아메리칸 원주민에 대해 이야기해주었다. 옆에 앉아 그의 옆얼굴을 쳐다보며 나는 미소를 금치 못했다.

존은 책을 비롯해 잡지기사를 쓰는 작가였다. 나처럼 그도 자라면서 많은 곳을 전전했다. 그의 어머니가 웰치에서 남동쪽으로 160킬로미터 정도 떨어진 테네시 주 애팔래치아 산골에서 자랐으니 그와 나는 같은 지역 출신이라고 할 수 있었다. 존처럼 함께 있는 게 편한 남자는 만나본 적이 없었다. 말 그대로 그의 모든 점이 좋았다. 레시피 없이 요리할 줄 아는 것도, 여자 조카들을 위해 말도 안 되는 시를 써주는 것도, 그의 온정 넘치는 식구들이 날 한 가족으로 받아들여주는 것도. 그리고 내가 맨 처음 가슴의 흉터를 보여주었을 때 흥미롭다고 말한 것도 좋았다. 그러면서 "오톨도톨하다"는 말을 했는데, "매끈한" 건 따분하지만 "오톨도톨한 건" 흥미롭다는 뜻이며, 어떤 게 내게 해코지하려 했건 내가 그보다 더 강하다는 걸 보여주는 게 흉터라고 말했다.

차가 진입로로 들어섰다. 존이 첫 결혼에서 얻은 열다섯 살 난 딸 제시카가 집에서 나왔다. 뒤이어 브라이언과 그의 여덟 살 난 딸 베로니카, 그리고 브라이언이 키우는 불 마스티프 찰리가 나왔다. 나와 마찬가지로 아빠의 장례식 이후 통 엄마를 보지 못했던 브라이언이 엄마를 끌어안더니 이내 엄마가 모두에게 주려고 쓰레기통에서 주워 쇼핑백에 담아온 걸 가지고 놀려대기 시작했다. 그 안엔 녹이 슨 은식기류, 낡은 책, 잡지들, 살짝 흠이 있는 20년대산 고급 본차이나 따위가 들어 있었다.

브라이언은 훈장까지 받은 형사로, 조직범죄 특별수사팀을 이끌고 있었다. 내가 에릭과 이혼할 즈음 브라이언도 아내와 헤어졌다. 그는 브루클린에 있는 낡아빠진 연립주택을 사들여 개조하는 일로 마음을 달랬다. 직접 배선과 배관을 새로 깔았고 보일러실도 새로 만

들고 마루를 받치는 들보도 강화했다. 거기에 포치까지 혼자 힘으로 다 만들었다. 그가 폐가나 다름없던 걸 완벽한 새집으로 만든 두 번째 사례였다. 그런데다, 결혼해달라고 쫓아다니는 여자가 최소 두 명은 되었다.

엄마와 로리 언니에게 월동준비를 끝낸 정원을 보여주었다. 누구의 힘도 빌리지 않고 존과 나 둘이서 해낸 결과물이었다. 갈퀴로 나뭇잎들을 모아 절단기에 넣어 잘게 부순 후 죽은 다년초들을 골라내고 화단에 덮어주었다. 퇴비를 삽으로 퍼서 채소밭에 뿌린 다음 흙과 잘 섞이도록 갈아주었고, 달리아 구근들을 캐내 모래 양동이에 묻어 지하실에 보관해놓았다. 존과 나는 함께 죽은 단풍나무를 잘라냈고, 존은 그 나무들을 쪼개 장작을 만들어 쌓아놓았다. 그리고 지붕에 올라가 썩은 삼목 널을 갈았다.

엄마는 고개를 끄덕이며 우리의 성과물을 인정했다. 스스로 일구는 삶을 늘 높이 평가했던 엄마였다. 엄마는 육묘장을 휘감고 있는 등나무와 정자 위 능소화와 집 뒤의 대나무숲을 보며 감탄했다. 그러다 수영장을 보더니 충동에 사로잡혀 초록색 수영장 덮개가 얼마나 튼튼한지 직접 확인해야겠다며 뛰어들었다. 찰리가 엄마를 따라 껑충껑충 뛰어갔다. 덮개가 밑으로 처지며 주저앉은 엄마는 웃음을 터뜨렸고, 존과 브라이언이 부축해주었다. 막 걷기 시작할 무렵에 본 이후로 처음 할머니와 맞닥뜨린 브라이언의 딸 베로니카는 두 눈이 휘둥그레졌다.

"월스 할머니는 보통 할머니와 달라." 내가 베로니카에게 말했다.

"진짜 다르다." 베로니카가 말했다.

존의 딸 제시카가 날 돌아보며 말했다.
"그래도 웃는 건 새엄마랑 똑같네."

나는 엄마와 로리 언니에게 집 안을 구경시켜주었다. 여전히 일주일에 한 번은 시내에 있는 사무실에 나가지만 존에게도 내게도 집이 곧 일터였다. 우리 집. 내가 온전히 내 것으로 가지게 된 최초의 집이었다.

엄마와 로리 언니는 넓은 판자를 깐 마루와 커다란 벽난로와 벌채할 때 도끼로 찍은 자국이 그대로 보이는 아까시나무 기둥으로 된 천장들보를 보며 감탄했다. 엄마의 시선이 내가 존과 함께 벼룩시장에서 사온 이집트산 소파에 가서 머물렀다. 아로새긴 다리에 삼각형 자개를 박아 넣은 등널이 근사한 소파를 보며 엄마는 인정의 표시로 고개를 끄덕였다.

"형편없는 취향을 반영하는 가구가 하나쯤은 있어야 집다운 집이라 할 수 있지."

부엌에 들어서자, 존이 미리 소시지, 버섯, 호두, 사과, 양념한 빵가루로 속을 가득 채운 칠면조 구이 냄새가 진동했다. 존은 그 외에도 양파 크림 수프, 검은 쌀밥, 크랜베리 소스, 호박찜 캐서롤 등 맛있는 음식을 한상 차려놓았다. 나는 이웃 과수원에서 가져온 사과로 파이 세 판을 구웠다.

"대박!" 브라이언이 외쳤다.

"축제를 벌이자!" 내가 추임새를 넣었다.

브라이언은 요리에서 눈을 떼지 못했다. 나는 동생의 생각을 읽을 수 있었다. 이렇게 푸짐하게 차려진 음식을 볼 때마다 무슨 생각을 하는지 나는 알았다. 이윽고 브라이언이 고개를 설레설레 흔들며 말했다.

"마음만 먹으면 식탁 위에 음식을 올리는 게 어려운 일도 아닌데."

"자자, 모진 소리는 금물." 로리 언니가 그에게 말했다.

다 함께 식탁에 앉았을 때, 엄마가 희소식을 전했다. 무단으로 빈 집에 들어가 산 지 15년 만에 뉴욕 주 정부가 마침내 엄마를 비롯해 같은 건물의 이웃들에게 집을 1달러에 팔기로 결정했다는 소식이었다. 그래서 무단거주자 이사회에 참석해야 하기 때문에 여기 더 있다 가라는 우리의 초대를 사양하겠다고 말했다.

엄마는 또 모린과도 연락이 됐는데, 여전히 캘리포니아에서 살고 있다고 했다. 뉴욕을 떠난 후 연락이 끊겼던 우리 집 막내가 조만간 찾아올 생각이라고 했다.

우리는 이제 아빠의 기상천외했던 활약상을 이야기하기 시작했다. 내게 치타를 토닥이게 했던 아빠, 우릴 데리고 악마 사냥을 나섰던 아빠, 크리스마스 선물로 하늘에 뜬 별을 주었던 아빠.

"장인어른을 위해 건배할까요?" 존이 말했다.

엄마가 짐짓 난감한 척하며 천장을 빤히 쳐다보다가 말했다.

"좋아."

그러고는 잔을 들어 올렸다.

"네 아빠와 함께 살면서 지루한 적은 한 번도 없었어."

우리는 각자 잔을 들었다. 엄마가 한 말이 진짜 기발하다고 생각할 때마다 아빠한테서 들을 수 있었던 특유의 껄껄대는 웃음소리가 들리는 듯했다. 그 순간 한줄기 바람에 창문이 덜컹거리면서 갑자기 촛불이 산란하면서도 정연하게 일렁였다.

감사의 글

어릴 적부터 지금 이 글을 쓰는 순간에도 든든히 날 지지해준 동생, 브라이언에게 감사합니다. 내게 예술과 진실에 대한 믿음을 심어주고 이 책을 쓰라고 격려해준 엄마, 그리고 생각이 다를지언정 끝내 내 손을 들어준 나의 재능 넘치는 언니, 로리에게 감사합니다. 나의 막내 동생, 모린, 언제까지나 널 사랑할 거야. 그리고 야심차게 꿈꿀 수 있게 발판을 마련해준 아빠, 렉스 월스에게 감사합니다.

내 말에 귀 기울여주고 재기와 끈기를 잃지 않고 나를 지지해준 나의 에이전트, 제니퍼 루돌프 월시, 언제나 정도를 지키며 날 더 없이 배려해준 나의 편집자, 낸 그레이엄에게 진심으로 깊은 감사를 드리고 싶습니다. 내 글을 사려 깊게, 꼼꼼히 읽어준 알렉시스 가거글리아노에게 감사드립니다.

오래도록 변함없이 나를 지지해준 제이와 벳시 테일러 부부, 로리 페크, 신시아와 데이빗 영 부부, 에이미와 짐 스컬리 부부, 애쉴리 패터슨, 댄 매튜스, 수전 왓슨, 제시카 테일러, 알렉스 게리오스에게 또한 감사드립니다.

마지막으로 나의 남편, 존 테일러에게 감사합니다. 나의 이야기를 할 때임을 내게 알려준 당신, 내 안에서 그 이야기들을 꺼내준 당신에게 한없는 감사와 사랑을 바칩니다.

옮긴이 최세희

국민대학교 영문학과를 졸업했다. 옮긴 책으로 『렛미인』, 『예감은 틀리지 않는다』, 『사랑은 그렇게 끝나지 않는다』, 『깡패단의 방문』, 『우리가 볼 수 없는 모든 빛』, 『에마』, 『아트 오브 피너츠』, 『독립수업』 등이 있으며, 네이버 오디오클립 〈영어로 읽는 문학〉의 구성작가로 일하고 있다.

더 글라스 캐슬

초판 발행 2017년 8월 30일

지은이 저넷 월스
옮긴이 최세희
펴낸이 김정순
책임편집 오세은
디자인 김진영 모희정
마케팅 김보미 임정진 전선경
펴낸곳 (주)북하우스 퍼블리셔스
출판등록 1997년 9월 23일 제406-2003-055호
주소 04043 서울시 마포구 양화로 12길 16-9(서교동 북앤드빌딩)

전자우편 editor@bookhouse.co.kr
홈페이지 www.bookhouse.co.kr
전화번호 02-3144-3123
팩스 02-3144-3121

ISBN 978-89-5605-815-3 03840

*이 도서의 국립중앙도서관 출판도서목록(CIP)은 서지정보유통지원시스템 홈페이지(http://seoji.nl.go.kr)와 국가자료공동목록시스템(http://www.nl.go.kr/kolisnet)에서 이용하실 수 있습니다.(CIP제어번호: CIP2017019480)